독신
마법사
기숙
아파트

독신 마법사 기숙 아파트 3

ⓒ기르답 2020

초판1쇄 인쇄	2020년 5월 25일
초판1쇄 발행	2020년 6월 9일

지은이	기르답Girdap

펴낸이	박대일
편집	이문영 · 임유리 · 신지연 · 박지해 · 곽현주
교정	박준용
마케팅	임유미 · 손태석
디자인	박현주

펴낸곳	파란미디어
출판등록	2004년 9월 14일 제313-2004-00214호

주소	03992 서울시 마포구 동교로23길 14 국제빌딩 6층
전화	02.3141.5589 영업부 070.4616.2012 편집부
팩스	02.3141.5590
전자우편	paranbook@gmail.com
카페	http://cafe.naver.com/paranmedia
페이스북	http://www.facebook.com/paranbook

ISBN	978-89-6371-766-1(04810)
	978-89-6371-763-0(전3권)

독신 마법사
기숙 아파트

기르답Girdap 장편소설

vol. 3

파란

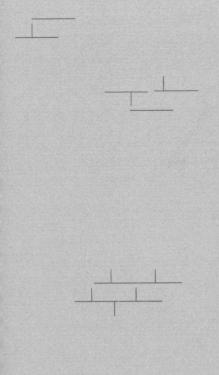

가르쳐 주세요

·····················

"어? 와렌 씨, 저 찾아오시던 길이었어요?"

랑세가 퇴근 후 부엌에서 저녁을 먹고 방으로 올라가는 길, 3층 계단에서 와렌이 구부정한 자세로 걸어오고 있었다. 와렌은 반갑다는 듯 눈을 잠깐 크게 떴으나 그야말로 잠깐이었다.

"아니요, 스테인 선배에게 갔었는데……."

랑세는 311호가 있는 복도 쪽으로 고개를 내밀었다.

"왜요? 방에 없어요?"

"네. 약을 받으러 낮에도 들렀는데 자리에 안 계셨고, 혹시나 해서 지금 와 봤는데 안 계시네요."

"약을요?"

약이란 말에 랑세의 눈이 와렌의 아래위를 빠르게 훑었다. 구부정한 자세에 약간의 식은땀. 혹시.

"생리통이에요? 저 약 좀 있는데."

"아, 아니요. 전 생리 때 배만 좀 아프다 말고, 약도 있어요. 그건 아니고……, 허리가 좀."

"허리요? 언제 뭐 무거운 거 들었어요?"

"아, 아니요. 그냥 아무것도 안 했는데 갑자기 아파서……."

말끝을 흐리는 와렌은 눈가가 잔뜩 찌푸려진 채였다.

랑세는 가만히 와렌의 증세를 곱씹어 보았다. 아무것도 안 했는데 갑자기 아프단다.

"와렌 씨, 혹시 앉았다 일어나면 특히 아프고, 일어설 때 곧바로 서기 힘든가요?"

와렌의 눈이 동그랗게 커졌다.

"네! 네! 어떻게 아셨어요?"

"우리 아빠가 가끔 그러시거든요."

"네? 정말요? 이게 무슨 병인가요?"

랑세는 잠시 주춤했다. 아빠가 이 증상으로 치료사에게 갔을 땐 그냥 나이가 들어서 그런 것이라고, 딱히 약이 없다며 진통제나 좀 챙겨 주고 말았다. 그러나 엄마가 지어 준 이름이 있었다.

"책상물림병."

"네?"

"진짜 이름은 아니고요, 그냥 책상 앞에서 오래 앉아 일하는 사람이 걸리는 병이래요. 요새 바깥에 거의 나오신 적 없죠?"

엄마가 소속되었던 용병단의 행정 직원이 맨날 이 꼴이어서 용병들이 낄낄거리며 놀렸다고 해 준 이야기였다. 물론 아빠가 아픈 건 매우 안타깝게 여기셨지만.

"네. 안 그래도 요새 집중해서 봐야 할 책이 있어서요."

"우리 아빠도 신간이 몰려 들어오면 그러셨어요."

들여놓은 신간들을 우선 자신이 모두 독파하느라 밤을 새우고 나면 아빠는 허리가 아프다며 아구구, 신음을 흘렸다. 그나마 서점이니 손님 오면 일어서고, 글 모르는 동네 사람이 대필을 부탁하면 일어서고, 책 정리해야 하면 일어서는 평소에는 문제가 없었다. 그러나 허구한 날 책을 파고드는 마법사라면 훨씬 자주, 그리고 훨씬 더 아프리라.

"이번만 그런 건 아니시죠?"

"네. 그래서 스테인 선배에게 항상 약을 받았거든요. 선배도 약 없는 병이고 마력으로 해결 안 되는 병이라면서 진통제만 좀 주셨는데……."

"그건 약 먹을 때만 괜찮은 거예요. 제 방에 좀 오실래요? 아니면 와렌 씨 방으로 가요."

"네?"

랑세는 두 손을 들어 조물조물하는 모양새를 만들어 냈다.

"안마 좀 해 드릴게요."

"아, 어, 괘, 괜찮……, 아으."

얼른 손을 들어 사양하려던 와렌이 아구구, 허리를 잡자 자세가 또 무너졌다. 랑세는 얼른 와렌을 부축했다.

"안 괜찮네요. 아빠 아플 때 엄마랑 같이 자주 안마해 드려서 요령은 좀 알아요. 치료는 안 되겠지만 당장은 좀 괜찮을 거예요."

"으으……, 네."

엄마가 전장에 있었을 때와 귀향 후 제정신이 아니었을 때는 랑세가 안마를 전담했다. 검을 쓰려면 사람 몸이 움직이는 걸 똑바로 알아야 한다며 엄마가 몸으로 꼼꼼하게 가르쳐 준 덕이었다. 와렌은 주춤주춤 자신의 방으로 걸음을 옮겼고, 랑세도 그 느릿한 속도에 발 맞추어 걸었다.

복잡한 마도구와 구조도 종이로 가득한 방에 들어서자 랑세는 숨이 턱 막혔다. 이미 침대 위도 종이로 빼곡했다. 와렌은 민망한 듯 헤헤거리며 침대 위 종이를 대충 치웠다.

"요새 안 주무셨어요?"

"그……, 아니요. 책상에 엎드려서 짬짬이 잤어요."

아플 만하네요, 하는 소리를 랑세는 꿀꺽 삼켰다.

"그 마법사 옷 밑에 뭐 받쳐 입은 거 있죠?"

"아, 네."

"벗으세요."

와렌은 조금 주춤하더니, 아, 하고 마법사 옷을 벗었다.

"으……, 아……."

옷을 벗는 것도 힘든지 으으, 하는 소리를 냈다.

마법사 옷 안에는 얇은 옷 하나가 있었다. 와렌은 마법사 옷을 품에 안고 다음은 어떻게 해야 하나요, 하는 눈으로 랑세를 바라보았다. 랑세는 손끝으로 침대를 가리켰고, 와렌은 주춤주춤하며 누웠다. 천장을 보는 방향으로, 마법사 옷을 품에 안고 눈을 깜빡거리며.

거참, 묘하게 기분 이상해지네. 랑세는 한숨을 쉬었다.

"옷 옆에 내려놓으시고, 엎드리세요."

"네. 으. 어."

움직일 때마다 신음이 난다. 아빠가 제일 심하게 아플 때와 비슷하다.

랑세는 두 손에 호호 김을 불고 손바닥을 팡팡 치며 손을 따뜻하게 만들었다. 짧은 인생을 살면서 안마라는 것을 받아 본 적 없던 와렌은 무슨 일이 벌어질지 몰라 엎드린 채로 고개만 들어 랑세를 바라보았다.

"고개 숙이세요."

"네, 으악!"

꾸욱, 랑세의 손이 허리를 거침없이 누르자 와렌의 입에서는 비명이 터졌다. 악, 악, 아파요, 와렌의 눈에 눈물이 고이지만 랑세의 손길은 잔인했다. 꾸욱, 꾸욱, 허리 여기저기 누를 때마다 오도독, 오도독, 뼈 맞춰지는 소리가 크게 났다.

"아, 아파요! 아악……, 아파요!"

"안 아파요! 어휴, 이 허리 굳은 것 좀 봐요."

"흐아악!"

"가만히 있어요! 참아요!"

뚜둑, 하는 소리와 함께 허리 어딘가에서 뼈가 맞춰지는 듯했지만 당장에 와렌은 시원하다, 안 아프다, 어쩐다, 하는 감상 따위는 떠올리지 못했다. 그저 랑세의 손길이 아플 뿐.

"자아, 이건 좀 아플 거예요."

"충분히 아파요!"

"쉿. 이 꽉 물어요!"

랑세가 무릎 하나를 와렌의 등에 대고 적당히 자리 잡았다. 와렌은 심장이 벌렁거렸다. 지금 뭘 하려는 거지.

"와렌! 와렌!"

그때, 와렌을 다급하게 부르며 문을 두드리는 소리가 났다. 그와 동시에.

"아악!"

뚜두둑! 허리가 크게 꺾이며 와렌이 비명을 질렀다.

"와렌! 와렌!"

고문, 아니, 치료, 아니, 치료를 빙자한 고문을 방해하는 목소리에 랑세는 눈살을 찌푸렸다. 저거, 무즈 목소리인데. 귀찮게 되었네.

"와렌 씨, 무즈 씨 같은데 문 열게요."

"흑. 네. 부탁드려요……."

와렌이 눈물을 글썽거리며 고개를 끄덕였고, 랑세는 마뜩잖은 표정으로 문을 열었다. 와렌, 와렌, 무즈는 멈추지 않고 소리를 질렀다.

"왜요?"

문이 덜컥 열리자 무즈는 멈칫했다. 랑세의 얼굴, 그리고 그 틈으로 보이는 와렌. 침대 위에 얇은 옷을 입은 채 거친 숨을 몰아쉬며 눈물을 글썽이는 와렌. 무즈는 얼굴이 새빨갛게 달아

올라 랑세에게 삿대질을 했다.

"너, 너, 너, 너……."

무즈의 분노한 표정에 랑세는 뭔가 싶어 무즈 한 번, 와렌 한 번 바라보았다. 그리고 랑세의 얼굴도 새빨갛게 달아올랐다.

"뭐, 뭐, 뭐, 뭐, 무슨 상상 하는 거냐, 이 더러운 놈아!"

쾅! 하고 랑세가 문을 닫았다. 닫힌 문 뒤로 다시금 쿵쿵쿵 문 두드리며 와렌, 와렌, 하고 절박하게 외치는 목소리가 난다.

와렌은 이 소란이 다 무언가 싶어 훌쩍이며 자리에서 일어났다. 일어나는 순간, 하나도 아프지 않고 한 번에 말끔하게 일어난 게 놀라워 와렌이 눈을 깜빡였다.

"랑, 랑세 씨! 하나도 안 아파요!"

"일단 옷부터 입으세요!"

"아, 아, 네."

와렌은 얼른 옷을 입었다. 랑세는 모르는 일이지만, 마법사 옷 밑에 받쳐 입는 이 옷은 마법사들에게 속옷으로 받아들여졌다. 따라서 와렌은 속옷 차림의 제 모습에 당황한 무즈가 요란을 떨었다고 생각했다. 뭐, 물론 무즈의 얼굴이 새빨갛게 달아오른 이유에는 그것도 있을 것이다. 그 속을 누가 알겠냐마는.

이번에는 와렌이 문을 열었다.

"무즈? 나 옷 입었어."

"와렌! 괜찮아?"

무즈는 와렌의 어깨를 붙들고 다급하게 아래위를 훑어보았다. 최근 그 어느 때보다 몸이 상쾌해진 것을 느끼고 있는 와렌은 무즈의 다급함 따위는 상관없이 활짝 웃었다.

"응! 랑세 씨가 안마해 주셔서 정말 괜찮아!"

"아…….'

무즈가 자신의 어이없는 오해를 깨닫고 눈을 크게 뜨자, 랑세는 한심함을 견딜 수 없어 한숨을 내뱉었다. 욕처럼 들리는 한숨 소리를. 멍청이.

"아, 으. 너는 아프고 스테인 선배는 자리에 없어서 나가서 진통제 사 왔는데…….'

"아, 응. 난 괜찮아, 너 먹어. 너도 허리 아프다며."

"으응."

꼼지락꼼지락, 무즈는 떠날 생각 없이 약병을 든 손을 꼼지락거렸고 랑세는 고개를 갸웃거렸다.

"허리? 무즈 씨도 허리 아파요?"

"그거야 우리 거의 다 그럴걸."

허어, 랑세의 입에서는 한탄 같은 소리가 튀어나왔다. 진짜 엄마 말대로 책상물림병인가 보다.

와렌은 무즈의 말에 무슨 생각이 났는지 눈을 반짝였다.

"내가 안마해 줄게! 엎드려!"

"으응?"

으응? 소리는 랑세와 무즈의 입에서 동시에 튀어나왔다. 무즈는 얼굴을 붉히면서도 누가 말릴세라 쪼로록 와렌의 침대에 엎드렸고, 그에 랑세의 눈이 크게 떠졌다. 저, 저, 저, 음흉한 놈 좀 봐. 얼굴, 저 얼굴을 왜 베개에 비비는데.

랑세는 와렌의 어깨를 붙잡았다.

"와렌 씨, 안마할 줄 알아요?"

"네, 랑세 씨가 누르는 지점을 모두 외웠어요."

"와아!"

이번에는 순수하게 감탄이 튀어나왔다. 누른 지점이 한두 곳이 아닌데 모두 외우다니. 자신은 엄마에게서 한참 동안 배워 외운 것인데.

호호, 손에 김을 부는 와렌을 보았을 때야 번뜩 정신이 났다. 흐흐. 랑세는 음흉하게 웃으면서 와렌의 어깨를 붙들고 작게 속삭였다.

"와렌 씨, 지점을 외우셔도 힘이 부족하면 안 돼요. 제가 할게요."

"하, 하지만 그런 수고를……."

"쉿."

무즈는 눈을 꼭 감고 베개에 얼굴을 비비며 와렌의 손길을 기다렸다. 슬금슬금 따뜻한 손이 등을 만지는 게 느껴지자 힘이 바짝 들어가 베개를 꼭 끌어안게 되었다.

"힘 빼세요, 아플 거예요."

"어? 라, 랑……, 으아아악!"

무즈의 격렬한 비명이 아파트를 울렸다.

"으아아악! 악! 악!"

"엄살 부리지 마요!"

"살려 주세요! 제가 잘못했, 으악!"

과연 순수한 치료의 의미만 있었을까. 그건 랑세도 알 수 없는 일이었다. 꾸욱꾸욱, 뿌드득뿌드득, 으악으악, 여러 소리가 뒤섞여 방 안에 울렸다.

"으챠! 끝!"

철썩, 마무리는 무즈의 등짝을 때리는 소리였다.

"야! 어…….."

무즈는 벌떡 일어나 랑세에게 삿대질을 하려다 멈칫했다. 근래 들어 침대에서 한 번에 일어난 적이 없었는데, 랑세의 손길이 보통이 아니다. 랑세는 팔짱을 척 끼고 드물게 거만한 자세를 취했다.

"우, 우와! 랑세 님!"

랑세만 보면 흰 눈 뜨고 악악거리던 무즈가 무릎을 꿇고 랑세를 향해 두 팔을 번쩍 들어 경배를 취할 정도라면, 거만한 자세쯤이야.

"그렇지? 대단하지? 랑세 씨 최고지 않아?"

물론 와렌이 몹시 들떠서 랑세를 칭찬하자 숭배의 눈이 도로 흰 눈으로 바뀌었지만.

"휴우, 할 때는 아프지만 정말 좋다. 그런데 이 좋은 걸 왜 치료사나 치료 마법사는 모르는 거지?"

무즈가 몸 여기저기를 만져 보며 중얼거리자 랑세는 짧게 한숨을 쉬었다.

"당장은 괜찮은데요, 이건 임시방편이에요."

"네?"

와렌의 눈이 동그랗게 떠졌다. 랑세는 와렌의 허리 여기저기를 손끝으로 꾹꾹 눌렀다.

"만약에 오늘도 어제랑 똑같이 구부정하게 앉거나, 책상 앞에 오래 앉아 있거나, 다리 꼬고 앉거나 하면 내일 또 아프고 그래요."

랑세는 와렌의 어깨와 허리를 붙들고 바른 자세를 잡아 줬다. 뽀드득, 악, 역시나 두 가지 소리가 동시에 났지만, 보람도 없이 곧 자세가 흐트러졌다. 랑세는 그 모습에 미간을 좁혔다.

"그렇게 자꾸 구부정하게 앉으시면 안 돼요."

"어, 언제 이렇게 됐죠?"

와렌은 어색하게 헤헤 웃으며 허리를 바짝 세웠다. 랑세는 마지막으로 와렌의 어깨를 한 번 주물러 주고 방을 나섰다.

"전 내일 출근 때문에 이만 갈게요. 책 보다가 중간중간 한 번씩 일어나서 기지개도 펴고 그러세요."

"앗, 네. 감사합니다!"

"고마워!"

두 허리 환자를 뒤로하고 랑세는 자신의 방으로 들어왔다. 내일은 허리 환자 두 명이 아니라 귀여운 애 한 명, 못난이 한 명을 볼 수 있기를.

"랑세 씨……."

그럴 리가.

이튿날도 허리 환자 두 명이 랑세의 방을 찾아왔다. 두 손 곱게 모으고 눈이 촉촉한 꼴을 보아 하니 못난이마저도 불쌍해 보여 방으로 들였다.

"악, 악, 으악!"

또 한 번 아파트에 비명이 울렸다. 그래도 한 번 해 봤다고 이번에는 비명을 좀 참더라.

"오늘 책 보면서 중간에 자세가 흐트러졌나요? 중간에 안 일어났나요? 제대로 앉았으면 아프지 않았을 텐데요. 아니, 아파도 이 정도는 아니었을 텐데요."

랑세는 그냥 물은 것뿐이지만 어쩐지 목소리에 힘이 실려 있어 두 허리 환자는 한없이 쪼그라들었다. 잠깐, 허리 아프면 쪼그라들지 말고 뻣뻣하게 펴시라고요.

"그게요, 책에 집중하다 보니⋯⋯."

그러다 자세도 허물어지고, 자리에서 한 번 일어나지도 않고. 저녁 식사 챙기겠다고 그제야 일어나다 아파, 아파, 소리치며 눈물을 찔끔 흘렸다.

"그래도 오늘도 폐를 끼칠 수 없어서 스테인 선배님께 약을 받으려 했는데 안 계셔서요."

그 사람, 이 불쌍한 환자들을 두고 어디로 간 거람. 랑세는 와렌에게 동정심을 가지는 한편, 이대로라면 절대 안 된다는 걸 깨달았다.

"와렌 씨."

"네?"

"방에 혹시 끈이나 그런 거 있어요?"

와렌은 마도구 제작계의 마법사.

"네? 네. 쇠사슬도 있고 철사도 있어요."

방에 별게 다 있겠지.

"아니요, 그렇게 무시무시한 것까지는 필요 없고요. 그냥 탄력 있는 끈이면 돼요."

"탄력 강도는 몇인데요?"

어휴, 이 마법사 같으니. 강도 따위 숫자로 표현 못하는 랑세는 일단 방으로 가자고 와렌을 이끌었다. 와렌의 방으로 가는 사이.

"스테인 선배 또 없어?"

"그러게. 요 며칠 안 보이네."

"어우, 이 시간에 문 연 치료원도 없을 텐데."

"또 누가 치료계지?"

수군수군, 누군가 3층 복도에서 대화를 하며 나오는 게 보였다. 랑세는 가능한 한 그들을 모른 척하며 지나가려 했지만.

"무즈! 어디가? 안녕하세요, 랑세 씨, 와렌."

엘마스가 먼저 무즈에게 인사하고 그 옆의 하이란도 꾸벅 인사를 한다. 아이고, 무즈, 입 다물어라. 랑세는 있는 힘껏 복화술을 시도해 무즈에게 낮게 한마디 던졌지만.

"아! 너도 허리? 여기 랑세가 허리 통증에 좋은 뭔가를 해 줄 건가 봐!"

야이씨, 랑세는 이를 악물었지만, 할 말이 없었다. 복화술 따위 제대로 해 본 적이 없으니 나온 말은 웅얼웅얼 이상한 소리뿐이었는걸.

"정말요?"

"우와!"

마법사 한 명은 의구심 가득한 눈으로 바라보고 한·명은 놀라운 눈으로 바라본다.

랑세는 한숨을 내쉬었다. 그런 거 아니에요, 몰라요, 저리 가세요, 하고 외면하기에는 제 물렁함을 알았고, 저 마법사들의 끈질김을 알았다. 이렇게 된 바에야 한꺼번에 해결하는 방향으로 상황을 주도하는 게 차라리 나았다. 지난 몇 달의 경험으로 깨달은 바.

"와렌 씨, 일단 탄력 강도는 적당히 머리 묶는 정도 되는 걸로 끈 몇 개 챙겨서 회의실로 내려오시고요. 무즈 씨는 필기도구도 좀 챙겨서 저분들이랑, 알고 있는 허리 환자들 데리고 오세요. 엘마스 씨와 하이란 씨는 담요 같은 거 있으면 가지고 오시고요."

척척, 랑세는 이것저것 사람들에게 능숙하게 지시하고는, 무슨 일이 벌어졌는지 당장 이해 못 해 멍해진 마법사들을 뒤로하고 0층으로 내려갔다.

"케일 씨."

여전히 관리사무실에서 책을 읽고 있는 케일이 고개를 들었다. 그러고 보니 저 사람은 허리 안 아픈가……가 아니라 안 아프겠네. 곧게 앉은 케일의 자세가 새삼 눈에 들어왔다.

"왜?"

"저 회의실 좀 사용해도 되죠?"

누구나 사용할 수 있다지만 혹시나 해서.

"되긴 하지만, 무슨 일이지?"

설마 집합인가, 하고 케일이 덧붙이는 말에 설마요, 하고 랑세가 진저리 쳤다.

"사람들에게 건강하게 사는 법 좀 가르쳐 주려고요."

랑세는 그렇게만 말하고 후다닥 회의실로 들어갔다.

케일은 그런 랑세의 뒷모습을 보다가 다시 책으로 시선을 돌렸다. 그러나 곧 책을 덮고 자리에서 일어났다.

랑세는 회의실로 들어가 긴 탁자 앞에 있는 칠판과 백묵을 확인했다. 곧이어 엘마스가 들어와 의문 어린 얼굴로 담요를 줬고, 랑세는 담요를 탁자 위에 곱게 깔았다.

"응? 랑세가 뭘 한다고?"

"허리에 좋은 걸 한대."

얼마 지나지 않아 허리 아픈 마법사들이 우르르 몰려들었다.

와렌이 각종 끈이 든 상자를 들고 내려왔을 때쯤, 케일은 문가에 기대서서 이 꼴을 지켜봤다. 뭐 하는 거지, 하는 케일의 눈초리에 지켜보시라고요, 하는 눈으로 받아친 랑세는 팡팡 크게 손뼉을 쳐서 사람들을 주목시켰다. 엄마가 제자들을 가르치기 전에 하는 일이었다.

"자, 다 모이셨죠? 전부 허리 아프신 분들 맞죠?"

케일 빼고 모두가 고개를 끄덕였다.

"다들 책에 집중하느라 자리에서 안 일어나시죠? 식사할 즈음이나 한 번 일어나고."

끄덕끄덕.

"지금도 앉아 있는 자세 보니 구부정하게 앉으신 분, 다리 꼬고 앉으신 분. 아이고, 저분은 바닥에 앉으신 것처럼 책상다리까지 하셨네요."

그 말에 다리를 꼰 사람은 저도 모르게 다리를 풀고 앉으며 고개를 끄덕였다.

"자, 이 자세 모두 허리에 안 좋아요. 일단 이런 생활 습관부터 고치시는 게 가장 근본적인 치료예요."

얌전히 끄덕거리던 애들이 이번에는 수긍을 안 하네. 증명되지 않으면 확답하지 않는 마법사들다웠다. 이놈들의 본성을 알고 있는 랑세는 잠시 고개를 갸웃거리다 문가에 서 있는 케일에게로 시선을 돌렸다.

"케일 씨."

랑세의 부름에 모두의 시선이 케일에게로 돌아갔다.

"왜 그러지?"

"최근에 허리 아프신 적 있나요?"

"아니, 없다."

"여러분, 입구 오가며 케일 씨 자주 보셨죠? 저분이 흐트러진 자세로 책 읽는 거 본 분 계신가요?"

랑세의 말에 사람들이 수군거렸다. 몰라. 선배 무서워서 안까지 제대로 안 봤어, 아니야, 그리고 보니 늘 곧게 앉아 있던 것 같아. 수군수군, 설득당하고 있다.

랑세는 케일을 다시 불렀다.

"건강한 마법사들의 생활을 위하여 앉는 자세를 잠시 보여 주시겠어요?"

케일은 이 골치 아픈 애들, 아니, 허리 아픈 애들 한 번, 랑세 한 번 보더니 짧게 한숨을 쉬고 의자에 앉았다. 오오, 랑세는 일부러 좀 더 과장해서 감탄사를 내뱉었다. 그림으로 그려 어디 예법책에 실어도 될 만큼 정석 중의 정석인 자세였다.

"자, 이렇게 앉아서 책을 읽으셔야 해요."

랑세의 손이 어깨와 등에 닿자 케일이 잠시 움찔했다. 랑세도 순간 멈칫하여 손을 뗐다. 으음, 하고 랑세는 목소리를 가다듬고 다들 케일을 잘 관찰하라는 듯 한 걸음 뒤로 물러섰다.

"저기, 그거면 되는 거예요? 그럼 담요는 왜 깔았어요?"

하이란의 질문에 랑세는 다시 탁자 가까이로 와 탁자를 팡팡 두어 번 쳤다.

"물론 자세를 바꾸는 게 가장 근본적인 치료이긴 한데요, 당장에 진통제가 없거나 할 때 좋은 안마법을 가르쳐 드리려고요."

"앗, 정말?"

"정말이에요! 제가 효과를 봤어요!"

와렌이 벌떡 일어나 의심하는 사람들을 향해 항변하듯 외쳤다. 랑세는 와렌의 지지에 감사하며 칠판에 인체도를 대충 그렸다. 어차피 그림에 별반 재능이 없으니까 알아먹을 정도로

만. 그리고 거기에 점 몇 개를 뚝뚝 찍었다.

"일단 사람과 증상마다 위치가 조금 바뀌긴 하지만요, 기본적인 곳은 여기, 여기예요. 여러분은 머리 좋으니 금방 외우시잖아요. 서로 안마해 주시면 됩니다!"

그렇다. 배고픈 사람에게 물고기를 주느니 낚시하는 법을 가르쳐 이 귀찮음에서 해방되려는 랑세였다. 머리 좋다는 칭찬에 혹한 마법사들은 확신 또는 의심 또는 절박한 심정으로 일단 인체도를 외웠다.

"자, 제가 일단 두어 분께만 시범을 보여 드릴게요. 그리고 서로 해 보시죠. 누구 한 분 여기 탁자 위에 올라와 엎드려 보실래요?"

학교 때부터 마법 실험을 위해 온몸을 내던졌던 사람들이라 모두의 앞에서 엎드리는 것은 부끄럽지 않았다. 다만 이게 정말 효과가 있을까, 하는 의심이 들어 선뜻 나서는 사람이 없었다.

그러나.

"제가 한번 해 볼게요."

엘마스가 자리에서 일어나 훌쩍 탁자 위에 올라와 엎드렸다. 랑세가 고개를 끄덕이고 잘 보세요, 하며 소매를 걷는 순간.

"잠깐."

"네?"

케일이 랑세를 뒤로 물렸다.

"왜 그러시죠?"

"이거라면 나도 할 줄 안다. 내 손이 크니 더 잘 보이겠지."

"아, 진짜요?"

케일이 나서자 엘마스가 후딱 고개를 들었다.

"서, 선배?"

"가만히 있어. 첫 번째 지점."

"으아아아악!"

무즈와 와렌보다 세 배는 더 큰 비명이 아파트를 울렸다.

"어윽, 아윽, 아아악!"

엘마스는 얼굴이 새빨갛게 달아올랐고, 눈에는 눈물이 그렁그렁했다. 다행이리라, 자신의 담요를 깔아 놓은 것이. 이 눈물과 땀이 제 것이니. 침도 조금 흘렸지만 엘마스의 체면을 위해 모른 척하도록 하자.

몸을 뒤틀 틈도 없이 엘마스가 케일의 손길에 자근자근 눌러지자 모든 이들이 공포에 덜덜 떨었다. 랑세 빼고. 랑세는 정말로 힘이 다르구나, 하는 감탄에 아빠에게 저 정도로 해 주면 좋아하시겠다, 하는 마음이 더해져 그저 고개를 끄덕이며 바라볼 뿐이었다.

철썩, 어쩐지 케일의 마무리도 등짝 때리기다.

"자, 일어나 봐라."

"어흑, 선배……."

케일의 말에 엘마스가 비척비척 일어나 무어라 한마디 하려다 말고 입술만 빠끔거렸다.

"안 아프지?"

"아, 아픈데 안 아파요."

이 논리적이지 않은 문장을 수긍한 것은 와렌과 무즈뿐이었다. 아픈데, 안 아프다.

"우와! 마법이다!"

엘마스가 몸을 만지작거리며 감탄을 숨기지 못하자 마법사들이 눈을 크게 떴다. 케일이 양손을 들어 올렸다. 주물주물.

"자, 또 원하는 사람?"

"저희끼리 하겠습니다!"

마법사들은 얼른 입을 맞춰 답하고는 옆에 앉은 이와 짝을 지어 칠판을 힐끔거리며 안마해야 하는 지점을 눌렀다. 아악, 악악, 다시금 비명이 울린다. 형편없는 체력의 마법사라도 손힘이 좋은 건 늘 책을 들고 있기 때문이겠지.

랑세는 상황을 깨끗하게 정리해 낸 케일을 존경의 눈으로 바라보며 작게 손뼉까지 쳤다. 그에 젠체 한 번 안 하는 게 케일답다 하겠다.

"저기, 랑세 씨. 그런데 끈은 왜 찾으셨나요?"

악악거리는 비명 사이에서 와렌이 조용히 손을 들어 물었다. 랑세는 와렌이 가져온 상자를 뒤적여 적당한 탄성을 가진 끈을 찾아냈다. 끈을 팽팽하게 당겨 보았다. 좋아, 길이도 적당하겠다.

"자세가 자꾸 흐트러진다 하셨죠?"

"네? 네."

"그럼 묶는 게 최고죠."

"네?"

끈을 팽팽하게 잡아당긴 채 다가오는 랑세의 모습에 와렌은 침을 꿀꺽 삼켰다.

"자아, 올바른 자세부터 일단 하시고요."

랑세의 지시에 와렌은 주춤 자세를 바로 했다. 식사할 때나 수다를 떨 때 지켜본 바로 와렌은 종종 다리를 꼬거나 허리를 허물어트렸다. 그러하다면.

랑세는 일단 의자 등받이에 와렌의 허리를 묶고, 양 무릎도 잘 묶었다. 마무리로 예쁘게 리본도 묶고.

"자, 일부러 풀기 쉽게 해 놨으니 중간에 필요하면 풀고 일어나시면 돼요."

"아, 음, 네."

와렌은 손으로 끈을 만지작거리다 슬그머니 랑세를 바라봤다. 랑세가 몹시 뿌듯한 표정으로 저를 내려다보고 있기에 끈에서 손을 뗄 수밖에 없었다.

사실은, 벌써 힘들어 끈을 풀고 싶었다. 다리도 꼬고 싶고 이렇게 기울여 앉거나 저렇게 기울여 앉고 싶었다. 하지만 와렌은 이를 꼭 깨물어 참았다. 케일 선배의 앉은 자세가 예쁘긴 예뻤으니, 자신도 그렇게 곧고 바르게.

하지만 그건 케일 선배니까 멋진 게 아니었을까. 어차피 자신은 멋지지도 않으니 자세가 못나 봤자 별다를 게 없지 않을까. 와렌은 자신의 정신세계가 엉망진창 꼬인 걸 깨닫지 못했다. 외려 당황한 사람은 랑세였다.

"와렌 씨!"

랑세는 얼른 와렌의 몸을 묶은 끈을 풀었다.

"제가 너무 꽉 쪼였나요? 왜 이렇게 땀을 흘려요?"

"아, 그건 아니고요……."

풀썩, 와렌은 탁자에 쓰러지듯 엎드렸다. 아주 편안한 얼굴, 그러나 눈에 스치는 죄책감.

랑세는 당황했다. 사람의 몸이 이 잠깐도 못 참을 만큼 형편없을 수 있단 말인가. 주변을 둘러보았다. 와렌을 따라 바르게 앉은 자세에서 묶이거나, 케일처럼 그냥 바르게 앉아 본 사람들은 거의 와렌과 비슷한 증세를 보였다.

"와아……."

입에서 저절로 감탄이, 아니, 한탄이 튀어나왔다. 세상에, 우리 아빠보다 더한 사람들을 볼 줄이야. 그래도 아빠는 바르게 앉고 반시간은 버티시던데. 한탄 뒤에 따라온 것은 곤란함이었다. 이것들을 어쩌지.

"방법이, 방법이 하나 있긴 한데……."

최후의 수단. 그러나 그것이 과연 유용할지 장담할 수 없었다. 인간의 몸이 이따위라면야.

"그게 뭔가요?"

와렌의 질문에 랑세는 침을 꿀꺽 삼켰다.

"운동……요."

"운동……요?"

와렌의 동공이 흔들렸다.

"그게…… 뭔가요?"

"아⋯⋯."

"물체나 물질이 움직이는 것을 뜻하는 건 아니죠?"

와렌의 반응에 랑세는 한숨을 쉬었다. 하기야 운동이란 건 거의 무관이나 무기를 다루는 사람이 몸을 만들기 위해서 하는 것이니 마법사가 모르는 개념이겠지.

"물체나 물질이 움직이는 게 뭔지는 모르겠지만, 아마 비슷할 거예요. 사람 몸을 움직이는 거니까요."

"그게 어떻게 도움이 되죠?"

"움직이다 보면 몸에 근육이 생겨서 버티는 힘도 만들어 주고, 어, 음."

랑세는 입을 다물었다. 자기도 엄마에게서 몸으로 배운 것인지라 어떻게 설명해야 할지 몰랐다. 해 보면 알아. 상사가 뭘 시킬 때 몰라서 물어보면 저리 대답해서 입 속으로 욕을 씹어 삼켰건만, 같은 짓을 해야 할 줄이야.

"아무튼, 지금 여러분은 하루 최소 한 시간 이상 걷기부터 시작하셔야 해요. 근육 운동도 하셔야 하고요."

랑세는 사람들의 시선에 움찔했다. 썩은 빵을 먹어도 저 표정은 아니겠다. 정말 싫어, 너무 싫어, 끔찍한 소리야, 눈으로 많은 말들을 하고 있었다.

"차라리 의자에 바르게 앉게 하는 마도구를 만드는 게 낫지 않을까?"

"오오!"

그때 누군가가 그리 말하자 마법사들은 구원의 소리를 들었다는 듯 두 손을 번쩍 들었다.

"얼추 접착 기능 있는 마법에 시간제한을 걸면 마도구 아니라도 가능할 듯해."

"아! 그래, 엔테랑에 지지할 만한 마법을 걸면 괜찮을 거야!"

"아예 저 안마 지점을 눌러 주는 의자를 만들면 어떨까?"

마법에 관해 토론하는 목소리가 평소보다 더 들뜨고 과장된 듯한 건 착각일까. 그들은 몸에 묶인 끈을 풀고 회의실을 도망치듯 우르르 빠져나갔다.

랑세는 뿌드득 이를 갈았다. 배은망덕한 것들, 고맙단 말도 없이 가냐. 이제 아프든 말든 내 알 바 아니다, 이놈들아.

"저어……, 그 운동을 어떻게 하면 되죠? 그냥 걷기만 하면 되는 건가요?"

그때, 와렌이 랑세의 치맛자락을 붙든 채 떨리는 목소리로 물었다. 크흡, 랑세는 어쩐지 눈물이 흐를 것 같았다. 역시 와렌 씨. 와렌 씨밖에 없어요.

"일단 매일 조금씩 걷는 게 우선이고요. 나머지는 제가 가르쳐 드릴게요."

흥, 어차피 저놈들 다 가르치고 그러면 나만 힘들지, 뭐.

"하지만 그러면 랑세 씨가 고생이실 텐데……."

"아니에요. 저도 요새 운동을 통 안 해서 좀 찌뿌둥하고 그렇거든요."

그러고 보니 수도로 올라와 마법사 달리기 시합 대비할 때 빼고는 운동을 하지 않았다. 아니, 사실 팔렝에서도 엄마가 떠난 이후로 설렁설렁했고, 엄마가 돌아온 이후로는 거의 하지 않았지. 공관에서도 대부분은 앉아 있고.

지금 남 말할 때가 아니다. 자신도 언제 저렇게 마법사 같은 몸이 될지 모른다. 세상에, 끔찍해라.

"크으음, 그럼 나도 가르쳐 줄 수 있을까?"

거기에 와렌이 한다니 금붕어 똥처럼 따라오는 무즈 추가. 무즈가 자신에게 악악거려도 와렌이 곁에 있으면 그럭저럭 얌전해지니 랑세는 쉽게 승낙했다. 그리고 더 할 사람 없나. 회의실에 남은 사람 한 명 더 있다.

"케일 씨도 운동 필요하세요?"

"혼자서 적당히 하는 게 있다."

랑세, 와렌, 무즈 모두 입을 쩍 벌렸다. 세상에, 마법사가 스스로 운동이라니. 믿을 수가 없었다.

케일이 그 눈빛을 읽었는지 짧게 웃었다.

"전투계 마법사는 전시에 무관들과 같이 움직이려면 몸을 좀 써야 하니까."

"아."

전쟁이 끝난 지 한참 지났지만 아직도 그런 습관은 유지하고 있나 보다. 랑세는 잠시 침묵하다 물었다.

"그럼 어디서 하세요? 솔직히, 하시는 거 한 번도 본 적이 없어서."

"새벽에 하니까. 장소는 앞마당 또는 뒷마당이다."

"여기 뒷마당도 있어요?"

처음 듣는 이야기에 랑세는 눈을 동그랗게 떴다. 케일은 좁지만 있다며 따라오라고 했다. 셋은 케일의 뒤를 졸졸 따라갔다.

뒷마당은 아파트 뒷벽과 담 사이에 있었다. 마당이라고 하기에는 솔직히 좀 좁지만, 앞마당에서 앞으로 구르고 뒤로 구르고 하는 걸 모든 사람에게 보이는 것보다는 나을 듯했다.

"자아, 그럼 간단한 것부터 가르쳐 드릴게요."

랑세는 엄마가 아빠에게 가르쳤던 운동법을 떠올렸다. 엄마가 아빠를 위해 고안해 낸 방법이라고 한다. 아주 어렸을 때는 동생들과 아빠 곁에서 함께했다. 엄마에게 검을 배울 때는 아빠보다 더 격하게 운동을 해야 해서 굳이 할 필요는 없었다. 그럼에도 그냥 가끔 아빠와 함께하기도 했다. 그러고 있자면 루세도, 헤세도 종종걸음으로 다가와 따라 하곤 했지. 넷이 그러고 있으면 엄마도 웃으며 따라 했는데.

랑세는 고개를 흔들어 옛 생각을 털어 내고는 와렌에게 집중했다.

"일단 이렇게 몸을 쭉 펴시고요!"

와렌은 있는 힘껏 몸을 늘이는 랑세를 보며 입을 쩍 벌리다 얼른 따라 했다. 이렇게 저렇게, 요렇게 조렇게. 하나, 둘, 하나, 둘.

그러나.

"맙소사……."

"죄송해요……."

"미안해……."

랑세는 절망하여 얼굴을 두 손에 파묻었다. 이 사람들, 우리 아빠보다 심하구나. 그러다 고개를 번쩍 들었다.

"일단 걷기부터 시작하죠!"

랑세의 기세에 무즈와 와렌은 떨었고, 케일은 그냥 긴 한숨을 내쉴 뿐이었다.

"걸어요?"

"일단 몸을 숙이고 펴고 할 힘도 없잖아요. 걷기라도 습관을 들여서 힘을 조금이라도 키우고요, 그다음에 뭘 해도 할 수 있을 거예요. 아, 그리고 하루 내내 책상 앞에서 굳어 있던 허리도 펼 수 있어요!"

랑세는 빠르게 머리를 굴렸다. 앞마당이 있지만 넓지는 않으니 그곳만 빙글빙글 도는 것은 효과가 없다. 아니, 솔직히 재미가 없어 금세 지루해진다. 산책 같은 느낌이 들게 조금 멀리 이 근방을 도는 것이 좋을 듯했다. 대충 아빠랑 엄마가 산책하는 길이 가게에서 숲 찍고 집으로 돌아오는 길이니까…….

"나가죠."

랑세는 머릿속으로 아파트 골목을 나가 대로변을 따라 걸은 다음, 가까운 상가 찍고 그 뒤에 있는 뒷골목 따라 빙 돌아서 아파트로 돌아오는 거리를 계산했다. 그걸 세 번 하면 거리가 얼추 비슷하려나.

"시금요?"

"밤인데?"

허리 환자에 운동기피증인 사람들의 작은 반항에 랑세는 눈살을 찌푸렸다.

"낮에 주무시는 분들이 나 없이 알아서 하시게요? 그리고 밤이면 뭐, 어두워서? 마법 됐다 뭐 하시게요?"

빈정거림이 잔뜩 묻어나는 말에 두 명은 얌전히 꼬리를 내리고 랑세의 뒤를 따랐다.

"조심해라."

"네, 감사합니다. 다녀올게요!"

케일의 걱정을 뒤로하고 셋은 오밤중의 산책에 나섰다. 주택가에 있어 원래도 꽤 조용한 편인 거리에서는 밤을 맞아 그저 숨소리만이 들리는 듯했다. 가끔 바람이 나무 잎사귀를 흔드는 소리도. 거기에 사람 발소리를 얹었다. 타박, 타박. 그 소리에 맞춰 마석 가로등에 길게 늘어진 밤그림자가 흔들린다.

약간은 서늘한 밤공기를 한껏 들이마시면서 하는 산책. 생각보다 나쁘지 않아 와렌은 안심한 얼굴로 미소 지었다.

"이 정도면 괜찮을 것 같아요."

"어, 그러게."

와렌은 정말로 할 만해서 그리 말한 것이고 무즈는 그저 와렌과 오붓하게 밤거리를 걸어서 그리 답하고. 물론 눈엣가시 같은 랑세가 있다만, 이런 산책이 매일 계속된다면. 랑세가 매일 오지는 않을 듯하니. 흐흐흐, 무즈가 미소를 가리지 못했다. 그 미소에 랑세는 썩은 빵을 먹은 얼굴을 했다.

"어? 집에 안 가요?"

한 바퀴 돌고 다음 한 바퀴를 다시 돌기 위해 아파트 앞을 지나가자 와렌이 물었다.

"세 바퀴요. 최소 그 정도는 걸어야죠."

"네에……."

와렌의 목소리 끝이 조금 처졌다.

힐끗, 랑세는 와렌의 안색을 살폈다. 역시나. 벌써 피곤해하는구먼.

"생각 같아서는……."

랑세는 조금이라도 기운을 주고자 입을 열었다.

"사실 그냥 이렇게 걷는 게 아니라 허리를 바로 세우고 속도를 조금 높여서 걸어야 하는데, 아직 무리일 것 같으니 당분간 이렇게 살살 걸어요."

원래는 채찍을 쓰려다 말았다는 이야기를 당근으로 사용했다. 앗, 네, 하면서 와렌이 저도 모르게 허리를 펴는 모습을 보니 그 당근, 효과 괜찮았네.

"그래도 조금 지루하다."

무즈는 그 당근을 먹다 뱉었다.

"얼마나 걸었다고 그래요? 장 보러 가는 것보다 덜 걸었구먼."

"아니, 거리로는 얼마 안 되는 거 아는데, 뭐랄까, 목표 지점이 없으니 좀 지루해. 재미없는 스승님이 내준 과제를 하는 기분이야."

"그럼 아까처럼 저랑 뒷마당에서 운동하시든가."

"야, 너는 사람이 왜 이렇게 꼬였냐?"

"무즈 씨 허리보다는 덜 꼬였을걸요."

으르렁, 컹컹, 두 사람의 말다툼에 와렌이 살짝 웃었다.

"왜요?"

"앗, 아니요. 학교 다닐 때 생각나서요."

와렌은 가만히 눈을 내리깔았다. 성격 탓에 학교에서 친구는 거의 없었지만 그래도 같은 마도구 제작계 사람들과 기숙사에서 강의실까지 이렇게 걸었다. 그날 있던 일, 있을 일, 마법에 관해 이야기하며.

"그럼 그런 이야기, 우리도 해요. 덜 지루하잖아요."

와렌이 학교 시절 이야기를 꺼내자 랑세가 당장에 그리 답했다. 당근 두 개째.

"아, 맞아. 기억나? 중급 과정 때 원소계의 로미나가 건물 벽면 헐었던 거?"

무즈가 얼른 받았다. 딴에는 와렌과 자신만이 아는 이야기를 하며 랑세를 소외시키기 위해서였으나, 첫 이야기의 규모가 너무 컸다. 랑세의 귀가 번쩍 뜨였다.

"건물 벽면을 헐어요?"

"네. 그때 로미나라는 학생이 새로 연구하던 마법이 있었는데, 지나가던 파리가 마법 시전 중에 로미나의 콧잔등에 앉았었대요……."

그렇게 시작된 이야기에 랑세가 귀를 기울이고, 와렌의 추억담에 무즈가 맞장구를 치기도 하며 킬킬 웃기도 했다.

그렇게 물 흐르는 듯한 이야기처럼 걷고 또 걸으니 두 바퀴가 어찌 지루할까. 걸음도 이야기처럼 흐른다. 세 바퀴도, 네 바퀴도 걸을 만하여 애초 계획보다 많이 많이 걷고 기숙사로 돌아온, 조용한 밤이었다.

그러니까 첫날은 분명히 이렇게 조용한.

뭐, 둘째 날도 이 정도였다.

그런데 셋째 날, 꼬리가 하나 더 붙었다. 하이란이었다.

"왜요? 운동은 끔찍하다는 눈으로 보셨으면서요."

오늘의 랑세는 분명히 무즈의 허리보다 더 꼬였을 터였다.

"운동요? 이건 그냥 산책 아닌가요?"

랑세가 눈으로 말했다. 변명하지 마시죠. 그 눈빛에 하이란이 슬그머니 시선을 피했다.

"아니, 이 정도는 저도 할 수 있을 것 같고요. 마법 개발은 시간이 걸리는데 허리는 아프고, 스테인 선배는 안 보이고, 산책한 분들은 효과가 있다고 하고……."

헤헤헤, 말을 마무리하는 대신에 웃음으로 얼버무렸다. 하이란의 웃음에 랑세도 피식 웃고 말았다. 거리를 돈 주고 빌린 것도 아니고 산책하는 데 하이란 한 사람 더한다고 뭐 특별히 나빠질 것이 있겠는가. 다만, 랑세는 일단 와렌의 눈치를 봤다.

와렌은 무즈같이 가깝게 지내는 사람이나 같은 마도구 제작계가 아니면 조금 어려워한다. 와렌이 불편해한다면, 하이란은 따로 가게 하든 해야겠지. 상대가 아무리 좋은 사람이라도, 내가 다른 누군가와 더 친밀하고 그 사람을 아껴야 한다면, 안타깝지만 사과와 함께 잠시 곁에서 밀어 둬야 할 때도 있는 법이니.

"아, 음."

랑세의 시선을 느낀 와렌이 눈을 두어 번 깜빡이다 아, 하는 소리를 냈다. 와렌은 하이란을 보고 숨을 조금 크게 들이켰다. 말을 몇 번 나누어 보지 않았지만 함께 있을 때 저를 무시한 적 없던 하이란. 랑세의 병간호도 함께해 보고 스테인의 이야기도 함께 들었다. 그것 말고도 많은 일을.

그러니까.

"그래요, 같이 가요."

와렌의 작은 미소에 하이란은 함박웃음을 지었다. 그 작은 미소의 뜻은 몰라도 미소는 미소니까.

"가죠, 가죠."

하이란이 따라붙은 산책 일행이 길을 나섰다.

"앗, 이 계절에 저 꽃이 피나 봐요."

"응? 어떤 거요?"

"저기, 저쪽 마석 등 옆에 있는 나무 보세요."

평소 말하기를 좋아하나 연구 때문에 말할 상대가 없다던 하이란이니만큼, 열 걸음도 안 되어서 입을 열었다. 와렌과 무즈가 지나간 학교 시절의 추억을 이야기했다면, 하이란은 길에 핀 꽃부터 늦은 시간 이미 문이 닫힌 상점의 과자 이야기까지 다양하게 했다. 하이란이 끼니 또 분위기가 다르구나. 조용하고 속삭이는 듯한 산책이 아닌, 어디 놀러 가는 듯한 산책. 그러니 서너 바퀴 도는 시간도 꽤 짧게 느껴졌고.

와렌과 무즈도 조금 피로하긴 했지만 나쁘지 않은 시간을 보냈다고 생각했다. 허리도 아프지 않고.

어, 그러니까 여기에 몇 사람 더 낀다고 달라지지 않겠지?

"뭐예요?"

"뭐긴요, 산책이 몸에 좋다고 해서요."

허어, 랑세는 한탄을 내뱉었다. 그래, 여기서 한 명 더 늘어난다고 뭐가 또 달라지겠나. 다음 날, 그렇게 조금 불어난 일행이 산책에 나섰다. 그 분위기는 또 달랐다. 하이란과 새로 온 사람이 함께 이야기하고 랑세와 무즈, 와렌이 함께 이야기하며 걷는 시간.

"또요?"

"좋다잖아요."

하이란이 끼고, 이튿날 한 사람이 늘고, 그다음 날 또 한 사람이 늘고, 다다음 날은 세 사람이 늘고, 또 한 사람 더.

"허어."

열흘이 지나자 이 산책 일행, 아니, 산책 집회의 광경에 랑세는 하늘을 바라보았다. 별이 반짝반짝, 머릿속은 흐릿흐릿. 이게 다 뭔지. 뭐긴 뭐야, 오지랖의 참담한 결과지.

길게 늘어선 산책 집회의 광경은 어느 날 밤의 추격전을 떠올리게 했다. 뒤따라오는 마법사들 한 번 보고, 하늘 한 번 보고, 다시 한숨. 이 상황이 난감한 건 자신과 무즈뿐인 듯했다. 아니, 그럼 긍정적으로 생각하자. 무즈와 같은 생각을 하면서 살고 싶지 않으니까.

속닥속닥, 마법사들은 각자 수다를 떨며 마을을 빙글빙글 돌았다. 이 산책의 효과가 널리 퍼졌는지 밤마다 참여 인원수가 그다지 줄지 않았다.

그런데.

"그런데 너무 시간 낭비하는 것 같지 않아?"

누군가의 목소리에 랑세의 미간이 좁혀졌다. 자기들 몸이 좋아지라고 하는 거지, 누가 억지로 하라고 했나. 지금이라도 마음에 안 들면 돌아가지그래라고 말하려고 입을 연 순간.

"그래. 이럴 시간에 끝말잇기라도 하자."

랑세는 혀를 깨물 뻔했다. 뭐? 끝말잇기? 그건 시간 낭비가 아니고?

"누구부터 할래?"

"맨 앞에 있는 하이란부터."

그러고는 저들끼리 순서도 정한다.

"오토로이."

"이세캬."

"캬, 캬……. 아, 캬스만."

"만테이지."

으응? 이게 다 무슨 소리지? 랑세가 주변을 휙휙 둘러보지만 알 수 없는 끝말잇기는 계속되었다.

그때, 와렌이 랑세의 옷자락을 잡아당기며 작게 속삭였다.

"마법 주문이나 이론 이름으로 하는 끝말잇기예요."

"아."

이런 마법사 놈들 같으니.

"와렌 씨! 아답프, 빨리 이어요!"

"앗, 네. 프, 프리페랑!"

와렌은 자기 뒤에 있는 무즈를 돌아보며 재빨리 답을 했다.

"랑세."

응?

"야! 랑세가 주문이냐?"

그러게. 내가 하고 싶은 말을 대신 해 주네.

"주문 맞아. 사람 환장하게 하는 주문."

철썩, 환장 대신 고통을 주는 주문이다, 이놈아.

철썩철썩, 랑세가 무즈의 등에 마법을 걸어 주자 무즈는 비명을 입 밖으로 내뱉지도 못하고 몸을 뒤틀었고, 모두가 킬킬거렸다. 자아, 이걸로 오늘도 평화로운 산책은 끝이다. 밤늦은 시간 정해진 거리만큼 걷자 모두 아파트로 향했다.

"어? 마차?"

아파트로 돌아온 산책 집회의 뒤를 따라온 것은 검은색 마차였다. 다들 멈칫했다. 까만 마차는 수도 경비대 소속 마차. 누구 불법 저지른 마법사 있어? 아니, 누구가 아니라 우리 다잖아.

마차에서 일반 무관 경비대원들과 경비대 마법사가 내렸다. 경비대 마법사는 입구를 열고 큰 소리로 외쳤다.

"여기 총관리인, 나와라!"

케일이 굳은 얼굴로 경비대 마법사 앞에 섰다.

"총관 케일 튀르하다. 무슨 일이지?"

케일의 기세에 경비대 마법사가 주춤 두 걸음 물러섰지만 공권력의 힘을 빌려 한 걸음 앞으로 나섰다.

"이웃 주민의 신고가 들어왔다. 밤마다 수상한 마법사 집단이 주문을 외우고 이상한 의식을 행하며 돌아다닌다고."

아, 하고 랑세의 입에서 탄식이 새어 나왔다. 인생, 뭘까.

마법사는 보통 마법사가 상대하는 것이 가장 수월하다. 그래서 마법과 관련된, 또는 마법사와 관련된 사건 해결을 위해 경비대에 일반적으로 마법사가 한 명쯤은 소속된다. 없으면 옆 지구 경비대에서 지원을 오고.

아무튼, 오십여 명의 마법사가 우글우글 모여 있는 아파트에 수색을 왔으니 경비대 마법사는 바짝 긴장한 상태였다. 옆 경비대에서 한 명 더 지원받을 걸 그랬나.

"그래서 지금부터 수색을……."

"저기, 실례합니다."

마법사의 상대는 마법사. 그러나 뜻하지 않게 통 좁은 소매 옷을 입은 사람이 제 앞을 조심스럽게 가로막는 모습에 경비대 마법사의 눈썹이 움찔했다.

"뭐지? 공무 집행 방해로 처벌할 수 있다."

"아니요, 공무 협조차 말씀드리는 겁니다."

새빨갛게 얼굴이 달아오른 랑세는 긴 한숨을 내쉬며 고개를 푹 숙였다.

"그게, 밖에서 운동을 겸해서 산책하는 게 이웃 주민에게 이상하게 보인 모양입니다. 앞으로 주의하겠습니다."

"응?"

마법사는 눈을 끔뻑였다. 절대 믿을 수가 없었다.

"운동? 왜 그걸 마법사가?"

경비대 마법사도 경비대에 소속된 이후로 어쩔 수 없이 무관과 호흡을 맞추기 위해 체력 훈련을 하긴 했다. 그러나 마을 경비대라는 게 크게 심각한 일을 다루지는 않는지라, 그저 감사 때 안 걸릴 만큼만 운동하고 적당히 넘어갔고, 같이 지내는 무관 경비대원들도 굳이 권하지 않았다. 그 때문에 곁에서 둘의 대화를 듣고 있던 경비대원들도 눈이 동그래졌다.

"마법사가, 운동을 한다고?"

아니, 진짜 이 사람들 어떻게 살기에 다들 저런대. 랑세는 하고 싶은 말 꾹꾹 눌러 참고 얼른 변명부터 꺼냈다. 이러나저러나 공권력은 무서운 법이니까.

"그게요, 다들 책상 앞에 오래 앉아 있으면 허리가 아프다고 해서요."

"어엉, 확실히 그럴 때 좀 걷거나 하면 몸에 좋지."

과연, 무관. 랑세가 하는 말을 바로 알아들었다. 그 말에 경비대 마법사가 고개를 번쩍 들고 무관 경비대원에게 따지듯 묻는다.

"뭐요? 걷는 게 허리에 좋다고?"

"어, 좋지. 왜? 허리 안 좋았어?"

"안 좋았냐고? 내가 매일같이 끙끙 앓는 소리 못 들었소?"

"아, 그게 허리가 안 좋으시 내는 소리였어? 난 또. 뭔가 또 마법 생각하는 줄 알았지."

때아니게 경비대원과 경비대 마법사가 말다툼 아닌 말다툼

하는 꼴을 보게 되었다. 랑세는 경악, 아니, 존경을 금치 못했다. 경비대원에게! 세상에, 마법사의 말을 그냥 저렇게 넘길 수 있다니! 저것이 세월인가! 저것이 연륜인가!

"그래서 마법사 아가씨, 그다음은? 마법사들이 운동을 한다고 나섰다고?"

옆에서 뭐라 뭐라 하는 마법사를 제쳐 두고 이번에는 경비대원이 나서 물었다. 랑세는 일단 팔을 번쩍 흔들었다. 보세요, 좁은 소매. 그제야 그걸 발견하고 오, 하고 경비대원도 눈을 동그랗게 떴다.

"문관이고요. 아무튼, 운동을 처음에 하려고 했죠. 그런데 다들 기초 체력도 안 되는 거예요."

물론 랑세가 눈으로 기초 체력을 확인한 것은 무즈와 와렌뿐이지만, 일단 그렇게 이야기를 했다. 그리고 점검했어도 케일이나 아미아 같은 전투계 마법사들 빼고는 다들 튼튼하지 않을 게 뻔했다.

"그래서 일단 산책부터 하자고 했죠."

"산책? 이 밤에?"

"그게요, 다들 낮에 자고 하니까, 저 퇴근하고요."

"아하."

"밤이기도 하니까 여럿이서 뭉쳐서 다니다 보니 오해를 산 것 같아요."

크으, 역시, 문관. 마법사들은 또박또박 설명하는 랑세의 뒤에서 감탄했다. 거짓말은 하나도 안 했지만 뭔가 우리 불리할 것은 하나도 없잖아, 대단해, 대단해, 저래서 쟤들이 정치도 하고 나라도 말아먹고 하나 봐, 수군수군.

"어어, 그렇지만 그 주문은?"

"아, 그거요? 마법사님, 마법사님은 아세요?"

"응? 뭘?"

듣기만 하고 있던 경비대 마법사를 부르자 그의 눈이 동그랗게 떠졌다.

"마법사 끝말잇기."

"아, 알지. 그런데 그게 왜?"

어휴, 저 집 마법사는 우리 집 마법사보다 눈치가 더 없네. 그러나 랑세는 역시 그런 눈빛 따위 깔끔하게 지워 내고 상사에게 결재받기 전에 짓는 전용 미소를 얼굴에 가득 덮어썼다.

"다들 산책이 지루하다고 해서 끝말잇기를 했어요."

"아아."

"그래서 주문을 외우면서 돌아다니는 것처럼 보였나 보네요."

"마법사 끝말잇기가 뭔데?"

이번에는 무관이 끼어들어 마법사에게 물었고, 마법사가 이러저러한 것이라고 설명해 줬다. 뭐 그런 게 있냐는 타박에 또 뭐라 뭐라 말다툼을 한다. 거참 한심해 보이기는, 하고 한탄하지 못하는 것은 자신의 평소 꼴과 썩 다를 바가 없기 때문이겠지. 제 평소 모습이 저렇게 한심해 보인다니. 랑세는 그저 한숨만 내쉴 뿐이었다.

"거, 허, 참. 그런 게 있다고 이 친구도 보증한다니까 그냥 넘어가긴 하지만, 오밤중에 수상한 짓 하지 마시오."

"그럼요, 그럼요. 이웃 주민에게 폐를 끼칠 수는 없지요."

랑세는 경비대원 앞에서 쓴웃음을 짓다가 제 뒤에 옹기종기 모여 있는 마법사들을 돌아보았다. 무시무시한 얼굴을 하고서. 히익, 아파트 마법사들은 질겁한 얼굴을 했다. 야, 고개 숙이고 사과 준비, 발사!

"죄송합니다……."

랑세는 깨달았다. 자신은 소리 없이 말하는 법 따위 안 익혀도 된다. 눈빛으로 해결된다.

마법사들이 우물쭈물 죄송하다는 말을 입에 담자 경비대원들과 경비대 마법사의 눈이 크게 떠졌다. 저놈들이, 저런 걸 먼저 말할 놈들인가.

그들의 눈빛을 오해한 랑세는 이를 악물었다. 야, 숙여. 일단 가까이에 있는 무즈의 목덜미를 확 붙잡아 숙이게 했다. 물론 자신도 숙였고. 그 모습에 마법사들도 허둥지둥 숙였다. 뭔지 모르지만 일단 따르자, 안 그러면 큰일 난다. 랑세의 기세에 자신들이 사과할 게 뭐가 있나 없나 따져 보기도 전에 숙이고 말았다.

"죄송합니다!"

오밤중에 마법사들의 단체 사과를 듣게 된 경비대원은 허어, 허어, 하며 이상한 소리를 냈다.

"뭐, 고의도 아닌 것 같고, 사과받을 사람은 내가 아니지만 일단 받았고. 그러면 여기서 그냥 마무리할까?"

랑세와 말을 섞었던 경비대원이 아마도 책임자인 듯했다. 그가 묻자 별일 아닌 일을 크게 키우기 싫었던 다른 경비대원들이 고개를 끄덕였다.

"그러시죠, 뭐."

"자, 일단 출동은 했으니까, 여기, 이 서류에 사인을 해 줘야 하는데. 총관리인한테 받으면 되겠지?"

"알겠다."

케일이 나서서 서류를 확인했다. 별거 없는 내용이기에 얼른 사인을 했고, 경비대원은 그걸로 만족한 듯 고개를 끄덕였다.

"운동은 요 앞마당에서만 하거나 낮에 하면 될 거요."

경비대원은 오늘 별꼴 다 본 즐거움에 괜찮은 충고 한마디까지 남겨 놓고 마차에 올라탔다. 운동이 허리에 좋다고, 그렇다니까, 하고 마법사와 말다툼까지 하면서.

"하으."

긴장이 풀린 랑세는 자리에 주저앉았다. 같이 산책에 나섰던 마법사들까지 죄다. 아니, 이놈들은 그냥 체력이 달려서인가.

"그럼 이제 운동 못 하겠네?"

"그렇겠네?"

저러고 희희낙락하는 걸 보면 분명히 긴장이 풀려서는 아니다. 랑세는 눈썹을 바짝 세웠다.

"아까 그 경비대원 이야기 못 들었어요? 앞마당에서 하거나 낮에 하라잖아요. 이렇게 떼로 다니지 말고, 알아서 조라도 짜서 소규모로 다니면 누가 뭐라고 한대요? 게을러 빠져서."

"게으르다니! 우리는 운동을 안 하는 것뿐이지 게으른 게 아니야!"

"그럼! 그럼!"

랑세의 말에 마법사들이 항변을 시작했다.

"책상 앞에 앉아서 온종일 연구하는 게 어째서 게으른 거냐!"

"맞다! 운동한다는 게 부지런하다는 증거가 아니야! 이런 무관 중심적 사고방식을 버려!"

"저는 문관이거든요!"

"나는 마법사다!"

"알아요!"

조금 전까지 경비대원이 마법사의 시비를 어떻게 넘기는지 뻔히 봐 놓고서는, 연륜도 없고 경험도 없어서 결국 또 똑같은 짓을 하고 마는 랑세였다. 그러니까, 한심하고 바보 같은 대화 말이다.

"시끄럽다!"

탕! 결국 케일이 나서서 마법을 실은 주먹으로 문을 한 번 쳐서 큰 소리를 내자 잠잠해졌다. 으르렁, 컹컹거리던 마법사들이 알아서 케일에게 고개를 숙였다. 흥, 이건 안 시켜도 잘하네. 케일 씨가 마법사들에게 무섭긴 무서운 모양이지.

"다들 올라가. 올라가서 앞마당에서 운동할 수 있는 마도구라도 만들든가."

"아, 으, 그렇지 않아도 만들다 막혀서."

"그러니까요. 결국 반복 동작을 강제할 수 있는 걸 만들어야 하는데."

또 소란해진다. 랑세는 고개를 저으며 자리에서 일어났다. 이제 할 수 있는 건 다 했다. 이놈들이 허리 아파서 울든가 말든가, 난 모르겠다.

"응?"

경비대가 나가고 아직 닫히지 않은 문 사이로 무슨 소리가 들려 랑세는 고개를 빼내 보았다. 멀리서 새까만 마차가 아파트로 달려오고 있었다.

"뭐야?"

그리고 다른 마법사들도 봤다.

"우리 아무것도 안 했는데?"

"누가 또 신고했나 보다."

하긴, 한 사람만 한 곳에 신고한 게 아니면 또 올 수도 있으니까. 이번에도 또 똑같은 변명을 하면서 사과를 해야겠지. 랑세는 흰 눈을 뜨고 마법사들을 노려봤다. 저 원수들.

"알죠? 사정 설명하면 고개 숙이고 죄송합니다, 하는 거."

"그런데요!"

하이란이 손을 번쩍 들었다.

"우리 잘못한 거 없는데요?"

맞다. 그냥 중얼거리면서 길을 돌아다닌 것뿐이다. 떼로 뭉쳐서. 이제야 이성이 돌아온 마법사들이 수군거렸다. 우리 아까 왜 사과한 거지?

"아는데요, 그래야지 일이 쉽게 끝나죠."

"아니, 그래도."

"그래도는 뭐가 그래도예요?"

"잠깐, 랑세."

그때 케일이 랑세의 말을 막았다.

두두두, 마차가 달려오는 소리가 꽤 컸다. 히이잉, 그리고 말 울음소리.

랑세는 바깥 광경에 몸을 굳혔다. 마차가 무려 일곱 대다. 대체 얼마나 많은 사람이 신고한 거야!

"뭐지?"

마차에서 사람들이 내렸다. 모두가 까만 옷을 입은 사람들. 무관은 단 한 명도 없었다. 까만, 새까만 마법사 복장을 한 사람들. 그중 누군가 입구에서 외쳤다.

"총관, 나와라."

케일이 아파트 사람들을 가리듯 한 팔로 막고 나섰다.

"무슨 일인가?"

"여기, 치료계 스테인이 머물던 곳, 맞나?"

"맞다."

그는 뒤따라 내린 마법사들을 향해 외쳤다.

"수색해라!"

까만색 마법사들이 우르르 달려들려던 순간, 팟, 하고 빛이 났다. 케일의 손에서.

"무슨 일인가?"

그 빛에 마법사들이 어디에 막힌 듯 걸음을 옮기지 못했다. 그 모습에 먼저 말을 꺼냈던 마법사가 손을 들었다. 그의 손에는 어떤 서류가 있었다.

"스테인이 체포되었다. 법에 따라 그의 숙소를 수색한다. 협
조하라."

소란스러운 밤이 시작되었다.

다녀와 주세요

케일은 책임자가 내민 서류를 확인했다. 확실한 체포 확인서였고, 이에 따라 적극적으로 협조해야 한다. 케일은 눈살을 찌푸리며 손을 내렸다. 다시 한번 빛이 터져 나오자 마법사들이 움직일 수 있게 되었다.

"311호다."

"협조……해 줘서 고맙다. 다들 올라가!"

책임자로 보이는 마법사가 입술을 짓씹으며 사의를 표하고 까만 옷의 마법사들을 돌아보고 명했다. 그 외침에 마법사들은 우르르 위층으로 올라갔고, 다른 몇몇은 다른 곳으로 달려갔다.

"거, 거기는 왜?"

랑세의 당황한 목소리에 책임자가 뭐라 한마디 던지려는 것을 케일이 막았다.

"공용 장소도 수색할 권리가 있으니까."

"아⋯⋯."

아파트의 마법사들은 모두 어찌할 바를 모른 채 침묵을 지키고 있었다. 까만 옷의 마법사들 모두 일반 경비대나 치안대 소속 마법사가 아님을 눈치챈 탓이었다. 그들의 옷에 은실로 수놓인 문양을 보고. 마법사의 범죄만을 전문적으로 수사하는 특수 수사대였으니.

"그런데 스테인 씨의 죄명은⋯⋯ 뭔가요?"

그들이 어디 소속 마법사인지 몰랐지만, 자못 심각한 분위기에 랑세는 조심스레 물었다. 아니, 그 분위기 때문만이 아니었다. 마음에 걸리는 것이 있어서. 모른 척하던 것이 있어서.

"국가 보안 위반."

랑세는 소리도 내지 않고 입술을 깨물었다. 역시, 뒬트렝 때문에.

창백해진 안색에 더 재촉하지 않는 입, 걱정을 넘은 어떤 무엇이 덧씌워진 얼굴. 그에 수사대장 마법사가 랑세를 의심스러운 눈으로 바라보았다.

"너, 스테인과 무슨 관계지?"

"네? 위, 윗집 사는데요?"

그는 나름대로 최선을 다해 스테인과의 관계를 설명한 랑세의 아래위를 훑어보다가 소매에 시선을 멈췄다.

두 손 번쩍, 흔들흔들, 낯선 마법사에게 정체를 설명하는 법. 문관이고요, 문관 아파트 재개발 때문에 여기 살고요, 이웃 걱정하는 단순한 사람입니다.

"아, 네가 랑세 엔나?"

마법사들 사이에 이름이 알려졌다더니, 특수 수사대까지 알고 있을 줄이야. 아니, 특수 수사대이기에 알고 있을 수도.

그가 흥미로운 얼굴로 다시 입을 떼는 순간.

"대장님! 불법 마도구가 발견되었습니다!"

지하실로 내려갔던 마법사 한 명이 튀어 올라와 수사대장에게 보고했다. 억, 세탁 마도구. 랑세는 튀어나올 뻔한 말을 다행히도 집어삼켰다.

"어떻게 할까요?"

"멍청한 놈, 그걸 묻나? 당연히 압수지!"

"잠깐."

다시 지하실로 돌아가려던 마법사의 발목을 붙든 건 케일의 한마디였다.

"불법 마도구가 아니라 연구 과제다. 덩치가 커서 거기에 뒀을 뿐."

"뭣?"

케일은 대장의 외침을 무시하고 관리사무실로 들어가 서류 한 뭉텅이를 꺼내 수사대장에게 내밀었다. 수사대장은 성의 없이 휙휙 넘기다 픽 웃음을 흘렸다.

"잔 에누의 연구를 이어받아 세탁 마도구 개발 및 완성을 목표로 한다고? 웃기는군."

억, 그런 거였어? 그런데 왜 케일이 마도구를 수리하는 걸 본

적도 없는 거지?

"뭐가 문젠가? 전임자의 연구 양도 허가 서류도, 사인도 있는데."

"하! 인간 백정 케일 튀르하가 마도구를 제작한다고?"

"이것도 마법, 전장에서 쓴 것도 마법. 뭐가 문제인가?"

"군단장까지 한 전투계 마법사가 마도구를 제작한다는데 웃기지 않나?"

"예비역이다."

수사대장과 케일 사이에 번쩍 빛이 튀었다. 비유가 아니라 진짜로. 아파트의 마법사들은 슬금슬금 더 뒤로 물러났고, 와렌은 랑세의 옷자락을 끌어당겨 마법사들 사이에 숨게 했다.

"그래, 네 말대로 너는 예비역이지. 난 현역이고. 수상한 물건은 모두······."

"소란스럽네, 케일. 무슨 일이니?"

그때, 리엔이 차분한 목소리를 내며 계단에서 내려오자 수사대장의 말이 끊겼다. 까만 마법사 옷이, 그들의 옷에 달린 표장이, 시끄러운 3층이 무슨 일이 있는지 뻔히 보여 줌에도 아무것도 모르는 척, 그렇게. 리엔의 걸음걸이에 마법사들이 알아서 길을 터 줬다. 수사대 마법사들까지도.

"스테인이 체포되어서 수색하러 왔다고 합니다, 수석님."

항상 리엔을 향해 선배, 선배 부르며 짜증을 숨기지 않던 케일이 무척이나 공손하게 말하자, 리엔은 놀라지도 않고 늘 그랬다는 듯이 받아 준다. 랑세는 속으로 감탄을 했다. 때가 때이니만큼 이용할 수 있는 건 다 이용하겠다는 의도일 터였다.

"그래? 무슨 일이라니?"

"국가 보안 위반이라고 합니다."

"으응? 정말?"

리엔은 수사대장에게 다가가 그의 손에 있던 서류를 빼앗았고, 수사대장은 아무 말도 못 한 채 입술만 잘근 씹었다.

"그렇구나. 그런데 왜 마도구까지 뒤적거린다니?"

케일에게 묻는 듯했지만 리엔의 시선은 수사대장을 향해 있었다.

"저희에게는 공용 장소까지 수색할 권리가 있습니다."

수사대장이 이를 짓씹듯 말했다. 그러나 리엔은 방긋 웃으며 서류를 돌돌 말아 그의 어깨를 톡톡 쳤다.

"권리가 아니라 의무겠지. 그리고 국가 보안 위반이면 불온서적이나 문서 위주로 압수하는 거 아니니? 내가 모르는 사이에 규칙이 바뀐 건가, 응?"

파팟, 이번에는 리엔과 수사대장 사이에 불꽃이 튀었다. 이번에는 진짜는 아니고 비유적인 의미로.

"대체, 범죄자의 뭘 숨겨 주려고……."

"어머, 무슨 소리일까."

수사대장의 말에 리엔은 고개를 갸웃했다.

어우, 랑세는 당연히 리엔 편이고 응원하는 중이지만 저 표정이 자신에게 향한 것이었다면 어지간히 속이 뒤집어져서 비명을 질렀을 것 같았다.

"나랑 스테인 사이 모르니? 케일이랑 스테인 사이는? 잡혀가면 차라리 두 팔 벌려 환영할 것 같지 않니?"

리엔의 말에 수사대장의 어깨가 움찔했다. 리엔은 상대가 한심해서 미칠 것 같은 얼굴로 한숨을 내쉬었다.

"수사대가 계보도 하나 제대로 익히지 않고. 요즘 애들이란."

"대체 저한테 왜 이러십니까?"

"왜긴, 네 스승 탓이지."

"아."

수사대장은 몹시도 큰 깨달음을 얻은 얼굴을 했다. 지금껏 여기 사람들이 자신에게 이리 까칠하게 굴었던 이유를 완벽하게 깨달은 듯했다. 물론 엄청난 착각이지만, 여기서 그 착각을 바로잡아 줄 사람은 아무도 없었으니.

여하간 그의 스승과 리엔의 사이가 안 좋아 이 모양인 것으로 이해한 그는 더 성질부릴 필요가 없어져 기세가 금세 사그라졌다. 그러고 나니 남는 것은 침묵. 하지만 평화로운 침묵은 아니었다. 마법사들은 힐끗힐끗 수사대장과 케일, 리엔의 눈치를 보았다. 그들 사이에서 랑세 역시.

"대장님, 모두 압수했습니다."

얼마 지나지 않아 한 무리의 마법사들이 311호에서 압수한 서류를 모두 들고 내려왔다. 마법사들 뒤에 상자가 둥둥 떠다니는 광경이 평소라면 흥미로웠겠지만, 지금은 불안할 뿐이었다. 그리고 곧이어 지하실에서도 모든 책을 압수한 마법사들 역시 합류했다. 수사대장은 만족한 듯 고개를 끄덕이며 케일을 향해 군례를 올렸다.

"협조, 무척 감사합니다."

군대에 대해 잘 모르는 랑세와 마법사들이지만, 저 허술한 동작과 표정으로 빈정거림이라는 것을 알아챘다. 그들은 왔을 때처럼 갈 때도 뒤도 돌아보지 않고 우르르 빠져나갔다. 단 한 사람만 빼고.

"저기⋯⋯."

지하실에서 세탁 마도구가 있다고 보고했던 마법사였다. 그가 조심스럽게 접근하자 케일은 미간을 좁혔다.

"뭐지?"

"아까 그 마도구 말입니다."

그는 케일에게 목소리를 낮추고 속삭이듯 말했지만, 모두가 침묵하고 있는지라 다 들을 수 있었다. 그러나 그는 신경 쓰지 않고 말을 이었다.

"혹시 결과 나오면 갱신용으로 제출하실 생각입니까? 기본은 전투계이시니 갱신용으로는 사용하지 못하실 텐데."

"네가 무슨 상관이지?"

"그으, 무척 흥미로워서요. 잠깐 살펴봤는데 이 구조 자체가 혁명적입니다. 이 연구 과제, 덩치가 커서 내려놓은 거 아니지요? 이걸 땅과 연결을 해 놔야 움직이게 되어 있는데, 그렇지 않아도 제가 최근에 연구하는 게 지면 접합에 관한 것인데 말이지요."

하면서 소매에서 꺼낸 것은 명함이었다.

"거기 뭐 하나!"

"아, 예! 갑니다."

수사대원 누군가의 외침에 그는 자신의 주소와 소속이 담긴 명함을 케일의 손에 꼭 쥐어 주고는 날아가듯 아파트를 빠져나갔다. 허어, 랑세는 한숨을 내쉬었다. 어이없어서.

랑세의 감상이 어떻든 간에 아파트 주민들은 그들이 탄 마차의 뒷모습이 보이지 않을 때까지 입구에 서 있었다.

"갔구나……."

리엔이 한숨같이 토해 낸 말을 시작으로 모두들 참았던 숨을 내뱉었다. 그러나 누구도 어떤 말도 내뱉지 못해 숨소리만 깔린 침묵이 계속되었다. 리엔과 케일만을 바라보며.

"그런데 세탁기 연구는 언제 이어받은 거니?"

"스테인이 감사 운운하는 거 듣고 걱정되어서 받아 놨습니다."

"우리 싸가지 케일이 빨래에 그토록 큰 관심이 있는지 미처 몰랐네."

"싸가지는 없어도 청결은 합니다."

한참 만에 리엔이 이 무거운 분위기를 날리려는 듯 농담처럼 내뱉었고, 케일도 수사대 앞에서 공손하게 굴었던 것처럼 의도에 맞추어 가볍게 말했다. 그제야 침묵 대신에 소란이 자리했다.

"그런데 스테인 선배는 언제 잡혀간 거죠?"

"소식도 못 들었는데."

"잡혀가면 보호자에게 연락 줘야 하는 거 아닌가요?"

"스테인은 가족 없잖아. 뒬트렝 사건 생존자라며."

누군가 꺼낸 뒬트렝이라는 말에 찬 바람이 불어온 듯 모두 갑작스럽게 입을 닫았다. 뒬트렝이라는 말을 들었을 때부터 관심을 가지고 케일의 형에게서 책까지 빌린 후, 소란 끝에 스테인의 입으로 직접 이야기를 들었던 랑세. 그녀는 국가 보안 위반이라는 말에 뒬트렝을 쉽게 연결했지만, 다른 이들은 생각지도 못했나 보다.

힐끔, 랑세는 와렌과 하이란의 눈치를 봤다. 그들도 스테인의 이야기를 들었던 이들. 다른 이들보다 얼굴이 더 새하얗다.

"가족이 없어도…… 아파트 관리사무실에는 연락이 와야 했을 거 아니야."

"……특수 수사대니까."

침묵으로 더 불안해진 듯, 다들 다시 이런저런 말을 한마디씩 꺼내 보지만 가라앉은 분위기는 쉽사리 회복되지 않았다.

"일단 밤이 늦었으니까 다들 올라가렴. 내가 아침에 마탑에 가서 알아보고 올게."

리엔이 젊은 마법사들을 달래듯 말하자, 더 이상 이곳에서 할 수 있는 일이 없는 마법사들은 삼삼오오 친한 이들끼리 속닥거리며 방으로 돌아가기 시작했다.

랑세는 그들 틈에 끼지 않은 채 망연히 리엔을 바라보며 서 있었다. 계단을 올라가던 와렌은 올라오지 않는 랑세를 부를 듯 뒤돌아보았지만, 랑세와 리엔의 시선 사이에 오가는 어떤 이야기에 다시 계단을 밟아 올라갔다.

하나, 둘, 모두가 올라가고 입구 앞에는 셋만이 남아 있었다. 리엔은 한참 동안 랑세의 시선을 받다가 쓴웃음을 지었다.

"랑세 양, 그냥 그 사람들에게 한 말이란다. 한 번도, 단 한 번도 스테인이 감옥에 가길 바란 적은 없단다."

랑세는 답하지 않은 채 계속 리엔을 바라보았다. 당연히 그쯤은 알고 있었다. 진짜 묻고 싶던 것. 정말 묻고 싶던 것은.

"착하네, 랑세 양은."

리엔은 랑세의 시선을 피하며 그렇게 말했다. 가만한 거부.

그래서 랑세 역시 고개만 꾸벅 숙이고 계단으로 도망치듯 올라섰다. 당신도, 뒬트렝에서 고개를 돌린 사람 중 하나냐고, 차마 묻지 못한 질문을 입 안으로 삼킨 채.

이튿날, 출근한 랑세는 정말이지 이를 꽉 물어야 했다. 그러지 않으면 정신 한쪽이 나가 멍하니 있을 듯했다. 스테인이 대체 뭐라고. 제게는 이웃일 뿐이다. 그것도 좋은 감정 없는 이웃인데.

'아, 저는 제8동 독신 마법사 기숙 아파트 자치회장 스테인이라고 합니다.'

처음 만났을 때는 참 예의 바르고 따뜻하다 생각했지만, 그 생각은 얼마 가지 않아 와장창 무너졌더랬지. 밉다 하기에는 또 미워할 수만은 없어 좋은 감정 없는 이웃 정도로 규정할 수 있는 사이. 그런 사람이 체포되었다는데 이리 가슴에 뭐 하나 걸린 듯 묵직하다니. 친한 사람이, 친척이, 가족이 그랬다면 그 야말로 억장이 무너지겠지.

랑세는 퇴근 후 터덜터덜 아파트로 돌아왔다. 아파트는 이 시간대에 늘 그렇듯이 고요했다. 그러나 그 고요가 평소보다 더 가라앉은 느낌인 것은 그저 기분 탓일까. 하물며 케일마저 도 책에 눈을 두고 있다지만, 조금 멍해 보인다.

'나랑 스테인 사이 모르니? 케일이랑 스테인 사이는? 잡혀가 면 차라리 두 팔 벌려 환영할 것 같지 않니?'

하이란이 보여 준 계보도에서 케일은 리엔의 편도 아니고 스테인의 편도 아니었는데. 그도, 저와 비슷한 정도로 걱정인 걸까. 그는 알까. 그의 형이 될트렝 사건을 기록한 책을 가지고 있으며, 랑세가 그에게 그 책을 빌려 봤다는 건.

"왜?"

랑세의 시선을 느꼈는지 케일이 고개를 들어 물었다. 랑세는 입을 두어 번 벙긋거리다 다물었다. 서로가 무엇을 알고 있는 지 모르는 상태에서 무언가를 묻기란 쉬운 일이 아니라서.

"혹시…… 스테인 씨 소식……, 뭐 다른 거, 들은 거 있나 해 서요."

그래도 랑세는 그에게 물을 수 있는 질문을 꺼냈지만, 이것 은 그가 답할 수 없는 질문이기도 했다.

케일은 고개를 저었지만, 곧이어 덧붙였다.

"리엔 선배가 알아보러 가셨으니 실마리라도 얻어듣겠지. 가서 식사나 해라."

"네……."

예전에는 동네 어른들이 일에 지쳐 힘들 때 식사나 하라며, 다 먹고살자고 하는 짓이라고 허허 웃는 모습이 이유 모르게 싫었다. 먹는 것만이 사는 이유가 아니라는 자그마한 반항심 때문이었을 터였다. 이제 와서 돌이켜 보면 어른들은 그냥 일상에 틈을 만들어 내고, 숨을 돌리기 위한 핑계를 댄 게 아닌가 싶었다. 먹고살자고 하는 짓인데, 하고.

"아, 선배!"

랑세가 가기 싫은 마음에 부엌으로 향하는 걸음을 비척비척 늦출 때, 마침 리엔이 돌아왔다. 리엔은 여전히 굳은 낯이었고 한 손에는 커다란 보따리를 들고 있었다.

"알아보셨습니까?"

"아, 응. 애들 집합 좀 시켜 볼래? 내가 조금 지쳐서."

"네."

리엔은 회의실로 들어가고, 랑세는 부엌으로 가던 발걸음을 얼른 그쪽으로 돌렸다. 랑세의 등 뒤로 케일의 커다란 집합 소리가 들려왔다.

"자."

집합 소리에 얼마 지나지 않아 꽤 많은 마법사들이 회의실에 모여들었다. 그런 그들 앞에 리엔이 보따리를 풀어 밀었다.

책이었다.

책이라면 환장하는 마법사들의 고개가 당연히 책으로 모여들었다.

"우와? 《알파스 이론 해설집》? 이게 해설집이 언제 나왔지?"

"어? 이건 《마석분석학》인데? 뭐? 근데 응용편? 언제 이런 게 나왔지?"

"《라파바다바설》? 뭐야? 저자가 누구야?"

랑세로서는 한마디도 알아들을 수 없었지만, 적어도 이 책들이 최신 서적이거나 알려지지 않는 서적이라 마법사들의 흥미를 잔뜩 끈다는 점은 알 것 같았다.

"이거 때문이야."

모두들 책을 향해 침을 흘리며 눈을 벌겋게 뜨자 리엔이 말했다. 무슨 소리냐는 듯, 마법사들이 눈을 치켜뜬다.

"이 책 때문에 스테인이 잡혀갔다고."

그 말에 마법사들의 눈이 다시 책으로 돌아갔다. 마법 이론서. 그렇다고 딱히 금기된 마법이라거나 그런 것도 아닌데, 왜. 그들은 호기심에 다시 슬금슬금 손을 뻗었으나.

"표지만 그래. 내용은 뒬트렝 사건 기록이야."

멈칫. 손이 다들 멈칫했다. 그리고 슬금슬금 뒤로 빠졌다.

후퇴하는 손 무더기 사이에 공격을 담당하는 손 하나가 들어왔다. 아미아였다. 아미아는 리엔이 가져온 책을 한 권씩 들어 제목을 확인하며 감탄을 하다 못해 욕을 뱉었다.

"비열한 새끼."

네? 격한 욕에 모두의 눈이 동그랗게 떠졌다. 아미아는 이를 악물고 책 한 권을 구길 듯 쥐었다.

"세상에······, 이론서 제목만이 아니야. 출간 정지된 야한 책 속편 제목까지 있어."

모두의 눈이 아미아 손에 들린 책으로 갔다. 허어억, 제목을 읽은 이들이 볼을 붉혔다. 저건 제목만으로도 풍속법 위반이다. 왜 출간이 정지됐는지 알겠다.

아미아는 책 표지를 뚫어져라 바라보았다. 그런 마법도 있으려나. 속이 보이는 마법.

"안 볼 수가 없게 만들었잖아악!"

실제 내용이 뭔지 들었으면서도 혹시나, 하는 마음이 들 만큼 자극적이다. 으아악, 아미아는 비명을 지르며 책을 펼쳤다. 그러나 내용을 읽기도 전에 리엔의 손바닥이 책을 가렸다.

"아무튼, 그래서 스테인이 뿌린 책들 중 수거한 일부의 일부가 이거야. 아미아 말처럼, 마법 이론서 말고도 다양한 제목으로 표지 갈이를 해서 비마법사들 사이에서 꽤 많이 퍼졌다고 해."

설마 스테인 씨, 그날 책 때문에 난리 피웠던 사건에서 영감을 얻은 건가요.

"우리야, 그러니까 마법사들은 얼추 알고 있지만, 비마법사들은 아니잖아. 아니, 사실은 우리조차도 얼추만 알고 있지 자세히는 모르잖니. 아무튼 이런 식으로 정보를 유통시켰어. 서점, 도서관, 지방으로 가는 공용 마차 대기실, 사람들이 책을 읽을 수 있는 곳 어디든."

리엔은 그 말을 하며 어쩐지 랑세를 바라보았다.

랑세는 리엔의 시선을 느끼지도 못한 채 책에서 눈을 떼지 못했다. 하나씩 제목을 눈으로 훑다 쓴웃음을 짓고 말았다. 제가 세탁실에 들고 가기도 했던 연애 소설의 속편 제목마저 있었다. 바보 같으니. 이미 결혼해 애까지 낳아 결론 맺은 소설의 뒷이야기를 누가 궁금해한다고. 이런 걸 보면 당신은 마법사.

"그런데 뒬트렝은 암묵적으로 국가 기밀 취급하지만, 실제로 얽힌 법은 없잖아요? 실제 죄목은 뭐예요?"

하이란의 말에 랑세는 고개를 들었다. 두 사람의 눈이 마주치자 하이란 역시 쓴웃음을 지었다. 그 밤, 랑세의 책이 털리고 스테인의 이야기를 들은 밤, 그 후 자꾸 신경 쓰여 이것저것 알아보았다. 놀라웠지. 어쩐지 모두들 대강 이름이라도 들어 본 이유가 있더랬다. 불법은 아니지만, 불법 취급. 금기는 아니지만, 금기 취급.

"그래. 그렇게 애매하기 때문에 스테인은 감옥에 갇힌 채 없는 죄목이 결정 나기만을 기다릴 뿐이란다."

"아."

"그 덕에 스테인의 스승과 친구들이 거짓 죄목으로 결론 나지 않게 막고 있을 수도 있고."

다시 말하자면, 두 세력 또는 그 이상의 세력이 스테인의 처벌을 두고 기 싸움을 하는 중이란 것이다.

랑세는 결국 참았던 한숨을 토해 냈다. 정말이지 당신이 세상을 미워하는 이유가 이해될 것 같아. 책을 향해 손을 뻗었다.

"랑세 양."

그 모습에 리엔이 놀라 랑세의 손목을 잡았다. 주름진 손의 감각에 랑세가 눈을 치켜떴다.

"저도 대강은 알아요. 이미 봤어요."

"뭐?"

리엔은 랑세가 될트렝 사건을 얼추 알게 되었다고 눈치채기는 했다. 그러나 이미 봤다니.

리엔의 손이 떨어져 나가자 랑세는 소설 제목으로 표지 같이 한 책을 집어 펼쳤다. 언제 그 책을 또 구해서 이렇게 대량 유통……

"어?"

랑세는 눈을 동그랗게 떴다.

이것은 내 기억이며, 내가 겪은 이야기이며, 나의 기록이다.

릭스에게 빌렸던, 스테인의 스승이 남긴 이야기가 아니었다.

내 될트렝의 첫 기억은 다섯 살 또는 여섯 살, 약을 조제하던 스승의 뒷모습이다.

이것은 그 밤, 스테인이 해 줬던 그의 이야기였다.

"이건……"

랑세는 놀라 책을 덮었다. 그는 스승의 이야기가 아닌 자신의 이야기를 적어 냈고, 그걸 세상에 뿌렸다. 대체 언제.

랑세는 기억을 더듬었다. 최근 유독 피곤해하던 그. 시끄러운 소동에도 보이지 않던 그.

세상에, 랑세는 당황스러움을 애써 감춘 채 책을 다시 제자리로 밀어내고 저도 모르게 몸을 뒤로 뺐다.

"왜 그러니?"

"아, 아니에요."

뭐가 아닌지도 모르지만 일단 아니라고 하고 봤다.

"그럼 죄목이 결정되기 전까지는 아무것도 못 한다는 겁니까?"

누군가가 분노 섞인 목소리로 물었고, 리엔은 고개를 끄덕였다.

"아마도. 나도 스테인이 억울한 죄를 뒤집어쓰지 않게 하기 위해 노력 중이란다."

"그걸 어떻게 믿어요!"

그가 벌떡 일어나 외치자, 그렇지 않아도 고요하던 회의실이 더 차갑게 얼어붙었다. 리엔은 그를 가만히 바라보았다.

"수석님 계파에서 스테인을 묻어 버리려고 하는데, 수석님을 어떻게 믿습니까!"

몇몇의 차가운 시선들. 리엔은 그런 시선을 의연하게 받아 냈다.

"나는 스테인과 추구하는 바가 다를 뿐이지, 그에게 억울한 죄를 뒤집어씌우려는 게 아니야."

"수석님 계파에서 이미 스테인을 외면했잖습니까."

그들은 리엔의 말을 더 듣지 않고 회의실을 나가 버렸다. 리엔 역시 그들을 잡지 않고 한숨조차 토해 내지 않았다. 랑세는 그저 가만히, 가만히 숨을 죽였다.

침묵이 내려앉았고, 한참 만에 리엔이 다시 입을 열었다.

"아무튼 스테인은 붕 뜬 상태야. 덕분에 아무도 면회를 가지 못했어."

"엑? 면회는 왜요?"

"그게, 스테인의 친구들은 우리 쪽에서 막았고, 우리 쪽은 원래 갈 사람도 없을뿐더러 가려고 해도 저쪽에서 무슨 음모인가 싶어서 막더라고."

"큰일이네! 면회품 없으면 감옥 생활 힘들 텐데."

저기, 아미아씨, 그걸 어떻게 아는 거죠? 랑세의 의문 어린 눈빛을 알아봤는지 아미아가 씨익 웃었다.

"다녀와 봐서 알지. 난 거기다가 영창이었다고."

아, 네. 자랑이십니다.

"그래서 하는 말인데."

리엔이 아미아의 말을 끊고 랑세를 바라보았다.

"스테인에게 면회품 좀 전해 주러 다녀올 수 있겠니?"

"네? 제가요?"

랑세는 순간 멈칫했다. 싫어요도 아니고 좋아요도 아니고, 어떻게 대답을 해야 할지 몰라서. 그 사람은 자신이 가는 걸 별반 반기지 않을 텐데. 그러나 갈 사람이 없다는 말에, 좋아하지 않아도 이웃으로, 그냥 연민으로, 어쩌면 동정으로 갈 수 있지 않을까 싶어서.

"면회품 전달이라는 게 별것 아니야. 대면 안 해도 될걸. 사식이랑 갈아입을 옷 정도 넣어 주는 거. 약 먹는 거 있으면 약 넣어 주고."

아미아가 자신의 감방 생활 경험을 살려 말했다. 감옥 생활이라는 건 원래 험해야 제맛이라며 거의 추가되는 의복 없이 잡혔을 때 입은 옷을 계속 입어야 하고, 식사도 하루 한 끼, 건더기도 별반 없는 수프 한 그릇이 다라고 한다. 그래서 수감 뒷바라지를 해 주는 사람이 없으면 장기 수감자의 경우 크게 아파 감옥 안에서 치료도 못 받고 죽는 경우도 있고, 단기 수감자의 경우는 폭력성이 더 강해져서 나온다나 뭐라나. 어이구, 그래서 댁도 거기서 성격 나빠져서 나왔나 보죠?

"필요한 물품 살 돈은 내가 낼 테니, 가져다주기만 하면 안 될까?"

돈 때문에 대답을 미룬다고 생각한 걸까? 리엔이 그리 말하자, 랑세는 정말 그래서 대답을 미룬 것처럼 고개를 끄덕였다.

"네, 제가 갈게요. 마침 내일 휴일이기도 하니까, 물건만 전해 주고 나올게요."

리엔은 랑세의 손을 잡았다. 주름진 손이 따뜻하다. 그러나 랑세는 그 손이 따뜻하게만 느껴지지 않았다. 그 손을, 이 손을 왜 그때는, 가장 절박할 때 그에게 내밀지 않았을까. 그리고 왜 지금은 내밀고 있을까. 당신도, 동정일까.

"그래! 물건은 내가 챙겨 줄게. 내가 제일 잘 알걸."

어쨌든 랑세가 간다는 이야기에 아미아가 제일 흥분한 듯 방방 뛰었다.

"어, 음, 저도 돈이라도 좀 보탤게요."

하이란이 거들었고, 와렌 역시 조용히 손을 들어 돈이라도 보태겠다는 의사를 표했다.

랑세는 쓴웃음을 지었다. 그 밤, 이야기를 들은 사람들. 이 사람들은 무엇 때문에 돕겠다는 걸까. 동료 의식? 연민? 동정?

그때, 타루가 끼어들었다.

"에세네 친척이 감옥을 종종 갔다 와서 들은 게 있으니, 저도 옆에서 돕겠습니다."

사람을 돕는 마음은 어디서 시작되는 걸까. 랑세는 그저 쓰게 웃을 뿐이었다.

회의를 마무리하려는 듯 리엔이 어수선한 장내를 박수 두 번으로 정리하고 말했다.

"일단 스테인이 빠져나올 방법을 알아볼 테니 그때까지 뒷바라지하는 걸로 알고 있으렴. 내일 챙겨야 하는 물품은 아미아랑 타루가 정리하면 되니까 올라갈 사람은 올라가렴."

몇몇은 수군거리며 회의실을 빠져나갔고, 몇몇은 의심스러운 눈으로 리엔을 힐끗거리며 나갔다. 품목을 정리해야 하는 사람 이외에 남은 사람들은 돈을 낸 이들과 케일이었다.

아미아와 타루가 머리를 맞대고 품목을 정리하는 사이, 랑세는 멍하니 앉아 있었다. 생각이 너무 많아져 결국 아무 생각 못

하는 상태. 그런 사람은 저뿐만이 아니었던 듯, 타루와 아미아 말고는 모두 침묵을 지켰다.

"자."

얼마나 지났을까. 아미아가 종이 한 장을 랑세에게 내밀었다.

"챙겨야 할 거 일단 쭉 적었어. 아, 사식은 내가 장기간 보관 가능한 음식으로 좀 만들면 될 것 같고. 건량은 좀 사면 되고."

랑세는 목록을 하나씩 짚어 가며 읽었다.

"일단 상비약. 이거 마법 약 아닌 것도 되는 거죠?"

"응. 마법 약은 비싸니까, 해열제랑 소화제 같은 일반 약. 거기서 그 정도로는 치료도 잘 안 해 주거든."

"알았어요. 어, 그리고 속옷이랑."

"그건 내가 사 두지."

갑작스레 케일이 끼어들었다.

"엑, 네가 왜?"

"여자더러 남자 속옷 사라는 거냐?"

아, 그것 때문인가. 랑세는 의외라는 눈으로 케일을 바라보았다. 그의 배려가 고마운 것과는 별개로 랑세는 정말이지 남자 속옷을 사는 데 아무 거부감이 없었다. 아빠 것도 사 보고 동생 것도 사 봤기에.

그래서 제가 사면 된다고 말하려는 순간.

"내 속옷은 네가 샀잖아!"

순간 회의실이 꽁꽁 얼어붙었다. 아미아 속옷을 누가 샀다고? 모두의 시선이 케일에게 모이자, 케일이 그답지 않게 소리를 빽 질렀다.

"그때 면회품은 내가 산 게 아니다! 네 부하가 챙겨 준 거였어!"

"왜 소리를 지르고 지랄이야!"

"이상한 소리를 하니까 그렇지!"

"뭐가 이상한데! 내 몸에 착 맞게 잘 골라서 좋기만 했구먼. 근데 그 부하 누구야? 여태껏 엉뚱한 놈에게 고마워했네."

"말을 말자, 말을 마."

그래요, 말을 마세요.

"어차피 저거 랑세 씨 혼자 다 못 사 올 거니까, 제가 도와드릴게요."

타루가 두 사람을 말리며 남자 속옷을 사기로 했고, 그 외 위생 용품을 비롯하여 기타 챙겨야 할 품목을 확인했다.

"그럼 내일 오전 중에 나가서 사고, 어, 스테인 씨가 수감되어 있는 감옥까지 안내도 부탁드릴게요."

"네, 그럼 일단 오늘은 들어가죠."

품목과 해야 할 다른 일들이 정리되자 다들 지친 몸을 일으켰다. 그런 와중, 와렌이 나가지 않고 탁자 위에 있는 책들을 빤히 바라보았다. 그러다 주춤 손을 뻗어 책 한 권을 집었다.

"와렌."

리엔이 말리는 듯 말하자 와렌은 잠시 리엔을 가만히 바라보다 침을 꿀꺽 삼키고 물었다.

"읽은 사람 중에…… 잡혀간 사람이 있나요?"

그런 와렌을 한참 동안 알 수 없는 눈으로 바라본 리엔은 무어라 말할 듯 입을 열었다가 다시 닫고 고개를 저었다. 그러고는 덧붙였다.

"아직은."

"아, 음."

와렌은 잠시 책을 내려다보다가 품에 안았다. 그 모습을 보던 하이란이 자신도 책을 집었다, 두 권이나. 그중 한 권을 쓴웃음을 지으며 와렌에게 내밀었다.

"그거, 그래도 이걸로 바꿔 가세요."

"네?"

와렌은 제 품의 책을 다시 훑어보았다. 어이쿠, 출간 정지된 작품 제목이었으니. 얼굴이 새빨개진 와렌은 하이란이 내민 마법 이론서로 표지 갈이가 된 책을 집었고.

"그럼 이건 내가 가져갈게."

아미아가 그 책을 가져갔다. 캬, 제목 좋다, 하는 추임새에 모두가 피식 웃고 말았다. 뒤이어 타루도 책을 집고, 케일도 가져갔다.

랑세는 그 광경을 가만히 바라보다 책에 손을 뻗었다. 처음 홀로 릭스에게 책을 빌렸을 때는 어떻게든 몰래 보고 숨기려고 했는데, 이제는 크게 두렵지 않게 책을 가져간다. 이래서 나쁜 짓 하는 놈들이 몰려다니나 보다.

"자, 난 일단 가서 음식이나 좀 만들게."

아미아가 운을 떼고 나가자 다들 뒤에 붙어 슬슬 나가기 시작했다. 랑세 역시 나가다, 잠시 뒤를 돌아보았다. 리엔은 의자에 앉은 채 탁자 위에 덩그러니 남은 스테인의 책을 바라보고 있었다. 아니, 리엔이 정말로 스테인의 책을 바라보며 앉아 있는지는 알 수 없었다. 보이는 것은 리엔의 등뿐이었으므로.

어쩐지, 몹시도 지쳐 보이는 등에 랑세는 가만히, 가만히 서 있었다. 꼭, 엄마 같았다. 몹시 지친 엄마. 그래서 랑세는 아무 말 하지 않고 회의실을 나가 버렸다.

이튿날, 랑세는 아미아가 싸 준 먹을거리와 상가에서 산 면회품을 바리바리 싸 들고 형무소 앞에 섰다. 물론 여기까지 혼자 이 짐을 다 들고 온 것은 아니었다. 마법사들에게도 최소한의 양심은 있어서 영업 마차를 태워 주고 함께 와 줬다. 근처까지만. 자신들이 있어서 면회가 거부될지 모른다며 멀리 떨어져서 기다리고 있겠다고 한다. 그래서 온 곳이.

"마법사 전용 형무소."

마법사들은 마법으로 탈주할 가능성이 있으므로 이렇게 따로 수용한다고 아미아가 설명해 줬다. 비마법사용 감옥도 치안대 내의 작은 임시 감옥만 봤던지라, 이 두껍고 튼튼한 벽을 보자니 저절로 몸이 움츠러들었다. 음, 히고 랑세는 마음을 가다듬고 형무소의 두꺼운 대문으로 다가갔다. 앞에서 경비를 서는 사람도 당연히 마법사.

"저기, 면회품 전달은 어디서 신청하면 되나요?"

당연히 마법사 죄인에게도 비마법사 친구나 가족이 있을 테니 그들은 호들갑 떨지 않고 저기 한쪽의 작은 사무실을 가리켰고, 랑세는 최대한 예의 바르게 인사하고 그 곁을 지나갔다. 자신도 공무원이기에 안다. 작은 인사가 크게 돌아오는 것을. 여하튼.

사무실의 불친절한 마법사 직원에게서 신청서를 받아 이것저것 작성해서 내밀었다. 글씨는 최대한 깔끔하게. 신청서를 무심히 챙기던 직원이 눈을 크게 떴다. 그러고는 랑세 한 번, 신청서 한 번, 랑세 한 번 다시 바라보았다.

"스테인과의 관계가?"

랑세는 업무용 최고 단계 미소, 즉 상사 앞에서 짓는 미소를 띠었다.

"작성된 바와 같이 이웃입니다. 겨울이 다가오는데 이웃이 추위에 떨면 안 되니까요."

직원은 급히 서류를 다시 훑어보았다. 죄인의 원주소지와 면회자의 주소지가 다 적혀 있다. 311호와 411호. 바로 윗집 사는 사람인 게 뻔히 보이고, 직업란에 문관이라는 것까지 다.

으으음, 그는 갈등했다. 마법사들이 오면 어느 계파인지 몰라 곤란해질 수 있으니 다 막으라고 하더니만, 문관이란다. 이걸 어쩌면 좋나.

"여기 추운데 참 고생하시네요."

"응? 아직 가을⋯⋯."

랑세의 말에 마법사는 당장에 반박하며 고개를 들다가 멈칫했다.

"공무로 고생하시는 분인데……. 제가 그 마음 알아요. 안타깝네요."

랑세가 그에게 은근히 작은 차 상자 하나와 과자 상자를 밀어 줬다. 법에도 안 걸리고 받아도 찜찜하지 않지만 그냥 입 닫기에는 미안한 가격대의 선물. 이 가격대 선물 선정을 위하여 마법사 놈들과 얼마나 격렬한 토론을 벌였던가. 마무리는 랑세의 강력한 경험담이었다.

크흐음, 마법사는 헛기침하며 상자를 받고는 통과 도장을 찍어 줬다.

"저쪽으로."

랑세는 꾸벅 인사를 하고 안으로 들어갔다. 안에는 작은 탁자와 의자가 있었다. 주변을 둘러보다 자리에 앉았다. 물품 전달 절차가 복잡하네. 이대로 물품 검사하고 나가면 되는 걸 텐데 사람도 안 오고. 역시나 마법사 놈들이 하는 곳이라 이상하네. 랑세는 편견 어린 생각을 마음속으로 투덜거렸다.

"자, 들어가라."

그때, 문이 열렸고 랑세는 벌떡 일어났다.

"저런, 올 사람은 랑세 씨뿐이라고 생각하긴 했는데 정말로 오셨네요."

스테인이 느긋한 웃음을 지으며 서 있었다. 두 손은 수갑에 채워진 채. 그는 마치 아파트 부엌에 앉아 있는 랑세에게 다가

오듯이 아무렇지 않게 걸어와 랑세 건너편에 앉았다. 동행한 교도소 관리 마법사가 아니었다면, 손에 찬 수갑이 아니었다면, 여전히 그곳이었다고 착각했으리라.

"면회품 검사를 하겠다."

마법사는 탁자 한쪽에 놔둔 짐을 열고 검사하기 시작했다. 탈옥을 도와줄 만한 도구는 없는지, 마도구는 없는지 뒤적거리는 사이에 랑세와 스테인은 가만히 서로를 바라보고만 있었다.

"이상 무."

마법사는 검사를 마친 면회품을 들고 문을 나섰다. 이대로 면회품을 수감된 감방 안에 넣어 둔다고 사람들이 미리 설명해 줬기에 랑세는 당황하거나 허둥거리지 않았다. 그저, 가만히.

면회실의 창살 달린 창에서 햇살 사이로 먼지와 침묵이 떠다닌다. 랑세는 한참 만에 입을 열었다.

"면회품만 전해 주고 가려고 했는데, 뭔가 착오가 있었나 봐요."

그 말에 스테인이 눈을 접어 웃었다.

"수감된 불쌍한 죄인에게는 사람이 최고의 선물이라는 걸 알아준 관대한 분이 있었나 봅니다."

자리에서 일어나려던 랑세가 주춤 도로 앉았다. 에이씨, 저런 말까지 듣고 매정하게 갈 수는 없잖아.

"여유 있게 웃으시는 걸 보니 불쌍하다고 말할 정도는 아닌 것 같네요. 어, 조금 마르시기는 했지만."

적군 감옥에 갇혀서 온갖 고생을 했던 엄마는 몸과 마음에 큰 상처를 입었는데, 스테인은 그에 비하면 훨씬 나아 보였다. 심정이 억울할 것과는 별개로.

스테인은 랑세의 말에 어깨를 으쓱였다.

"제 존재를 어떻게 이용해 먹을까 고민 중인 어르신들이 많아서 아직은 안전합니다. 방치 중인지라. 생각 없이 일을 벌인 것은 아니랍니다."

참, 사람 심보란 알다가도 모를 일이다. 그에 대한 호불호를 떠나 안전하다는 말에 안심이 되어야 하는데, 어쩐지 한마디 한마디가 밉살스럽다. 여기서 그가 축 처진 채로 있길 바란 걸까.

"그러면 다행이고요. 계속 안전하시길 바랄게요."

저도 알 수 없는 못된 심보에 결국 한마디 덧붙이고 만다.

"제일 안전한 방법은 아무 짓도 안 저지르는 것인데 말이죠."

"뭐, 저도 얌전하게 살려고 했는데 랑세 씨 덕에 자극이 되어서 말이지요."

"네?"

이건 또 무슨 소리래?

"랑세 씨가 제 이야기를 듣고 싶다고 하셨잖습니까?"

랑세는 얼어 버렸다. 그 밤, 이 사람을 저 말로 부추겨 이야기를 듣긴 했지만, 그것 때문에 책을 썼다고?

"아, 랑세 씨 탓을 하는 건 아닙니다. 그저 그 밤에 이야기하고 나니 제가 가야 할 방향을 정할 수 있었다는 것뿐입니다."

따지기 전에 먼저 선수를 치니 할 말이 없어진 랑세는 입술만 깨물었다. 그러다 주변을 둘러보았다. 면회에 감시자는 없는 걸까. 어디 마법 도구로 엿듣는 건 아닐까.

"할 말 있으면 하세요. 바깥에 사람이 있긴 하지만 같은 편 사람이라 어지간하면 덮어 줄 겁니다."

눈치 빠른 새끼. 마법사들 데리고 눈치 싸움 하면 이 새끼가 일등 할 거다.

"책, 봤어요."

"아……."

그건 예상치 못한 일이었는지 스테인은 잠시 멈칫했다. 그러나 무너진 웃음은 곧 다시 제자리로 돌아왔다.

"왜요? 책 한 권 숨기려고 마법으로 만든 벽을 타고 올라갈 정도였으면서. 이것도 부끄럽지 않고 싶어서인가요?"

"무슨 생각을 하는지 궁금해서요."

이미 세상을 미워하기로 했으면서. 모든 것을 원망하기로 했으면서. 그러면서 그토록 담담하게 말했던 이야기를 왜 다시 책으로 쓰고 배포했는지.

"그래서 알겠던가요?"

랑세는 고개를 저었다. 그 밤의 이야기보다 더 정돈되고 더 섬세했을 뿐이다. 그 책 속의 사실에 대한 슬픔 자체는 느꼈지만 세상에 대한 원망이나 분노 따위는 읽어 낼 수 없었다. 또한 무엇을 해야 한다는 주장도 의도도 없는 담백한 책.

"제가 책을 쓴 게 랑세 씨 덕이니 알려 드릴까요?"

얄미워라. 랑세는 잘난 척하듯 말하는 꼴이 보기 싫어 됐다고, 관두라고 말하려 했으나.

"죄책감입니다."

그가 또 먼저 답을 채 갔다. 그에 뭐라고 하기도 전, 생각지도 못한 답에 랑세가 눈을 크게 떴다. 랑세의 반응이 마음에 드는지 스테인의 미소가 짙어졌다.

"세상을 원망하고 미워하기보다는 세상이 나를 보고 자책하고 죄스럽게 느끼도록 만드는 게 더 좋은 방법이라고, 내게 이득이라고 생각했기 때문입니다."

그날, 릭스에게 사실을 들은 날 느꼈던 그 감정.

"랑세 씨도 내게 죄책감을 느꼈기에 알고, 읽고, 여기까지 온 것 아닙니까?"

사람을 도와주려는 선의와 호의는 어디서 시작되는가.

"아까 짐 보니 혼자 사 오신 건 아닌 것 같던데요. 아미아 씨야 원래 오지랖이 넓다 하더라도. 리엔 선배인가요? 하긴, 랑세 씨를 도와준다고 와렌 씨도 나섰겠지요. 그렇지만 그 소심한 사람이 랑세 씨 일이라고 해도 먼저 나섰을 리가 없고."

"와렌 씨는 소심하지 않아요. 아니, 그보다 사람의 선의를 그렇게 무조건 죄책감이라고 해석하시나요? 책을 안 읽은 사람도, 댁한테 이야기를 직접 안 들은 타루 씨도 한 손 보탰거든요?"

"될트렝 때문에 내가 잡힌 건 알지 않습니까."

"그걸 아는 모든 사람이 다 도와주지는 않았으니까요."

랑세의 말에 스테인이 잠시 입을 다물었다.

저 사람은 세상을 원망하는 대신 세상이 자신에게 죄책감을 느끼게 하고 싶다 하면서도, 여전히 세상과 사람을 믿지 않는다. 불신과 증오는 같은 말이 아니다. 그러나 불신은 증오로 이어지기 쉬우며, 역으로 증오가 불신으로 이어지기도 쉽다.

"그래서요? 그래서 댁 이야기로 세상이 미안해하면 그다음에는 뭘 하려고 하셨는데요?"

"글쎄요, 왜 썼을까요?"

"댁이 알지, 내가 알아요?"

서로 한 번씩 말 같지도 않은 말을 주고받자 스테인이 픽 하고 웃었다. 그는 잠시 철창을 바라보다 다시 입을 열었다. 햇빛, 따스한 햇빛을 다시 못 볼 수도 있다고 각오 따위 한 적은 없었다. 상관없었기에. 이미 오래전 아무런 빛을 눈에 담지 못하고 세상을 떠난 사람을 기억하기에.

"기억하겠죠."

스테인은 가만히 그 햇빛을 즐기듯이 눈을 감았다.

"그들을 기억하겠죠. 그들이 우리에게 한 짓을 떠올리겠죠. 그들이 비마법사를 보호하겠다고 한 짓이 사실은 인간에 대한 양심을 저버린 짓이었다는 걸 기억하겠죠. 그들이 앞으로 할 일은 피를 밟고 올라가는 성취라고 기억하겠죠. 평화롭게 어울려 산다고 벌인 짓에 사실은 한쪽의 일방적인 희생이 있었음을 기억하겠죠."

그는 세상을 미워한다고 했다. 사람의 호의를 불신한다고 했다. 그러나, 정말 그는 온전히 불신하고 있기만 할까. 랑세는 문득 그런 생각이 들었다.

"사람들이, 기억할 거라고 생각하세요?"

그는 여전히 사람을 믿고 있지 않은가, 하는 그런 생각이.

"당장에 스테인 씨를 알고 있는 아파트 사람이나, 그래요, 댁네 계파 사람들은 기억할지 모르죠. 그런데 이렇게 잡혀 올 만큼 책을 뿌려 놨다고 읽은 모두가 평생 죄책감을 느끼고 살 거라고 생각하세요?"

먼저 사건을 알아볼 만큼 신경 쓰였던 자신도 가끔 생각나 마음 아파할 뿐, 그저 멀리서 지켜보고 때로는 일상 속에 묻어 놓을 만큼만 기억하는데. 더 냉소적이거나 더 무심한 사람들은 아, 그래, 그런 일이 있었어, 하고 지나칠 수도 있는데. 사람을 여전히 믿지 않고서야 이런 계획을 세울까.

"당연히 아닐 겁니다. 그런 기대 따위는 하지 않아요, 랑세 씨. 난 그렇게 착하고 순진한 사람이 아닙니다."

착하다는 것은, 세상을 믿는다는 말과 동일한 걸까.

"여전히 사람들은 이득에 따라 저와 제 고향 사람들의 일을 이용할 수도 있고 묻어 버릴 수도 있을 겁니다. 그래도 당신 같은 사람이 좀 있으니, 기억해 주겠죠."

"저 같은 사람요?"

수갑을 찬 손끝이 랑세를 가리켰다.

"착하고 순진한 사람."

허, 그 말에 랑세가 헛웃음을 내뱉었다.

"그런 사람이 기억하고, 기억을 이어 가고, 그리고 중요한 시점에 한마디 던지게 되는 발판을 마련한 겁니다, 나는."

스테인은 빙그레 웃었다.

"여태껏 세상을 미워했지만, 세상이 내가 왜 미워하는지 몰라주는 것보다는 더 나을 것 같아서요."

당신이 부끄러워지고 싶지 않아 알고 싶다 말했던 것처럼, 세상이 내게 부끄러워했으면 좋겠다.

"어때요? 세상을 미워하는 것보다는 이쪽이 낫지 않나요? 잘하지 않았습니까?"

스테인은 마치 칭찬을 바라는 어린 소년처럼 고개를 살며시 꺾고 랑세를 바라보았다. 랑세는 그의 아래위를 훑어보았다. 그래, 원망을 제 속에 담고 누군가를 미워하며 힘이 있는 자들이 우위를 차지하는 세상을 꿈꾸는 것보다는 확실히 건설적이기는 하다. 그러나 그 말이 곱게 들리지만은 않았다.

"맞는데요, 잘하셨는데요, 스테인 씨 태도나 말투 때문이라도 잘한 것처럼 들리지는 않네요."

결국 참지 못하고 한마디 던지는 랑세를 향해 스테인이 소리 내 웃었다.

"제가 뭐 하러 상냥하고 친절하게 설명해야 합니까?"

"네?"

"제가 친절하고 좋은 사람이 아니라면, 우리가 겪은 억울함이 가짜가 됩니까? 그들의 죄가 사라지나요?"

"아."

"내 태도가, 그들의 죄의 경중과 상관있습니까?"

그 말에 랑세는 입을 다물었다가 한숨을 토해 내며 자리에서 일어났다.

"전략적 사고라고 생각하세요. 더 효율적인 방식이라고요."

"제가 그렇게 굴지 않아도 이미 당신 같은 사람은 기억해 주는데 말입니다."

랑세는 그런 말을 하는 스테인을 빤히 바라보았다. 그러다 그처럼 웃으며 입을 열었다.

"댁 말처럼, 나는 착하고 순진한 사람이니까요."

스테인은 말문이 막힌 듯 움찔했고, 랑세는 다시 한숨을 토해 냈다. 감옥에 갇힌 사람과 이게 뭐 하는 짓인가 싶어서.

"갈게요. 스테인 씨네 계파든 리엔 님네 계파든 아무튼 바깥에서 알아서 뭔가 하는 거 같으니까 너무 걱정하지 마시고요. 아미아 씨가 열심히 요리한 거 잘 챙겨 드시고요, 때마다 속옷 잘 갈아입으시고요. 아무튼, 건강 신경 쓰면서 지내세요."

안에서 사람이 나가려는 걸 알아챈 것인지 아니면 면회 시간이 다 끝난 것인지 교도소 관리 마법사가 때마침 안으로 들어왔다. 그는 나가려는 랑세를 향해 저쪽으로 가면 된다고 불친절하게 안내를 했고, 랑세는 직장용 미소를 지으며 나갔다.

"가자."

스테인은 관리 마법사 손에 이끌려 순순히 뒤따라 나섰다. 복도 저쪽, 햇빛이 가득 들어오는 출구를 향해 걸어가는 랑세가 보였다. 스테인은 잠시 걸음을 멈춰 랑세의 뒷모습을 바라보았다. 빛이 가득 들어오는 복도에 길게 진 랑세의 그림자가 눈에 들어왔다. 그에 스테인은 눈살을 찌푸렸다.

"뭐 하나? 어서 따라와."

"아, 네."

스테인은 관리 마법사의 재촉에 뜸 들이지 않고 답했다. 그리고 다시 뒤돌아보지 않고 햇빛 하나 들어오지 않는 어둡고 깊은 복도를 걸었다.

"왔어요."

형무소 근처에서 기다리던 마법사들을 보고 랑세가 한숨처럼 말을 토해 냈다.

"줬어?"

"줬기만 했을까요, 만나기까지 한걸요."

아미아가 다급하게 묻자 랑세는 고개를 끄덕였다.

"뭐래? 아니, 아니다, 여기서 할 이야기는 아닌 것 같다. 어디 가서 이야기하자."

아미아가 랑세의 등을 쭉쭉 밀어 근처 찻집으로 몰아가려고 하자, 랑세는 다리에 힘을 주어 안 밀리게 버텼다.

"여기서 말고요! 아파트로 돌아가서 이야기해요! 다른 사람들도 궁금해할 거 아니에요!"

"여기 있는 사람들이 제일 궁금해하는 사람들이야!"

"아, 쫌. 가서 이야기해요. 왜 이렇게 사람이 급해요!"

어쨌거나 마법을 안 쓰면 아미아가 랑세를 힘으로 이길 리는 없었다. 랑세는 마음 급한 사람들을 힘으로 마차에 밀어 넣었다. 여기서 아미아와 랑세가 티격태격하는 걸 지켜보느니 얼른 타고 가서 다 같이 듣는 쪽이 훨씬 빠르다는 걸 아는 이들의 적극적인 협조 덕이기도 했다.

마차를 타고 가는 내내 아미아는 입을 삐죽 내밀고 랑세의 옆구리를 꾹꾹 찔렀지만, 랑세는 꿈쩍도 안 했다. 아니, 안 한 건 아니고 그냥 손목 한 번 잡고 가볍게 꺾어 줬다. 악악거릴 법도 했지만, 분위기가 심상치 않자 아미아는 몇 번 투덜거리고 말았다.

사실, 랑세는 심각했다기보다는 심란한 것에 가까웠다. 그저 스테인이 해 준 여러 말이 마음 안에서 떠다니고 있었기에. 뭐라고 정리할 말이 없었기에. 그가 한 말 자체는 몇 마디 안 되기에 마차 안에서 전하는 것은 어렵지 않았다. 그러나 혀끝에서 귀로, 귀에서 다시 혀끝으로 말이 옮겨 갈 때 그 안에 담긴 심상까지 과연 전달할 수 있을까. 그의 책에 어떤 감정도 녹아나지 않은 것은 감정이 없어서가 아니라, 이제는 이겨 내서가 아니라, 그저 까맣게 인쇄되며 감정 자체가 모두 증발한 것이 아닐까. 분명 햇살이 들던 면회실에 먼지와 함께 울리던 그 목소리에는 무언가가 묻어 있었는데.

"얼른 내려!"

마차가 아파트 앞에 도착하기도 전에 아미아가 문부터 열자 마부가 위험하다고 외치며 밈췄다. 결국 일행은 마차에서 내려 걸어서 들어가야 했다.

"다녀왔어요."

랑세는 아파트 앞에서 눈을 초롱초롱 빛내며 자신을 기다리고 있는 마법사들에게 다시 한번 인사했다. 집합이고 뭐고 할 것 없이 먼저 회의실로 들어갔다.

"리엔 님⋯⋯."

스테인의 소식이 궁금한 마법사들이 따라 들어오기도 전, 그 안에는 리엔이 이미 앉아 있었다.

"잘 다녀왔니?"

랑세는 리엔을 가만히 바라보다 그저 고개를 끄덕였다. 그 모습에 리엔은 한숨을 내뱉으며 역시 고개를 끄덕여 주었다. 사실, 모든 이야기를 아파트에 돌아와서 들려주고자 한 것은, 누구보다 당신이 듣길 바라서일지도 모른다. 그리고 듣고 싶은 이야기가 있어서인지도 모른다.

"저기, 다들 들어오셨죠?"

"아, 응."

오늘 동행했던 사람들도, 돈을 냈지만 나가지 않았던 사람들도, 스테인의 계파지만 어쩐지 리엔의 발의에 동참하고 싶지 않았던 사람들도, 모두 그의 소식을 궁금해한다. 스테인은 죄책감 때문에 자신을 도와줬을 거라고 믿지만, 정말 이 모든 사람이 죄책감 때문에 모였을까?

"면회품만 전해 드리려고 했는데요, 서류가 잘못되었는지 관리가 이해를 잘못했는지 직접 만났어요."

"⋯⋯무사합니까?"

랑세와는 별반 말도 안 섞어 본 마법사가 물었다. 어쩌면 문관 따위, 비마법사 따위보다 마법사가 훨씬 우위에 사는 세상을 꿈꾸는 사람일지도 모른다. 그런 사람이 절실한 눈을 하고 비마법사에게 그의 안부를 묻는다. 스테인 씨, 저 사람은 죄책감 때문에 내게 물을 수 있는 걸까요.

"네. 조금 마르기는 했지만 다친 곳, 아픈 곳은 없어 보였어요. 본인 말로는 방치 상태라 아무도 안 건드려서 괜찮다고 했습니다."

"아, 다행입니다."

이름 모를 마법사는 잠시 입을 다물었다가 조용히 덧붙였다.

"……감사합니다."

"……천만에요."

저 인사는 진심일까, 아닐까.

"그리고 또 무슨 이야기 나누었어?"

아미아가 잠시간의 침묵을 참지 못하고 옆구리를 쿡쿡 찔렀다. 랑세는 아미아의 손가락을 붙잡고 바로 이야기를 시작하려다가 멈칫했다. 두 사람만 나눈 이야기를 이렇게 공개적으로 해도 될까 싶어서. 우리끼리 하는 이야기이니 비밀을 지켜 달라는 서두가 없었음에도, 바깥에서 듣는 사람이 빤히 있었음에도, 잠시 꺼리게 되었다.

"그냥 이것저것요. 그저 그 책을 왜 쓰셨는지요."

그럼에도 말하고 말았다. 알 게 뭐람, 면회품 가져다줬으면 이웃 된 도리는 다한 거지, 비밀까지 지켜 줘야 할 의리가 우리 사이에 있었나, 하고 혼자 변명하면서. 사실은 이 말을 들은 어떤 사람이 무슨 얼굴을 할까가 궁금해서일 터였다.

"뭐래?"

이어지는 아미아의 질문에도 랑세는 리엔을 바라보며 답했다. 여태 시선을 피했던 이가 이번만큼은 고개를 똑바로 들고 눈을 마주치고 있었다. 그렇구나, 최소한 리엔은 그의 이야기를 듣고자 나를 보냈구나, 하고 새삼 깨닫고 말았다. 이곳 마법사들 중 가장 어른.

"그 사건을 들은 사람들이 기억해 주길 바란대요. 자신들을 기억해 주길 바라고, 그 사건을 외면하거나 방조한 사람들이 자신의 잘못을 기억하길 바란대요. 그리고 죄책감을 느끼길 바라며, 그 죄책감을 바탕으로 중요할 때 한마디 던지길 바란대요."

랑세는 잠시 입을 다물었다. 정말 이렇게 말했던가, 하고 의구심이 든 탓이었다. 말이 귀로 전해지고 귀에서 입으로 나오며 얼마나 바뀌었는가.

"거의, 음, 약간의 차이는 있겠지만 거의 이렇게 말했어요."

자신이 이해하고 싶은 대로 들었고, 이해하고 싶은 대로 말했는지도 모른다. 그렇기에 조악한 변명을 덧붙이며 말을 마무리했다.

랑세의 짧막한 설명에 회의실은 다시 무겁게 가라앉았다. 모두가 가만히 무언가 생각에 빠져 있는 사이, 랑세는 리엔의 시선을 피하지 않고 마주 바라보았다. 리엔을 제외하고는 여기 있는 모두 그 사건이 일어났을 때 어리거나 아무 역할도 아니었을 나이.

"아, 진짜, 그 새끼 성격하고는……."

"아미아 씨!"

침묵을 깬 것은 아미아의 투덜거리는 소리였고, 누군가 그녀의 이름을 부르며 말렸다. 하지만 그런 것에 신경 쓸 아미아인가.

"아, 뭐래. 성격만치 비비 꽈서 이야기하기는. 정말 억울하니 다 알아줬으면 좋겠다, 이거 아냐, 그냥."

말이란 입에서 나와 귀로 들어가 다시 다른 입으로 나오는 순간 이렇게 되기도 하는구나. 여기부터는 능력 밖의 일이라 랑세는 그저 웃어넘겼다.

"아무튼, 그래서 더 길게는 이야기 못 하고요, 건강 챙기시라는 이야기만 하고 나왔어요. 보고는 여기까지입니다."

마지막 말을 마칠 때까지도 랑세는 리엔에게서 시선을 떼지 않았다. 리엔은 시선이 얼추 랑세에게 있는 듯했으나, 무언가 생각에 잠긴 듯 조금 멍해 보였다. 그러나 곧 눈에 빛이 돌아왔다. 그 빛이 돌아오기 직전, 그 눈에 스치던 감정은 무엇인지 랑세는 알 수 없었다.

"고생했어요, 랑세 양."

리엔이 랑세에게 사의를 표하며 자리에서 일어난 순간.

"어떻습니까? 수석님은 죄책감을 느끼십니까?"

랑세는 혀를 깨물 뻔했다. 생각하던 것이 입으로 튀어나온 줄 알고.

다행인지 불행인지 그 말을 외친 것은 랑세에게 스테인의 안부를 묻던 마법사였다. 그의 과격한 질문에 회의실은 얼어붙었다. 모두의 시선이 리엔에게 몰렸다. 어쩌면 같은 것을 묻고 싶었는지도 모른다. 우리는 어렸다. 몰랐다. 그러나 당신은 그때 무엇을 했는가.

으, 하고 랑세는 입술을 깨물었다. 설마 이것도 스테인이 의도한 바였을까. 자기 오지랖에 이렇게 공개적으로 이야기하고, 그래서 누군가 공개적으로 리엔에게 자신의 질문을 옮겨 주는 것을.

"글쎄."

리엔의 대답이 회의실의 얼음을 깼다. 깨다 못해 확, 하고 열이 오르는 듯했다. 애매한 답에 의아함과 노기가 섞인 시선이 모였다.

"스테인은 어려운 길을 가려는 모양이구나."

"뭐요?"

"차라리 동정과 연민을 바란다고 했으면 그 애의 길이 더 쉬웠을 것을."

며칠간 보였던 작은 어깨 따위는 사라져 있었다. 늘 보던 당당한 리엔의 모습에 랑세는 눈을 가늘게 떴다. 그 당당함을 좋아했는데 오늘은 마음에 차지 않는다. 함께 죄책감을 느끼길 바란 걸까.

"죄책감은 오래가지 않지. 나의 죄를 탓하기보다 남의 죄를 비난하는 게 차라리 편하니까. 심지어 제 죄를 탓하고 싶은 사람이 몇이나 될까. 죄책감으로 무언가를 하게 시키는 것보다 남을 탓하며 할 일을 떠넘기는 게, 사람들을 분노하게 만드는 이야기를 하는 게 나을 텐데 말이야.”

동정과 연민에는 일말의 죄책감도 존재하지 않는 걸까.

“그럼…… 리엔 님은 스테인 씨를 동정하시나요?”

“응. 동정한다.”

랑세가 뭐라고 덧붙이기도 전 리엔은 바로 말을 이었다.

“뒬트렝에서 살아남았음을 동정하는 게 아니라, 어려운 길을 가려는 자세를 동정한다.”

그도 알고 있던 것. 세상이 그렇게 착하고 순진하지 않다는 것. 그가 싸워야 하는 상대는 단순히 한 마법사의 계파가 아니라 사람의 마음인지도 모른다. 무척이나 높고 거대한 벽.

“그 당시 마법사 보호법을 만들기 위해서는 비마법사들의 협조가 필요했지. 특히 문관들의. 그리고 한 마을 단위의 사람들이 당할 처벌을 막아 주는 것이 거래 조건이었던 걸로 알고 있어.”

“대체 마법사를 보호한다면서 마법사를 저버리는 행위는 무엇입니까?”

모순. 사람들은 자주 모순에 대한 합당한 이유를 찾으려 한다. 죄책감 따위 느끼고 싶지 않아서.

“더 약한 마법사들을 보호하고 싶었으니까.”

알 수 없는 말에 모두가 눈을 동그랗게 떴다.

“그 당시 그 사람들은 제대로 된 마법사로 취급받지 못했으니까.”

리엔의 시선이 닿은 곳에는 와렌과 타루 같은 마도구계 마법사들이 있었다.

"마력이 부족하다는 이유로 평생 고마력 마법사 밑에서 차별받고 단순노동 인력으로 갈려 나가던 사람들을 보호할 수 있는 절호의 기회였으니까."

"그깟 차별이 사람 목숨과 비할 바입니까!"

"더 나은 미래 앞에 사람 목숨은 숫자로 보일 때가 있지."

"리엔 수석!"

마법사들이 일어나 격하게 반발하기 시작했다. 마도구계 마법사들은 고개를 숙인 채 아무 말 하지 못했다. 랑세는 그 사이에서 어떤 말도 못 한 채 앉아 있을 뿐이었다. 뒬트렝과 스테인의 이야기가 정말 리엔에게는 아무것도 아니었을까. 지금껏 보아 왔던 리엔과는 너무나도 다른 모습에 그저 당황스러울 뿐이었다.

리엔은 마법사들의 비난을 가만히 서서 듣고 있을 따름이었다. 리엔이 아무 말 없자 끝없을 듯했던 비난과 반발이 잠시 수그러들었다. 그 틈을 타 리엔이 다시 말했다.

"보았지? 죄책감이라는 것이 얼마나 아무 소용이 없는지를."

"리엔 수석! 지금 그런 말을 할 때입니까?"

"이제 나는 나 같은 어처구니없는 노인네들의 동정심을 자극해 봐야겠지."

"네?"

"너희는 너희가 할 수 있는 일을 하렴. 나는 내가 할 수 있는 일을 할 테니."

리엔은 젊은 마법사들을 뒤로하고 회의실을 나가 버렸다. 이유를 알 수 없는 침묵은 선배 혼자 잘났지, 진짜 짜증 나, 하고 아미아가 비명같이 외칠 때까지 계속되었다.

"리엔 수석님이 뭐라고 하시든 간에 우리는 우리가 할 일을 하려고 합니다."

아미아가 부린 소란이 조금 잠잠해지자 랑세에게 스테인의 안부를 묻던 마법사가 자리에서 일어나 입을 열었다. 그의 손에는 종이 몇 장이 들려 있었다.

"어르신들끼리 하는 논의가 얼마나 더 걸릴지 모르고, 그때까지 스테인 선배가 안전하리라는 보장이 없습니다. 그러나 스테인 선배가 부당하게 잡혀 있다는 사실을 많은 사람들이 알고 있다는 것이 알려지면 부담감을 가질 수밖에 없을 겁니다."

부담감을 가지는 것은 누구일까. 아마도 지배자 또는 위정자. 마법계의 지배자든 백성의 지배자든.

왕정제라는 체제에서, 법보다 상위에 왕명이 있을 수 있는 체제에서, 많은 사람이 알고 있다는 것이 반드시 견고한 안전장치가 되지는 않는다. 그럼에도 모든 지배자가 불안한 백성을 다스리는 것보다 안정된 백성을 다스리는 것을 더 선호하리라.

"그래서 이 사실을 알고 있으니 스테인을 무죄 석방하길 바란다는 청원서를 작성했습니다. 물론 이걸로 무죄 석방이 될 거라고는 기대하지 않습니다. 다만 다들 사실을 알고 있고, 주목하고 있다는 점은 전할 수 있을 거라고 봅니다."

저 사람도 세상을 믿는 순진한 사람은 아니기에 여기에 큰 기대를 걸지 않았다. 단지 스테인의 안전에 한 손 보태는 의미로. 그는 손에 든 종이를 탁자 가운데에 내려놨다.

"서명을 받으려고 합니다. 원하시는 분들은 서명하세요."

그가 종이를 내려놓자마자 옆자리에 앉은 마법사가 후딱 가져가 읽지도 않고 서명한 후 옆으로 넘겼다. 옆자리도 당연하다는 듯 서명하고, 그 옆도, 그 옆도 서명했다.

랑세는 그 광경을 망연히 바라보았다. 다들 잘 모르는 사람들. 그러나 이번에 종이가 전해진 얼굴은 아는 얼굴이었다. 무즈였다. 원소계지만 와렌을 좋아하고 리엔을 따르는 마법사. 그 때문이었을까, 무즈에게 종이를 넘긴 마법사는 묘하게 무즈를 바라보았다.

"뭐……. 그렇게 보지 마."

무즈는 그의 시선을 피하고 슬그머니 와렌의 눈치를 보더니 서명했다. 랑세는 저도 모르게 와렌을 바라보게 되었다. 와렌은 그저 무언가 깊은 생각에 빠진 듯했다.

다시 종이가 넘어갔다. 타루였다. 타루는 종이 한 번, 발의를 했던 마법사 한 번 바라보더니 쓴웃음을 지었다.

"트라밀 선배."

저 사람의 이름이 트라밀이었구나. 트라밀은 헛기침을 하며 타루의 시선을 피했다.

"저 같은 마도구계는 마법사가 아니라고 면전에서 하신 말씀을 기억합니다."

트라밀은 아무 말 하지 않았다. 미안하다는 뒤늦은 사과도 하지 않았다. 여전히 그렇게 생각해서인지, 자존심 혹은 부끄러움 때문인지는 알 수 없었다.

"아마 그런 것 때문에 리엔 선배님네들이 교환 조건으로 뒬트렝 사건을 물은 것이겠지요."

후, 하고 타루는 한숨을 쉬었다.

"하지만 그건 그거고 이건 이거. 뒬트렝이 아니었더라도 저는 여전히 무시받았을 겁니다."

타루는 펜을 들었다.

"그러나 저는 제가 마법사라고 생각하고, 선배의 평가 따위가 저를 결정하지 않는다는 걸 이제는 압니다."

와렌만큼은 아니지만, 그 역시 학창 시절 수많은 상처를 받았다. 그래도 주변의 지지와 스스로의 깨달음 덕에 이겨 냈다. 좁은 소매 옷을 입어도 마법사는 마법사.

"그래서 이 서명이 선배의 생각을 바꾸는 교환 조건이라고 기대하지도 생각하지도 않습니다."

타루는 서명을 하고는 종이를 다음으로 넘겼다.

"다만 기억해 주시길."

어쩌면 우리는 서로에게 양심과 죄책감을 묻고 있는지도 모르겠다.

"그러니까 평소에 잘하라고."

종이를 받은 아미아가 킬킬거리며 서명한 후 다음으로 넘겼고, 케일도 무심한 얼굴로 서명하고 넘겼다.

다음으로 종이를 받은 마법사는 얼굴을 찌푸리더니 서명하지 않고 바로 넘겼다.

"난 타루처럼 마음 넓게 생각 못 하겠다."

저쪽의 마법사들 사이에서 이를 깨무는 소리가 들렸다. 그다음 마법사도 서명을 안 한 앞사람에게서 용기를 얻었는지 바로 다음으로 넘겼고, 두세 명 더 서명 안 한 마법사를 지나쳐 종이가 와렌 앞으로 왔다. 와렌은 자신의 차례가 되자 화들짝 놀라 주변을 바라보더니 종이로 시선을 떨구었다. 그들은, 그러니까 비마도구계 마법사들은 와렌에게서 아예 시선을 돌렸다.

와렌의 부모가 와서 그 난리를 치고 갔던 일은 이미 학창 시절부터 익히 보아 왔던 것. 이미 서명을 안 한 마도구계 마법사들도 여럿, 와렌의 면전에서 면박을 준 이도 여럿. 시선을 돌린 이유는 기대가 없어서, 부끄러워서, 부담을 주지 않기 위해서, 제각각이었다.

와렌은 한동안 펜을 만지작거리다가 한숨을 내쉬었다.

"스테인 선배님이 우리를 무시했어도 치료를 안 해 주신 적은 없었어요. 그게…… 그분은 옳다고 생각했으니까요."

스테인은 리엔의 병환마저도 꾸준히 신경을 썼다. 그녀가 어떤 사람이든 간에.

"그러니까……."

와렌은 말끝을 흐리더니 서명을 했다. 흐려진 말끝에 담긴 뜻은 알 수 없었다. 이것이 옳아서인지, 치료해 준 의리 때문인지, 그 사람들의 희생 덕에 여기 우리가 있어서인지, 알 수 없었다. 와렌은 가만히 종이를 넘겼다. 종이를 받은 이는 랑세였다.

"아."

랑세는 눈을 깜빡이며 트라밀을 바라보았다.

"이거, 비마법사도 할 수 있는 거예요?"

트라밀의 낯빛이 조금 환해졌다.

"비마법사 서명도 당연히 도움이 됩니다. 오히려 더."

마법사를 넘어, 마법사 내부의 문제가 아닌 전체의 문제로 인식된다면 더 도움이 될 것은 자명한 일.

랑세가 아무 생각 없이 펜을 들어 서명하려는 순간.

"하지 마!"

랑세의 몸이 굳었다. 비유적인 의미가 아니라 진짜로 몸을 움직일 수 없었다. 아미아가 척척 걸어오더니 랑세의 손에 들린 펜과 종이를 뺏어 들었다. 딱, 하고 아미아가 손가락을 튕기자 그제야 몸이 움직여졌다. 마법이었나 보다.

"뭐, 뭐예요, 아미아 씨!"

"넌 하지 마. 정신 나갔어? 너 문관이야!"

"네?"

랑세는 이해할 수 없었다. 문관인 게 왜.

"될트렝 사건이 왜 복잡한지 몰라? 당시 문관들까지 얽힌 일이라고! 우리야, 마법사들 일이라고 서로 나섰다고 해도 되고, 스승이나 마탑의 보호라도 받을 구석이 있다고! 그런데 넌? 너뭐 보호받을 구석이라도 있어?"

"아."

"네가 우스무우는 때 그랬잖아."

자신도 깜빡한 걸 아미아가 기억하고 있었을 줄이야.

"그때는 리엔 선배가 나서서 보호할 건더기라도 있었지, 지금은 선배도 곤란한 입장이라서 너 보호 못 해 줄 수도 있어."

리엔은 필요하다면 하나둘쯤 버리고 갈 수 있는 사람이라는 걸, 이제는 안다. 정쟁의 한가운데서 자신이 어떤 위치가 될지는 모르는 일.

"괜히 나서지 마. 넌 그 새끼한테 할 만큼 해 줬잖아."

랑세는 어쩐지 기분이 이상해졌다. 아미아는 청원서를 다음 사람에게 넘겨줬다. 다음으로 받은 하이란이 랑세의 눈치를 보았다.

"그래도 문관 서명은 도움이 될 텐데……."

"야!"

누군가의 중얼거림에 아미아가 버럭 소리를 질렀다.

"네가 쟤 인생 책임질 자신 있어? 안 그럼 그딴 소리 하지 마!"

"하, 하지만……."

"내가 영창을 왜 간 줄 알아? 내 부하 강간한 새끼 좆 잘랐다고 간 거야! 옳은 일을 해도 그딴 취급을 받잖아!"

아, 하는 소리가 랑세의 입에서 튀어나왔다. 웃뭉난 사건 때 분명히 말했었다. 자신은 강등당했고 피해자는 군을 떠나야 했다고. 그런데 영창까지 갔었을 줄이야.

"그것도 전장 상황이 다급해서 빨리 풀려난 거라고! 근데 쟤는 아니잖아. 야! 하지 마!"

그 순간 하이란 앞에 있던 종이가 팔락팔락 날아서 랑세 앞에 도착했다. 으잉?

"그걸 각오하고서라도 넌 했잖아."

트라밀 곁에 있던 마법사가 그리 말하자 아미아는 흥, 하고 콧방귀를 뀌었다. 다시 종이는 팔락팔락 날아서 하이란 앞으로 갔다.

"난 눈에 보이는 게 없어서 그런 거고, 쟨 아니잖아."

아얏, 저런 자기 객관화라니.

"하지만 소중한 전력이 되는 건 사실이잖아."

팔락팔락, 종이가 다시 랑세 앞으로 날아왔다.

"못돼 먹은 새끼. 비마법사는 있는 대로 무시하더니 이럴 때는 전력이니? 양심 좀 챙기시지?"

하이란 앞으로 다시 간 종이. 이제 사람들의 시선은 종이를 따라갔다. 다시 랑세 앞으로. 랑세 앞에서 다시 하이란 앞으로. 그러다 다시 랑세 앞으로.

"그럼 마법사들과 마도구들의 유용함이 널리 퍼진 대가에 일조한다고 생각하라고 해."

"지랄하네. 뒬트렝 때 쟤는 엄마 젖이나 먹고 있었을걸. 그걸 왜 랑세가 책임져야 하는데?"

"삶이 과거와 단절되어 있나? 이어받은 유용함은 받아들이고 과거사는 무책임하게 잊으라고?"

"뒬트렝이 7급 문관 소관이니? 고위급한테 가서 따져! 지질한 새끼가 높은 사람한테 따질 용기는 없으니 만만한 사람한테 책임지게 하려고 하지?"

"너 같은 애들 때문에 뒬트렝이 지워진 것 같지 않냐?"

"뭐, 이 새끼야?"

으르렁, 컹컹, 파지직, 파지직.

두 사람 사이에 불꽃이 튀었다. 비유적인 의미가 아니라 진짜로.

"자, 잠깐만요!"

이 상황을 말려야겠다는 생각을 한 사람이 어디 랑세뿐이었을까. 랑세보다 먼저 하이란이 날아가는 종이를 붙잡았다. 긴장된 상황에 누군가가 개입하자 잠시 불꽃이 가라앉았다.

"어, 어쨌든 서명의 주체는 랑세 씨잖아요. 결정은 랑세 씨가 하게 하세요! 누가 뭐라 할 거 아니잖아요. 같은 마법사 중에 안 한 사람도 있고 한 사람도 있으니까요! 그러니까……."

종이는 다시 랑세 앞으로 갔다. 모두의 시선이 랑세를 향했고, 랑세는 침을 삼켰다.

"야! 저건 강요야! 야, 하지 마아아앗!"

격하게 달려들어 종이를 뺏으려는 순간, 아미아가 굳어 버렸다. 뻐끔뻐끔, 입은 뻐끔거릴 수 있었으나 목소리도 안 나오고.

아미아의 눈동자가 케일을 향했다. 케일은 그 시선에 한숨을 내쉬었다.

"하이란 말이 맞다. 서명하는 사람은 랑세니까."

케일이 다가와 청원서를 집어 올렸다.

"그러니까, 판단하는 사람도 랑세가 되어야 하지."

그런데 왜 종이는 안 내려놓으시나요.

"그러니까 각자 랑세를 설득해 봐라."

네? 랑세와 마법사들의 눈이 동그랗게 떠졌다.

"토론이다!"

그러나 동그랗게 떠진 눈의 의미는 달랐나 보다. 갑자기 마법사들은 두 패로 갈라져 자리를 바꿔 앉고 어떻게 하면 랑세를 설득할 수 있는지, 강조할 장단점이 있는지 떠들기 시작했다.

"으어?"

어이가 없어진 랑세가 이상한 소리를 냈지만 바라보는 사람은 없었다. 아니, 한 명 있었다. 사건의 주범, 케일.

"토론이 끝나면 저 녀석들이 네 앞에서 발표할 거다. 듣고 판단하면 된다."

"네?"

랑세는 눈을 두어 번 깜빡였다. 문득 뭔가 떠오르는 게 있었다.

"마법사…… 전통인가요?"

"그래."

케일은 짧게 답하고는 뿌듯한 미소를 작게 지었다. 랑세도 마주 미소 지어 주었다. 뭘 잘했다고 웃는지, 등짝을 한 대 쳐주고 싶다는 의미의 미소였다.

마법사들이 랑세의 서명에 대하여 찬성과 반대 의견을 한참 나누는 동안, 거기에 끼지 않은 사람이 한 명 있었다. 역시 케일이었다. 자기는 일을 벌여 놓고 왜 끼지 않았지, 심판이라는 건가, 하고 조금은 뾰족한 눈으로 그를 흘겨봤다. 그저 듣고만 있는 케일을 타박하려는 순간.

"그럼 먼저 시작하지."

하고 트라밀이 앞서 나섰다. 그가 하는 이야기는 아미아와 다른 마법사가 벌였던 설전을 조금 정돈해서 말하는 것과 다르지 않았다. 다른 게 있다면 그가 이야기하는 동안 목소리 높이는 이도, 끼어드는 이도 아무도 없다는 것뿐이다.

랑세는 슬그머니 케일을 훔쳐봤다. 이러려고 이 짓을 벌인 건가 싶기도 하고.

"전 여기까지."

그가 앉자 이번에는 타루가 나서서 서명 반대파의 의견을 설명했다. 흥분한 아미아보다는 차분하게 설명할 수 있기에 나선 것이지만, 내용은 역시 아미아와 같았다. 안전.

타루가 발표를 마치고 자리에 앉자 회의실 안에 침묵이 흘렀다. 케일이 팔짱을 풀며 입을 열었다.

"자, 이제 결정은 랑세가 한다. 그리고 토론의 규칙에 따라 결정자의 결정에 대해 어떠한 이의도 제기할 수 없는 것은 알 것이다."

"네!"

지금까지 그 난리를 피웠던 사람들이라고는 믿을 수 없을 만큼 얌전하게들 답한다. 이의를 제기할 수 없다라. 랑세는 자신 앞에 종이를 내려놓는 케일을 바라보았다. 그럼 이런 일을 벌인 것은 자신의 결정에 대해 누구도 아무 말 못 하게 하기 위함이었을까.

"음."

마법사들은 뜨거운 눈빛으로 랑세를 바라보았다. 랑세는 그 시선을 이기지 못하고 고개를 숙여 종이를 내려다보았다.

　사람을 도와줄 수 있는 방법과 자신의 안전을 보장할 수 있는 방법 사이.

　어쩌면 안전을 보장하는 방법을 선택하는 것이 너무 당연한 일일지도 모른다. 그러나 자신은 왜 갈등하고 있는가. 저 사람들이 토론하기도 전, 안전하지 않으니까 하지 말라는 이야기에 당장에 종이를 하이란 앞으로 밀어 놓고 모른 척 고개를 돌리면 되는 일이었는데. 저이들이 원망스럽게 바라본다 하더라도 어차피 인사조차 해 본 적 없어 이름도 모르는 사이였는데.

　그럼에도 왜 자신은 갈등했는가.

　'랑세, 착하게 살아야 한다.'

　그 말을 한 게 엄마였는지 아빠였는지 학교 선생님이었는지 동네 어른이었는지 모르겠다. 아니, 그 모든 사람이 말했는지도 모른다.

　사실 그 말을 듣고 자란 사람은 자신만이 아니다. 동생들도, 이웃의 친구들도, 다. 어쩌면 엄마, 아빠도 어렸을 때 그 말을 듣고 자랐으리라. 어릴 때는 착하게 사는 것이 별것 아녔다. 엄마와 아빠 말 잘 듣고, 동생 잘 돌보고, 길에는 쓰레기 버리지 말고, 약속 시간에 잘 나가고, 친구들과 싸우지 말고, 그런 것들.

　하지만 자라면서 착하게 사는 것은 점점 어려워졌다. 지금 자신은 부모 말을 잘 듣는가? 아니다. 동생을 잘 돌보았는가? 아니다. 종종 약속을 어기기도 하고 친구와 싸우기도 한다. 아파트에 들어와서도 마찬가지다. 일신의 편안함을 이유로 각종 불법 마도구 사용을 눈감고, 귀찮다는 이유로 혹은 방법이 없다는 이유로 옳지 않은 일에 눈을 감은 적도 몇 번이나 있었다.

어른들이 착하게 살아야 한다는 말을 어린아이들에게 하는 까닭은, 자라고 나서는 결코 그게 쉽지 않다는 걸 알아서인지도 모른다.

아니, 돌이켜 보면 어른들도 아이들에게 항상 그렇게 가르친 것은 아니었다. 위험한 상황에서 올바른 일을 하는 것은 만용일 뿐이라고 가르쳤다. 불의를 보더라도 너의 안전을 먼저 생각하라고.

그러므로 여기에 사인을 하지 않는 것이 옳다. 옳지는 않아도 나쁘지 않다. 나쁘더라도 누가 감히 자신에게 뭐라고 할 자격이 있는가. 아미아와 타루가 말했던 것처럼, 더 고위급의 사람이 따지고 챙기면 될 일.

그럼에도.

그럼에도 왜 자신은 당장에 못 해요, 하고 종이를 밀어내지 못하는가.

'조용히 묻혔습니다.'

될트렝의 억울함을 알리고자 상경했던 마법사들을 외면했던 사람들. 그 사람들은 정말로 단지 자신의 이익을 위해서만, 대의를 위해서만 외면했던 걸까? 자기 계파 수장의 말에 감히 거역하기 무서워서 거부한 사람은 없었을까. 모든 사람이 그렇게 큰 뜻을 품어서 될트렝을 외면한 게 정말일까. 이런 작은 외면이 모이고 모여 뒬트렝 사건이 묻혔던 건 아닐까. 이익을 위해서 외면하는 것과 두려워서 외면하는 것과는 큰 차이가 있을까.

'세상을 원망하고 미워하기보다는 세상이 나를 보고 자책하고 죄스럽게 느끼도록 만드는 게 더 좋은 방법이라고, 내게 이득이라고 생각했기 때문입니다.'

스테인 씨. 나는 처음에 당신의 이야기에 연민을 느꼈고 죄책감을 느꼈어요. 하지만 지금 여기서 갈등하고 있는 이유는, 죄책감 때문이 아닌 건 분명해. 위험하다는 이야기에도 자꾸 이렇게 펜에서 손을 떼지 못하는 것은.

짧게 한숨을 내쉬었다. 그 한숨에 흘러내린 머리카락이 잠시 흔들렸다. 랑세는 머리를 쓸어 올리며 입을 열었다.

"트라밀 씨."

"예?"

랑세의 부름에 트라밀이 흠칫 놀라 답했다. 모두의 시선이 이번에는 트라밀을 향한다. 랑세는 여전히 펜을 놓지 않고 있었다.

"제가 트라밀 씨, 아니, 트라밀 씨네 이야기를 들으면서 이상했던 것이 있어요. 이런 거 말하는 게, 댁들 규칙에 어긋나는 건 아니죠?"

"아, 네……."

"제가 사인을 하면 좋은 이유는 스테인 씨에게 도움이 된다는 것, 묻힌 사태가 널리 퍼지는 데 도움이 된다는 것, 뒬트렝 사건으로 대중화된 마도구에 따른 제 개인적 이득에 대한 보답

등이 있었어요. 맞나요?"

오, 역시 문관. 양쪽 모두 감탄했다. 그 어수선한 발표를 저렇게 깨끗하게 요약해 내다니.

"아, 예."

"여기 추가할 내용은 혹시 없나요?"

어, 하고 트라밀이 묻는 눈빛으로 자기네 패 사람들을 둘러보지만, 그들은 눈알을 몇 번 굴리더니 고개를 저었다.

"아니요, 없습니다."

랑세는 대답하는 트라밀을 보며 얼굴을 있는 대로 구겼다. 그에 트라밀을 움찔했다. 랑세는 그대로 아미아 쪽을 향해 어색한 웃음을 지어 보였다.

"고마워요, 아미아 씨, 여러분. 걱정해 줘서요."

"어……."

불길한 느낌에 아미아가 손을 들어 올리지만, 누군가 마법으로 아미아의 몸을 굳혔다. 랑세는 그 모습에 다시 쓴웃음을 지으며 트라밀을 바라보았다.

"트라밀 씨, 잘 알아 두세요."

랑세의 펜 끝이 종이에 닿는 순간 모두 숨을 들이켰다. 그러나 아직 펜 끝은 움직이지 않았다. 랑세는 트라밀과 눈을 똑바로 마주친 채로 말을 이었다.

"스테인 씨를 위해서도, 죄책감 때문도, 마도구로 취한 이득에 대한 보상 때문도 아니에요."

펜이 움직였다.

랑세 엔나. 빠르고 유려하게 한 사람의 서명이 마법사들의 이름 사이에 들어갔다. 랑세는 펜을 탁, 소리 나게 내려놓고 청원서를 하이란에게 내밀었다.

"댁들을 위해서가 아니라, 누군가가 억울하게 죽은 사건이 묻혀서는 안 되고, 그에 대한 자신의 억울함을 글로 풀었다는 이유만으로 체포된다는 건 옳지 않기 때문이에요."

랑세는 숨을 크게 한 번 들이켜고 토해 내듯 말과 함께 내뱉었다.

"죄책감도 연민도 동정도 뭣도 아니에요."

드르륵, 의자 끄는 소리와 함께 랑세가 자리에서 일어났다.

"마땅히, 이게 옳은 일이기 때문이에요."

죄책감도, 연민도, 동정도 아닌, 당위.

그대로 랑세는 회의실을 나가 버렸다.

쏴아아, 가을 밤바람에 나무 잎사귀가 흔들린다. 케일은 잠시 걸음을 멈추었다. 앞마당 나무 아래 긴 의자에 랑세가 혼자 앉아 있는 것이 보였다. 그리로 다가갔다.

"랑세, 여기 있었나?"

흔들, 흔들, 케일의 손에 들린 작은 마석 등 불빛에 랑세 얼굴에 그림자가 진다. 빛과 함께.

랑세는 그 빛에 눈을 찌푸리며 물었다.

"뭐예요?"

"야간 순찰."

"아."

이 아파트에 그런 것도 있었다니. 랑세는 후, 한숨을 내쉬며 다시 고개를 숙였다. 그러나 케일은 떠나지 않고 자리에 남아 있었다. 랑세가 다시 고개를 들자 그가 미간을 찌푸렸다.

"안 춥나?"

"아니 뭐, 괜찮아요."

안 춥냐는 말에 오히려 갑자기 추워진 듯, 랑세가 부르르 떨었다. 그 모습에 케일이 딱, 딱, 두어 번 손으로 소리를 내고 작게 주문을 외웠다. 그러자 갑자기 훅, 하고 공기가 따스해졌다.

"아, 고마워요."

"지속 시간이 짧은 마법이다. 이게 끝나면 들어가. 감기 걸린다."

회의가 끝난 지는 이미 한참 지났다. 그때부터 지금까지 여기 있었으니 분명 찬 기운이 온몸에 스며들었으리라.

찌르르, 짜르르, 어디선가 밤 벌레 우는 소리가 들린다.

"후회해?"

그 벌레 소리 사이에 케일의 목소리가 스치듯 들려온다. 케일이 어찌나 속삭이듯 말했는지, 밤 벌레만큼 높은 목소리였다면 모르고 지나쳤겠지. 그러나 그 낮은 목소리는 모른 척하기 어려워 랑세는 한숨을 푹 쉬었다.

"글쎄요. 심란은 한데요, 모르겠어요. 그냥, 기분이 이상해요."

옳은 일이라 사인은 했는데, 걱정은 되면서도, 다시 돌아가 그 위에 취소 선을 직직 긋고 싶냐고 물으면 그건 아니었다.

피해도 되는 일이지만, 피하고 피한 일이 쌓이면 어떤 결과로 돌아오는지 알고 있으니 피하고 싶지 않았다. 그것뿐.

"에이, 몰라요. 잘리면 고향 가죠. 우리 집, 우리 가게도 있는데요, 뭐."

랑세가 반쯤 농담을 섞어 말해 보았다.

"그렇군."

그런 랑세의 말에 케일은 위로도 무엇도 얹지 않았다. 랑세는 새삼스럽다는 듯 그를 바라보았다.

"왜?"

"아니요. 아까 케일 씨는 토론에도 참여하지 않고……."

그래, 토론에 참여도 안 했는데 위로를 얹을 이유가 없겠지.

"아."

"왜 안 끼셨어요?"

랑세의 질문에 케일은 한동안 말이 없었다. 흔들, 흔들, 마석등이 흔들리는 건 불이 마땅히 흔들리기 때문일까, 아니면 바람 때문일까.

"별로. 의견이 없었으니까."

"네?"

"난 생각 같은 걸 하고 사는 사람이 아니니까."

"으엑?"

생각이 제일 많아 보이는 얼굴을 하고 그게 뭔 소리람. 랑세가 눈을 끔뻑이자, 케일은 픽, 하고 웃었다. 그 웃음에 마석 등이 다시 흔들거렸다. 그림자도 함께.

"그 사람들은 내일을 꿈꾸고 미래를 계획하는 사람들이니까. 그러니 대의도 있고 버려야 할 것, 취해야 할 것도 있지만 나는, 아니니까."

제일 큰 계파 둘, 리엔네와 스테인네. 그리고 그에 끼지 않은 사람 중 한 명, 케일.

랑세는 새삼스럽다는 듯 그의 눈을 바라보았다. 그 눈이 그의 늑대와도 닮은 듯하다.

"미래를…… 계획하지 않아요?"

랑세의 말에 그는 가만히 웃었다.

"그다지. 그저 하루만 살아 내면 그걸로 내겐 충분하니까."

어, 음, 하며 랑세는 말을 삼켰다. 무언가 더 물어보면 안 될 듯했다. 그 목소리가 마땅히 그래야 하는 듯 들려서. 그저 몹시 슬프게 들려서.

"그냥 뭐, 충실하게 하루를 살면 내일도 나쁘지 않겠죠. 그러다 보면 모레도 되고, 한 달도 되고, 미래도 되고, 그렇게 되겠죠, 뭐."

랑세가 그 기분을 벗어나고자 아무렇게나 던진 말에 다시 마석 등이 잠시 흔들렸다.

"가끔은……."

훅, 하고 다시 찬 바람이 불어왔다. 잠시 따뜻한 공기에 둘러싸여 있다 찬 바람을 맞은 랑세는 부르르 떨며 에취, 하고 재채기까지 했다. 진짜 들어가야겠다. 찬 바람을 씌어도 가라앉지 않는 기분이 따스한 곳에 들어간다 한들 더 편안해질까. 랑세가 자리에서 일어나자 케일은 슬쩍 한 발을 뒤로 하며 길을 터 줬다.

"그런데, 가끔은 뭐요?"

"아."

랑세의 질문에 케일은 잠시 시선을 피했다가 고개를 바로 하고 말했다.

"가끔은, 미래를 생각하기도 한다고. 다만 그 녀석들처럼 큰 뜻은 아닐 뿐이지."

"……대부분은 그럴 거예요."

"그런가?"

"그래요."

"그렇군."

케일은 그 자리에서 랑세를 바라보다 랑세의 연이은 재채기 소리에 몸을 돌렸다.

"들어가라. 당분간은 치료해 줄 놈도 없으니까."

"네에."

"잘 자라."

랑세는 저쪽 어둠으로 걸어가는 케일의 등을 보며 말했다.

"안녕히 주무세요."

흔들, 흔들, 등불이 대답 대신인 듯 흔들렸다.

랑세도 몸을 돌려 아파트 쪽으로 걸음을 옮겼다. 저기, 가늘게 뜬 달. 저 달이 지면 또 해가 뜨고, 해가 지면 다시 달이 뜨겠지. 오늘 하루가 쌓여 내일이 되고, 내일이 모레가 되고, 그렇게 미래가 쌓이듯 옳은 일도 쌓여 좋은 일이 되길 바라는 희망을 마음속에 가져 본다.

조심하세요
····················

별일 없는 하루였다. 정확히는 별일 없는 휴일이었다. 그래서 랑세는 간만에 침대 위에서 소설을 뒤적거리며 게으름을 피웠다. 그러나 책이 재미없던 탓이었을까, 내용이 눈에 들어오지 않고 그냥 이런저런 잡생각만 들어 결국 책을 배 위에 올려놓고 긴 한숨을 내쉬었다.

그 요란을 떨며 청원서에 서명한 지도 꽤 지났지만 아무 일도 일어나지 않았다. 마법사들, 더 정확히는 스테인네 계파 사람들이 무언가 하고 돌아다니는 것 같긴 하지만, 랑세는 그 이상은 참견하지 않아 정확한 건 몰랐다.

그때 이후로 세 번의 휴일이 더 지났지만 스테인은 여전히 풀려나지 않았고, 자신에게도 아무 일이 없었다. 처음 며칠은 불안해 외무부 공관에서 눈치를 봤지만, 그들은 들은 것도 본 것도 없는 듯 평소처럼 랑세를 대했다.

안심이 되면서도 조금은 슬펐다. 누군가가 억울하게 잡혀 들어간 것도 모른다는 뜻일 테니까.

마법사에게 적대적인 그들은 그런 일이 있었다는 걸 알면 오히려 기뻐할까. 랑세는 쓴웃음을 지었다. 제발 그렇게는 안 되기를 빈다.

"에이."

심란해져서 결국 침대에서 일어났다. 어디 밖에 나가서 바람이나 좀 쐬고 뭐 맛있는 거라도 먹을까. 이러려고 돈 버는 거지, 뭐. 랑세는 기분 전환을 위해 지난번에 장만한 옷을 꺼내 입었다. 이제 날씨가 꽤 추워져 장만한 옷인데 보송보송한 촉감에 금세 기분이 조금 나아진다.

"랑세 씨, 안에 계세요?"

때마침 와렌이 문을 두드리며 물었고 랑세는 눈을 동그랗게 떴다. 무슨 소식이라도 들은 걸까?

랑세가 얼른 문을 열자 이번에는 와렌의 눈이 동그랗게 떠졌다. 깜빡깜빡, 눈만 깜빡이는 둘 사이에 잠시 침묵이 흘렀다. 그러다 와렌이 쓴웃음을 지었다.

"아직 아무 소식 없어요……."

"아, 어, 미안해요. 들어오세요."

랑세는 눈앞에 있는 사람보다 다른 사람의 안부를 궁금해한 게 미안해졌다. 삶은 그래도 어떻게든 계속되는데.

"어디 나가시는 길이었어요?"

와렌이 방 안으로 한 발 들어왔다가 외출 준비를 끝낸 듯한 랑세의 모습을 이제야 발견한 듯 물었다. 다시 와렌이 쓴웃음을 지었다. 자신도 다를 바가 없었으리라. 당신의 안부보다 내 상황이 먼저였던 것이.

"아, 그냥 바람이나 좀 쐴까 하고요. 특별한 일이 있는 건 아니었어요. 차 드실래요?"

"아, 아니요. 괜찮아요. 저기⋯⋯."

와렌은 침을 한 번 꿀꺽 삼키고 참았던 숨을 토해 내듯 말을 이었다.

"특별한 일이 있어서 나가시는 게 아니면 혹시, 어, 저랑 외출하실 수 있나요?"

"네? 네. 물론이에요."

혼자보다는 둘이 좋고 그 상대가 와렌이라면 더 좋겠지. 랑세는 어떤 거리낌도 없이 좋다 답했고, 와렌은 그에 몹시 안심한 표정을 지으며 안도의 한숨을 쉬었다.

"그런데 어디 가실 계획 있으셨어요?"

그 말을 기다렸다는 듯 와렌은 볼을 붉히고는 랑세의 팔짱을 꼈다.

"돈 받아서 맛있는 거 사 드리려고요."

"돈요?"

깜짝 놀란 랑세의 반문에 와렌이 한 답을 정리하자면, 지난번에 개발했던 보안튼튼 문으로 마법사 갱신 시험을 통과했을 뿐만 아니라 상용화 허가도 받았다고 한다.

"우와! 축하드려요."

"감사합니다! 그래서 오늘 상단이랑 판매 계약 맺기로 했어요. 계약금으로 맛있는 거 사 드린다고 그랬잖아요!"

크흑, 역시 우리 와렌 씨. 랑세는 와렌을 꼭 끌어안았다.

"원래는 말씀만이라도 고맙다고 해야 하는데, 좋은 일이니까 기쁘게 얻어먹을게요."

"네! 뭐든 말씀만 하세요!"

랑세의 허락을 받은 와렌은 외출 준비를 하기 위해 포르르 날듯이 자신의 방을 향해 뛰어갔고, 랑세도 기분 좋게 웃으며 방문을 나섰다. 흥얼흥얼, 콧노래까지 부르며. 누군가의 기쁜 일이 내게도 기쁜 일이 되는 것은 참 좋은 일이다.

"엇?"

"아! 무즈 씨, 안녕하세요!"

그런 기쁨에 자신을 보고 얼굴을 구기는 무즈를 봐도 기분이 나쁘지 않아 랑세는 방긋 웃으며 인사를 했다. 거기에 얼굴이 더 구겨지는 무즈. 저런 반응을 보자니 더 기쁘다.

"어휴, 와렌은 왜 너까지 데려가는 거냐?"

"아, 무즈 씨도 가는 거예요?"

"그래, 당연하지."

무즈는 뻐기듯이 가슴을 쭉 폈고 랑세는 픽, 하고 코웃음을 쳤다.

"같이 가면서 왜 시비예요?"

"같이 가니까 시비지."

"어이구, 좋은 일이잖아요. 많은 사람이 같이 축하하면 좋은 일이잖아요."

둘이서 티격태격하는 소리에 관리사무실에서 책을 읽던 케일이 슬그머니 고개를 들었다. 랑세는 케일에게 잠깐 눈인사를 건넸고, 케일도 고개를 까닥이며 인사를 받았다. 그는 무즈를 슬쩍 보더니 픽 짧게 웃었고, 그에 랑세도 피식 웃었다. 무즈가 당연히 그 웃음을 놓칠 리 없다.

"뭐야? 왜 웃어?"

"아하하, 좋은 날이니까 웃죠."

"이게 진짜……."

"랑세 씨! 무즈!"

그때 와렌이 도톰한 겉옷을 입고 한쪽 손에는 작은 가방을 들고 내려왔다. 오오, 저거 본 적 있어. 문관 중에서도 고위급 문관들이 들고 다니는 그 가죽 가방. 저기에 아마도 계약서와 관련 서류 같은 게 있겠지. 멋지다, 와렌. 랑세는 쓸데없는 점에서 새삼 감동을 받아 짝짝짝 박수를 보냈고, 무즈는 파파팡, 하는 소리와 함께 작은 불꽃을 만들어 냈다. 그 사이에서 와렌이 수줍게 웃었다.

"축하해!"

거기에 무즈가 꽃 한 다발까지 내밀자 와렌은 더더욱 얼굴을 붉히면서도 환하게 웃었다. 펑퍼퍼펑, 작은 불꽃을 배경으로 웃는 와렌은 한 폭의 그림 같았다.

"자, 위대한 마법사 와렌 씨. 이제 가 볼까요!"

랑세가 과장되게 고개를 숙이고는 불쑥 와렌의 한쪽 팔에 팔짱을 끼자 와렌은 까르르 웃음을 터트렸다. 그 모습에 무즈도 질 수 없다는 듯 와렌의 다른 쪽 팔에 팔짱을 꼈다. 물론 와렌은 그런 무즈를 내치지 않았다.

"좋아요, 가요!"

양손에 예쁜 꽃 하나, 못난 꽃 하나 쥐고서 와렌은 힘차게 걸음을 옮겼다.

얼마나 걸었을까. 랑세는 문득 생각이 나 와렌에게 물었다.

"그런데 계약은 거기서 이야기하고 맺는 거예요? 그거 시간 좀 걸리지 않나요?"

아빠의 서점이 다른 도시에 있는 출판사와 계약을 맺는 걸 본 적이 있었다. 책 운송비는 누가 책임지고 창고비는 어쩌고 저쩌고, 계약 하나 맺는 것에 생각보다 논의할 내용이 많았다. 하물며 마법사의 기술 이전 계약은 더 따질 게 많을 텐데. 랑세는 조금 미안해하면서도 못 미더운 눈으로 와렌을 힐끔 쳐다보았다. 아니, 그렇지 않은가. 아무리 와렌이 마법에 똑 부러져도 상인의 상술에는 못 당해 낼 수도 있지 않은가!

"헤헤, 네. 이미 서면으로 조율을 해 놨어요."

"아."

그럼에도 차마 입 밖으로 그 계약서 좀 보지요, 하는 말은 나오지 않았다. 친하니까 차마 하지 못하는 말이 있는 법이니.

"그, 상단은 믿을 만한 곳 맞지요?"

그래도 돌려 돌려 묻고 만다. 와렌의 마법이, 마도구가 제값을 꼭 받아야 한다는 필사적인 바람 때문이리라. 랑세의 의도를 아는지 모르는지 와렌은 고개를 끄덕였다.

"네. 여러 곳에서 제안이 왔는데요, 마법사들이 제일 선호하는 곳이에요. 큰 상단인데 마도구만 전문적으로 담당하는 부서가 따로 있고, 마법사들도 취업을 많이 한 곳이고요. 스승님이랑 의논해서 골랐어요."

"아, 다행이네요."

"그런 계약을 위해서 마탑에 전문적으로 상담해 주시는 분도 계세요."

"아, 진짜요?"

진짜 못 믿을 만한 이야기지만, 또 믿을 만한 이야기이기도 하다. 그래, 한두 개의 마도구를 판매하는 것도 아닌데 분명히 자신들의 이익을 지킬 방법 하나는 만들어 놨겠지 싶으면서도 마법사들이 그런 생각까지 하다니, 하고 편견 어린 생각을 해 버리는 것이다.

"음……."

그러다 와렌이 갑자기 걸음을 멈췄다.

"왜 그래?"

무즈의 걱정 어린 질문에 와렌이 긴 한숨을 내쉬었다.

"그, 상법 전문가분 자리 만들 때 회의했던 거 기억나?"

"어? 아, 아니."

"그거, 다수결로 결정할 때 표 모자랐던 거, 스테인 선배님이 손들어 줬었어……. 그래서 자리 난 거야."

"아."

기운차던 세 사람의 어깨가 동시에 축 처졌다. 와렌은 다시 한숨을 내쉬며 중얼거렸다.

"알잖아, 상단이랑 관련 있는 분야는 대부분 마도구계인 거. 반대하는 사람도 많았는데, 스테인 선배가 그래도 마법사라는 이름 달고 있는 자들이 어디서 사기 당하는 것도 창피한 일 아니냐고 해서, 그쪽 사람들 몇몇이랑 같이 손들어 줬었어."

사람이란 정말이지 알기 어려운 존재다. 와렌이 들었던 그 말은, 밉살맞기 그지없는 그 말은 그가 한 말이었지만, 동시에 하지 않아도 되는 말이기도 했다.

"기왕 편들어 줄 거면 곱게 좀 말하지……."

그래서 랑세는 자못 심술궂게 중얼거렸고 그에 와렌은 피시식 웃었다. 그가 그랬지, 왜 곱게 말해야 하냐고. 그들의 죄의 경중과 관계가 있냐고. 마찬가지로 말을 곱게 하지 않았다 하더라도 그가 한 행동이 와렌과 같은 마도구계 마법사들에게 나쁜 일이 된 것 또한 아니니.

"곱게 말했으면 지금도 기억하고 편들어 줄 사람이 많을 텐데 말이에요."

당위로 서명했지만, 이익으로 서명한 사람의 행위 역시 부정할 뜻은 없다. 그러니, 반대파 사람들에게 빚을 지우는 형식으로 앞으로 마도구계 마법사들을 도와줄 방법도 있을 텐데. 랑세는 거기까지 생각하다 머리를 흔들었다. 에이, 몰라, 할 만큼 했어.

"뭐, 어떻게든 되겠죠. 가요, 어서."

"아, 네."

세 사람은 다시 기운을 내서 걸음을 옮겼다. 복작복작한 시내 거리를 지나 대로에서 조금 떨어진 곳에 위치한 커다란 상단 본부 앞에서 멈췄다. 화려하게 장식된 간판 앞에 서자니, 랑세는 자기도 모르게 조금 긴장이 되었다. 그건 와렌도 마찬가지였는지 그녀가 랑세의 손을 꼭 붙잡았다.

"저기, 같이 들어가요."

"아, 물론이에요."

이미 다 조율된 서류라고 하더라도 분명히 말 몇 마디 더 나누고 할 테니까. 랑세는 분연히 와렌의 손을 붙들었다.

마도구 기술 이전 계약을 위해서 왔다고 하니 상단 입구에 앉아 있던 안내원이 자리에서 일어나 앞서서 안내했다. 안내원이 앞서가는 복도는 복잡한 상단 앞과는 달리 조금 조용하고 음침한 느낌이 들어 랑세는 와렌의 귀에 속삭였다.

"조, 조심하세요."

"아, 네……. 랑세 씨도요."

뭘 조심해야 할지는 모르지만 일단 조심해야 할 것 같아 한 말에 와렌 역시 금세 수긍했다. 안내원은 어떤 문 앞에서 멈추고 문을 두드렸다.

"들어오세요."

안쪽에서 들리는 말에 안내원은 웃으며 문을 열어 줬고, 셋은 조심스레 방 안에 들어섰다.

"어서 오⋯⋯, 랑세 씨?"

랑세는 굳어 버렸다. 과연 조심할 일이 세상천지에 널려 있다.

"안녕하⋯⋯세요, 하흘 씨⋯⋯."

고백을 거절했던 상대를 이런 곳에서 만날 수도 있으니 말이다.

랑세와 하흘은 한동안 아무 말도 못 한 채 서로 바라보고만 있었다. 놀라서, 당황해서, 어찌할 바 몰라서, 그야말로 할 말이 없어서. 이유가 뭐가 되었든 누구도 지금 두 사람의 침묵을 비난할 수는 없으리라.

"어, 억⋯⋯."

숨 막히는 듯한 와렌의 신음이 아니었다면 언제까지고 그러고 있었겠지. 그 소리에 놀라 랑세가 돌아보자 와렌과 무즈는 안색이 창백해진 채 숨을 들이켜지도 못하고 있었다.

"아!"

하흘과 랑세가 동시에 탄성을 냈다.

"거지 아가씨!"

하흘이 저도 모르게 한 말에 와렌의 얼굴이 이번에는 새빨갛게 달아올랐다. 그것은 무즈도 마찬가지였지만, 알 바 아니고. 하흘은 말을 뱉어 놓고 아차 싶어 얼른 입을 가렸지만 이미 늦어도 한참 늦었다.

"저, 저, 저, 아, 안녕히 계세요!"

와렌은 고개를 푹 숙이고는 그대로 뒤로 돌았다. 아니, 잠깐.

"잠깐만요, 와렌 씨!"

랑세는 와렌의 허리를 붙들어 얼른 다시 뒤돌게 했다. 그래도 고개는 제자리로 못 돌아왔다.

"와렌 씨, 계약! 계약요!"

"아, 아, 아, 안 할 거예요."

"안 하길 뭘 안 해요!"

"여기서는, 여기서는 안 해요!"

"와렌 예엔소 씨?"

다시 한번 하흘의 목소리가 방 안을 울리자 그에 와렌의 어깨가 흠칫 떨렸다.

"그쪽이 와렌 예엔소 씨입니까?"

헉, 와렌은 이제 숨 막혀 죽을 듯한 얼굴이 되었다.

그러고 보니 하흘이 와렌의 보고서를 인상 깊게 읽었다고 했지. 그날 그 거지가 와렌인 줄 몰랐던 거고. 그 거지가 와렌인 줄 이제 안 거고.

"안녕히 계세요!"

"안 됩니다!"

와렌이 다시 도망치려 하자 하흘이 다급한 목소리로 외쳤다.

"저희랑 계약하기로 하셨잖습니까. 조건도 저희만큼 해 주는 데 없을 텐데요?"

"싫어요! 안 해요! 안 돼요!"

"데이트 방해하는 마법사들이 있는 걸 모르는 것도 아니고요!"

"랑세 씨한테 차였잖아요!"

으응? 이때부터 랑세의 정신이 돌아오기 시작했다.

"이게 그거랑 무슨 상관이죠? 전 여전히 랑세 씨를 좋아합니다."

야이 마법사 놈아, 진짜 이게 그거랑 무슨 상관이야!

"전 랑세 씨의 친구예요! 의리를 지켜야 해요!"

"그래, 와렌. 하기 싫으면 하지 마! 여기보다 좋은 데 가자!"

"거기 꽃 팔던 거지는 조용히 하십시오!"

"에잇, 거지는 누가 거지야?"

이성이 완전히 날아간 마법사 하나, 반쯤 날아간 마법사 둘. 이 셋의 대화에 마법사를 찾던 문관은 정신을 차렸다. 물론 차린들 어찌하랴. 엉망진창으로 진행되는 대화를 말릴 방법은 없다. 아니, 하나 있다. 랑세는 숨을 깊이 들이쉬고…….

쾅!

갑자기 울린 소리에 내지르려던 목소리가 억, 하고 랑세의 목에서 막혔다. 마법사 셋, 문관 하나.

"시끄럽습니다!"

그리고 상인 하나.

이 방에 있는 줄도 몰랐던 사람이 무시무시한 얼굴로 소리를 쳤다.

"하흘 도련님, 나가세요. 와렌 씨를 직접 보고 상담하고 싶다고 하고서는 이게 무슨 무례입니까?"

"아니……, 나는…….

"나가요! 단주님께 보고하기 전에."

움찔, 상인의 협박에 하흘이 흠칫하며 와렌을 훔쳐보고 힐끗 랑세도 훔쳐봤다.

"안 나갑니까?"

"아, 네."

상단에서는 아무래도 단주 아들인 마법사보다 상인이 높은가 보다. 하흘은 꼬리를 내리고 방을 나갔고, 상인은 지금까지의 흉흉한 기색은 거짓말이었다는 듯 아주 따뜻하고 자비로운 미소를 지었다.

"자아, 와렌 마법사님, 계약 이야기를 해 볼까요?"

그런 이야기가 있다. 폭풍보다 따스한 햇볕 아래 옷을 벗게 된다는. 확실히 지금 저 미소가 북풍한설보다 무섭다.

상인은 다정한 미소를 지우지 않으며 자연스럽게 와렌을 상담을 위해 마련한 소파와 탁자 쪽으로 이끌었다.

"와렌 마법사님의 보안튼튼 문을 보고 무척 감동하였답니다. 다양한 이론이 충돌되지 않게 중첩하신 기술이란! 저걸 보고 느꼈죠. 이건 저희 상단의 이득만이 아니라 마법계의 발전을 위해서도 꼭 투자해야 한다고 말이죠."

달다, 달아. 랑세는 얼이 빠진 얼굴로 상인의 말을 들었다. 아빠, 우리 서점 키울 생각 있으면 저 정도는 하셔야 할 것 같아요. 봐요, 저기 와렌 씨 얼굴을. 여전히 얼굴은 빨갛지만, 표정이 바뀌었잖아요.

상인의 칭찬에 와렌의 눈은 자부심으로 반짝거렸다.

"자, 계약서 내용은 다 조율하셨지요? 이제 검토하시고 추가 사항 없으면 사인하시지요."

와렌은 고개를 끄덕이며 서류를 받아 들다가 어이없는 얼굴을 하고 있는 랑세와 무즈를 돌아보고는 배시시 웃었다.

"저어, 소란스럽게 해서 죄송해요."

"아, 아니에요."

따지고 보면 근본 원인은 자신이 온 것 때문이었다.

"저, 이제 혼자 할 수 있을 것 같아요."

"아."

혼자 할 수 있을 것 같다는 말이 혼자 해내야만 한다는 말처럼 들려 랑세는 뿌듯하면서도 어쩐지 마음 한구석이 허전했다. 에이, 이게 뭐람. 랑세는 믿음 가득한 눈으로 와렌을 한 번 바라봐 주고, 사기 치면 큰일 날 줄 알아, 하는 눈으로 상인도 한 번 봐 줬다. 물론 상인은 그 능숙한 웃음을 지우지 않을 뿐.

"뭐 해요, 나와요."

"엉? 어엉."

랑세는 무즈를 끌고 나왔다.

와렌은 눈을 빛내며 계약서를 마지막으로 검토하기 시작했다. 마탑의 상법 전문가가 꼭 확인하라는 내용을 떠올리며.

"엇."

랑세는 밖으로 나오다 다시 주춤했다. 문 앞의 하흘. 방금 소란으로 어색함은 조금 가라앉았다지만 서로 눈 보기가 민망하다. 아니, 소란 때문에 더 민망해진 걸지도.

'전 여전히 랑세 씨를 좋아합니다.'

아이고, 그 소란 속 대화 중에 어째 이런 것부터 기억나냐.

"잘…… 지내셨나요?"

하흘이 먼저 조심스럽게 인사를 건넸다.

"네에……. 하흘 씨는요?"

"저도…… 잘 지냈습니다."

전혀 못 미더운 목소리로 말한다. 아니, 아까 와렌과 티격태격 마법사 같은 대화를 나누는 꼴을 봐서 못 미덥다고 느꼈을지도. 랑세의 불신 어린 시선을 느꼈는지 하흘은 쓰게 웃었다.

"사실, 잘 못 지냈습니다. 랑세 씨 생각하느라."

"오우!"

참고로 이 경박한 소리의 주인은 랑세가 아니다, 절대.

랑세는 이를 드러내며 무즈를 쏘아봤다. 죽는다, 진짜. 무즈는 찔끔하더니 와렌이 상담하고 있는 방문에 귀를 대었다. 다른 쪽 귀는 랑세와 하흘의 대화가 잘 들리도록 복도 쪽으로.

하흘은 그런 무즈를 내버려 두고 대화를 이어 갔다.

"사실 생각한 게 아니라 걱정하느라 잘 못 지냈다는 말이 옳겠군요."

"네? 걱정요?"

"서명."

랑세는 입을 다물었다. 하흘이 걱정 어린 얼굴로 자신을 바라본다.

"마법사들에게 청원서가 한 바퀴 돌았습니다. 그때 봤습니다. 랑세 씨 서명 맞지요? 근처에 아미아 씨나 케일 씨 서명이 있어서 랑세 씨라고 확신했습니다."

"네, 맞아요."

"문관 자리……, 위험할 수도 있는 걸 알면서 하셨습니까?"

"네. 그게, 옳으니까."

걱정은 해도 후회는 하지 않는다. 그런 단호한 대답에 하흘은 헛웃음을 지었다. 이래서 이 사람을 좋아하는 거지만. 그 옳음 덕에 자신도 공관에서 편하게 일을 마무리하기도 했지만.

"제가 제 근본은 상인이라 말씀드렸지요. 그래서 저도 서명했습니다."

"네?"

"그쪽에 빚을 만들어 둘 수 있는 이유 하나, 그리고 마도구 거대 유통망을 쥐고 있어서 저를 건들 수 없는 이유 하나. 그래서 서명했습니다."

사람이 사람을 도와주는 것에는 무슨 이유가 있을까.

"하흘 씨가 그러면 그런 거지요. 저는 이익 때문에 서명했다 하더라도 비난할 생각은 조금도 없어요."

결국 그조차도 조금이나마 도움이 될 테니까. 아니, 어쩌면 더. 별것 아닌 사람의 서명과 거대 상단 도련님의 서명. 두 서명의 가치가 같다고 누가 단언할 수 있으랴.

"그것 때문에 드린 말씀이 아니었습니다."

하지만 아무래도 하흘이 하고 싶은 말을 잘못 짚었나 보다.

"전 이런 게 있으니 쉽게 서명했지만, 랑세 씨는 아니지 않습니까."

"아, 뭐……."

그거야 아파트에서도 지겹게 듣던 이야기고. 걱정해 줘서 고맙다고 예의 바르게 한마디 하려는 순간.

"그래서 그 사람들에게 다른 비마법사들에게도 서명을 받으라 했습니다."

"네?"

"우선 마법사들의 가족부터 시작해서 저희 상단처럼 이해관계에 있는 사람들, 그리고 세상을 바꾸고자 꿈꾸는 사람들, 세상이 더 옳게 돌아가리라고 믿는 사람들. 그런 이들을 찾아가 서명을 받으라고 했습니다."

랑세는 당장에 무슨 뜻인지 이해를 하지 못하여 눈만 깜빡였다. 하흘은 그런 랑세를 향해 의미를 알 수 없는 한숨을 쉬었다.

"그런 사람들의 서명이 많아지면 랑세 씨의 이름은 가려질 테니까요."

"아……."

사람이 사람을 돕는 마음은 어디서 시작되는 걸까.

"또, 은밀하게 처리하기에는 커져 버릴 테니까요."

랑세는 무언지 모를 부끄러움에 고개를 숙였다.

"저는 랑세 씨기 조금이라도 다치길 바라지 않으니까요."

하흘은 쓴웃음을 지었다.

"한 사람을 보호하기 위해 다른 사람을 끌어들인 저를 이해해 주실 수 있겠습니까?"

"오우!"

랑세와 하흘은 동시에 무즈를 쏘아봤다. 죽는다, 진짜.

눈빛으로 무즈를 엄벌한 랑세는 하흘에게 시선을 돌렸다. 무척이나 고마웠다. 무척이나 좋은 사람이고 좋은 일이다. 하지만 또 온전히 좋지만은 않았다. 어쩐지 어깨가 무거워졌다. 자신은 이 사람에게 돌려줄 것이 없는데.

랑세가 입술을 씹으며 말을 고르자 하흘은 찡그린 얼굴로 웃었다.

"여전히, 이 정도로도 랑세 씨를 흔들 수 없나 봅니다."

하흘이 하는 말에 랑세는 고개를 작게 끄덕였다. 무척 좋은 사람이고 정말이지 이만한 사람 더 못 찾겠다 싶지만 어쩐지 그쪽으로는 마음이 가지 않는다니, 사람 마음이란 참 묘하지. 더하여, 지금 한 말 때문에 오히려 좀 더 슬퍼졌다고 말하면 이기적인 걸까. 차라리 자신의 경제적, 정치적 이익 때문에 서명했다고 하면 그럴 수도 있지, 오히려 좋은 일이지, 했을 텐데. 이 사람이 가지고 싶어 하는 것은 온전히 자신이 줄 수 있지만, 줄 수 없어서.

"부담을 느끼지 말라고 말하고 싶지만, 그건 진심이 아니니 차마 그렇게는 말씀드리기 어렵습니다."

"하흘 씨."

"그렇다고 억지로 제게 와 달라는 것도 아닙니다."

억지로 강요한다고 와 줄 사람도 아니고. 그러나 상대가 부담 느낄 걸 뻔히 알면서도 굳이 얼굴 보며 이 이야기를 한 것은.

"생색을 내는 것도 아니고. 다만."

하흘은 말을 고르는 듯하다가 결국에는 그저 모든 마음을 담은 한마디만을 건넸다.

"조심하시라고, 그저 별일 없길 바란다고 말씀드리고 싶었습니다."

"……네. 감사합니다. 별일 없을 거예요."

"와렌 씨를 기다린 것도, 와렌 씨의 작품에 관심이 있기도 했지만, 더해서 제 뜻을 랑세 씨에게 돌려 돌려 말할 수 있을 것 같아서……."

"뭐야?"

랑세가 무즈에게 다시 이를 드러냈지만, 무즈는 지지 않고 후다닥 달려왔다.

"감히 우리 와렌의 신성한 계약을 그딴 데다 이용해?"

어이쿠, 이놈 좀 보게. 랑세가 일단 주먹부터 올렸지만 하흘의 말이 먼저 무즈의 뒤통수를 갈겼다.

"그렇게 말씀하시면 와렌 씨가 안 좋아하겠지요?"

과연, 상인. 무즈의 말에 담긴 감정이 어떤 건지 단번에 파악한 듯했다. 하흘은 말을 덧붙이며 빙그레 웃었다.

"그리고, 와렌 씨가 많이 아깝네요."

아, 이건 좀 반할 뻔했다.

"뭐, 그건 당연한 거고."

그러나 무즈도 만만치 않았다. 저런 말에도 수긍하면 대거리하는 쪽이 기운 빠져 버리니까.

"그건 그거고 이건 이거! 와렌의 마도구는 그것만으로도 존중받아야 해!"

"존중하고 있습니다. 그러니까 계약하는 것이고요."

팍팍팍, 들이받지만 탓탓탓, 다 쳐 낸다.

랑세는 뭔가 심란한 기분이 들었다. 좋은 사람인 걸 알았을 때보다 이럴 때 하흘이 더 매력적으로 보인다는 게. 나, 좀 이상한 사람일까, 하고.

"랑세 씨!"

두 사람의 대결이 무즈의 장렬한 패배로 마무리될 무렵, 와렌이 무척이나 상기된 표정으로 나왔다.

"여기요!"

그러고는 돈주머니를 흔들었다.

오오오! 랑세는 일부러 과장된 감탄사를 섞어 박수를 보냈고, 와렌은 뿌듯한 얼굴로 가슴을 쭉 폈다. 펑펑펑, 하는 작은 불꽃 마법과 꽃다발 마법을 부리는 무즈는 덤.

하흘은 방에서 나온 상인에게 슬그머니 물었다.

"원래 계약금은 예금 지불 지시서로 지급하지 않습니까? 어째서 현금이죠?"

상인은 픽 웃으며 어깨를 으쓱였다.

"마법사님께서 마법으로 돈을 번 기분을 느끼고 싶으시다고, 일부는 현금으로 받고 싶어 하셨습니다."

"아."

두 사람의 이야기를 어쩌다가 엿듣게 된 랑세는 더더욱 큰 박수를 보내더니 덥석 와렌을 안아 들고는 핑그르르 돌았다. 와렌의 얼굴은 기분 좋은 흥분으로 다시 빨갛게 물들었다.

"꺄, 꺄아! 랑세 씨!"

"축하해요! 마법사님!"

빙글빙글 도는 두 사람의 모습에 하흘과 상인, 그리고 무즈는 결국 웃고 말았다.

"가요, 맛있는 거 먹으러요."

계약의 효과가 상당했는지 이제는 하흘 앞에서도 당당한 와렌이었다. 와렌의 재촉에 랑세는 고개를 끄덕였다.

"하흘 씨, 감사합니다."

"네, 랑세 씨. 조심하세요."

"그럼 가 볼게요. 안녕히 계세요."

랑세의 인사에 무즈와 와렌도 적당히 인사를 건넸고 셋은 까르르거리며 상단을 나섰다. 다시 보자는 말이 없는 인사. 그 뒷모습을 씁쓸하게 바라보는 하흘의 어깨를 상인이 툭 쳤다.

"또 차이셨어요?"

"어, 음. 그런 것 같습니다."

"우리 도련님 또 한동안 잠 못 주무시겠네. 기운 내세요. 좋은 사람 만날 날이 있겠죠."

상인은 위로인지 놀림인지 알 수 없는 말을 건넸다. 하흘은 그 말을 못 들은 척, 랑세의 뒷모습이라도 지켜보기 위해 창가로 갔다. 셋은 좋다고 시끌벅적하게 떠든다. 마음 안에 몽글몽

글하니 샘솟는 부러움. 그래도 당신의 미소가 보기 좋아서……

"어?"

상인이 놀란 목소리를 냈고, 하흘은 눈을 크게 떴다.

세 사람 앞을 가로막은 검은 마차.

치안대.

그리고, 랑세가 그들에게 붙잡혀 마차 안으로 던져진다.

"말!"

"네?"

"내 말 가져와요!"

상인은 달음박질쳐 뛰어가는 하흘의 모습에 정신을 차리고 마구간으로 달려갔다.

"뭐, 뭐야, 지금?"

뭔가 해 볼 틈도 없이 치안대가 랑세를 체포해 갔고, 와렌과 무즈는 놀라 굳은 채였다.

"이거, 설마 서명 때문에?"

무즈의 중얼거림에 와렌은 눈을 크게 떴다. 설마, 설마, 설마. 생각했던 위험이란 기껏해야 랑세가 외무부에서 쫓겨난다는 것이었지, 이런 체포 따위는 생각도 못 했다. 둘의 생각이 거기까지 도달했을 때 와렌이 달리기 시작했다.

"와렌! 어디 가?"

"아파트!"

"아!"

무즈도 서둘러 달리려 할 때, 뒤에서 말발굽 소리가 들렸다.

"와렌 씨!"

하흘의 목소리에 와렌이 돌아보았다.

"아파트 가시는 겁니까?"

"네! 네!"

"저는 치안대와 마탑에 알아보러 가도록 하겠습니다."

"아!"

"마차를 준비했습니다. 타고 가세요, 서둘러서요!"

"아, 네!"

하흘을 태운 말이 힘차게 달려갔고, 곧이어 마차 한 대가 도착했다. 무즈와 와렌은 다급하게 올라탔다. 와렌은 다리가 덜덜 떨려 왔고, 무즈는 그런 와렌의 손을 꼭 붙들었다. 와렌의 손을 붙들었지만 어떤 감정도 느끼지 못할 만큼 무즈의 심장이 심하게 뛰었다.

"선배님! 케일 선배님!"

하흘이 당부했는지 마차는 미친 듯이 달렸고, 얼마 지나지 않아 곧 아파트에 도착했다. 와렌은 마차에서 튀어나와 소리를 질렀다.

"뭐지?"

케일이 조금 당황스러운 낯으로 관리사무실에서 나왔다. 평소 아파트에서 큰 소리 낸 적이 없는 와렌의 비명 같은 외침. 게다가 자신만 보면 무서워서 덜덜 떨며 말 거는 법이 없는 후배가 저를 찾는다.

"큰일 났어요! 랑세 씨가 체포되었어요!"

"치안대가 부지불식간에 압송했습니다."

"하흘 씨가 치안대에 알아보러 갔어요!"

둘이 정신없이 하는 말을 케일은 미간을 좁힌 채 가만히 듣고 있었다.

"무엇부터 해야 하나요? 선배님, 제가 할 수 있는 일이 뭐가 있을까요?"

"선배님, 일단 기다려야 할까요?"

케일은 두 사람의 질문에도 대답 없이 생각에 잠겨 있다 입을 열었다.

"알겠다."

케일의 낮은 목소리에 두 사람이 입을 다물었다. 케일이 손을 펼치자, 거기서 메신저 늑대가 나타났다.

"가!"

케일의 명령에 늑대는 바람같이 달려가기 시작했다. 그리고 케일은 그대로 뒤로 돌아 아파트를 향해 큰 목소리로 외쳤다.

"집합!"

'루세, 치안대나 경비대에게 잡히면 절대로 반항하지 말고 시키는 대로 해.'

'여보! 어째서 그런 걸 가르치는 거야!'

랑세는 막내 루세가 상점에서 물건을 훔치다가 걸렸을 때를 떠올렸다. 아빠와 엄마, 그리고 자신이 가서 열심히 사과했더랬다. 물론 루세는 크게 혼이 났다. 그 긴 꾸중의 끝 무렵, 엉엉 우는 루세에게 엄마가 덧붙인 가르침이었다.

'배워 둬서 해될 건 없어, 여보. 우리한테 혼날까 봐 경비대에게 반항하고 도망치려 애쓰면 안 되잖아.'

'물건을 훔치는 것부터 하지 않으면 되잖아!'

'그건 지금까지 가르쳤잖아.'

그런 한심한 대화를 듣고 있던 랑세를 향해 엄마는 웃었다.

'헤세도, 랑세도 마찬가지야. 네가 일반 병사 둘 정도는 너끈히 상대할 수 있어도 가능하면 공권력에 대항하지 마. 네 앞에 있는 건 일반 병사 둘이지만 뒤따라오는 건 나라의 힘이니까.'

'엄마, 일단 일반 병사 둘도 너끈히는 아니고 힘겹거든요? 그리고 내가 치안대에 잡힐 일이 뭐가 있어요?'

'네가 잘못하지 않더라도 세상일은 모르는 거니까.'

세상일은 정말 모르는 것이다. 랑세는 치안대 마차가 자신 앞에 등장했을 때 크게 당황하여 저도 모르게 발길질을 할 뻔했다. 그러나 순간 엄마의 가르침이 떠올랐고, 얌전히, 무섭지만 얌전히 잡혀갔다. 순순히 잡혀 오니 오히려 치안대 쪽이 수상하다는 눈으로 바라본다. 왜 체포된 거죠, 어디로 가는 겁니까, 갑작스레 잡힌 사람이 할 만한 말은 단 한마디도 안 한 채 랑세는 고개를 숙이고 가만히 앉아 있기만 했다.

"들어가."

작은 감옥 안에 들어갈 때도 랑세는 아무 소리 하지 않았다.

심장이 크게 뛰고 식은땀이 났지만 가능한 한, 최대한 침착해지려고 애썼다. 버석한 먼지가 느껴지는 감방 안에서 랑세는 생각에 잠겼다. 무엇 때문에 잡혀 온 거지? 무얼 잘못한 거지?

서명.

지금 생각난 것은 그것 하나뿐이다.

그러나 이 정도까지는 예상하지 못했다, 정말로. 단지 이름 하나뿐인데. 하흘이 다른 사람들도 끌어들였다 했는데. 랑세는 주먹을 꽉 쥐었다.

"오랜만이야."

그때, 익숙한 목소리가 들렸고 랑세는 고개를 들었다.

"안녕? 별로 안 보고 싶었는데, 또 보네."

웃뭉난이 미소를 띤 채 서 있었다.

랑세는 숨이 막혀 아무 말도 하지 못했다. 그 모습이 마음에 드는지 웃뭉난의 미소는 더욱더 짙어졌다. 그는 철창 밖에서 랑세를 내려다보며 속삭이듯 말했다.

"정말이지 마음 아파. 네가 감옥 안에 있는 게 말이야."

"너, 설마……."

랑세는 혼란스러웠다. 분명히 그때 마력을 건 맹세를 했다. 랑세에게 물리적으로나 사회적으로 해를 끼치지 않겠다고. 그 맹세는 거짓이었나, 설마. 하지만 리엔도 보증을 했던 마법이었는데.

"난 너에게 해를 끼친 적이 없어."

랑세가 무슨 생각을 하는지 알겠다는 듯 웃뭉난이 한 걸음 더 다가와 말했다. 랑세의 눈에 혼란과 불안이 가득하다. 여전히 이해 못 하는 눈치다. 자신이 그녀를 처음 만졌을 때처럼. 그래서 웃뭉난은 웃을 수 있었다.

"너에게는 말이야."

웃뭉난은 처음 만났을 때 친절을 가장했던 것처럼 말했다.

"그저 서명한 비마법사들을 모두 처벌하자고 했을 뿐이지."

"뭐?"

랑세가 놀라 눈을 크게 떴다.

여전히 짙어진 혼란에 웃뭉난은 다시 웃었다. 정말 기뻤다. 틈을 주지 않기 위해 굉장히 포괄적으로 한 듯한 맹세였으나, 오히려 역으로 구멍을 찾아낼 수 있었으니까.

"랑세 엔나. 맹세로 인해 그 이름에 해를 끼치지 못하지만, 서명한 비마법사라는 집단에 네가 있지, 맹세는 몰라."

하, 하고 랑세의 입에서는 한숨 같은 소리가 튀어나왔다. 그날의 맹세가 어딘가 허술한 구석이 있을 것이라고는 생각했다. 그러나 지금 이 시점에서 발목을 잡을 것이라고는 조금도 생각하지 못했다. 랑세는 이를 아득 물었다.

"왜 그랬어?"

그래서 물을 수밖에 없었다.

"왜 다른 때가 아니라 지금이야?"

웃뭉난 역시 랑세의 실문을 이해하지 못한 듯했다.

"너, 될트렝 사건을 안다고 했잖아! 아니, 그게 아니더라도 스테인네 계파 사람이라며!"

갈라진 랑세의 목소리에 웃뭉난은 아아, 하고 이제야 깨달은 듯 부러 과장되게 이마를 쳤다.

"순진하고 착한 아가씨 같으니."

"뭐?"

"스테인이 그렇게 나댄 걸 모두 찬성했을 거라고 생각해?"

랑세는 멍하니 그를 바라보았다. 때로는 어떤 이득 앞에서 의리, 계파, 혈연, 우정, 인정, 당위 이런 것들이 모두 한 치 의미 없는 단어들에 불과해진다. 애초에 모두 이 단어들이 무의미한 취급을 받아 생긴 일인 것을. 의미가 있었더라면, 의지가 있었더라면 뒬트렝이 지금까지 묻혀 왔을까.

"스테인이 아무 의논 없이 일을 벌이는 바람에 다들 곤란해 졌어. 지금 이 시점에 꺼낼 이야기는 아니었거든."

'그런 사람이 기억하고, 기억을 이어 가고, 그리고 중요한 시점에 한마디 던지게 되는 발판을 마련한 겁니다, 나는.'

그들이 생각하는 시점과 스테인이 말하는 시점은 그토록 많이 다른 걸까. 스테인은 알고 있을까, 일이 이렇게 돌아가고 있다는 걸. 서명을 부탁한 사람들은 알고 있던 걸까.

"마탑의 원로님들이 참으로 대로하시기에 한마디 해 드렸지. 스테인 놈이야 고생 좀 하고 나오면 정신 차릴 테니, 대신에 누구도 이 일에 나서지 못하게 만들자고. 일이 더 커지기 전에."

웃뭉난은 허리를 굽혀 랑세의 눈을 똑바로 마주했다. 그의 눈에 차 있는 자신감과 어떤 기쁨이 랑세의 속을 울렁거리게 했다.

"서명한 비마법사들을 잡자고."

그들이 필요할 때 그 이야기를 꺼낼 수 있게, 효과적으로 이용할 때를 기다릴 수 있게, 또다시 묻어 버리자고.

"야이 새끼야!"

철컹, 랑세의 주먹은 그를 치지 못하고 철창에 가로막혔다. 웃뭉난은 허리를 폈다. 오늘 여기 온 목적은 다 했다.

"자아, 그럼 잘 있어요, 예쁜 아가씨. 정말이지 당신이 여기 잡혀 있는 게 저는 몹시 마음 아프답니다."

웃뭉난은 그대로 뒤돌아 가려다 무언가 생각이 났다는 듯 랑세를 돌아보았다.

"그나저나, 댁 남자 친구 때문에 같이 잡힌 쉰두 명의 비마법사들의 미래도 참 안타깝네."

남자 친구? 있지도 않은 남자 친구라니, 무슨……. 랑세는 순간 무슨 말인지 이해 못 했지만, 곧 눈을 크게 떴다.

'우선 마법사들의 가족부터 시작해서 저희 상단처럼 이해관계에 있는 사람들, 그리고 세상을 바꾸고자 꿈꾸는 사람들, 세상이 더 옳게 돌아가리라고 믿는 사람들. 그런 이들을 찾아가 서명을 받으라고 했습니다.'

"야, 씨, 이 쓰레기만도 못한 새끼야!"

"하하하하하!"

웃뭉난은 옷자락을 펄럭이며 그대로 나가 버렸고, 랑세는 철창 안쪽에 주저앉았다. 그리고, 믿을 수 없었다. 자신이 지금 이 순간 분노보다는 슬픔을 더 크게 느꼈다는 것을.

세상은 부끄러워하지 않는다.

"그래서 추가로 서명한 사람까지 포함하여 비마법사 모두 체포되었다고 합니다."

하흘이 참담한 목소리로 알아 온 것을 설명했다. 사람들의 시선이 트라밀에게 향하자 그 역시 새빨개진 얼굴로 더듬더듬 입을 열었다.

"그렇지 않아도 스승님께서 대로하셨습니다. 왜 시키지도 않은 일을 해서 사람 곤란하게 하느냐고……."

그래도 그들은 마법사. 스승의 제자들. 어떤 일도 벌어지지 않겠지. 따끔하게 한 번 혼난 정도.

"뭐야, 감옥 한 번 다녀오면 졸아서 아무것도 못 할 거라고 생각한 건가? 겨우 그딴 걸로?"

"아미아, 모든 사람이 너 같지는 않아."

케일이 한숨같이 내뱉자 아미아는 입술을 삐죽이면서도 곧 수긍했다. 자신이야 감옥에서 고생할 때 짜증이 났지, 두렵지는 않았다. 그러나 감옥에서 만났던 이들은 모두 그곳을 두려워했다. 공포. 어둡고 좁은 곳에서 세상과 차단된다. 자유 의지는 박탈당하고, 모든 폭력에 온전히 노출되는 공간에 오랫동안 머물러 남는 공포. 어쩌면 그것이 감옥의 기능이리라.

하지만 그것은 죄를 지은 사람에게 기능해야지, 기껏 서명한 번 한 사람에게 가해져서는 안 된다.

"어쩌죠?"

회의실에 짙은 침묵이 가라앉았다. 트라밀 역시 입이 열 개라도 할 말이 없었다. 하흘이 의견을 내 비마법사들의 서명을 받아 냈다는 이야기는 건너 들었다.

그들 모두 비마법사와 별 상관 없이 살았고, 아니, 무시했고, 자신들이 우위에 서는 세상을 꿈꾸었으나, 쉰두 명이 자신들의 행동 때문에 잡혀 있다는 것을 눈을 감고 외면할 만큼 맛이 가지는 않았다.

당위.

그 사람은, 서명의 이유로 당위를 이야기했다. 어쩌면 그래서 이런지도 모른다. 자신을 위해서 서명한 것이 아니기에. 그 쉰두 명, 마법사와 관련 없는 사람들은 아마도 그 당위로 서명했겠지.

하흘 역시 말이 없었다. 일을 키워 랑세를 가리려고 했지만 일이 더 커질까 겁낸 사람들이 일을 만들어 냈다. 쉰두 명 덕에 랑세는 가려지겠지만, 그 쉰두 명이 모두 감옥에 있다.

"어쩌죠?"

누군가 다시 묻자 사람들의 시선이 케일을 향했다. 리엔도 자리를 비웠고 아파트 자치회장인 스테인은 없다. 그러면 총관리인 케일의 의견이 가장 무게를 가지게 된다.

케일은 책을 읽던 표정 그대로 모두의 이야기를 듣고 있었다. 하흘은 그런 케일을 보며 입술을 달싹이다 조심스레 입을 열었다.

"케일 씨, 혹시 튀르하 공의……."

"어머니께서 법무대신이라고 해도 쉰두 명은 무리다."

케일이 차게 끊는 말에 하흘은 움찔했다. 하지만 지지 않고 덧붙인다.

"랑세 씨만이라도 어떻게……."

"랑세가 그렇게 나오면 참으로 좋아하겠군."

당위로 서명했던 사람. 그런 사람에게 권력으로 당신을 빼왔다고 한다면, 그녀는 고마워하면서도 잠 못 이루는 밤을 지새우겠지.

그래도 당장에 나오는 것이 더 중요하지 않을까.

"그리고 그런 식으로 빼 오면 나중에 다시 발목이 잡힐 수 있다."

근본 원인을 뿌리째 뽑아야 한다. 케일이 덧붙이며 자리에서 일어나자 모두가 잠시 움찔했다.

"어쨌든 내가 할 수 있는 일이 있고, 너희가 할 수 있는 일이 있지. 트라밀."

"네?"

"너는 너희 계파의 움직임을 계속 알아보고 알려 줘라."

당황한 트라밀이 움찔하자 케일이 작게 미간을 좁혔다.

"안 할 건가?"

"아, 아니요. 합니다, 당연히."

트라밀은 격하게 고개를 끄덕였다. 그를 움직인 것은 공포였을까, 당위였을까, 아니면 양심이었을까.

"그리고 하흘."

"네."

"서명한 사람 중에 마도구 유통망과 관련된 사람, 상단과 관련된 사람들을 찾아봐라. 그리고."

"알겠습니다. 상단과 조합의 이름으로 압력을 넣겠습니다."

하흘은 케일이 무슨 말을 하려는지 바로 이해했다.

"그리고 아미아."

"응?"

휙, 하고 케일은 작은 수첩과 열쇠 뭉치를 아미아에게 던졌다. 아미아는 그것을 바로 받았다.

"아파트 관리, 당분간 맡아라."

"아, 어. 그런데 왜?"

"좀 가 봐야 할 곳이 있다."

"메신저 보내지?"

"다른 곳에 갔다."

"응? 어디? 어, 아무튼 알았어. 지키고 있을게."

마법학부의 미친개, 전장의 미친개는 지키는 것도 잘하니까. 쓸데없는 놈들이 오면 물어 버리겠지.

"그리고 하흘, 말 좀 빌리지."

"아, 네. 알겠습니다."

케일이 그대로 회의실을 나가려 했지만, 와렌이 선배님, 하고 떨리는 목소리로 붙들었다.

"왜?"

"저, 저희, 저희는 할 수 있는 일이 없나요?"

와렌이 바르르 떨면서도 하고 싶은 말을 하자 케일이 짧게 웃었다. 사람은 누구나 변한다. 그리고 변하게 만드는 사람이 있다. 우리는 지금 그 사람을 기다린다.

"왜 없어?"

"아, 어."

"면회 안 갈 건가?"

"아, 네! 알겠습니다!"

사람이 너무 당황하면 가장 기본적인 것도 까먹기 마련이라지만. 와렌은 케일에게 이런 것조차 물어본 자신을 한심하게 여기며 다른 이들과 함께 면회품 목록을 의논하기 시작했다. 그 모습까지 본 케일은 그대로 아파트를 나와 말에 올라탔다.

"히럇!"

말을 탄 마법사가 어둠 속으로 사라진다.

랑세는 걱정 어린 한숨을 토해 냈다. 잠깐 졸았던 듯했다. 졸지 않으려고 해도 홀로 있는 어둡고 차가운 감방 안에서 생각에 잠식되다 보면 지쳐 결국 잠이 들고 만다.

어디서 언뜻 들은 적이 있다. 사상범은 독방 수감이 원칙이라고. 그럼 자신이 잡힌 이유는 서명이 맞나 보다.

웃뭉난이 가고 난 후 아무와도 말을 나누어 보지 못했다. 말을 하지 못하니 생각이 더 많아지고 복잡해진다. 같이 수감된 사람이 있었더라면 말이라도 나누어 볼 텐데. 상대가 사기꾼이든 살인자든 간에.

엄마는 이 시간을 어떻게 보내라고 말해 준 적 없었다. 잡혀 갔을 때 반항하지 말라고 가르쳐 줄 정도면 감방에서 어떻게 시간을 보내야 할지 정도도 가르쳐 주지. 엄마도 잡혔을 때 이런 시간을 보냈을까. 엄마도 그 안에서 걱정에 잠 못 이루었을까, 아니면 고문을 당하느라 그런 생각 따위는 하지 못했을까.

고문.

그 생각에 랑세는 퍼뜩 고개를 들었다. 알고 있는 법을 더듬어 보았지만, 수험을 위해 외웠던 법문에 고문과 관련된 조항 따위는 없었다. 일단 금지라고 알고 있는데, 지금 겪고 있는 일이 정당하지 않다는 것을 생각해 보면 세상에 '반드시'라는 것은 없어 보인다.

세상에, 법령에 기대어 살아야 하는 문관이 법을 신뢰하지 못하게 되다니. 나중에 출옥하면 다시 공관에서 뭘 믿고 일을 하게 되려나.

아니, 일은 다시 할 수 있게 되려나.

고향에 돌아가면 아빠의 서점이 있으니 먹고살 걱정은 안 해도 된다고 큰소리 뻥뻥 쳤지만, 정작 감옥에 들어오고 나니 그렇게 큰소리칠 일이 아니었음을 알게 된다.

가족은 괜찮을까. 나 때문에 피해를 보게 되지 않을까. 내 미래는 어떻게 될까. 무사히 나갈 수나 있을까.

수많은 생각과 걱정, 그리고 두려움. 당위를 잘난 척 말했지만, 어쩌면 많은 사람이 이런 것 때문에 그 당연한 것에서 눈을 돌리는 것인지도 모른다.

"그래도, 후회 안 해……."

랑세는 마음이 약해질까 봐 일부러 소리 내서 말해 보았다. 그래, 후회 안 한다. 크게 정의롭지도 않게 살았고 신념 따위도 없지만, 누군가 죽고 사는 문제 앞에서 고개를 돌리고 싶지 않다. 나중에 어떻게 되든 간에, 재판이든 뭐든, 할 수 있는 말 시원하게 질러 버릴 테다.

재판이라.

재판이 열리기는 할까. 그냥 어디선가 의문사당하는 것은 아닐까. 그렇게 되면 아빠는, 루세는, 그리고 엄마는 무슨 생각을 할까. 약해질까 봐 한 다짐이 무색하게 다시 생각은 처음으로 돌아온다.

웃뭉난과 그 패거리가 생각한 방식이 참으로 합당하기 그지없었다. 이토록 두려움에 떨면 무사히 나간다 하더라도 다시 이런 일을 하기는 참 어려워지리라. 그럼 또 모든 것들이 조용히 묻히게 되겠지. 랑세는 긴 한숨을 다시 한번 내쉬며 무릎에 얼굴을 묻었다. 차가운 바닥, 초라한 식사, 더러운 공간보다 무서운 것은 두려움 그 자체다.

"어이, 랑세 엔나."

얼마나 시간이 지났을까. 병사가 와서 철창을 두드렸다. 랑세는 얼른 벌떡 일어났다. 무언가 바뀐 거라도 있나.

"면회다."

"네?"

"안 만날 건가?"

"아, 아니요, 아니요, 그럴 리가요."

랑세는 맨바닥에 앉아 있느라 지저분해진 옷에 붙은 먼지를 탈탈 털어 내고 머리도 한 번 손 갈퀴로 빗어 낸 후 병사가 문을 열기를 기다렸다.

"손."

"아, 네."

랑세가 손을 내밀자 병사는 거기에 차가운 수갑을 채웠다.

"감사합니다."

반은 습관적으로 튀어나온 말에 병사는 별 이상한 놈 다 본다는 눈으로 바라보았다. 아니 뭐, 면회가 반가워서 수갑도 반가워서요. 아, 진짜 누구인지 몰라도 반갑다. 누가 와도 반가울 것 같아. 심지어 웃뭉난 새끼라도 반가울 것 같아, 욕은 하겠지만.

랑세는 병사를 따라가다 멈칫했다. 어쩌면, 어쩌면 이래서 스테인도 자신을 반가이 만난 것일지도. 흐, 랑세는 이상한 웃음을 흘렸다. 이런 걸 이해하고 싶지는 않았는데 말이야. 그것도 이런 식으로.

"어서 와."

"네, 네."

그런데 누가 온 거지. 와렌일까. 그날 많이 놀랐을 텐데, 울

지나 않았는지 몰라. 랑세는 사람을 만난다는 반가움에 두근거리는 가슴을 꾹 누르고 면회실로 들어섰다.

"어?"

그리고 눈을 동그랗게 떴다.

"에세 씨?"

"안녕하세요!"

전혀 생각지도 않은 사람의 등장에 어안이 벙벙했다. 그러거나 말거나 에세는 익숙하게 랑세를 의자에 앉혔다. 그 탁자 위에는 커다란 보따리도 하나 있었고.

병사는 보따리를 풀어 헤치고 검사하기 시작했다. 에세는 이 과정 자체가 무척 익숙한지 병사에게 몇 마디 농담까지 던지기도 했다. 아, 하고 그제야 떠오른 것이 있었다. 에세의 친척이 감옥을 자주 드나든다고.

"이상 무."

"감사합니다. 아, 병사님, 기다리시는 동안 이것 좀 드세요."

에세가 슬그머니 작은 과자 봉투를 병사에게 전해 주자, 그는 크흐흠, 하고 헛기침을 하면서도 잘도 받아 간다. 그 광경에 랑세는 쓴웃음을 지었다. 자신이 마법사 감옥에서 했던 일과 어쩜 저리 똑같을까.

"이야기들 나눠."

"네네."

병사가 면회품을 들고 슬그머니 나가자 방글방글 미소 짓고 있던 에세의 얼굴이 싹 굳었다. 그 모습에 랑세는 다시 쓰게 웃었고.

"어휴, 무슨 일이래요, 랑세 씨."

"그러게요……."

그러게요, 말고는 참으로 할 말이 없었다.

"에세 씨는 타루 씨가 부탁해서 오신 건가요?"

에세는 머리를 긁적였다.

"예. 뭐라더라, 지금 마법사가 랑세 씨 면회를 위해서 들락거리는 건 좋지 않을 거라고 해서요."

"아……."

스테인 때도 그랬던 것처럼 또 아무나 드나들지 못하는 상황인 듯했다.

"우리 집이 무슨 일 하는지 말씀드린 적 없었죠? 잡화점에 겸해서 자잘한 심부름도 해 주고 있어요. 이렇게 면회품 전달도 몇 번 해 봤어요. 물론 제일 많이 전달했던 것은 사촌 오빠가 들어갔던 때지만."

"그렇군요."

"일단 할 일부터 할게요."

에세가 어깨를 으쓱이며 주머니에서 수첩을 꺼냈다. 음음, 하고 목소리를 가다듬고 적어 온 것을 읽기 시작했다.

"일단 와렌 씨가 몸 건강히, 조심히 있으라는 말을 하셨어요. 무즈 씨와 타루도 비슷하게 이야기했네요. 트리밀이라는 사람은 미안하다고 했고요, 하흘 씨와 리엔 아주머니는 알아보겠으니 몸조심하라고 했어요."

"아⋯⋯."

에세는 다음 구절을 보고 눈살을 확 찌푸렸다.

"그리고 아미아 씨가 속옷은 자기가 샀으니 걱정하지 말고 입으라고 했고요."

그에 웃음이 작게 터지고 말았다. 하여간 아미아 씨는 정말. 랑세는 이를 깨물었다. 차가운 감옥 안에서 얼어붙어 가던 마음 한 조각이 살며시 녹아내리고 촉촉한 물이 된다. 그리 녹아내린 것들이 튀어나올 것 같아서, 그래서 이를 깨물어 가며 참았다.

"뭐, 전할 말은 여기까지고요."

"어?"

"네?"

"더⋯⋯ 없나요?"

"네? 네. 없는데요?"

"네⋯⋯."

에세는 슬그머니 랑세의 눈치를 보다가 덧붙는 말이 없자 고개를 갸웃하면서도 일단 하려던 말을 꺼냈다.

"그리고 면회품에는 음식이랑 속옷, 그리고 심심할 때 보실 만한 책, 약, 다 종류별로 있으니까, 챙겨 두세요. 빨리 나오는 게 제일 좋지만 그러지 못하면 또 넣어 드릴 테니까요."

"네, 감사합니다."

"그런데 랑세 씨도 그렇고 저번에 그 스테인이란 분도 그렇고 대체 무슨 일이에요?"

에세는 수첩을 닫고 투덜거렸다.

"그때 타루한테 언뜻 듣기는 했거든요. 스테인 씨는 무슨 책을 써서 잡혀갔고, 랑세 씨는 서명을 해서 잡혀갔다고. 그런데 다들 더 자세한 이야기는 안 해 주네요. 얽히지 말라나 뭐라나."

"아."

아마도 서명 하나에 사람이 잡혀갔으니 더는 위험에 빠지는 사람이 생기지 말라는 의미로 말했는지도 모르겠다. 웃뭉난 이 새끼, 진짜 똑똑하네. 이렇게 잡혀간 사람만 사실을 알고, 사실을 알고 있는 사람도 선의로 타인에게 이야기하지 않을 것이고. 이렇게 점점 묻혀만 가는 거겠지.

"걱정을 끼치게 되었네요."

"아니, 그 이야기가 아니라. 아휴, 이따 나가서 타루한테도 한마디 할 거지만요, 그걸 결정하는 게 왜 제가 아니라 그 사람들이어야 해요?"

아, 하고 랑세는 에세를 다시 바라보았다. 살아가는 모든 순간, 결정은 자신의 몫. 그렇기에 하이란은 제게 서명 용지를 내밀었고, 케일은 서명의 장단점을 토론에 붙였나 보다.

"좋은 뜻으로 다들 걱정하는 거예요."

"뭐 그렇긴 하지만요, 다들 랑세 씨 걱정했지만 랑세 씨는 그거 안 했나요? 뭔지 모르지만, 죄도 아닌데 잡혀간, 그거요."

"하하."

랑세가 이상한 웃음을 짓자 에세는 얼굴을 일그러트렸다. 웃고는 있지만 저렇게 축 처진 어깨라니. 죄를 지은 자기 사촌 오빠 같은 사람이나 그런 자세로 후회하고 반성해야 하는데. 차라리 억울하다며 목소리를 높이지. 에세는 허리를 쭉 펴고 일부러 큰 소리를 냈다.

"괜찮아요, 잘하셨어요. 뭔지 모르지만 억울한 사람 도와주려고 그랬다는 건 알아요."

미친 마법사 영감탱이에게 물을 뿌리고 하루짜리 구류 감옥에 갇혀 본 날, 정말 짧은 시간이긴 했어도 두렵지는 않았다.

"잘한 거예요, 잘했어요. 나쁘지 않아요. 그리고 큰일 없을 거예요. 바깥에서 다들 애쓰고 있는 것 같더라고요."

마법사들을 위해서가 아니라, 자신과 가족을 모욕하는 말을 듣기 싫어서 한 짓이었다. 그런데도 그들은 낯선 사람을 위해 700에시르라는 적지 않은 돈을 단번에 모았다. 이상하지만 괜찮은 놈들이다. 그러니까.

"그러니까 너무 걱정하지 말고 몸조심이나 하세요."

랑세는 에세의 말에 희미하게 웃었다. 어릴 적, 칭찬을 안 받고 자란 것도 아니면서. 우리 딸, 예쁜 딸, 그런 소리 실컷 듣고 자라 왔으면서. 잘했다는 말은 항상 마음 안에 작은 불씨 같은 것을 피운다. 따스하게 몸을 덥힐 수 있는 그런 불씨.

"고마워요."

"바깥 사람들한테 전할 말은 없나요?"

"아, 어."

랑세는 잠시 말을 골랐다. 무슨 말을 할 수 있을까.

"그냥 고맙다고, 걱정하지 말라고, 그리고 다들 조심하라고 전해 주시겠어요?"

에세는 알겠다고 말하고 자리에서 일어났다. 그 순간 바로 병사가 들어왔다. 오랜 경험으로 이미 면회 시간이 끝난 걸 진작 눈치챈 덕이었다. 에세는 나가는 순간까지 랑세의 눈을 마주치며 손을 흔들었고, 랑세 역시 끝까지 그 모습을 지켜보았다.

"아, 정말 많네."

감옥 안에서는 면회품이 자신을 기다리고 있었다. 랑세는 하나하나 풀어 보았다. 같이 한 번 싸 봤기에 누가 무슨 물품을 어떻게 준비했는지 눈에 보이는 것 같았다. 그래서 설핏 웃음이 새어 나왔는데, 곧 얼굴을 일그러트리고 말았다.

"내가 미쳐, 진짜."

까만색에 레이스까지 주렁주렁 달린 속옷이라니. 감옥 안에서 이게 무슨 소용이라고. 아니, 바깥에서도 딱히 쓸모는 없으면서도. 랑세는 이걸 사면서 깔깔거렸을 아미아가 떠올라 짜증을 내며 도로 상자 안에 쑤셔 박았지만 결국 웃음이 터지고 말았다.

"하하……."

감옥은 여전히 차갑고, 혼자이지만, 그래도 혼자가 아님을 알게 되었기에. 조금쯤은 안심하고, 조금쯤은 용기를 얻어서, 그래서.

잠시 얼굴을 손에 묻고 아무 걱정 없이 마음 안에 넘실거리는 깃들을 내보이게 된다.

가만히, 소리 없이.

걱정하지 마세요

....

"랑세 엔나. 나와라."

아미아가 만든 것이 분명한 음식을 먹고 잠깐 졸던 차였다. 랑세는 눈을 번쩍 뜨고 자리에서 일어났다. 설마 또 누군가 면회를 온 걸까.

"조사다."

수갑을 채우는 병사가 툭 던진 말에 어깨가 굳고 말았다. 조사라니. 랑세는 입술을 꾹 물었다. 사실 법대로라면 잡히자마자 해야 하는 일이었다. 그러나 며칠이나 지나고 이제야 한다. 이 일이 정석대로 움직이지 않는다는 증거였으며, 또한 이 일의 목적이었다.

두려움을 심어 주는 방법. 사람은 아무것도 할 수 없을 때 두려워지며 약해진다. 이 상태로 조사를 받는다면 당장 잘못했다며, 다시는 안 그러겠다고 답할지도 모른다. 약해지지 말아야 한다. 랑세는 어둡고 지저분한 복도를 걷는 동안 마음을 다졌다.

끼익, 철컥. 두꺼운 철문이 여닫힐 때 나는 저 소리는 분명 경첩에 기름칠만 잘해도 안 날 텐데. 어쩌면 어떤 위압감을 위해서 고치지 않았으리라. 애써 그렇게 생각해도 쿵 소리에 결국 마음이 내려앉는다.

"야! 꾸물거리지 마!"

병사가 랑세의 등을 격하게 밀어 의자에 앉혔다. 등받이도 없는 불편한 의자였기에 주춤 랑세의 몸이 흔들리자 다시 병사가 어깨를 붙잡아 눌렀다.

"똑바로 앉아!"

랑세는 아무 말 없이 시키는 대로 했다. 완연한 무력감. 그럼에도 용기를 잃지 않기 위해 노력해야 한다. 왜? 어째서? 무엇을 위해서? 여기서 완전히 숙이고 들어간다 한들, 아니, 숙이고 들어가는 것이 오히려 자신의 평안을 위해서 더 좋을 텐데.

아니, 평안을 위해서 하는 것이다.

평생 마음의 짐을 지지 않기 위해서 하는 것이다. 멀어도 돌아가는 것이다.

"랑세 엔나. 7급 외무부 문관. 흠."

조사관이 들어와 랑세의 앞에 앉아 그 말만 하고 한참을 앉아 있었다. 랑세는 고개를 똑바로 들고 그의 눈을 바라보았다. 그는 앞에 앉은 사람에게 살기를 내보이지도 않았고, 비아냥거리지도 않았다. 한없이 무심한 눈으로, 한없이 지루한 눈으로, 이런 것 따위는 일상이라는 눈으로 바라보고 있었다. 그게 더 무서웠다. 얼마나 많은 사람들이 이곳에서 자신의 말을 되물려야 했을까.

"배울 만큼 배운 사람이 왜 이렇게 멍청한 짓을 했을까……."

길게 끄는 말끝에 묻어나는 한심함.

"너, 무슨 일로 잡혔는지 알지?"

처음으로 그가 랑세에게 말을 걸었다.

"석방 청원서에 서명해서요?"

"알고 있었네. 그럼 취소해."

그는 종이와 펜을 랑세의 앞으로 내밀었다.

"불러 주는 대로 쓰고 서명해. 제가 판단을 잘못했습니다, 죄송합니다, 앞으로는 이런 일 하지 않을 것입니다, 왕국에 누를 끼쳤습니다, 랑세 엔나. 쉽지?"

전혀 쉽지 않은 일이었다. 랑세는 고개를 저었다.

"아니요. 저는 안 할 겁니다."

"왜?"

"잘못한 게 없으니까요. 조사관님, 조사관님은 제가 무엇 때문에 서명했는지 아시나요? 많은 사람이 그냥 죽었는데 묻힌 사건이었어요. 그걸 책으로 썼다는 이유만으로 잡힌 거고요. 그 책은 왕국을 비난하지도 않았고, 무얼 해 달라고 요구하지도 않았어요. 그냥 그런 사건이 있었다는 이야기뿐이었고요. 그런 걸 썼다고 잡혀간 게 옳은 건가요?"

"응. 옳아."

랑세가 멈칫하자 그는 피식 웃었다.

"이봐, 왕국의 뜻에 반하는 글을 쓴 건데 당연히 잡혀가야지. 그냥 조용히 묻힌 걸 들쑤시는 것 자체가 반역이고 죄야. 알겠어? 그러니 너도 실수했습니다, 잘 몰랐습니다, 죄송합니다, 하고 쓰라고. 큰 거 바라는 거 아니잖아?"

"그게 어째서 왕국의 뜻에 반하는 건데요?"

"평온한 나라 들쑤시는 게 당연히 반하는 거지."

평온하게 사는 사람들. 가족과 이웃, 함께 웃으며 사는 사람들. 그 밑바닥 어디엔가는 울음조차 기억되지 못하는 사람들이 있다는 것이 옳은 일일까. 타인의 눈물 위에 만들어진 평온. 하지만 그런 랑세의 주장은 전혀 먹혀들지 않았다.

"같잖은 정의감이 참 개 같지. 있잖아, 아가씨."

그는 긴 한숨을 내쉬었다.

"아가씨같이 눈 똑바로 뜨고 또박또박 대드는 새끼들, 몇 대만 후려치면 입 닫고 시키는 대로 해. 정의감이라는 게 별것 아니야. 제 몸이 안전해야 저지르는 짓이지."

부끄럽게도 그 말에 랑세는 어깨를 움츠리고 말았다. 용기란 것은 사람의 본능이 아닐지도 모른다. 살고 싶다는 본능이 사실 모든 것에 우선할지도 모른다.

그는 진심으로 짜증 난다는 듯 머리를 쓸어 올렸다.

"지금 뜬금없이 법무대신 각하께서 형무소 감사를 시작했어. 그래서 지금은 가만히 있는데, 난 그게 너무 귀찮아. 응? 알아?

내가 당신 가족은 생각 안 하냐고 물을 수도 없고 말이야."

랑세는 안도의 한숨이 튀어나올 뻔한 것을 겨우 참았다. 지는 것처럼 보일까 봐.

그는 짜증스러운 듯 머리를 벅벅 긁더니 종이를 다시 밀었다.

"이봐, 아가씨. 내가 진짜 아가씨를 오래오래 감옥에 머물게 하거나 사형에 처하면 무슨 좋은 일이 있겠어? 어차피 아가씨도 알잖아. 월급 받는 관원이 그게 다 무슨 상관이라고. 안 그래? 그런데 아가씨. 아가씨, 내 딸 또래야. 내 딸 같아서 하는 말인데 고향에 계신 부모님이 딸이 남을 위해 엉뚱하게 오지랖 부렸다가 여기 있다는 걸 알면 얼마나 마음 아프시겠어? 안 그래?"

그는 폭력을 가할 수 없으니 달래기로 작정하고 들어왔나 보다. 이럴 때 우리 엄마, 아빠는 그렇게 살지 말라고 가르치셨거든요, 하고 당당하게 일어나면 좋을 텐데, 부모님 이야기에 또 마음이 움찔움찔한다. 다 버리고 온 척하면서도 여전히 아니기에. 계속 여기에 있다 보면 팔렝에도 통보가 가겠지. 그러면 아빠와 루세는 울어 버릴지도 몰라. 엄마는, 음, 아마도 엄마도.

"잘 생각해 봐, 응? 별거 아니라고. 그냥 재판정에 나가서 판사님이 여쭤보시면 잘못했습니다, 하고 한마디만 하면 되는 거야. 그걸로 끝이야. 정말이지 아가씨 말마따나 역적모의가 담긴 서한에 서명한 것도 아니야. 아무리 이게 왕국을 들쑤시는 터라 역모에 가까운 일이라지만, 대놓고 역모로 처벌하겠어? 전하와 법은 자비로워, 아가씨."

그 자비가, 어떤 사람에게는 왜 가지 못했을까. 왜 윗자리 누군가와 누군가의 대화 하나에 묻혔을까.

"……법이 자비롭기 때문에 하는 일이에요."

랑세는 거짓말을 했다. 법이 자비롭기 때문에 한 일이 아니라, 무자비하도록 공정해야 하므로 한 일이다.

"허어, 거참. 진짜 한 대만 딱 때리면 말 들을 텐데. 허어, 참."

그가 답답하다는 듯 툭 내뱉자 지켜보던 병사가 말릴 듯 다가왔다.

"조사관님. 그, 감사가, 이번 감사는 엄청 철저하다고 그래서요."

"아씨, 죄지은 놈들 몇 대 때린다고 뭐가 달려져? 응? 그럴 거면 살인범은 왜 사형시키나? 안 그래? 왜 죄지은 놈들 몸을 걱정해 줘야 하냐고, 이해가 안 가네. 이렇게 머리 굴리고 펜대 굴리는 놈들은 대가리 몇 대 갈기면 말 듣는다고."

"감사라는 게 원래 아무 꼬투리나 잡으려고 하는 거 아니겠습니까. 그러니까 조용히, 제발 조용히 하세요."

쾅쾅, 조사관은 답답하다는 듯 책상을 발로 깠다.

랑세는 그 진동에 흔들리면서 마음으로 조용히 감사 인사를 드렸다. 법무대신 각하, 제가 법무부랑 안 친해서 성함을 기억 못 하는데, 나가게 되면 법에 안 걸릴 만한 가격의 선물을 보내 드릴게요.

"아, 진짜 아가씨, 우리 질질 끌지 말자. 응? 여기에 쓰라고, 그냥. 막 대단하게, 요란하게 쓸 거는 없어."

랑세는 종이를 가만히 내려다보았다. 폭력이 있었다면 자신은 과연 견디지 못하고 잘못했다고 썼을까. 그랬을지도 모른다. 아픈 건, 싫으니까. 그만큼 용기도 없으니까. 어쩌면 이것은 기회일지도 모른다. 다시 한번 감사드려요, 법무대신 각하.

"조사관님."

랑세가 침울한 목소리로 조용히 부르자 조사관이 조금 의외라는 듯 돌아본다. 따박따박 말대답하더니 마음 약한 아가씨네. 부모님 이야기에 안 녹는 애들이 별로 없긴 하다만.

"제가 이걸 써서 제출하면 이걸 가지고 재판을 하는 건가요?"

"아, 그렇지. 응. 그걸 딱 보시고, 재판관님이 어허, 랑세 엔나 반성이 지극했구나, 하고 보내 주실 거라니까."

글쎄, 과연 그럴까. 그럴지도 모르지만, 평생의 족쇄가 차이는 거나 다름없지. 이건 양심의 문제가 아니다. 평생을 그렇게 살라고 세상이 계속 말할 테니까.

"제가 지금 여기서 당장 쓰기는 어렵고요, 방으로 돌아가서 쓰고 드리면 안 될까요?"

"아니, 뭐 어려울 게 있다고?"

"그게, 저도 쓰기는 할 텐데, 서명을 같이한 사람들한테 미안하기도 하고, 변명거리라도 좀 있어야 하는데……. 생각 좀 해 봐야 할 것 같아서."

허어, 조사관은 주먹을 꾹 쥐었다. 아, 한 대 치고 싶다. 모든 일이 쉽게 끝나는 길을 두고 왜 자꾸 다들 돌아가려고 하는가.

"아니, 조사관님도 생각해 보세요. 여기 서명한 사람들, 대부분 저랑 이웃해서 살아요. 나가면 계속 볼 사람들이고요. 그런데 그 사람들 모두 몽땅 잘못했고, 저는 잘나서 잘했습니다, 이렇게 답하면 저 나가서 어떻게 살아요?"

"이사 가."

"아이참, 조사관님. 수도 집세가 얼마인지 아시잖아요."

아, 하고 조사관은 멈칫했다. 엄청난 집세에다 자식새끼들과 배우자를 먹여 살릴 돈을 생각하니 허리가 휜다. 그래, 다 먹고 살자고 이런 지독한 일을 하는 것을.

"그냥 써. 뭘 또 그런 거까지 생각하고 그래?"

그래도 랑세가 설득당했다고 생각하는지 그의 목소리가 조금 사근사근해졌다. 그래, 어린 사람이 동정심에 실수할 수도 있지, 뭐. 살인이나 강간을 저지르는 놈들보다야 동정심 많은 어린 아가씨가 불쌍하지.

"그냥 종이랑 펜 들고 갈게요. 생각 좀 해 본 후에 써서 드릴게요."

"아니, 그럼 여기서 써. 기다려 줄게."

"아이참, 조사관님도 이거 생각하고 글 쓰고 하는 데 얼마나 기다려야 하는지 아시잖아요. 바쁘실 텐데 제가 써서 낼게요."

"허, 참."

그는 기가 막혔지만 수긍했다. 펜대 굴리는 놈들이란 반성문을 쓰면서도 꼭 명문을 뽑아내려는 습성이 있다. 한 대씩 패면 금방 깔끔하게 쓰긴 하지만 지금은 빌어먹을 감사 때문에 그럴 수도 없으니.

"저만 조사해야 하는 것도 아니시잖아요."

랑세는 최악의 서기관 앞에서 짓는 최고의 미소를 장비하고 조사관에게 말했고, 그는 곧 고개를 끄덕였다. 뭐, 이 정도까지 하면 되겠지.

"정말 골 때리네. 좋아. 재판은 사흘 후니까 그때까지 얼른 내라고. 알았어?"

"네, 조사관님, 좋은 충고 정말 감사드려요. 그렇게 하겠습니다. 감사합니다."

"어, 그래. 이렇게 잘 알아들으면서 처음에는 왜 그랬어?"

"어휴, 제가 어려서 그렇습니다. 잘 말씀해 주서서 감사해요."

철저하게 수긍하는 모습에 조사관은 찜찜해하면서도 일단 랑세를 내보냈다. 아닌 게 아니라 일은 늘 쏟아지고 있으니 쉽게 마무리된 건 넘기면 된다. 그는 랑세의 서류를 치우고 다른 죄인을 불러들였다. 다음, 또 다음.

"들어가."

랑세는 조사관을 뒤로하고 감옥 안으로 들어갔다. 수갑을 풀고 펜과 종이를 앞에 둔 채로 생각에 잠겼다. 할 수 있는 일은 어쩌면 아무것도 없을지도 모른다. 끝내 풀려나지 못할지도 모른다.

랑세는 에세가 가져다준 면회품 보따리를 한 번 보고 다시 종이를 내려다보았다.

'잘한 거예요, 잘했어요. 나쁘지 않아요. 그리고 큰일 없을 거예요. 바깥에서 다들 애쓰고 있는 것 같더라고요.'

그 바보들이 무엇을 하는지 몰라도.

"내가 할 수 있는 일."

자신이 무엇을 할 수 있는지 몰라도 끝까지 최선을 다해 보기로 한다.

⚷

저 여자는 뭘 하는 걸까, 병사는 어떤 여자가 수감된 곳을 힐끗 쳐다보며 생각했다. 조사관을 만나서 종이 한 장을 받아 앞에다 두고 멍하니 앉아만 있다. 폭력 사고를 대비하여 끝을 뭉툭하게 만든 펜을 굴려 가며.

교도소를 지키는 병사가 알기로는 재판일 전까지 소명서를 써야 한다. 그게 싫으면 비싼 돈 들여서 변호사를 사거나. 하지만 변호사는 귀족이나 살 수 있고, 아무리 봐도 저 여자는 귀족이 아니다. 아무튼 소명서를 내지 않으면 소명 없이 재판은 그냥 진행되고 그대로 수감 기간이 확정된다. 또는 다른 벌이.

글을 몰라 소명서를 쓰지 못하면 대서代書 신청을 하거나, 그것도 안 되면 재판 중 소명 시간에 소명하면 된다. 물론 재판정에서는 긴장 때문에 소명을 제대로 하는 사람이 몇 없다. 보통은 중언부언하다가 망하지. 그래서 글을 모르거나 돈이 없는 사람들은 죄의 크기보다 큰 벌을 받거나 억울한 누명을 쓰기도 한다.

저 여자는 글을 모르는 것 같지는 않던데. 몇 번이나 조사관이 재촉한 것을 보면.

"어이."

"네?"

병사가 부르자 여자는 놀란 눈을 깜빡이며 돌아보았다.

"왜 안 쓰고 그러고 있어? 뭐 도와줘?"

병사가 동정심으로 물어본 것은 아니었다. 물론 여자가 가끔 준 맛있는 육포 때문에 그런 것도 아니었다. 절대로! 그냥, 궁금해서다, 궁금해서.

"하하, 아니에요. 생각 좀 해야 해서요. 고맙습니다."

갇힌 주제에 밝게도 웃네.

"그거 오늘까지 내야 하잖아. 조사관님이 재촉까지 하셨는데 얼른 해야지."

지금 감사 기간이 아니었다면 벌써 조사관님의 손이 올라가고도 남았는데. 병사는 감사 기간이 좋기도 했고 싫기도 했다. 감사 때문에 모든 걸 규정대로 해야 해서 죄수들에게 평소처럼 강한 모습을 보여 주기는 힘들지만, 반대로 그 덕에 조사관이나 다른 상관들이 저를 마구 쪼아 대지는 못하니까. 여하튼.

"네, 저도 곧 쓰려고요. 감사합니다."

"그래. 얼른 써."

병사는 그렇게만 말하고 돌아섰다. 저 여자에게 육포를 얻어 먹었지만, 벌을 더 받든 말든 알 바 아니다.

"휴."

소명서를 앞에 두고 생각만 계속하고 있던 여자, 랑세는 병사의 뒷모습을 지켜보다 한숨을 내쉬었다.

소명서. 지금 이틀째 버티고 있지만, 오늘 오후까지 내야 한다. 그래야 내일 재판에서 쓸 수 있을 것이고. 랑세는 눈을 감았다.

안 쓰는 것 반, 못 쓰는 것 반.

자신의 뜻이 담긴 소명서를 조사관이 확인하면 분명히 그냥 넘어가지 않을 것이므로 시간을 끄는 것이 반, 그리고 뭘 써야 할지 몰라서 가만히 있는 것이 반.

진짜 뭘 쓰지. 백지 앞에서 막막해졌다.

재판관과 배심원을 설득시킬 수 있는 글. 과연 쓸 수 있을까. 그때마다 자꾸 펜이 멈칫했다. 머릿속에서 문장이 구성되지 않았다.

조사관과 대화하면서 알았다. 이것은 결과가 이미 정해진 재판이나 다름없으니까. 정의, 정당, 당위, 이런 것은 때로 필요 앞에서 무참히 쓰러진다. 그리고 이들은 자신과 서명한 다른 사람들의 처벌이 필요하다고 여긴다. 그 필요를 뛰어넘을 수 있는 글.

자신이 뭐라고 그걸 쓸 수 있을까.

문관이라지만, 이건 문관의 능력 이상이다. 논술가라든가 철학가, 그런 사람들이나 가능하지. 랑세는 눈을 더 질끈 감았다.

'이 사람들은 뭐 이런 글을 쓰지, 안 팔리는 책을?'

서점을 함께 정리하며 책을 뒤적거리다 한 말에 아빠는 웃었다. 변경 마을에서 잘 안 팔리는 먼지 쌓인 책. 가끔 멀리서 온 사람이나, 관리나, 공부 좀 한다는 사람이 드물게 찾는 책.

그러니까 한마디로 말하면 어려운 책. 세상과 생각을 이야기하는 책.

'랑세야, 어려워서 그래?'

'안 팔려서 그래. 이거 다 손해를 떠안는 책이잖아.'

'랑세야, 세상에 의미 없는 것은 없단다. 한 번쯤 진지하게 읽어 보렴.'

그러면서 아빠는 책장을 뒤적거려 얇은 책 한 권을 꺼내 랑세에게 내밀었다. 랑세는 불퉁하게 입을 내밀었다. 아빠의 권유가 싫어서가 아니었다. 그 책을 찾는다고 기껏 정리한 책장이 또 엉망이 되어 버렸기 때문이다. 거기에 아빠는 몇 권을 더 뽑아 내놓았다. 또 자기가 읽으려는 거겠지. 그러다 또 관련 책을 꺼내 볼 테고. 이러다 보면 책장 정리는 끝나지 않을 것이다. 내일 또 해야겠지.

'이 책은 우리 왕국뿐만 아니라 다른 나라에서도 유명한 사람들의 연설을 모아 둔 책이란다. 평범한 사람들을 상대로 한 연설이라서 어렵지는 않지만 깊단다.'

아빠는 랑세의 불퉁한 표정을 어려운 책을 내놔서 그런 거라고 생각한 듯했다. 랑세는 아빠의 말에 그냥 픽 웃고는 책을 읽기 시작했다. 두 부녀는 책장 정리를 하다 말고 책에 빠져들었다. 오전에 읽기 시작해서, 아빠가 사다 준 빵을 먹으며 해가 저물 때까지 읽었다.

'어떠니?'

아빠는 랑세의 붉어진 눈을 보며 그리 말했다. 그럴 줄 알았다는 말투로.

'어, 아빠. 되게, 어, 음, 되게 좋아…….'

랑세는 자신의 감상을 그렇게 말할 수밖에 없었다. 아빠는 다정하게 랑세의 머리를 쓰다듬었다.

랑세는 눈을 떴다. 아빠는 그때 뭐라고 그랬더라. 왜 그 책의 글들이, 연설이 어렵지 않으면서도 명확하고 좋은지에 대해서 뭐라고 그랬더라.

'진심이기 때문이란다. 누군가를 속이기 위해서 하는 말이 아니라 진심이 어린 말을 했기 때문이란다. 지식 역시 뽐내기 위해서가 아니라 진심의 근거로 썼기 때문이지.'

휴우, 랑세는 다시 한숨을 내쉬었다. 그날 눈물은 그렁그렁 하고 속은 울렁울렁한 채로 집에 갔지만, 동생들이랑 놀아 주고 밥 먹고 어쩌고 하다 보니 그 마음은 싹 다 가라앉아 까맣게 잊어버렸지. 그때 그런 연설문 쓰는 걸 좀 익혀 두었다면 지금 이런 고민을 안 할까.

진심이라니.

그런데 진심이 항상 사람 마음에 닿는 건 아니잖아. 조사관 에게도 진심을 말했지만 들은 척도 안 했잖아. 진심이 필요 없는 사람에게는 닿지 않잖아. 결국, 다시 제자리다. 사실 이 생각만 이틀 내내 하면서 종이 앞에서 괴로워했다. 하얀 백지, 정말 싫다. 벌을 받기 싫어서가 아니라 쓰기 싫어서 잘못했습니다라고 쓰고 싶을 정도였다.

"아으으으."

랑세는 감옥 바닥에서 한 번 뒹굴다가 번쩍 고개를 들었다.

어차피 망한 거, 그냥 질러 버려? 어차피 조사관이 한 번 읽고 인장을 찍는 과정이 있을 테니까, 차라리…….

"아!"

문득 어떤 생각이 스쳤다. 소명서가 아니라, 소명의 시간.

랑세는 입술을 깨물고 다시 눈을 감았다. 통할지 안 통할지 모른다. 그러나 벽을 뛰어넘지 못한다면, 돌아가는 방법이 있어야 한다. 눈을 뜨고 펜을 잡았다. 그리고 깊은숨을 들이쉬고 종이 위에 자신의 소명을 써 내려가기 시작했다.

기회는 단 한 번, 잘 이용해야 한다.

"조사관님, 여기 새로 도착한 소명서입니다."

"오!"

조사관은 병사가 걷어 온 소명서를 반갑게 받았다. 펜대 굴리는 놈들은 이래서 안 된다. 어째 미리미리 착착 주는 법 없이 재판소에 내야 하는 시간 직전에야 끝내냔 말이다. 지금 오지 않았으면 소명서 없이 재판을 받게 되었을 텐데. 그게 더 귀찮은 일인지 덜 귀찮은 일인지 모를 일이다.

조사관은 인장을 들고 소명서를 하나씩 훑어보았다.

"이 새끼, 정신 못 차렸구먼. 뭐 정의가 어째?"

그는 짜증을 내며 인장을 쿵, 하고 내려찍었다. 전에 같으면 얼른 다시 이놈을 불러 몇 대 쥐어 패서 원하는 답을 받았을 테지만, 감사 시기에는 어쩔 수 없다. 재판관이 이걸 가지고 뭐라고 하면 할 말은 있다. 댁이 법무대신보다 높지 않은 걸 어쩌냐고. 물론 그걸 아주 예쁘게 포장해 말해야겠지만.

조사관은 대강 훑어보다 한 장은 따로 빼냈다. 이놈은 아예 욕설로 도배를 해 놨다. 이런 건 인장을 찍어 줄 수 없지.

"흠. 얘는 뭐를 이렇게 많이 썼어? 읽기 귀찮게."

조사관은 인장을 쿵 찍고 넘겼다. 그리고 다시 다음 장.

"얘는 정신 차렸군. 그렇게 뻗대더니. 그런데 어차피 이렇게 쓸 거 뭐 하러 시간 낭비나 해?"

쿵, 다시 인장이 찍힌 소명서 한 장이 서류 더미 위로 올라갔다.

"어이, 이거 재판소에 가져다줘."

"아. 네."

조사관은 소명서를 모두 넘기고 다시 책상 한쪽에 쌓인 다른 서류 더미를 꺼내 들었다. 조금 전까지 아무 일도 없었던 것처럼.

"랑세 엔나, 맞지?"

"네."

이튿날, 세 명의 병사가 랑세를 불렀고, 랑세는 옷깃을 가다듬으며 일어섰다. 병사는 랑세에게 생년월일과 아버지 이름, 어머니 이름, 직장 그리고 죄목까지 불러 주며 본인이 맞는지 확인했다. 재판소에 가기 전에 하는 절차였다.

랑세는 수갑이 채워진 채 마차에 태워졌다. 본인이 원해서하는 일은 하나도 없는 곳, 그게 감옥이다. 랑세는 다른 죄인들 사이에 끼여서 숨을 가다듬었다. 한숨도 못 잤다. 가슴이 두근거려서. 자꾸 입이 바싹바싹 마르고 속이 울렁거렸다. 그러니 정신 차리려면 이를 꽉 물어야 했다.

얼마 지나지 않아 마차는 재판소 뒷문에 도착했고 랑세는 다른 사람들과 함께 각자의 재판을 기다렸다. 함께 기다리는 사람들 모두 안색이 하얗거나 거무죽죽하다. 모두가 바싹 긴장한 탓인지 약간의 숨소리와 가끔 침 삼키는 소리 말고는 안 들린다. 재판을 대기하는 곳은 이토록 고요하구나.

저기 대기실 밖 복도에서 가끔 비명과 울음소리가 가느다랗게 들려온다. 정말 죄를 지어서 벌을 받았음에도 억울한 걸까, 아니면 어이없는 누명을 썼을까. 저게 자신의 미래가 되지 말라는 법이 없다.

"사건 번호 815914034, 랑세 엔나."

얼마나 시간이 지났을까. 누군가 들어와 랑세를 불렀고, 랑세는 숨을 들이켜고 자리에서 일어났다. 그가 안내하는 대로 따라가니 눈앞에 커다란 문이 있었다. 커다란, 아주 커다래서 벽같이 보이는 문이.

"피고인 입장."

문이 열리자, 눈이 부셔 랑세는 눈살을 찌푸렸다. 수군수군,

고요한 듯하지만 고요하지 않은 재판정 안, 낯선 사람들이 가득하다. 랑세는 마지막 큰 숨을 들이켜며 재판정 안으로 들어갔다.

랑세는 피고석에 앉아 청중 쪽을 바라보았다. 소곤소곤, 작은 목소리로 무언가를 말하는 사람들 중에 아는 이는 없었다. 가슴 한쪽이 서늘해졌다. 아는 사람이 앉아 있다 한들 자신에게 도움이 될 리 없으면서도 홀로가 아니라는 믿음에 힘이 될 터였는데. 아니, 솔직해지자. 아파트 놈들, 의리 없기는. 누구 때문에 여기 앉아 있는데.

"아."

랑세는 그 생각에 번뜩 놀라고 말았다. 누구 때문이라니. 서명을 말린 것은 그들이었다. 자신이 옳다고 생각해 피해를 얼마든지 감수하겠다며 서명해 놓고서는 남 탓을 하다니. 사람이 어렵고 두려운 상황에 부닥치면 이리 자연스레 원망할 대상을 찾게 되나 보다.

'너 때문이다! 너 때문에 네 동생이 죽은 거야!'

랑세는 눈을 질끈 감았다 떴다. 약해지지 말자. 두려워하지 말자.

"배심원과 재판관님 입장, 일동 기립."

서기의 외침에 재판정 안의 모든 이들이 일어났고, 문에서 늙은 판사가 검은 법복의 긴 소매를 늘어뜨리며 지루한 듯 천천히 걸어온다. 그 뒤로 배심원들이 낡았지만 단정한 옷을 정돈하며 따라오고 있었다.

"전원 착석!"

재판관의 손짓에 다들 자리에 앉았고, 의자 끄는 소리 따위와 작은 잡담으로 잠시 소란해졌으나 얼마 지나지 않아 잠잠해졌다. 서기는 큰 목소리로 랑세의 신원을 읽고 본인이 맞는지 확인을 받았다. 그리고 서류를 넘겨 읽기 시작했다.

"사건 번호, 815914034. 랑세 엔나는 11월 1일, 불법 서적을 집필 및 배포하여 체포된 자의 석방을 요청하는 청원서에 서명한바 국가 질서 문란죄로 체포되었다."

서기가 거기까지 읽고 자리에 앉자 잠시 청중석에서 소란이 일었다. 저 사람들은 왜 저기 있을까? 시간 때우기로 재판을 구경하는 걸까, 아니면 다른 재판을 기다리고 있는 걸까.

그것도 아니면 체포된 다른 사람들의 지인일까? 그래서 랑세가 어떤 벌을 받을지 보고 지인들이 어떤 벌을 받을지 가늠하기 위해서 온 것일까? 아무래도 좋다.

"정숙! 정숙!"

탕탕, 재판관이 의장봉을 두드리자 청중석은 금세 조용해졌다. 재판관은 짧은 한숨을 내쉬며 자신 앞에 놓여 있는 소명서를 내려다보았다. 랑세 엔나, 7급 문관. 그의 하얀 눈썹이 불만스러운 듯 일그러졌다.

"랑세 엔나. 소명서에 따르면 잘못했다, 반성했다고 썼다. 맞나?"

그 소리에 다시 한번 청중석에서 소란이 일어났다. 그 소란은 방금과 달리 우, 하는 실망의 소리였다. 또는 탄식.

랑세는 쓴웃음을 지었다. 저이들은 아마 그녀가 멋지게 투쟁하길 바랐나 보다. 남한테 그런 걸 바라는 게 아니라는 걸, 이번 경험을 통해 알았다. 그 어둠 속에 홀로 남아 폭력을 견디는 것은 스스로 해야 하는 일이었다.

정숙, 정숙, 다시 한번 재판관이 외쳤다. 단정한 글씨로 쓰인 소명서에는 문관답지 않게 주저리주저리 긴 말이 없었다. 잘못했다, 실수했다와 같이 짤막하게만 쓰여 있을 뿐.

랑세는 자리에서 일어났다.

"네. 맞습니다."

"하지만, 무엇을 잘못했는지 왜 잘못했는지는 없군."

"네. 맞습니다."

허벅지에 올라간 손에 땀이 차올랐다.

"저는, 소명의 기회에 말씀드리고 싶었습니다."

단 한 번의 기회. 재판정에 선 사람 누구에게나 주어지는 소명의 권리. 재판관이 이미 자신을 잘못했다고 반성하는 사람으로 착각할 때, 제게 줄 형량 따위 생각도 못 하고 있을 때, 대학 졸업자 이상으로 구성된다는 배심원들 앞에서 말하는 단 한 번의 기회.

"해 보게."

그런 랑세의 생각 따위 아는지 모르는지 재판관은 쉽게 랑세의 발언을 허락했다.

랑세는 재판관에게 눈인사로 사의를 표한 후 배심원을 둘러보고 청중을 한 번 바라보았다. 이제 긴장에 심장이 터질 지경이었지만 말은 차분하게 나왔다.

"저는 잘못했습니다. 부끄럽습니다. 저와 함께 우리 왕국에 사는 사람들이 뒬트렝과 같은 참극을 겪었다는 사실을 여태 모르고 살았습니다. 그것이 부끄럽습니다."

재판정은 숨 들이켜는 소리와 동시에 조용해졌다. 소란을 피울 생각조차 못 하는 듯했다. 그러나 재판관은 냉정한 눈으로 랑세를 바라볼 뿐이었다.

"끝났나?"

"아닙니다. 계속하겠습니다, 재판관님."

그 냉정한 눈에 어깨가 움츠러들지만 지지 않으려고 노력하며 랑세는 말을 이었다.

"저는 팔렝에 있는 지방 국립 초등 교육원 출신입니다. 처음 입학했을 때 배운 것은 우리 왕국이 건립되었을 때의 이야기입니다."

랑세의 말에 청중과 재판관은 습관적으로 오른손을 왼쪽 가슴에 올렸다. 건국 왕과 건국자들을 향한 경의의 표시였다.

"용감한 국왕 전하 알리세드 님께서 성 이반냐 님과 함께 탐욕스러운 폐왕을 물리치고 나라를 세우실 때, 신전의 대원칙을 국가의 근본으로 삼았다고 합니다. 첫 번째, 사람을 죽이지 말 것. 두 번째, 남의 것을 탐하지 말 것. 세 번째, 거짓되지 않을 것. 네 번째, 서로를 신뢰할 것."

팔렝뿐만 아니라 전국의 어느 학교에 가든 배우는 것이었기에 재판정 안에 있는 사람들은 알고 있다는 듯 고개를 끄덕였다.

"성 이반냐 님께서 성직에 전념하기 위해 국가와 신전은 불가침 관계가 되었지만, 이 원칙은 우리 왕국 법의 근간이 되었습니다. 사회가 복잡해지며 이 원칙에 여러 경우와 상황이 덧붙여져, 재판관님과 달리 저 같은 사람은 다 외우지도 못할 만큼 법전이 두꺼워졌지만, 우리 왕국의 원칙은 달라지지 않았습니다."

법은 잔혹할 만큼 공정해지기 위하여 변하지 않는 원칙을 둔다. 랑세가 문관 시험을 위해 읽었던 법전은 지극히 일부였지만, 저 대원칙을 강제로나마 지키기 위해서 법이 존재했다.

"재판관님, 이 원칙을 나라에서 신민들에게 어렸을 때부터 가르치는 것은 당연하게 여깁니다. 그만큼 중요하고 나라의 근본이기 때문입니다. 이 원칙이 지켜지지 않는 것이 오히려 국가 질서 문란죄가 아닌지요."

입이 타들어 가는 것 같아 랑세가 잠시 침묵한 사이에 재판정에 다시 소란이 일었다. 사람들이 무언가를 외친 것은 아니었다. 자신들끼리 말하는 소리가 여럿이다 보니 수군거림이 소란만큼 커진 것뿐이었다.

"끝났나?"

그러나 재판관은 여전히 냉정했다.

"아닙니다. 계속하겠습니다, 재판관님. 저는 그것을 알면서도 모른 척했기 때문에 반성하고 잘못했다고 적은 것입니다. 뒬트렝 사건의 가해자들은 저 원칙을 어겼으면서도 어떤 처벌도 받지 않았습니다. 그것을 어떤 주장도 하지 않고 책으로 옮긴 자가 체포되었습니다. 이것은 우리 왕국의 어떤 원칙을 어긴 것입니까? 법을, 원칙을 이행하는 사람은 신이 아니기에 가끔 실수가 있을 수 있다고 생각합니다. 그렇기 때문에 두 번, 세 번 재판하는 것이고요. 저는 그렇기에 부당하다고 서명을 했고, 이 역시 우리 왕국의 근간을 흔들 어떠한 잘못도 아니라고 생각합니다."

랑세는 재판관과 배심원들을 한 번씩 바라보고 말을 마무리 지었다.

"존경하는 재판관님, 배심원석에 배석하신 분들께 말씀드리고 싶습니다. 저는 잘못했습니다. 그것은 국가 질서를 문란케 했다는 잘못이 아닌, 이 대원칙이 지켜지지 않는 세상에서 아무것도 잘못하지 않은 척 살아왔다는 것뿐입니다. 이상입니다."

랑세는 입을 닫았다. 숨이 차올랐다. 정말이지 좀 더 열심히 공부할걸, 하는 후회가 가득한 시간이었다. 책이라도 열심히 읽을걸, 요령이 좀 있어 볼걸, 생각이 좀 깊어 볼걸.

할 수 있는 말은 지극히 단순하고 평범한 말밖에 없었다. 애초에 될트렝을 알아보고, 슬퍼하고, 서명했던 그 이유 자체가 평범하고 단순했기 때문이다. 이를 정리하여 가능한 한 정연하게 말할 수밖에 없었다. 그저, 최선을 다해 볼 뿐이었다. 진심이 닿기를.

"랑세 엔나."

그러나.

"이상이라 했으니 끝난 거겠지? 소명 잘 들었다. 그러나 너의 말에 하나 빠진 것이 있다."

재판관은 눈에 비웃음을 담고 있을 뿐이었다.

"고귀하신 성 이반냐 님께서 성직에 집중하신 것은 신을 위해서기도 하지만 왕국을 위해서이기도 했다. 왜냐하면 그분께는 국왕 전하보다 더 위에 신께서 계신다고 믿었기 때문이다. 네가 말한 대원칙 앞에는 대전제가 있다."

랑세의 낯이 창백해졌다. 순간 아, 하고 탄식이 나왔다. 그 이유를 이제야 깨달았기 때문이다.

"왕국에의 충성."

재판관은 차가운 목소리로 말을 이었다.

"이 원칙이 존재하기 때문에 잘못된 자를 국가가 사형시킬 수도 있으며, 왕국의 존립을 위해 진실하지 않은 말을 하여도 처벌받지 않는 경우가 있다. 그것이 법의 존재 이유다."

랑세의 눈썹 끝이 파르르 떨렸다. 틀렸다. 하나도 닿지 않았다. 원칙은, 이미 왕국의 존립을 위해 오래전에 사라진 모양이다. 그걸 내세우는 자는 단순한 사람, 분화된 사회에 적응 못 하는 풋내기 취급을 받을 뿐.

원칙이라는 이름의 정의를 내세우는 문관을 향해 재판관은 냉정한 미소를 보낸다. 그렇지, 젊을 때는 자신이 옳은 줄 알지. 원칙만이 세상을 옳게 세운다고 생각하지.

"그렇다면 부당한 체포가 국왕 전하의 명이란 말씀입니까?"

"소명의 기회는 끝났다. 발언권을 불허한다."

"하지만⋯⋯."

"그만!"

탕, 탕, 재판관이 의장봉을 내려치자 재판정을 지키는 병사가 랑세를 강제로 눌러 앉혔다. 랑세는 이 방법이 통할 거라고 생각하지는 않았다. 그래도, 그래도 조금은 닿을 수 있을 것이라고 생각했다. 하지만 너무 안이했던 모양이다. 그저 지금까지 좋은 사람들에게 둘러싸여 보호받으며 살아와 아무것도 몰랐던 모양이다. 랑세는 이를 악물었다. 울지 마, 랑세. 지금은 아니야. 울지 말아야 해, 여기서는.

"그럼 배심원들 의견서를 받고……."

어서 꺼지지 못해, 야, 막아, 어이어이, 그때 무척이나 큰 소리가 재판정 바깥에서 났고, 그 소리에 재판정 안에 다시 한번 소란이 일었다. 뭐야, 뭐야, 무슨 소리야. 랑세도 나오려던 눈물이 쏙 들어가 문 쪽을 바라보았다.

"경비병! 무슨 일인가!"

재판관이 짜증을 내며 경비병을 향해 외쳤다. 재판정 내를 지키는 경비병들이 당황하여 문을 열려고 하는 순간.

콰콰쾅!

큰 소리와 함께 재판정의 문이 부서졌다. 랑세는 눈을 크게 떴다.

"증인! 증인 신청이오!"

와렌이었다. 그리고 그 뒤로는 경비병과 대치하고 있는 아미아가 보였다.

"야이……."

랑세는 얼른 입을 닫아 튀어나오려는 말을 막았다. 지금 이 말 하면 법정 모독죄 추가다.

"랑세 씨는 아무 잘못 없어요."

와렌은 당황한 청중 사이를 요리조리 빠져나와 청중과 재판석을 가로막는 작은 울타리 앞까지 다가오며 외쳤다.

"증언, 증언할 거예요!"

당황한 재판관이 어찌할 바 모르고 허둥거리는 사이에 바깥에서 우당탕하는 소리가 들려왔다.

"야씨! 못 들어가! 재판 중이잖아!"

아미아가 부서진 문을 막고 경비병에게 소리를 지르고.

"누가 할 소리냐! 얼른 안 비켜!"

"못 비킨다! 못 비켜!"

난리도 저런 난리가 없다.

랑세는 부끄러움에 얼굴을 붉히며 제 앞의 탁자에 머리를 박았다. 세상은 부끄러움을 모르지만, 자신은 부끄러움을 아니까.

"경비대 마법사! 뭐 하나! 불법 마법 사용이다! 얼른 체포해!"

법정의 온갖 꼴을 다 봐 왔던 서기가 정신을 겨우 차리고 한마디 던졌지만, 바깥에서 아미아의 외침이 들려왔다.

"마법 사용 안 했어!"

"네네! 망치로 까부쉈어요!"

와렌이 훤히게 웃으며 제 손에 든 망치를 흔들었다. 아니, 그게 웃을 일이에요?

"어쨌든 법정 침입죄, 아니, 법정 모독죄 아닌가! 어서 체포

안 하나? 임무 유기다!"

"하, 하지만 전장의 미친개……."

움찔움찔, 재판소를 지키는 경비대 마법사는 이를 드러내고 으르렁거리는 미친개의 미소에 어깨를 쪼그라트렸다.

"재판 안 하세요? 증인 있다니까요?"

와렌이 있는 힘껏 목청을 높이면서 손을 흔들었다. 재판관은 이제야 정신이 돌아온 듯 눈썹을 있는 힘껏 일그러트리며 의장봉을 두드렸다.

"증인 신청은 재판일 이틀 전까지다. 자격 미달이며 지금은 법정 모독죄로 체포되어야 한다."

"신청 안 받아 줬잖아요!"

와렌의 비명 같은 외침에 순간 재판정이 얼어붙었다. 랑세도 탁자에 박았던 머리를 들어 올렸다. 감사의 손길이 저기까지는 닿지 않았나.

"재판일도 안 알려 줬고 증인 신청이나마 미리 하려고 했는데 안 된다고 했잖아요! 전 왕국 신민인데, 세금도 내는데 왜 안 돼요? 이게 법인가요? 이게 왕국에 충성하는 방법인가요?"

그 말끝은 거의 울먹거리는 것이나 다름없었고, 재판정은 고요해졌다.

"놔! 놔!"

"모, 못 놔!"

입구의 소란을 제외하고는.

"저희도 이런 소란 안 벌이고 싶었어요. 그런데 안 받아 주니까 이렇게 할 수밖에 없었습니다. 법정을 소란스럽게 한 건 잘못했습니다. 그 벌은 따로 받을 테니까, 증인으로 서게 해 주세요."

재판관은 와렌 한 번, 얼어붙은 청중 한 번, 다 박살 난 문을 막고 있는 아미아 한 번 보더니 짧게 한숨을 내쉬었다. 더 큰 소란을 막으려면.

"마법사, 서기에게 신분증을 제출하고 증인석에 서게."

"아!"

울먹거리던 눈이 반짝였다.

"감사합니다! 감사합니다!"

와렌이 청중석과 재판석을 막아 놓은 울타리를 끼깅거리며 건너려 하자, 경비병이 한심하다는 눈으로 문을 열어 주었다. 그에 와렌은 또 헤헤 웃는다.

와렌이 소매에서 신분패를 꺼내 서기관에게 제출하고 신상 명세를 확인하는 사이에 재판관은 문 앞에서 버티는 아미아를 향해 목소리를 높였다.

"거기 마법사! 거기도 증인인가?"

"아, 어, 허락해 줄 거야? 아니, 허락해 주시겠습니까?"

아미아의 건방지기 그지없는 태도에 재판관은 한숨을 내쉬었다. 진짜 뭐지, 이 재판. 재판사에 길이 남을 재판의 담당관이 되는 건 결코 원하지 않았던 일인데.

"그래, 허가한다."

아싸, 하는 소리와 함께 아미아가 날듯이 서기 앞으로 갔고,

서기는 재판관과 비슷한 의미의 한숨을 내쉬었다. 랑세 역시.

'걱정하지 마.'

아미아의 입 모양을 보면서.

걱정하지 말긴 뭘 말아요. 재판정 문은 개박살을 내 놓고 무슨. 그런 사람의 증언이 얼마나 설득력을 가진다고.

'제가 왜 상냥하고 친절하게 설명해야 합니까?'

머릿속을 지나가는 말에 멈칫했지만. 그래, 결국 나도 다른 사람과 다를 바 없구나.

"와렌 예엔소, 어떠한 거짓말 없이 증언할 것을 맹세합니다."

와렌은 서기가 시키는 대로 맹세하고 재판관을 한 번, 랑세를 한 번 바라보고 침을 꿀꺽 삼켰다. 떨린다. 사람들 앞에서 이렇게 서는 것은 정말 무서운 일이지만, 세상에는 그보다 더 무서운 일이 많이 일어나니까.

와렌은 숨을 한 번 크게 들이켜고 입을 열었다.

"저는 왜 안 잡아가시나요?"

네? 청중석이 더한 당황으로 소란스러워졌고 재판관 역시 하얀 눈썹을 움찔했다.

"저요, 저도 청원서에 서명했어요. 저 말고 마법사 중 오백 명 가까이 서명했어요. 그런데 왜 잡혀간 사람은 쉰두 명, 아니, 쉰세 명인가요?"

재판관이 땅땅 의장봉을 두드려 소란을 잠재우려 했지만 쉽사리 가라앉지 않았고, 와렌의 말이 바로 이어졌다.

"어떤 사람의 서명은 국가 질서를 문란하게 하는 거고, 어떤 사람의 서명은 억울함을 고발하는 건가요? 왕실에 바치는 충성의 기준은 뭔가요? 그 기준은 왜 문서화되지 않았나요? 수치로 따지면 얼마인가요? 만약에 이런 일이 또 있다면 마법사는 괜찮고 비마법사는 안 괜찮나요? 그러면 될트렝에서 죽은 사람들은 마법사였는데 왜 구제해 주지 않았나요? 만약에 그런 기준이 있다면 가르쳐 주세요! 우리는 무얼 가지고 행동해야 하나요? 그때그때 눈치껏 해야 하나요? 그럼 저같이 눈치 없는 사람은 뭘 보고 행동해야 하죠?"

"그만! 지금의 증언은 불인정한다."

땅땅, 재판관이 다시 격렬하게 의장봉을 내려쳤다.

"증언은 피고의 무죄를 주장하는 말만 인정된다. 지금의 변론은 의미 없으므로 증언을 불인정한다."

"아이씨, 무고를 어떻게 주장하는데!"

아미아가 목소리를 높였다. 재판관은 입 다물라고 했지만, 아미아는 조금도 신경 쓰지 않았다.

"뭔씨, 사람들이 죽은 일이 덮여서 억울하다고 한마디 쓴 거 가지고 잡혀간 건 얼마나 더 억울해? 그거 풀어 달라고 서명한 거 가지고 증언하고 말고가 어디 있어? 쟤가 사람 죽였어? 누구 거 훔쳤어? 그런 의심을 받는 거면 쟤 그런 애 아니라고, 사람 죽은 시간에 우리랑 있었다고 증언하겠는데, 그게 아니잖아! 잘못한 게 있어야 증언을 하지!"

"증인은 지금 증언에 효력이 없다고 인정했다. 퇴장!"

"아씨, 퇴장은 무슨 퇴장이야!"

"법정에서 소란을 떠는 자를 잡지 않고 뭐 하나! 경비대 마법사! 체포해라!"

경비대 마법사와 경비병들이 다가와 사지를 붙잡자 아미아는 격렬하게 저항했다.

으아아, 내가 감옥 한두 번 가는 줄 알아! 내가 겁날 줄 알아!

아미아 선배, 이러지 마시지 말입니다.

"저도 증언하겠습니다!"

그때, 부서진 문 사이로 누군가 나타났다. 그의 목소리에 모두의 시선이 아미아에서 문으로 돌아갔다.

"엘마스 씨……."

그만이 아니었다. 그 뒤로 또다시 하나, 둘.

"증언하겠습니다. 증인 신청합니다!"

마법사들이 부서진 문을 통해 들어왔다.

"저도 증인 신청합니다! 받아 주시는 거지요?"

하이란, 무즈처럼 가까이 지내던 사람도 있었고.

"저도 증인 신청합니다. 상단 운영자로서도 하고, 마법사로서도 하겠습니다."

하흘처럼 어색한 사이도 있었고.

"저도…… 하겠습니다."

트라밀같이 반목하던 사람도 있었다.

모두가 긴 소매를 펄럭거리며 청중 사이를 뚫고 들어왔고, 그들을 막기에 경비의 수는 절대적으로 부족했다. 야야, 어떻게 해, 이거, 비켜 봐요, 지나가게. 재판정 안은 마법사들로 꽉

차 버렸다.

"증언하겠습니다, 증인 신청 받아 주세요!"

"저 사람 잘못 없습니다!"

"랑세 씨 잡아갈 거면 우리도 잡아가요!"

와글와글, 소란을 떨며 앞뒤도 맞지 않는 말을 던진다. 초유의 사태에 청중의 소란은 커지고, 재판관은 이제 냉정한 얼굴 따위는 할 수 없었다.

그 사이에서 랑세는 이를 꾹 깨물었다.

멍청이들. 저러다가 다 잡혀가면 그때는 어쩌려고 저런담. 제 스승이 뒤를 봐준다 하더라도 법정 모독죄까지 벗겨 줄 수 있을까.

그래도, 그래도 말이야.

랑세는 눈앞이 흐려지는 듯했다. 저들은 마법을 펼치고 있었다.

"증언하겠다니까요!"

"누구는 받아 주고 누구는 안 받아 줍니까!"

"저 대학 나왔거든요! 배심원석에도 앉을 수 있어요!"

"저 사람 잘못 없어요!"

저들이, 당위를 위해서 저 자리에 섰을까. 아닐지도 모른다. 어쩌면 친해서, 어쩌면 미안해서. 그러나 그건 쉬운 일일까.

저 사람들은 마법을 펼치고 있었다. 선의와 호의를 온전히 그대로 돌려주는 마법. 불이익과 두려움을 생각지 않고 돌려주는, 주문 하나 외우지 않고 부리는 가장 쉽고도 어려운 마법을.

"그만! 그만! 지원병을 요청하고 모두 체포하라!"

재판관이 외치자 병사 한 명이 얼른 뛰어 나간다. 아니, 나가려 했다.

쿵, 쿵, 쿵.

커다란 발소리가 박자에 맞춰서 들리고 새까만 마법사 옷을 입은 사람들이 열을 맞춰 온다. 저것은, 분명히 마법군단 정복이잖아. 경비병은 안심했다. 소란을 알고 알아서 지원병으로 온 건가.

쿵, 쿵, 쿵.

지금까지 달려들었던 마법사들과 다르게 그들은 정연하게 들어온다.

척, 척, 척.

이들은 안으로 들어와 재판정을 둘러쌌다. 그들의 압도적인 기세에 재판정은 순식간에 고요해졌다. 숨소리조차도 들리지 않았을 때.

뚜벅뚜벅, 한 사람이 발소리를 내며 문에서 나타났다. 그 익숙한 얼굴에 랑세의 눈이 크게 떠졌다.

"케일 씨······?"

케일이 재판석을 향해 걷자 모두가 주춤주춤 길을 터 준다. 쉽사리 재판석 앞에 도달한 케일은 뒷짐을 지고 큰 소리로 외쳤다.

"케일 튀르하 이하 제3 마법군단 예비역 일동, 모두 증인 신청을 한다!"

쿵, 그들이 발소리를 내자 재판정은 얼어붙었다. 재판관까지도. 그는 이제 어떤 판단도 내릴 수 없는 상태가 되었다. 그는 떨리는 손으로 의장봉을 붙들었다.

"휴, 휴정!"

"잠깐!"

재판관이 의장봉을 내려치기 직전, 다시 한번 문 쪽에서 목소리가 났고, 랑세는 벌떡 자리에서 일어나고 말았다. 또 걸어 들어오는 한 사람 때문에.

"증인 신청 한 명만 더 받고 휴정해 주면 좋겠는데?"

그 사람은 몹시도 짜증 난 얼굴로 머리를 쓸어 올리며 말했다.

"레인 엔나, 증인 신청합니다."

엄마가 왔다.

랑세는 믿을 수가 없었다. 엄마가, 왜 여기 있을까. 잘못 본 건 아닐까. 랑세가 기억하는 엄마의 마지막은 지친 얼굴로 멀리서 자신에게 손을 흔드는 것조차도 망설이던 모습이었는데.

지금은.

"아니, 휴정조차 아예 안 하는 건 어떻습니까? 휴정한다고 딱히 달라질 건 없는데."

뚜벅뚜벅, 일부러 내는 듯한 발소리와 함께 엄마의 모습이 차츰 다가온다. 바지에 망토, 흉갑을 찬 모습. 칼만 차지 않았을 뿐, 그날 출전하던 그 모습이었다.

엄마가 당당하게 청중을 가로질러 와 케일의 어깨를 한 번 툭 치자, 케일은 몹시도 똑바르게 군례를 올리고 한 발 뒤로 물러섰다. 엄마는 그걸 보지도 않고 재판석과 청중석을 가르는 울타리를 훌쩍 넘어갔다.

"휴정한다고 윗분들에게 물어볼 시간은 된답니까?"

바지 주머니에 양손을 찔러 넣고 한쪽 고개를 삐딱하게 꺾으며 입을 여는 모습은 아빠에게 시비 거는 무례한 손님을 대하는 그 모습 그대로인데, 믿을 수가 없었다. 엄마가 여기 있다는 사실을.

"이제 내가 설게, 나와 봐요."

와렌이 엄마에게 고개를 꾸벅 숙이는 모습이 현실감이 없어서도 아니고.

"레인 엔나, 증언하겠습니다. 저는 진실만을 말할 것을 맹세합니다."

자기에게 알은체 안 해서도 아니고.

"저는 오 년 전, 왕국 연합 전쟁에 참전한 이른바 참전 용사입니다."

전쟁 이야기만 나오면 눈이 흔들리는 사람이 똑바로 고개를 들고 이야기해서도 아니고.

"이것은 그 전쟁의 공훈으로 국왕 전하께 받은 최고위 훈장입니다."

주머니에서 꺼낸 황금빛의 무언가가 낯설어서도 아니었다.

"제게는 남편과 자식 셋이 있었습니다. 출전하기 전에 가장 먼저 걱정된 것은 당연히 가족이었습니다."

그것은 아마도 자신을 위하여 나설 것이라 생각하지 못했던 사람이, 여기 있기 때문.

"내가 없는 사이에 무슨 일이 벌어지지 않을까, 혹시 전선이 여기까지 확대되면 누가 내 가족을 지킬까, 혹시 전황이 어려워져 한 끼 먹는 것도 어려워지면 누가 먹여 살릴까. 한도 끝도 없는 걱정이 있었습니다."

엄마가 출전 전에 갈등했던 것은 가족 때문. 날아갈 매의 발목을 붙들고 있는 족쇄가 되지 않길 바랐기에 가족들은 그 등을 밀어 보냈더랬다. 그러나 그 둥지를 제대로 지키지 못했더랬지.

"그럼에도 출전했던 것은 나라가 우리 가족을, 고향을 지켜줄 수 있다는 믿음 때문이었습니다."

엄마는 재판관을 향해 미소 지었다. 물론 즐거워 보이는 미소는 절대 아니었다.

"우리가 나라에, 국왕 전하께 충성을 바치는 이유는 국왕 전하께서 이 믿음을 실행시켜 줄 용감하고 정의로운 분이라는 걸 믿었기 때문입니다."

랑세는 잠시 멈칫했다. 다시 엄마인 걸 믿을 수 없어졌기 때문이다. 엄마, 어쩐지 평소 하시는 말씀이랑 좀 다른 것 같은데요. 나라가 무슨 소용이냐고 그러셨잖아요.

그 순간 레인은 힐끗 어딘가를 바라보았다. 랑세는 그쪽으로 시선을 돌렸다. 헉, 하고 튀어나오려는 말을 얼른 잡아 삼켰다. 아빠! 그렇지, 엄마가 혼자 오지 않았겠지. 저쪽에 아빠가 고개를 끄덕이는 것이 보였다. 아, 어떻게 말해야 하는지 아빠랑 이야기한 거구나.

"그런데 내가 없는 사이에, 내가 나라를 위해 일할 때 내 가족이 누군가에게 참변을 당했어도 억울함을 풀어 주지 않는다면, 그 억울함을 호소하는 자에게 고개를 끄덕여 줬다고 체포한다면, 나의 충성의 의미는 무엇입니까?"

레인은 손에 쥔 훈장을 흔들어 보였다.

"제게, 우리에게 훈장보다 중요한 것은 나라가 내 가족을 지켜 줄 수 있다는 신뢰입니다."

레인은 케일 쪽으로 시선을 돌렸다.

"신뢰를 바탕으로 하지 않는 충성은 기만일 뿐입니다."

레인의 말과 동시에 케일을 비롯한 마법군단 예비역들은 모두 소매에서 훈장을 꺼냈다. 모두가 엄마의 훈장처럼 금빛은 아니었어도, 손에 쥔 것들은 전부 번쩍였다.

"부디 이 훈장을 반납하는 일이 일어나지 않기만을 바랄 뿐입니다."

재판정에 짙고 무거운 침묵이 내려앉았다. 명예로운 훈장을 반납한다는 것은 국왕 전하, 당신이 내려 준 그 명예가 가치 없다고 하는 말.

왕이 내려 준 훈장. 일개 7급 문관의 항변보다, 어린 마법사의 항변보다, 참전 용사들이 훈장을 반납하겠다는 말이 더 무겁고 무서운 가치를 지니는 것은 당연한 일. 하여 침묵의 무게는 전에 비할 바가 아니었다.

재판관 역시 그 침묵에 동참했다. 그는 짜증 어린 한숨조차 내쉬지 못한 채, 아니, 오히려 숨이 막힌다는 듯한 표정으로 레인의 눈빛을 받아 내야 했다. 어찌할 것이냐고 묻는 그 눈빛에 어떻게 답을 해야 할지 몰라서.

랑세는 재판관의 혼란을 알 수 없었다. 랑세의 시선은 오로지 엄마를 향해 있었기 때문이다. 엄마는 검을 쓸 때처럼 허리를 똑바로 펴고, 흔들리지 않는 자세로 훈장을 쥐고, 재판관을 똑바로 보고 있었다.

마치 전장으로 떠나던 날처럼. 힘차게 날개를 펴고 날아가던 날처럼.

"어……."

순간 랑세는 멈칫했다. 엄마의 가슴이 크게 오르락내리락하고 있는 것이 보였다. 이마 한쪽으로 땀방울이 흐르고 있었고, 훈장을 쥔 손이 파르르 떨리고 있었다.

랑세의 눈이 크게 떠졌다. 저건, 분명.

"엄마!"

레인은 자리에서 허물어졌고, 랑세는 엄마를 부르며 피고석에서 뛰쳐나왔다. 병사가 미처 말리지도 못한 틈을 타 증인석으로 달려간 랑세는 수갑을 찬 손으로 레인을 붙들고 연신 엄마를 부르짖었다.

침묵이 깨지고 장내는 소란해졌다. 모두가 자리에서 일어나 고개를 빼내 무슨 일이 있는지 쳐다본다.

"하, 아, 아으으윽!"

"엄마, 숨, 숨, 숨 깊게 쉬어! 하나, 둘, 하나, 둘."

"하으, 으으윽! 하아악!"

랑세는 수갑 때문에 엄마를 감싸 안지 못했기에, 그저 붙든 채로 끊임없이 숨을 깊게 쉬라는 말을 했다. 사지가 덜덜 떨리고, 숨이 막혀 오는 듯 엄마가 목을 감싸 쥔 채로 나오지 않는 숨을 내뱉는다. 숨 대신 게거품이 나오고, 침을 흘리며 꺽꺽거린다. 랑세는 눈을 찡그렸다.

"엄마, 엄마는 안전한 곳에 있어. 그러니까 진정해. 하나, 둘, 하나, 둘."

"하, 으아아아아!"

"엄마! 내가 다 잘못한 거고 엄마는 잘못 없어! 그러니까, 숨, 숨 깊게 들이마셔, 하나, 둘!"

"여보!"

곧 아빠가 달려와 엄마를 껴안았다. 익숙한 일. 발작할 때마다 온 가족이 엄마를 진정시키고 안정시키는 일.

"여보, 괜찮아, 다 괜찮아. 다 잘될 거야. 그러니까 괜찮아."

엄마는 사람 많은 곳에서 늘 이랬는데. 시장 골목까지 제대로 가지도 못했는데. 낯선 사람의 눈을 똑바로 바라보지도 못했는데.

그런데 이렇게 많은 사람들 앞에서 말까지 오래 했다. 그게 다 누구 때문일까. 누구를 위해서였을까. 랑세는 숨이 막혔고 그 숨이 눈으로 물이 되어 나오는 듯했다.

"여보, 당신 발은 지금 땅을 밟고 있고, 우리는 여기 있어. 그러니까 아무 문제 없어. 숨, 숨, 쉬어."

아빠가 끊임없이 속삭이며 진정시키는 사이, 뒤쪽에 있던 마법군단 예비역 마법사 한 명이 급히 다가왔다.

"잠시만, 저 치료 마법사입니다. 제가 잠깐 살펴보지요."

"아, 여기, 여기로⋯⋯."

그가 잘 살펴볼 수 있도록 아빠와 케일이 엄마를 잘 붙들었다. 치료 마법사는 엄마의 덜덜 떨리는 사지를 몇 번 눌러 보고 살펴보다 양손을 펼치고 주문을 외쳤다.

"여보!"

그의 손에서 하얗게 빛이 나오는 순간 엄마가 축 늘어졌다. 당황한 아빠가 소리쳤지만, 마법사는 아빠의 손등을 가볍게 두드렸다.

"괜찮습니다, 잠드신 겁니다. 일단 호흡을 안정시켜야 하니까요."

"아, 네, 네, 감사합니다."

모두가 잠시 안도의 한숨을 쉴 찰나.

"휴정! 재판은 이틀 후 속개한다. 이상!"

재판관이 의장봉을 재빨르게 두드리고 도망치듯이 나가 버렸다.

"어?"

"뭐?"

"야! 안 돌아와?"

모두가 어이없어 한마디씩 하자 장내는 난리가 났다. 저거 뭐야, 어서 돌아와, 야, 도망치는 거냐.

그사이 병사가 랑세에게 다가왔다.

"피고인은 다음 재판까지 감옥으로 돌아가야 한다."

"아, 하, 하지만, 엄마가……."

"언제까지 여기 있을 수 있나. 어서!"

"엄마! 엄마!"

머리로는 지금 감옥으로 돌아가야 한다는 것을 알고 있으면서도, 몸은 엄마 쪽을 향해 수갑을 찬 손을 뻗으며 소리를 지른다.

엄마, 엄마, 엄마.

"랑세, 가. 버티면 다쳐!"

그때 아빠가 그 손을 잡았다. 랑세의 손을.

"어서 가. 아빠가 엄마 돌보고 있을게."

"아빠, 하지만 엄마가!"

"걱정하지 마, 랑세."

아빠가, 우리가, 이번에는 지킬게. 그러니까, 기다려 줘.

아빠의 말이 귓가를 스치고, 랑세는 병사의 손에 끌려갔다. 그러면서도 자꾸 고개를 돌려 뒤를 바라본다. 아빠는 엄마를 붙든 채 랑세를 향해 미소 지었다. 그 뒤로는 케일과 마법군단 예비역들, 와렌과 아미아가 보였다. 하흘도, 타루도, 하이란도, 엘마스도, 트라밀도, 또 수많은 이들이. 흐려진 눈 때문에 잘 보이지 않아도.

그렇기에 랑세는 고개를 끄덕이며 억지로 조금이라도 웃어 보이려고 애쓰면서 병사를 따라 재판정을 나갔다. 우는 것은, 감옥으로 돌아간 후에 해도 충분하기에.

그 울음은 두려움 때문이 아니라 홀로가 아니라는 믿음 때문이리라.

"이 사건, 그럼 어떻게 처리해야 합니까?"

왕궁 한쪽 대회의실에서 한 귀족이 한숨을 내쉬며 말했다. 어제 재판소에서 일어난 대소란이 그냥 넘어갈 일이 아님을 알기에 자리에 참석한 사람들 모두 그의 한숨을 이해했다.

"어떻게 하긴요. 신성한 재판을 방해한 반역자들입니다. 모두 체포해 법대로 처벌해야지요."

콧수염을 만지작거리며 한 귀족이 한 말에 또 많은 이들이 고개를 끄덕인다. 그 소리 없는 동조에 콧수염 귀족은 국왕의 눈치를 본다. 국왕은 재판정의 소란을 보고받을 때부터 아무 말이 없었다.

"국왕 전하의 치세에 누가 되지 않으려면, 모두 처벌하여야 합니다."

그렇기에 콧수염 귀족은 자못 초조해져 국왕을 위하는 듯 말했다. 물론 거짓도 아니었다. 마법사와 비마법사의 반목이 있었던 사건, 이른바 뒬트렝 사건이 수면 위에 드러나면 국왕의 치세에 누가 될 것은 확실할 터이니.

그뿐만 아니었다. 예비역이라고는 하지만 마법군단이 실력 행사에 들어갔고, 전쟁 영웅이었던 이른바 용병왕 검은 매가 오랜 침묵을 깨고 나타났다.

어디 그뿐일까. 검은 매가 그 후 다른 재판정에는 나타나지 않았고, 처음 재판정의 문을 깨부순 두 명은 자수한 후 체포되었어도 다른 마법사들과 그 자리에 있던 비마법사 몇은 서명한 사람들의 재판마다 찾아다니며 비슷한 소란을 피웠다고 한다. 그 탓에 재판관들은 아무 판단을 내리지 못하고 휴정만 외쳤을 뿐이었다. 그런 실력 행사라니, 좋지 않은 징조였다.

"흠."

국왕의 동조하는 듯한 콧소리에 콧수염 귀족은 자신감을 얻었다. 하지만 동조하는 목소리들은 조금 조심스러웠다. 여러 가지로 복잡한 문제가 얽혀 있었기 때문이다.

뒬트렝 사건을 덮기로 했던 계파의 다수가 이번에는 다시 드러나게 하자고 목소리를 높이기도 했고, 그 반대편이었던 이들이 이번에는 반대 입장이 되어 버렸다. 그리고 세월이 지나면서 계파는 여럿으로 갈리기도 했고 합쳐지기도 했다. 어떤 것이 이득이 되는 일인지 손쉽게 계산이 안 되는 판이었다.

그럼에도 권위에 대한 도전은 옳지 않기에, 처벌에 다들 무게를 두고 있었다. 처벌을 주장하는 목소리가 조금씩 더 높아졌다. 처벌하시지요, 이 기회에 깨끗하게 뿌리 뽑는 것입니다, 감히 재판정의 권위에 도전하다니요, 신년을 앞두고 불길한 일은 덮어야지요.

"원하는 대로 해 주시는 쪽이 더 나을 것입니다."

그때, 한 마법사가 평탄하게 말하자 그에 회의실에 소란이 일었다. 재판정과 달리 큰 소란은 아니었다.

"리엔 수석, 그 무슨 뜻인가?"

누구보다 될트렝 사건을 적극적으로 덮었고, 마법사들의 세력이 커질 것을 염려하는 사람이. 마법군단의 도발까지 덧붙여진 소란이었는데, 그 반역자들이 원하는 대로 해 주자니.

리엔의 평소 입장과 생각을 잘 알고 있기에 국왕은 오히려 흥미를 느낀 듯 고개를 리엔 쪽으로 돌렸다. 국왕과 눈이 마주치자 리엔은 빙그레 웃으며 입을 열었다.

"그게 오히려 이 소란을 잠재우는 방법입니다."

"피고인 입장!"

이틀 후 랑세는 다시 피고석에 섰다. 재판정은 겨울 추위를 느끼지 못할 정도로 후끈했다. 재판 결과를 궁금해했던 청중들과 지난 재판 때 증인 신청을 했던 이들 대부분이 청중석에 앉았고, 또 그들이 소란을 피울까 겁낸 이들이 수많은 경비병을 보내 재판정을 둘러쌌다. 신경전과 긴장을 느끼기도 전에 사람들의 체온으로 열이 오른 것이었다.

랑세는 당당하게 서 있으려고 했지만 청중석에 자꾸 시선이 갔다. 엄마와 아빠가 없다. 아마 사람이 많은 곳은 무리라 여기에 없는 것이다. 그게 당연한 건데, 자꾸 마음이 쓰인다. 엄마는 괜찮은 걸까. 걱정은 되어도, 두렵지 않았다.

혼자가 아니기에.

"재판관님 입장, 일동 기립."

모두 자리에서 일어나자 이틀 전보다 어쩐지 살이 쭉 빠진 것처럼 보이는 재판관이 슬그머니 등장하여 자리에 앉았다. 그는 조금 불안한 듯 재판정을 둘러보았다. 서기가 착석을 명하고 모두 자리에 앉자 그는 크흠, 하고 헛기침을 했다.

"재판을 속개한다."

서기가 외치자 다시 한번 재판관은 크흠, 헛기침했다. 그리고 종이 한 장을 꺼내 들어 읽기 시작했다.

"피고 랑세 엔나, 사건 번호 815914034."

재판관은 잠시 숨을 멈췄다가 한숨처럼 이어 읽기 시작했다.

"판결문."

장내의 사람들이 숙덕거리기 시작했다. 재판 속개라고 해서 다시 증언한다거나 변론이나 호소가 있을 줄 알았는데. 판결이라니.

"판결문."

재판관은 그 소란을 잠재우기라도 하려는 듯, 다시 한번 큰 소리로 가져온 종이의 머리말을 읽었다. 그 덕에 장내는 고요해졌고, 랑세는 주먹을 꽉 쥐었다. 무슨 결과가 나오더라도, 벽을 넘지 못했어도, 그래도 두렵지 않다.

혼자가 아니니까.

"피고인 랑세 엔나는 외무부 대민지원과 7급 문관으로 재직 중, 될트렝 사건을 기록하여 체포된 스테인의 석방 청원서에 10월 4일 자로 서명하였다. 언급한 청원서는 10월 30일 자로 제출되었으며, 피고인은 11월 1일, 문관으로서의 품위를 해친 죄 및 국가 질서 문란죄로 체포되었다."

국가 질서 문란죄로 체포된 자들이 벌을 받는다고 겁을 먹을 사람들이 아닙니다.

"피고의 소명서와 소명 및 증인들의 증언을 배심원단과 본 재판관이 자세히 조사하였다."

오히려 벌을 내린다면 그것을 핑계로 더 많은 이들이 모여들 것입니다.

"이에 배심원단과 본 재판관은 피고인이 한 석방 청원서의 서명은 문관의 품위를 해친다고 판단하지 아니하였다."

차라리 원하는 것을 내어 주시지요.

"또한, 현존법의 국가 질서 문란죄 어디에도 해당하지 않는다고 판단하였다."

뒬트렝도?

"이에 피고인 랑세 엔나에게 무죄를 선고한다."

뒬트렝도요.

땅땅땅!

재판관이 의장봉을 세 번 두드리자마자 와, 하는 환호성이 일었다.

"재판 폐정, 재판관 퇴장, 전원 기립."

이번의 소란은 자신들도 같은 일을 당할 수 있다는 두려움에서 시작된 것입니다. 그것을 해결해 주시지요. 그렇게 하면 이미 다 해결된 일에 무어라 힘을 또 보태냐 말하는 사람들이 생깁니다. 결코 힘이 모이지 않을 것입니다.

그러나 랑세는 어리벙벙할 뿐이었다.

이게, 이런 거였나.

이렇게 첫 재판에서 바로 무죄가 나올 거라고 생각하지 않았다. 항소하게 될지도 모르고, 또 증언을 섰던 이들이 잡혀갈지도 모른다고 생각했는데.

이렇게, 쉽게.

하지만 한 번 건방지게 기어오른 자들이 다시 기어오르지 않겠나?

아니, 쉬운 일은 아니었지만, 그래도 무언가 자신의 힘으로 한 것도 없이 끝난 기분이 들었다. 그렇기에 성취감도 안도도 없이 옅은 불안감만이…….

"랑세, 뭐 하나."

그때 케일이 피고석 쪽으로 다가와 병사에게 눈짓했다. 병사는 허둥지둥 랑세의 손에 찬 수갑을 풀어 줬다.

랑세는 손목에 남은 붉은 자국을 만지작거리며 케일을 바라보았다. 피고석은 바닥보다 조금 높은 단에 있어 고개를 들지 않아도 케일의 눈이 똑바로 보였다.

"랑세, 가자. 검은 매께서는 밖에서 기다리신다."

그 웃음 섞인 눈빛에 랑세는 정신이 번쩍 들었다. 그래, 쉬운 일은 아니었다. 이 사람들이 얼마나 애써 줬는가.

"아, 어, 도와주셔서 고맙습니다, 케일 씨."

랑세의 인사에 케일은 그냥 가볍게 웃기만 했다. 랑세는 케일의 뒤를 따라 재판정을 나섰고, 그에 마법사들이 우르르 몰려들었다. 아파트 마법사들은 아니었다.

"와, 이 친구가 검은 매의 큰딸이라고?"

"닮았네!"

"에이, 안 닮았는데? 부군 닮은 것 같은데?"

"꼬맹인 줄 알았는데 다 컸네?"

전쟁이 끝난 지 오 년밖에 지나지 않았습니다. 그렇지만 용병왕과 마법군단 예비역이 재판정에 나서지 않았더라면 누가 그들을 기억했겠습니까?

몰려들어서 제 얼굴을 보고 한마디씩 하는 이야기를 들어 보니 아무래도 엄마와 아는 마법사들인 듯했다. 고마운 것과 별개로 엄마를 알은체하며 자신에게 말을 거는 게 낯설고 어색해 주춤주춤하게 된다.

"그만해라. 당황하잖아. 검은 매한테 맞을 거다."

그때 케일이 랑세의 손목을 끌어당겨 마법사들 사이에서 빼내자 군단 마법사들은 푸하하, 하고 큰 웃음을 터트렸다.

"그래, 레인에게 맞으면 엄청 아프지."

"아하하. 레인에게 맞기 전에 우리 막둥이 대장에게 맞을 것 같은데?"

막둥이 대장? 그 말에 랑세가 웃음을 터트리기도 전에 케일이 눈썹을 찌푸리며 랑세를 끌고 재판정 밖으로 나왔다. 랑세는 귀 끝이 빨개진 케일의 뒷모습에 이를 악물어 웃음을 참았다. 그래, 어떻게 되든 간에 이렇게 무죄 선고받고 나온 게 어디야. 그러니까 이런 모습도 웃으면서도 보지. 다 괜찮아. 다 잘된 거야.

기억이란 오래 남는 것이 아닙니다. 그저 이미 끝난 일이 되게 하시옵소서. 원하는 걸 주면 자기 앞길 해결에 바빠 누구도 힘을 모아 큰일에 나서지 않을 것입니다.

"자."

갑자기 케일이 걸음을 멈추었다. 환하게 내리쬐는 햇살에 랑세는 잠시 눈을 찌푸렸다가 크게 떴다.

"엄마……."

재판소 밖에서는 엄마와 아빠가 기다리고 있었다. 훤한 햇살 아래서, 많은 이들과 함께. 엄마가 자신을 위해 나서 준 것과는 별개로 세월이 만들어 낸 어색함의 골은 여전히 있었기에, 랑세는 차마 다가가지 못한 채 그냥 그 자리에 서 있었다. 레인 역시 딸을 향해 어색한 웃음을 지은 채 그렇게. 딸과 엄마의 격한 해후를 기대했던 주변의 마법사들은 그 어색한 기운에 뭐 하는 거냐고 타박을 놓지도 못했다.

툭.

그때 랑세는 제 등에 닿는 느낌에 뒤를 돌아보았다. 케일이었다. 케일이 툭, 툭, 두어 번 랑세의 등을 밀듯이 쳤다. 저를 바라보지도 않고. 그게 어떤 강요도 아니라는 걸 알기에 랑세는 입술만 뭉개고 아무 말 하지 않았다. 대신에 주춤주춤 엄마 앞으로 한 걸음, 한 걸음, 다가갔다.

"엄마……."

"랑세⋯⋯."

레인은 랑세를 가만히 바라보다 조심스럽게 손을 들어 올려 랑세의 볼을 살그머니 만졌다. 엄마의 거칠지만 따뜻한 손에 랑세는 볼을 기대었다. 엄마는 가만히, 아주 가만히 미소 지었다.

"고생했어⋯⋯."

응, 무서웠어, 많이 울었어, 도망치고 싶었어. 그렇게 엄마 품에 안겨서 응석을 부리고 싶었지만 무언가 발을 막고 있는 듯 움직일 수 없어서 랑세는 그냥 연신 고개만 끄덕일 뿐이었다.

"랑세야, 고생했어."

"아빠아!"

랑세가 달려들어 여전히 어색한 모녀 사이에 결국 끼어든 아빠를 꼭 끌어안았다. 아빠는 랑세의 등을 토닥거렸다. 잘했어, 잘했다, 우리 딸 참 착하다. 딸와 남편의 그런 모습을 레인은 조금은 쓴웃음을 지으며 지켜보았다.

"아⋯⋯."

얼마나 그러고 있었을까. 주변이 조용해져 랑세가 아빠 품에서 고개를 드니 모두가 자신들을 바라보고 있었다. 랑세는 얼굴이 확 붉어져 얼른 품에서 빠져나와 아빠의 손을 잡고 가자는 듯 끌어당겼다.

"랑세, 기다리렴."

그러나 레인의 말에 모두가 멈칫했다. 지금까지 어색했던 것은 거짓말처럼 엄마는 랑세의 어깨를 잡아 재판소 쪽을 바라보게 몸을 돌려세웠다.

"엄마?"

"같이 싸운 사람을 기다려야지. 이건 그래야 하는 거다."

"아."

그 말에 증언을 섰던 이들 모두 아, 하고 고개를 끄덕이며 자리에 섰다. 쉰두 명. 누구인지도 모르고, 어떤 사람인지도 모르지만, 넘을 수 없는 벽 앞에서 막막했을 사람들. 어떤 이들은 랑세처럼 잘못하지 않았다고 했는지도 모르지. 또 누군가는 두려움에, 누군가는 가족 때문에 잘못했다고, 실수했다고 말했는지도 모른다. 그 사람들까지도 모두, 우리가 모르는 사이에 함께 싸운 사람들. 승리했든 패배했든, 그래도 함께 싸운 사람들.

누가 타인의 고통을 오랫동안 기억하겠습니까? 자신의 고통과 두려움이 해소되면 그런 것 따위 기억하지 않지요.

"고생하셨어요."

여러 재판을 오가며 증언을 섰던 이들은 이 사건으로 잡힌 사람들의 얼굴을 기억하기에 그들이 재판소에서 나올 때마다 고생했다고 한마디씩 인사말을 던졌다.

"아, 어. 고맙습니다."

"고생하셨어요."

"아, 네. 감사합니다."

재판소 밖에서 낯선 사람들이 자신들을 반기자 어색해하는 이들도 있고, 반기는 이들도 있고.

"랑세 씨!"

"랑세!"

208

아미아와 와렌이 격하게 랑세를 끌어안았다. 꺄아아악, 꺄악. 재판정 파괴범들은 약식 재판에서 수리 명령과 벌금형을 판정받았지만, 다시 본 사람들이 그저 반가워 서로를 부둥켜안고 덩실덩실 돌았다. 아아아악, 그만 돌아요, 아파요, 야, 이거 가지고는 안 돼. 세 사람의 소란에 사람들은 미소 지었다. 그들의 기다림은 노을이 질 때까지 계속되었다.

그리고, 쉰두 명에 재판소 파괴범들까지 모두 나온 후.

"……이런. 설마 저를 기다리신 건가요? 그럴 필요 없는데 말이죠."

느긋한 미소를 지으며 나오는 스테인.

정말이지 무사히 나와서 반가워하기도 전에 화부터 나게 하나. 랑세가 무어라 한마디 하려던 찰나.

"모두, 고맙습니다."

그가 고개를 숙여 사람들에게 인사하는 모습에 멈칫하고 말았다. 그리고.

"고생했구나, 스테인."

뒤편에 서 있던 마법사 무리에서 한 사람이 나왔다. 그의 등장에 랑세는 눈을 동그랗게 떴다.

"아사캬 할아버지?"

아니, 어째서 이웃의 마법사 영감님이 여기에. 랑세가 묻기도 전에 호호백발의 아사캬 영감님이 스테인을 안았고, 스테인역시 놀란 눈을 깜빡였다.

"아, 아저씨……."

스테인의 목소리가 전에 없이 떨리는 것도 같았다.

"그래, 고생했다. 나는 못 하여 도망친 것을 너는 했구나."

아사캬의 따스한 목소리가 다시 한번 귓가를 감쌌고, 스테인은 그의 어깨를 꾹 붙들었다.

"아저씨……."

스테인은 이를 한 번 꾹 물었다가 입을 열었다.

"아저씨……. 저 잘한 거 맞지요?"

"그래, 잘했다. 장하다, 우리 꼬맹이."

스테인은 아사캬의 품에 고개를 묻은 채 한동안 그리 서 있었다. 아사캬는 젖어 드는 어깨를 상관하지 않고 계속 스테인의 등을 두들겨 주었다. 노을이 까맣게 물들어 갈 때까지.

국정 회의가 끝나고 귀족들과 관리들은 허탈한 한숨을 내쉬며 자리를 떴다. 어느 마법사가 우스무우운 그 새끼 말을 듣는 게 아니었다며 어떻게 조져야 할지 모르겠다고 구시렁거렸고, 그 소리를 스쳐 듣게 된 리엔은 픽 웃고 말았다. 역시 잘못된 일은 내 탓이 아닌 게 최고다.

"리엔 수석."

"아, 뤼르하 공."

리엔은 왕궁 복도를 걸어 나오다 마주친 법무대신을 향해 예를 표했고, 법무대신은 말없이 그 인사를 받았다. 둘은 자연스럽게 함께 걷다 왕궁 외원 앞에서 잠시 멈춰 섰다. 정원에서 불어오는 겨울의 찬 바람이 회의에서 들끓었던 뜨거운 속을 식혀 주었다. 그 바람을 맞으며 튀르하는 품에서 연초 하나를 꺼내 리엔에게 건네었다. 틱, 하고 리엔은 손끝에서 불을 일으켜 연초에 붙였다. 둘은 한동안 말없이 연초 연기를 뱉었다.

"리엔 수석, 자네가 회의 때 한 말이 진심인가?"

튀르하가 묻는 말에 리엔은 눈을 접어 웃으며 답했다.

"오늘 말을 많이 해서 그런가 어떤 말을 말씀하시는지 모르겠군요."

"글쎄……. 원하는 걸 주면 얌전해져서 기어오르지 않을 거라는 말, 타인의 고통을 누가 기억하겠느냐는 말, 그런 것들."

리엔은 한동안 답이 없었고 튀르하 역시 재촉하지 않았다.

"글쎄요, 반쯤은 진심이고 반쯤은……."

리엔은 가만히 웃었다.

"세상 사람들이 어떻게 사느냐에 달린 것이겠지요."

"그렇군."

튀르하는 그 뒤에 말을 덧붙이지 않았다. 연초가 다 타들어 가자 둘은 다시 걷기 시작했다.

"마탑으로 가는 길인가?"

"앙앙불락할 사람들이 있으니 가서 도닥여 주어야지요."

그렇게 말하면서도 리엔의 목소리에는 옅은 웃음기가 섞여 있기도 했다. 헤어져야 할 길목에서 리엔은 튀르하를 불렀다.

"공."

"왜 그런가?"

"이번 사태에 애써 주신 것에 감사드립니다."

그 말에 튀르하는 눈썹을 살며시 들어 올렸다.

"내가 무얼 했는가? 그저 감사 철인지라 법대로 했을 뿐인 것을."

"그것이 되지 않았기에 사태가 여기까지 오지 않았습니까."

리엔의 말에 튀르하는 말이 없다가 가볍게 웃었다.

"그래. 어떻게 사느냐의 문제군. 잘 가게."

"들어가시지요. 또 뵙겠습니다."

리엔은 튀르하 공의 뒷모습에 대고 길게 인사를 하고 왕궁을 나오는 방향으로 걷기 시작했다.

두 사람이 헤어진 자리에는 차가운 바람이 한 번 스쳐 지나갈 뿐 더없이 고요했다. 아무것도 듣지 못했다는 듯, 아무것도 기억하지 못한다는 듯.

"출소를!"

"축하합니다!"

퍼펑! 펑!

이 겨울에 분홍 꽃잎이라니. 꽃잎 하나가 슬그머니 랑세의 머리 위로 떨어졌다. 랑세는 일그러진 얼굴로 아파트를 바라보았다. 해도 지고 배도 고프고 재판받은 사람들도 다 나왔겠다,

이제 다들 삼삼오오 짝지어 아파트로 돌아왔는데.

"고생했구나!"

리엔 님, 당신이 범인이었군요. 환하게 웃으며 꽃잎을 손에서 펑펑 쏟아 내시는 걸 보니까요. 그리고 아파트 저기에 달린저 현수막은 뭐지요. 이 밤중에도 잘 보이게 빛도 번쩍번쩍 쏘아지는 걸 보니 분명히 마법. 그것도 무진장 쓸데없는 마법.

"자자, 오늘 우리 중에서 출소한 사람이 무려 네 명 아니니! 좋은 날에는 축하해야지."

펑펑!

한 번 더 꽃잎이 날렸고, 리엔의 손에는 술병이 있었다. 이뿐일까. 아파트 앞마당에 술자리와 고기까지 모두 다 준비되어 있었다.

"오늘은 내가 사는 거야!"

리엔의 말에 마법사 놈들은 또 만세 삼창을 부른다. 에라이.

"뭐, 하루쯤, 이런 날은 축하하는 것도 나쁘지 않지요."

스테인 씨, 그렇게 탱탱 부은 눈으로 말해 봤자 그다지 믿음직스럽지 않다고요.

"자자, 마시자고! 원래 감옥에 있던 독은 술로 해독하는 거야! 그래서 출소하면 술을 마셔야 하는 거고!"

아미아가 냉큼 잔을 받아 얼른 랑세에게 한 잔, 스테인에게 한 잔 떠넘긴다.

"헤헤, 저도 덕분에 정식으로 감옥 가 봤어요. 출소 축하해요!"

와렌은 꼭 가끔 가다 사람 뒤통수를 거하게 치지. 와렌이 아미아에게 잔 하나를 넘기고 둘이서 짠, 하고 맞부딪친다. 와렌이 아미아와 잔을 부딪치는 광경이라. 이건 이거대로 현실감이 없네.

"뭐 해? 랑세! 얼른 마셔!"

아미아의 재촉에 랑세는 결국 픽 웃고 말았다. 뭐 어쩌겠어. 이런 일 한두 번 있던 것도 아닌데 그러려니 해야지.

"출소 축하가 뭐예요, 출소 축하가. 정말 꼭 죄가 있었던 것 같잖아요!"

"그럼 뭐라고 해?"

당연한 걸 왜 묻는담.

"무죄 축하죠!"

"좋아, 우리 모두의 무죄를 축하하며!"

아미아의 외침에 모두가 잔을 들어 올렸다. 무죄를 축하하며! 무죄를 축하하며! 퍼펑, 하는 소리와 함께 다시 한번 꽃잎이 사방에서 흩날린다.

"자자, 보온 마법까지 싹 깔아 놨으니까 편히들 마셔!"

"네! 감사합니다, 선배님!"

다들 잔을 들고 삼삼오오 식탁에 둘러앉기 시작했고, 랑세는 주변을 둘러보았다. 음, 엄마와 아빠는 사람들에게서 조금 떨어진 곳에 앉아 있다. 하긴, 사람 많은 곳은 가능한 한 피해야 하니까 그저 지켜볼 수 있는 정도의 거리가 괜찮겠지.

랑세는 잔을 들고 우물쭈물 그쪽에 가 앉았다.

"엄마……도 이제 술 마셔도 돼?"

어색하게 아빠의 옆자리에 앉아 아빠를 보며 물었다. 아빠는 랑세 한 번, 부인 한 번 힐끔 보더니 고개를 저었다.

"아직은. 그래도 딸의 무죄를 축하하는 자리니 잔만 받아 놓은 거란다."

"아, 응……."

그리고 할 말이 또 없다. 아까 함께 다른 사람들을 기다렸을 때는 괜찮았던 것 같은데 뭐가 이리 어색한지. 집에서도 이랬던가 싶기도 하고. 처음 보는 사람들이랑은 잘만 이야기하면서 왜 오랫동안 한집에 산 사람과, 가족과 이야기 한마디 하기가 이토록 어려운 걸까.

"레인 님."

그때 케일이 술잔을 들고 자리로 찾아오자 랑세는 반색했다. 그래, 마침 궁금한 것도 엄청 많았고 말이야.

"막둥이 대장 왔구나."

엄마도 그가 반가운지 푸근하게 미소를 지었다.

"그, 레인 님, 오랜만에 뵈었지만, 그 말은 좀……."

"왜? 그래도 귀엽잖아?"

케일이 어찌할 바 모르고 쩔쩔매는 모습이 꼭 그가 가족 앞에 있을 때 같았다. 그래서 랑세는 웃음이 튀어나올 것 같으면서도 이상한 기분이었다. 누구는 진짜 가족인데 한없이 어색하고, 누구는 저보다 외려 더 가까워 보이고.

"우리 막둥이 대장!"

"워! 많이 컸어!"

"우리를 불러 준 막둥이 대장을 위해!"

"건배!"

"건배!"

아파트에 돌아올 때 예비역들도 함께 왔었지. 그들이 옆 식탁에서 잔을 높이 들고 부딪치더니 킬킬거렸다. 케일은 귀가 빨개졌지만 아무 소리 못 했다. 아니, 근데 저 사람은 군단장까지 했다면서 하필 별명이 왜 막둥이 대장이야.

"저기, 마법사님들."

랑세가 그 사정을 묻자 예비역 마법사들이 다시 웃었다.

"우리 대장이 처음 참전했을 때가 몇 살이었게? 스물두 살이었어. 요만했지."

나이 든 마법사들은 또다시 뭐가 좋은지 키득거렸다. 그들도 그때는 젊었겠지만, 그런 그들보다 더 젊은 마법사.

"그러다 스물세 살에 실력 하나로 단장이 되었으니까, 귀엽잖아."

으하하하, 하고 그들이 웃는 동안 케일은 그저 쓰게 웃을 뿐이었다. 이제 나이도 먹었는데 아직도 그런 소리 하냐고 한마디 할 법도 했건만.

"인간 백정이라는 말보다는 낫다고 누가 지어 주지 않았나?"

인간 백정. 그 말 어디선가 분명 들은 적 있었다. 전장에서 인간 백정이라는 말이 무엇을 뜻하는지야 뻔하기에 그냥 넘겼는데.

"아직 어린애가 그런 별명이라니, 듣기 좋지 않잖니?"

레인이 조용히 입을 열자 마법사들은 왁살스러운 웃음을 멈추었다.

"아."

"맞다. 레인 님이 지어 줬지? 내 딸만 한 애가 고생한다고."

"아, 맞아요, 맞아, 그랬어요. 그런 우리 막둥이가, 전쟁이라면 이제 질색해서 모임에도 안 나오는 우리 막둥이 대장님이, 엉? 레인 님의 큰따님에게 은혜를 갚으라며 말 타고 집집마다 돌면서 문 두드리고 다녔다, 이거 아냐! 다 컸네!"

"다 컸네!"

"다 큰 우리 막둥이 대장에게 건배!"

아니, 그게 다 큰 거랑 무슨 상관인가요? 마법사들은 또 크게 웃으며 건배를 외쳤다. 랑세는 이제 얼굴이 발갛게 익어 버린 케일을 돌아보았다. 이 사람이 과거 전장의 동료들을 데려온 것은 알았지만, 연락하지 않던 사람들을 불러 모은 것인지는 몰랐다.

"아, 어……, 다시 한번 감사드려요, 케일 씨."

케일은 답 없이 그저 고개만 작게 저을 뿐이었다.

"나도 고마워, 막둥이 대장."

레인의 말에 케일이 고개를 들었다.

"우리 대장이 메신저를 보내 주지 않았으면 우리 딸이 어떤 어려움에 빠졌는지도 몰랐을 거야."

"……아닙니다, 레인 님. 아파트 주민에게 무슨 일이 생기면 보호자에게 연락하는 게 당연한 일입니다."

"보호자라······."

레인은 말끝을 흐리며 빛이 별로 없는 어두운 쪽으로 고개를 돌렸고, 랑세는 그런 엄마를 힐끗 쳐다보다 그냥 시선을 돌렸다. 엄마가 무슨 생각을 하는지 알 것 같았다. 그리고 그 생각에 자신도 어느 정도 동의하는 것 같기도 했고.

"사실 미령하시다는 것은 알고 있었기에 오실 줄은 몰랐습니다."

"안 올 수가 있었겠나."

내 딸이 위험에 빠졌다는데. 레인은 어색하게 뒷말을 붙이면서도 시선은 돌리지 않았다.

그런 어색함을 견디지 못한 아빠가 한마디 얹었다.

"아내가 처박아 뒀던 훈장을 찾느라 시간이 좀 걸렸지만, 어쨌든 덕분에 늦지 않게 올 수 있었어요."

"다행입니다."

"그리고, 루세가 말한 잘생긴 오빠를 이렇게 보게 될 줄 몰랐네요."

아빠가 미소 지으며 한 말에 케일의 얼굴이 확 더 붉어졌고, 오오오, 하고 예비역 마법사들이 술을 들어 올리며 감탄사를 냈다. 아니, 더 정확히는 놀리는 어조였지만.

"우리 막둥이 대장이 검은 매의 사위가 되는 거야?"

"오우! 이래서 우리를 모았던 거야?"

잔을 부딪치며 하는 소리에 케일은 얼굴을 확 일그러트리고 벌떡 일어났다.

"미친놈들아! 그만 좀 해!"

케일이 아무리 신경질을 부려도 그들을 꿈쩍조차 하지 않았다. 케일의 말 한마디면 바짝 엎드리는 아파트 사람들과는 달랐다.

그러나.

"으응? 누가 누구의 사위가 된다고? 우리 딸들 이야기를 누가 감히 입에 올리지?"

레인의 한마디에 다들 조용히 어깨를 수그리고 식탁에 얌전히 앉아 홀짝홀짝 술을 들이켜기 시작했다. 아무래도 우리 엄마가 제일 강한 것 같다.

"랑세야, 가족과 좋은 시간 보내고 있니?"

"할아버지!"

어색한 분위기가 다시 이어지려는 찰나, 아사캬 영감님과 스테인이 다가왔다. 그리고 보니 영감님과 스테인 씨가 아는 사이였던 듯한데.

"어머님이 오실 때 나도 얼른 옆에서 끼어서 왔단다."

"아사캬 씨가 길을 잘 잡아 주신 덕에 늦지 않게 왔지요."

"허헛. 기껏 와서 저는 숨어 있던 일 말고 한 게 없었지만요."

집에서 엄마와 아빠를 기다리고 있을 루세를 제외하고는 아사캬 영감님과 우리 집 식구들은 별다른 교류가 없었을 텐데. 루세의 가출과 이번 사건으로 조금 더 친해진 듯도 보였다.

그런데, 대체 스테인 씨와는 무슨 관계일까.

"그……, 두 분, 근데 원래 아시는 사이였어요?"

랑세가 최대한 조심스럽게 물었던 것과 달리 아사캬는 아주 가볍게 답했다. 스테인의 등짝을 팡팡 때려 가면서.

"우리 옆집 살던 꼬맹이."

"아."

그럼 저분도 뒬트렝의 생존자라는 이야기.

"지난번에 루세 때문에 여기 내 메신저가 왔을 때 알게 되었지. 실은 처음에는 하나도 못 알아봤어."

아사캬는 스테인을 향해 흐뭇하게 미소 지었다.

"심통 사납고, 심술궂고, 어른 말은 죽어도 안 듣던 꼬맹이가 이렇게 잘 클 줄이야."

허허허, 아사캬는 정말 뿌듯하다는 듯 이야기했지만, 랑세는 그저 억지로 웃음을 참아 낼 수밖에 없었다. 그 눈빛을 읽어 낸 탓이었을까, 스테인의 눈썹이 까딱 올라간다.

"뭐, 지금도 성격 좋다고 주장할 생각은 없습니다만."

랑세 역시 눈을 치켜떴다.

"지금이나 예전이나 똑같나, 했어요. 스승님의 기록에서는 귀엽기만 하더구먼."

"스승님께만 귀여우면 되었죠, 그렇지 않습니까?"

으르렁, 컹컹, 보이지 않게 이를 드러내는 모습에도 아사캬는 허헛 웃었다.

"사이가 좋구나! 사람들이 사이가 좋은 만큼 기쁜 일이 어디 있다고. 이 기분을 마법으로 표현해 보고 싶구나!"

퍼어어엉!

저쪽에서 엄청나게 큰 소리가 들리자 아사캬는 그쪽을 향해 달려갔다. 스테인은 그답지 않게 몹시도 곤란한 얼굴로 쩔쩔매며 아저씨, 아저씨, 하고 따라 달려갔다. 저거, 분명 용이지? 불꽃으로 이루어진 용이 하늘을 휘젓고 있는데? 마법사들도 모두 그곳을 향해 우와아아, 하며 달려갔다. 손에는 술병을 쥐고.

랑세는 그들을 외면했다. 모른다, 나는 모른다. 모르는 사람들이야. 또 저러다가 신고나 당하라지.

대부분의 마법사가 그쪽을 향해 달려갔기에 랑세가 앉은 식탁에는 다시 침묵이 내려앉았다. 케일이 가끔 레인에게 무언가를 묻거나 랑세에게 간단한 한두 마디를 건넸고, 아빠가 랑세 또는 케일, 가끔 레인에게 무언가를 물을 뿐. 랑세 역시.

결국 랑세와 레인은 직접 한마디도 이야기하지 않은 채 시간이 지나고 있었다.

"아, 음······."

얼마나 시간이 지났을까, 레인이 갑자기 비틀거렸고.

"여보!"

아빠가 붙들었다.

랑세는 엉덩이를 반쯤 뗀 채로 어색하게 서 있었다. 식은땀 확인, 호흡 확인. 발작의 전조 증상은 아니었다.

"아니, 그냥 조금 피곤한 것 같아. 괜찮아, 여보."

"아, 그럼 가야지. 아참, 머물던 숙소는 여기서 너무 먼데."

아빠가 잠시 당황하자 케일이 그의 손을 붙들었다.

"여기서 머무시면 됩니다."

"아, 그래도 됩니까?"

"절차가 있지만, 간단합니다. 레인 님께서는 올라가서 쉬시지요."

케일의 말에 레인이 고개를 끄덕였고 랑세는 벌떡 일어났다. 케일은 그런 랑세를 향해 말했다.

"알지? 직계 가족 사흘. 관리부에 돈 내는 거 잊지 말고."

"아, 네!"

"아버님은 내가 모시고 있지. 가 봐."

"네, 네, 감사합니다."

레인이 비틀거리며 아파트로 올라가자 랑세는 얼른 곁으로 다가가 그 길을 부축했다. 묵직한 엄마의 몸을 이렇게 부축하는 것이 근 일 년 만이구나. 너무 오랫동안 해 온 일이라 여태 말 한마디 제대로 나누지 않았어도 어색하지 않게 할 수 있었다.

"4층이야. 조금 더 올라가야 해. 할 수 있겠어? 계단에서 조금 쉬다 갈까?"

아파트로 돌아와서 거의 처음 제대로 나누는 말. 그 말에 레인은 고개를 저었다. 갈 수 있어, 괜찮아, 조금 피곤한 것뿐이니까. 엄마의 말에 랑세는 더 꿋꿋하게 몸을 붙들고 방으로 이끌었다.

"여기야."

랑세는 엄마를 제 침대 위에 앉히고 엄마가 마실 물을 따르기 위해 부산하게 움직였다.

레인은 침대에 앉아 생경한 방 안의 모습을 둘러보았다. 자신을 떠난 딸이 홀로 지내는 방. 이제는 그녀에게 있어 새로운 집. 침대 하나, 소설책과 법전 따위가 순서 없이 꽂혀 있는 책장, 한쪽에 모아 둔 빨랫감, 단정하게 정리된 책상과 탁자, 지난 한 달 가까이 청소하지 못해 가만히 쌓인 먼지 조금. 이것만 제외하면 고향 집과 크게 다를 바는 없었다.

"엄마, 일단 이것부터 좀 마시고. 약은 챙겨 왔지? 지금 가지고 있어?"

그리고 제 눈을 바라보지 않으면서도 하나부터 열까지 꼼꼼하게 챙기는 아이. 흐릿하지만, 기억에 있었다. 그날, 재판정에서 발작이 일어나 쓰러졌을 때 피고석을 박차고 뛰어온 딸을.

"랑세야."

"응?"

레인은 랑세가 준 물 잔을 옆에다 내려 두고 랑세의 손을 붙잡았다. 랑세는 눈을 동그랗게 뜨다 시선을 돌리고 엄마의 손에서 빠져나오려고 하지만, 레인은 놔주지 않았다.

"랑세, 이리 와서 앉아 보렴."

"으, 으응."

랑세가 한 뼘 떨어져서 앉자 레인은 쓰게 웃었다. 그리고 자신은 침대 밑으로 내려가 무릎을 꿇었다.

"엄마!"

랑세가 벌떡 일어나 말리려 하자 레인은 단호하게 랑세의 손을 잡아 눌러 앉혔다.

"랑세, 잠깐 앉아서 엄마 이야기 좀 들어 줄래?"

"그런데 그걸 왜 침대 밑에서 이야기해. 얼른 올라와."

몸이 차면 안 좋단 말이야. 랑세의 재촉에도 레인은 꿈쩍하지 않고 무릎을 꿇고 앉은 자리에서 랑세를 올려다보았다. 랑세는 안절부절못하다가 결국 엄마를 바라보았다. 어쩐지 듣고 싶기도 했고, 듣고 싶지 않기도 했다. 그럼에도 피하지 않은 것은 엄마의 눈 속에 비치는 무언가를 믿고 싶었기 때문이다.

"엄마가, 사실은 오래전에 해야 했던 이야기인데, 지금껏 계속 도망쳐 왔어."

레인은 나오려는 한숨을 집어삼켰다. 물론 그 한숨은 딸 때문이 아니었다. 자신의 한심함 때문이었지.

"엄마가, 정말로 잘못했어. 미안하다, 랑세야."

그 말에 랑세의 눈썹 끝이 파르르 떨렸다.

"뭐, 뭘 잘못했는데?"

어쩐지 입에서 고운 소리가 안 나왔다. 그것은 아마도 해묵은 상처 때문.

레인은 그런 질문이 나올 것을 이미 알고 있었다는 듯, 표정 변화 없이 답했다.

"헤세가 죽은 걸 네 탓이라고 한 거, 너를 때린 거, 너에게 여태 미안하다는 소리 제대로 한 적 없는 거, 내가 아파서 네게 짐이 된 거, 다."

"왜, 왜 그걸 이제야 이야기하는 건데?"

랑세는 이를 악물었다.

"왜 그때는 못 한 건데!"

무언가 마음 안에서 단단한 것이 터진 느낌이었기에, 악을 쓰듯 말하고 만다. 그날, 엄마가 돌아왔던 날, 헤세가 죽었다는 걸 알린 날, 그때 엄마가 그냥 우리를 붙잡고 울기만 했더라면 우리는 어떤 삶을 살게 되었을까.

"내가 나으면 이야기하려고 했어."

그것은 아무도 모른다. 그저, 중요한 것은 그때 우리가 받았던 상처.

"아니, 다 변명이지. 그냥 엄마가 겁쟁이라서 그랬어."

수만의 군대 앞에서도 두려움 없이 칼을 휘둘렀던 사람이 실은 한없는 겁쟁이였음을 뒤늦게야 알게 되었다. 자식에게 해야 할 사과가 두려워 도망친 사람이라는 걸 적군이 알았더라면 그들은 도망치지 않고 비웃으며 맞서 싸웠겠지.

"그냥, 내가 겁쟁이라서, 내가 못나서, 네가…… 용서하지 않을 것 같아서."

랑세는 당신을 용서한다고 말하는 대신 이만 꾹 문 채로 엄마를 바라보았다. 이번에는 엄마의 목소리가 조금 떨리기 시작했다.

"그런데 그게 아니더라. 엄마가 잘못 생각했던 거야. 네가 용서하지 않아도 엄마는 사과했었어야 했어. 그걸 이제 알았어."

다 나으면, 발작 같은 거 없으면, 짐이 되지 않으면, 부담이 되지 않으면, 랑세가 더 자라면 사과해야지. 그런 것은 다 쓸모없는 생각. 그저 겁쟁이의 변명거리.

"네가 잡혔다는 이야기에 엄마는 미치는 줄 알았어. 그래서……."

자식을 또 잃는 줄 알았어. 그래서 그렇게 때를 기다린다는 것이 얼마나 어리석은 일이었는지를 그제야 알게 되었어.

"사실은 그런 적당한 때 같은 건 없었는데."

우리에게 적당한 때라는 것은 서로가 서로를 마주 보고 있는 시간, 그때뿐이었는데.

"그래서 팔렝에 내려가기 전에 나는 꼭 네게 사과를 하고 싶었단다."

랑세는 침묵했다. 뭐라고 말해야 할지 몰랐다. 엄마, 사과해 줘서 고마워, 용서할게, 그런 말이 당장에 튀어나오지 않았다. 당신과 내가 마주한 지금이 바로 적당한 때임을 알아도 그 말이 차마 튀어나오지 않았다. 어쩌면 아직은 용서하지 않아서인지도 모른다. 아니, 용서했어도 인정하지 못해서일지도 모른다. 그래, 당신도 그래서 내게 사과를 하지 못했겠구나.

"랑세, 억지로 용서해 줄 필요 없어."

엄마는 그런 마음 다 안다는 듯이 손을 뻗어 랑세의 볼을 쓰다듬었다.

"네가 용서하지 않아도, 엄마는 괜찮아."

정말 괜찮을까. 정말 내가 용서하지 않아도 당신은 괜찮을까.

"그러니까 네가 잘못한 건 하나도 없다는 것만, 그것만 기억해. 엄마가 겁쟁이여서 네 탓을 했을 뿐이라고, 그걸 기억해 줬으면 해서 말한 거야."

자식에게 못 할 짓을 했는데 어찌 감히 용서받으려 할까. 다만, 안타까운 것은.

'엄마! 내가 다 잘못한 거고 엄마는 잘못 없어! 그러니까, 숨, 숨 깊게 들이마셔, 하나, 둘!'

발작을 일으킬 때마다 다 자신의 잘못이라고 말하는 딸아이. 군을 이끌던 유명한 용병은 사실 작고 작은 딸아이의 치마 뒤편에 숨어 있을 뿐이었더랬다.

"랑세, 너는 잘못한 거 없어. 그냥, 그것만 기억해."

둘은 한동안 침묵했다. 랑세가 알 수 없는 눈으로 엄마를 바라보다 손을 올렸다. 툭, 툭, 툭, 랑세는 엄마의 어깨를 쳤다.

아이는 강하지만 저보다 한없이 약하기에 그 주먹은 레인에게 고통 따위 주지 못했다. 하지만, 아프다. 그건 아마도 아이의 아픔이 보이기 때문.

랑세는 이를 악문 채로 엄마의 어깨를 치기만 했다.

"뭐야, 이게, 뭐야, 이게⋯⋯."

"랑세."

"바보 같아⋯⋯. 엄마 진짜 바보 같아."

"랑세⋯⋯."

레인이 웃자 랑세는 얼굴을 잔뜩 일그러트렸다.

"그렇다고 엄마 탓도 아닌 거잖아⋯⋯. 근데 왜⋯⋯."

"그래도 엄마가 잘못했잖아."

"맞아, 엄마가⋯⋯, 엄마가 잘못했어, 진짜. 엄마⋯⋯, 어, 엄마 나빴어, 진짜⋯⋯."

랑세의 어깨가 들썩이기 시작하자 엄마는 자리에서 일어나 랑세를 끌어안았다. 랑세는 벗어나려고 하지 않은 채, 아니, 오히려 그 품을 더 파고들며 악을 쓰듯 외쳤다.

"엄마, 나빠! 진짜 나빠! 진짜, 내가, 내가 얼마나……."

"그래, 엄마가 정말 잘못했어. 엄마가 미안해."

"내가 얼마나……."

품에서 들썩거리는 아이의 모습에 더 무어라 할까. 네가 울어서 마음 아프다는 이야기를 어찌 감히 할까. 다만 오늘 너와 나의 해묵은 골 위에 작은 다리를 놓았다고 말하련다. 건너편으로 가기까지 오래 걸리겠지만 그래도 멀리서 손을 흔들며 인사할 만큼은 되지 않을까.

엄마, 엄마, 엄마…….

랑세, 엄마가 잘못했어. 정말 미안해. 평생 갚을게. 정말이야.

엄마, 그딴 소리 하지 말고 몸이나 건강해져.

그래그래, 우리 큰딸 말에 틀린 거 하나 없지.

미워, 진짜.

그래도 엄마는 사랑해.

그날 랑세는 정말 오랜만에 한 침대에서 엄마와 꼭 끌어안고 잠이 들었다. 밤새도록 단단한 팔에 안겨 잠을 잤다. 악몽도 꾸지 않고, 울지도 않고, 그저 심장 소리를 들으며. 숨소리를 들으며.

여전히 미움은 먼 밤, 당신과 나 그리고 모든 이에게.

228

가지 마세요

....

"어머님, 꼭 다시 뵙고 싶어요!"

랑세의 부모님들은 아파트에서 딱 사흘을 보냈다. 사실 수도
에서 다른 숙소를 잡아 며칠 더 보낼 수도 있었지만, 그들은 팔
렝으로 돌아가기로 했다. 일단 옆집에 맡겨 놓고 온 루세가 걱
정되기도 했고, 무엇보다 레인의 건강을 돌보려면 어쩔 수 없었
다. 언제 열릴지도 모를 재판 날짜에 맞추어 미친 듯이 달려왔
고, 재판에서 발작했고, 그리고 다시 재판 속개를 기다리는 동
안 재판소 앞 어설픈 여관에서 몸도 제대로 추스르지 못했기에.

수도 구경도 제대로 못 했지만 레인은 상관하지 않았다. 수
도 따위야 랑세보다 훨씬 더 잘 안다는 점도 있거니와, 오랫동
안 제대로 이야기하지 못했던 딸과 그리고 딸의 친구들과 시간
을 보냈던 것이 더 가치가 있었기에.

아파트에서 사흘 동안 뭐 했냐고?

뭘 하긴. 아미아와 도박을 했고 와렌과 대화를 했으며, 리엔과 차를 마시고 막둥이 대장을 실컷 놀리면서 보냈다. 그러니까 다시 말하자면, 레인은 아미아에게서 80에시르를 따냈으며 그 돈으로 와렌이 발명한 마도구를 하나 샀다. 술에 취한 리엔과 차에 취한 레인은 케일의 군단장 초기 시절의 어설픈 행동들을 끄집어내며 놀렸다.

그동안 랑세는 엄마에게 세 번에 한 번씩 짜증을 냈다.

엄마, 아 쫌.

아이, 왜 그래, 재밌잖아.

아무래도 루세는 엄마를 많이 닮은 것 같아 랑세는 다시 한번 한숨을 내쉬었다.

어쨌든 그 덕에 와렌과 아미아는 레인에게 듬뿍 정이 들어 그들이 떠나는 마차 앞에서 두 손 꼭 쥐고 다시 보자고 인사를 했다. 케일은, 글쎄. 알 수 없는 눈으로 바라보기만 했고.

"그래, 꼭 다시 보자꾸나. 마법사들은 휴가가 있니? 휴가 때 팔렝에 놀러 오렴. 랑세랑 같이. 맛있는 거 해 줄게."

"아주머니가요? 으하하하, 맛있는 건 제가 해 드리는 게 나을 것 같은데요?"

군대 짬 이야기도 사흘 중 어느 날인가 나왔기에 아미아는 웃으며 그리 말했다. 랑세는 새빨개진 얼굴로 고개를 숙였지만, 레인은 코웃음을 쳤다.

"내가 한다니? 이이가 해 주지."

랑세의 아빠는 그저 흐뭇하게 웃을 뿐이었다.

"휴가 때나 힘들 때나 쉬고 싶을 때 꼭 오렴. 편지도 자주 하고. 우편료가 모자라면 말해, 아빠가 보내 줄게."

"응, 알았어. 고마워."

아빠의 말에 랑세는 어렵지 않게 고개를 끄덕였다. 마음의 상처가 다 낫지 않았으면서도 이제 부담 없이 연락할 수 있다는 딸의 말이 그저 반가워서, 아마도 그래서 아빠는 흐뭇하게 웃었으리라.

"다른 마법사분들도 팔렝으로 놀러 오세요. 스테인 씨도 있을 테니 더 편하실 겁니다."

그리고.

"스테인, 잘 가."

"선배님, 곧 팔렝에 한번 들를게요."

스테인도 떠나기로 했다.

그걸 안 건 오늘 아침이었다. 사흘 동안 아래층이 퉁탕퉁탕 시끄럽기에 아사캬 할아버지가 뭔가 사고 친 걸 수습하는 줄 알았다. 그게 짐 챙기고 떠날 준비 하느라 소란스러운 소리였을 줄이야.

"왜 가는 거야?"

아미아의 말에 스테인은 빙그레 웃었다. 질문한 사람은 아미아 씨인데 왜 나를 보며 웃는담. 랑세가 무슨 생각을 하든 스테인은 하고 싶은 말을 이었다.

"이번에 사고를 커다랗게 치는 바람에 어차피 수도에 제가 있을 자리는 남아 있지 않아서 말이지요."

"아."

그러고 보니 웃뭉난이 그랬지. 자신들 계파에 말도 안 하고 일을 벌이는 바람에 그들도 스테인을 어찌해야 할지 모르고 있다고. 그래서 웃뭉난이 부추겨서 잡아 재판까지 받게 했고.

하여튼, 이 사태가 그쪽 입장에서는 엉망으로 돌아가자 이번에는 웃뭉난이 그쪽에서 떨려 났다고 리엔이 지나가듯 말한 적 있었다. 그 새끼 앞날은 알 바 아니니 그냥 듣기만 하고 말았다.

"그래도 스테인 씨 능력이라면 여기서 뭔가 더 하실 수 있는 일이 있을 텐데요."

랑세의 말에 스테인은 눈을 접어 웃었다.

"제가 가니 아쉬우십니까?"

그렇게 떨려 나듯 가니까 마음이 좀 불편해서 한마디 얹은 것인데, 저따위로 이야기하니 아쉽다는 말이 목구멍에서 위장까지 쏙 내려갔다.

랑세가 뭐라고 쏘아붙이기 전에 스테인은 덧붙였다.

"가지 말라고 한마디 하시면 안 갈 텐데요."

"뭐래요. 얼른 가시고요, 가시는 길마다 꽃이 피길 빌게요."

랑세의 매정하고도 다정한 말에 스테인은 푸스스 웃었다.

"저런. 제가 그렇게 미우세요?"

예쁘겠니, 그럼? 랑세는 눈을 가늘게 뜨고 스테인을 노려보았다.

"세상이 다 밉다고 하신 분한테 그런 소리를 듣다니 제 인생

232

도 갈 데까지 갔네요."

"저야 세상이 밉지만 랑세 씨는 아니잖습니까."

허, 어이없어.

"세상은 안 미워도 댁은 좀 밉네요."

랑세는 입술을 삐죽였고, 스테인은 어깨를 으쓱였다.

"미운 사람을 위해서 감옥까지 가는 사람은 없을 텐데요."

"누가 댁을 위해서 갔대요? 옳은 일이니까 한 거지."

그 말에 스테인은 입을 다물었다. 아싸, 이겼다. 그러나 승리의 기쁨은 잠시, 마음 한구석이 묘하게 이상했다. 허전해지는 것과 영 다른 어떤 그런 마음.

"아사캬 할아버지 댁에 계신다고 했죠? 간만에 좋은 시간 보내시겠네요."

그래서 결국 좋은 말 한마디 해 줄 수밖에 없었다.

저기 아사캬 할아버지는 다른 어리고 어린 마법사 후배들과 뭐가 좋은지 하하, 호호, 수다나 떨고 있다. 스테인은 그런 아사캬를 힐끔 쳐다봤다. 그의 눈에 진심 어린 웃음이 묻어났다. 어쩐지 저런 모습을 처음 보는 것 같다. 그러다 그의 눈 끝이 자그맣게 일그러졌다.

"피해자끼리 앉아서 신세 한탄이나 하지 말고 할 수 있는 일을 찾으려고 합니다."

아, 하고 랑세는 탄식 같은 소리를 냈다. 재판은 무죄로 끝났고, 될트렝 사건을 재조사하겠다는 명이 떨어졌다고 이야기는 들었다. 하지만 지켜보는 눈이 없어지면 과연 끝까지 할까 하는 생각이 드는 것은 어쩔 수 없었다.

감옥 안에서 국가에 대한 신뢰를 한껏 잃어버렸다. 정말로 그들이 랑세를 무죄라고 생각해서 무죄라고 판결한 것이 아님을 지난 사흘, 정신을 좀 차리고 보니 확실히 느낄 수 있었다. 아마도 지켜보는 눈이 더 많아지지 않길 바라서.

"몸조심하시고요, 저도 여기서 도울 수 있는 일이 있으면 도울게요."

스테인이 고개를 살그머니 비틀어 랑세를 가까이서 바라보았다.

"정말로 가지 말라고 안 하시는 겁니까?"

"아, 잘 가세요."

랑세의 말에 스테인은 뭐가 좋은지 하하하, 하고 유쾌하게 웃었다. 그 웃음에 랑세의 얼굴이 다시 일그러졌지만.

"어쨌든 필렝에 가면 저도 랑세 씨 어머님 건강에 신경 쓰도록 하겠습니다. 은혜를 갚을 길이 있으니 잘되었군요."

헤세가 죽었을 때 그토록 찾던 치료 마법사. 팔렝 같은 작은 곳에서는 찾아볼 수 없는 귀한 존재. 그런 이가 엄마 곁에 있다. 그러니 얼굴을 풀고 그냥 고개를 숙이는 수밖에.

"잘 부탁드려요."

"물론이죠."

그리 말하고 스테인은 횡하니 뒤돌아 마차에 올라탔다. 그 뒷모습에 뭔가 여전히 맺힌 듯 걸린 기분이다. 알고 지내던 사람이 떠나면 이런 마음이 드는 걸까. 저 사람에게 좋은 감정이 있는 것도 아닌데. 참 사람이란 이상하지.

"자자, 이제 그만 가자. 잘들 있어라."

"선배님! 다음에 또 오세요!"

"진짜 귀한 지식 많이 배웠습니다."

아사캬 할아버지도 스테인을 뒤따라 마차에 올라탔다.

"아빠, 조심해서 가."

랑세는 마지막으로 아빠를 한 번 꼭 끌어안았다. 아빠는 랑세의 등을 쓰다듬어 주며 정수리에 입을 맞추었다.

그리고 엄마를.

"엄마는 회복에만 힘쓰고, 제발 사고 치지 말고, 루세한테 잘해 줘. 수련할 때 내 이름 부르고 그랬다며? 나 신경 쓰는 건 좋은데 제발 그러지 마. 나중에 또 사과할 일 만들지 말고. 그리고 자기 전에 약 먹는 거 잊지 말고, 아프면 스테인 씨한테 말해. 성격은 별로라도 치료는 잘해 주니까. 그리고……."

끊임없이 길어지는 랑세의 잔소리에 마법사들은 질린 듯 바라봤지만, 레인은 딸의 잔소리가 한없이 정겨운지 그저 응응, 우리 큰딸 말 잘 들어야지, 우리 딸도 잘 있어, 하고 헤실거리기만 했다. 그 웃음이 또 정겹고도 서러워 랑세의 눈 끝에 작은 눈물방울이 맺혔다.

둘의 인사가 끝나자 이번에는 케일이 한 발 앞으로 나가 레인에게 군례를 올렸고, 레인은 피식 웃으며 그것을 받아 주었다.

"덕분에 잘 지내다 간다. 우리 딸 잘 돌봐 줘."

레인의 말에 케일은 힐끗 랑세를 돌아보더니 짧게 웃었다.

"랑세는 누가 돌보아 줘야 할 사람이 아니라 혼자서 잘하는 사람이니 말입니다."

이 대답이 마음에 든 듯 레인은 케일의 어깨를 두 번 툭툭 치더니 마차에 올라탔다.

아빠가 마지막으로 올라타 문을 닫고 마부에게 출발하자고 말했다. 아파트 입구에 남은 이들은 열심히 손을 흔들었다.

"잘 가요!"

"건강해요!"

"연락할게요!"

"또 봐요!"

떠나는 사람들도 마차 창문을 통해 웃으며 손을 흔들었다. 벌써부터 그리워지는 기분에 언제까지고 그러고 있을 듯했지만, 마차는 매정하게도 달려갔고 곧 점보다 작아졌다. 마차가 남기고 간 겨울바람에 몸을 떨면서도 그들은 한동안 그 자리에 서 있었다.

뭔가 허하고, 뭔가 이상하고, 뭔가…….

"에취."

와렌의 재채기 소리에 랑세는 정신이 번쩍 들었다.

"이제 들어가죠."

"아, 네……."

와렌은 쪼르륵 달려와 랑세의 손을 잡았다. 가족이 떠나서 그런가 랑세는 깊은 생각에 잠긴 듯한 얼굴이었다. 부모님과 사이가 안 좋았다가 이번에 좋아진 것 같던데, 많이 쓸쓸하고 외롭겠지. 말재주가 없어서 따뜻한 위로의 말도 못 건네니, 그저 손이라도. 그저 체온이라도.

"아."

"네?"

그러다 갑자기 랑세가 눈을 동그랗게 뜨며 걸음을 멈췄다. 랑세가 멈추자 아파트로 들어가려던 이들이 모두 멈췄다. 왜, 또, 뭐.

"저기, 스테인, 스테인 씨 자치회장 아니었어요?"

"아, 맞지. 그렇지. 그런데 왜……."

그들은 여상하게 답을 하다 말끝을 흐렸다.

삼 년 차 자치회장. 8동의 잡부.

그런데, 가 버렸다.

"으, 으으으어?"

"야, 야야야야!"

아파트 사람들은 도로 아파트 대문으로 달려 나갔다. 랑세 역시. 이씨, 이 찝찝하고 이상한 기분의 정체를 알아차렸다.

"야, 인마! 돌아와! 가지 말라고!"

"가지 마!"

겨울바람이 그들의 절박함과 경악 어린 외침을 보이지 않는 마차까지 데려다주지는 못했다.

"으어, 가 버렸어."

"메, 메신저라도 보내요!"

랑세가 아미아를 졸랐지만, 말린 것은 케일이었다.

"아니, 이미 퇴소 서류까지 다 내고 갔다. 다시 오려면 처음부터 절차를 밟아야 한다."

공관에서 일하는 랑세는 너무너무 잘 안다. 그런 절차를 처음부터 밟으려면 절대 쉽지 않다는 것을. 분명 받는 서류는 꼭 필요한 것 같은데, 또 꼭 필요하지 않기도 하다. 그런데 필요한 것 같다는 이유로 받아야 하니까.

"아, 으……, 어쩌죠?"

"어쩌긴, 새로 뽑아야지."

아미아는 그렇게 말하고서는 힘차게 외쳤다.

"집합!"

그리고 덧붙였다.

"자치회장이 탈출했다! 새 자치회장을 뽑아야 한다! 집합!"

쩌렁쩌렁, 마법이 걸린 소리가 아파트에 울렸다.

"우와……."

집합이라는 게 그렇다. 아무래도 좋은 사람, 남의 결정 따라가는 사람, 바쁜 사람, 자리에 없는 사람 등등. 종종 집합 자리에 빠지는 사람도 있다. 그래서 집합 때 회의실에 나타나는 사람이 많아 봐야 서른 명 정도였는데. 오늘은 마흔 명도 넘어 보였다. 그나마도 안 나온 사람들은 자리에 없는 사람이라고 한다. 그걸 어떻게 알았냐고? 케일이, 정확히는 케일의 메신저가 출석하지 않은 사람들을 일일이 찾아다니며 점검한 결과다.

"스테인이 퇴소하며 자치회장 자리가 공석이 되었다."

여하튼, 일단 출석한 사람을 앞에 두고 자치회장 대신 회의를 이끌게 된 케일이 입을 열었다. 사십여 명의 사람 사이에는 지독한 침묵이 깔렸다. 작은 수군거림도 없었다.

"그래서, 일단 하고 싶은 사람 있나?"

더욱더 무서운 침묵이 깔리고 서로 시선을 피한다. 당연하다. 자치회장 따위, 누군가 감옥에 끌려가면 보호자로 등록해야 하고, 무관 놈이 침입 작전을 시작하면 대책 회의를 열어야 하고, 때때로 대회도 주관해야 하고. 그 귀찮은 일을 누가 해. 돈 주는 것도 아니고.

케일은 모두가 침묵하는 것이 당연하다는 듯 오래 기다리지 않고 말을 이었다.

"누구 적당한 사람 추천받는다."

이번에도 눈을 피하고 고개를 숙인다. 당연하다. 추천이야 할 수 있지. 그러고는 피의 보복을 받을 텐데.

"저 케일 씨 추천할게요!"

그 순간 회의실의 모두가 숨을 들이켰다.

"라, 랑세, 미쳤어?"

무즈가 랑세의 목덜미를 잡아챘지만 그런 연약한 손아귀 힘 따위야 금세 털어 낼 수 있었다.

"평소에는 눈치 좋은 애가 갑자기 왜 그래?"

"뭐? 왜요? 어쨌든 누군가 해야 하잖아요. 기왕이면 잘할 수 있는 사람이 하면 더 좋고. 그런데 케일 씨가 능력 좋고, 지도력 좋잖아요. 그래서 말한 것뿐이라고요.”

티격태격, 아웅다웅, 둘이서 서로를 붙들어 한 대씩 때리려고 하자 딱 소리와 함께 무즈가 멈췄다. 아, 마법이구나. 랑세는 지금껏 아무 일 없었다는 듯 고개를 케일 쪽으로 돌려 앉았다.

“나는 공관 업무 면제 대신에 총관 일을 하고 있기도 하고, 자치회장은 겸직 못 한다.”

“아, 그럼.”

“앗! 난 랑세 추천!”

아미아가 랑세의 말을 끊고 손을 번쩍 들어 외치자, 모두의 시선이 랑세에게로 향했다. 그러나 랑세는 뭐래, 하면서 코웃음을 쳤다.

“전 못 하죠. 전 마법사가 아니라서 마법이 연관된 돌발 상황에 대치 못 하고요, 일단 아침부터 출근해서 저녁까지 공관에 있어서 그사이에 벌어진 일에 손을 쓸 수가 없어요. 그리고 비마법사가 자치회장이 되면 별로 안 따를 사람들이 있지 않나요?”

랑세의 시선이 트라밀을 향했다. 트라밀과 그 무리는 법정에서 랑세를 위해 증인 신청을 했다지만 그건 그거고 이건 이거였기에, 트라밀은 작게 수긍을 했다. 그 모습에 랑세는 빙그레 웃었다.

그랬다. 랑세가 피의 보복 따위 걱정하지 않고 당당히 케일을 추천할 수 있었던 건 이런 연유 때문이었다.

“그래도 난 랑세 추천.”

240

하지만 아미아가 어디 굴할 사람인가. 다시 한번 손을 번쩍 들고 말을 이었다.

"마법사가 아니니까 더 유연하게 처리하는 점도 있을 거고, 지도력이야 뭐, 합리적으로 처리하면 누가 뭐라 할 수 있을 것이며, 안 따르면 주먹으로 처리하면 되니까!"

"누가 들으면 맨날 제가 사람 패는 줄 알겠어요!"

위기감을 느낀 랑세가 벌떡 일어났다.

"아, 랑세 괜찮을 것 같은데? 나도 추천."

누군가의 말에 랑세의 안색이 창백해졌다. 뭐야, 이거.

"그럼 전 아미아 씨 추천요!"

랑세의 말에 모두가 벌떡 일어났다.

"안 돼! 안 돼! 안 돼!"

"왜 안 돼요? 아미아 씨만큼 유연하게 생각하는 사람은 없을 거고, 지도력이야 뭐, 군대에서 부하도 거느려 봤으니 있을 거고, 안 따르면 주먹 대신 마법으로 처리하실 거고!"

"랑세 씨, 진심인가요? 우리 아파트 망하게 만들려고 하는 건가요? 배신자 같으니!"

"야! 인마, 내가 하면 왜 망해?"

엘마스의 항변에 아미아가 버럭 소리를 질렀다. 랑세는 이때다 싶어 외쳤다.

"그럼 아미아 씨가 하시면 되겠네요."

"랑세 씨!"

"랑세 양!"

"그건 아니죠!"

온갖 군데서 랑세를 원망하는 소리가 튀어나왔지만, 랑세는 손으로 귀를 막고 꿋꿋이 버티며 외쳤다.

"아미아 씨가 하나 제가 하나, 망하는 건 같을 거 아니에요! 제 추천 취소하면 저도 아미아 씨 추천 취소할게요!"

"야, 인마! 넌 감옥 한 번 다녀오고 나서 말이 늘었어!"

"에베베, 안 들려요, 취소할 때까지 안 들려요. 전 모르는 일이에요. 전 아미아 씨 추천해요."

저 문관이 주먹과 말 모두 강한 건 알고 있었지만 떼쓴 적은 없었는데. 안 돼, 이래서 사람은 감옥을 가면 안 돼. 마법사들은 모두 한숨을 집어삼키며 자신 없이 취소요, 랑세 씨 추천은 취소요라고 웅얼거리듯 말했다. 잘못하면 아미아가 자치회장이 될 것이고, 그러면 끔찍한 사태가 벌어질 테니까.

"그럼 다른 사람 추천받는다."

한동안 다시 조용해졌다. 랑세는 고개를 갸우뚱하다가 손을 들었다.

"또 너냐! 이번에는 누굴 잡으려고!"

"잠깐만요, 아미아 씨. 전 물어만 보는 거라고요!"

랑세는 아미아와 대거리를 좀 하다 물었다.

"리엔 님 추천해도 돼요?"

"아니. 나도 출장과 회의가 잦아서 수도에 아예 없을 때가 많아."

리엔이 없는 듯 있다가 답했고, 모두들 수긍했다. 생각해 보면 리엔이 자리를 비우는 일은 꽤 많으니까. 역시 아파트에 붙박이처럼 박혀 있는 마법사가 하는 게 제일 좋겠지.

하지만 랑세의 질문을 끝으로 누군가를 추천하는 사람은 더 나오지 않았다.

"그럼 마지막 방법밖에 안 남았군."

케일은 이번에도 기대 안 했다는 듯 말했다.

"마지막 방법? 그것도 마법사 전통인가요?"

"아니."

오, 웬일이래? 마법사 아파트 자치회장 뽑는 데 마법사 전통 방법이 아니라니.

"모든 인류의 전통이지."

랑세는 기대감 가득한 눈으로 케일을 바라보았다.

"제비뽑기."

아, 내가 대체 뭘 바랐나. 랑세는 그냥 한숨을 내쉬며 엎드렸다. 그사이 차라락, 착착착, 케일의 손에서 똑같은 크기로 작게 잘린 종이가 사람들 앞에 흩어졌다.

"모두 각자의 이름을 적어라. 그리고 가로로 한 번, 세로로 한 번 접어서 여기에 넣어라."

케일은 작은 주머니 같은 걸 하나 내밀었다.

"지금 참석 안 한 사람은 내일까지 종이를 받을 예정이다. 추첨은 모레 저녁이다."

랑세는 옆에 앉은 와렌에게서 펜을 빌리다 멈칫했다. 아니, 잠깐. 제비뽑기라니. 그럼 최소한 50분의 1 확률로 자치회장이 될 수 있다는 의미 아닌가. 자신이나 아미아나 그렇게 뽑히면 상관없다는 뜻인가.

랑세는 재빨리 눈을 굴려 주변을 살펴보았다. 모두가 체념한 듯한 얼굴로 이름을 쓰고 있었다. 그렇구나. 이것은 차악인 것이구나. 혹시 여기서 빠져나갈 구멍은 없는가.

"아, 저, 저는 이름을 안 넣어도 되겠습니까?"

타루였다. 랑세를 비롯한 모두의 시선이 그쪽을 향했다. 케일 역시.

"왜지?"

"그……, 사실 이게 정식으로 초대장을 만들면 그때 말씀드리려고 했는데, 이런 상황이니까 그냥 먼저 언질만 드릴게요."

타루는 숨을 들이켰고, 랑세는 감이 왔다. 설마.

"한 달 후에 결혼합니다."

갑작스러운 선언에 회의실은 잠시 침묵에 잠겼다. 그리고 터졌다. 으아아아, 축하해, 근데 벌써 왜, 미친 거 아냐, 에세 씨가 아까워, 으아아아.

둘이 키스할 때보다 더하다, 더해. 그런데 한 달 후면 아직 봄이 시작도 안 될 때인데 왜 이런 겨울에 결혼할까.

아아앗, 설마.

랑세는 마법사들의 요란스러운 축하를 받으며 얼굴을 붉히는 타루를 향해 손짓을 해 보였다. 배를 볼록볼록 만들고 고개를 갸웃하는 랑세의 모습에 타루가 움찔하더니 시선을 피하고는 고개를 끄덕였다. 으어, 역시 맞았어. 에세 씨의 동의하에 벌어진 일이겠지? 아니기만 해 봐라, 혼내 줄 테다. 그래도 일단 타루를 믿으며 인사부터 건넸다.

"으어, 축하해요."

"가, 감사합니다. 아, 아무튼 그래서 저는 곧 독신이 아니게 되어 아파트를 나가야 합니다. 그래서 혹시 제가 된다면 얼마 지나지 않아 나가므로 혼란이 가중될 수 있으니 제 이름은 넣지 않겠습니다."

"그래, 알았다."

타루의 손에 있던 종이가 팔락팔락 케일의 손으로 다시 날아왔다. 그 후로 두어 명 더 다른 지방으로 전출이 예정되어 있다거나, 마탑으로의 이주가 예정되어 있다고 말하며 종이를 케일에게 돌려주었다.

"이제 더 없나? 그럼 다들 이름 써라."

확률은 더 커졌다. 지금 모두 몇 명이지? 얼추 마흔 명에서 마흔한 명. 쪽지 안 넣어도 되는 사람을 제외하고, 만약 지금 자리에 없는 마법사들도 사정이 있어서 이름을 넣지 않는다면 얼추 40분의 1 확률. 높은 확률이라고 말하기는 뭣하지만 마냥 안도할 수 없는 확률. 학교 다닐 때 선생님이 무작위로 질문하면 한 번은 걸릴, 그런 느낌의 확률.

랑세는 이를 악물었다. 싫다. 절대 싫다.

"저기, 전 비마법사인데도 꼭 넣어야 하나요?"

다시 한번 시도해 봤지만 당연하지, 하는 모든 이들의 대답이 돌아올 뿐이었다.

랑세가 실망을 금치 못하며 이름을 적으려는 순간, 뭔가가 떠올랐다. 각자의 이름을 접고 접어서 넣는다. 추첨은 하나만 뽑을 터. 그렇다면, 흐흐.

랑세는 펜으로 힘차게 이름을 적었다. 그리고 펜을 내려놓는 순간.

"동작 그만."

아미아의 손이 랑세의 손목을 붙들었다. 랑세는 어깨를 움찔했다.

"죽고 싶냐?"

랑세의 손 아래에는 아미아의 이름이 적힌 종이가 있었다.

"이게 뭐지? 응? 우리 랑세, 이리 와 봐. 언니가 잘해 줄게. 응?"

아미아가 음흉하게 웃으며 하는 말에 랑세도 웃으며 답했다.

"어머머, 마법인가 봐요. 여기 아미아 씨 이름이 쓰여 있네요. 누가 아미아 씨가 회장 되길 바라나 봐요. 오호호."

언젠가 언급한 바와 같이 랑세의 연기는 형편없다. 물론 이건 연기의 문제가 아니기는 하다마는.

"뭔 말도 안 되는 짓이야! 헛소리하고 있네."

아미아가 랑세의 목을 잡으려고 손을 뻗었지만, 랑세는 방어하면서 항변했다. 티격태격.

"아, 진짜. 잘못된 사람이 뽑히느니 이렇게 하는 게 낫죠. 그리고 솔직히 말해서 나만 그런 것도 아닐걸. 다 까 봐요, 다 까 봐."

랑세는 아미아를 말리기 위해 아무 말이나 외친 것이었으나.

"뭐?"

뚝, 아미아의 동작이 멈췄고 순간 회의실에 엄청난 침묵이 가라앉았다. 이 갑작스러운 사태에 랑세 역시 당황하여 눈을 깜빡였다.

아미아는 랑세를 내버려 두고 사람들을 향해 외쳤다.

"야. 까 봐."

아미아의 불호령에도 여전히 침묵. 그때, 바스락 소리가 들렸다.

"와렌!"

와렌은 종이를 구겨 급하게 입에 넣었다. 그것을 시작으로 어떤 마법사들은 종이를 구겨서 입에 넣고, 어떤 마법사들은 손에서 불을 내어 종이를 태웠다. 이 모든 광경을 말도 안 된다는 듯 지켜보는 이는 열 명 남짓. 물론 그들의 손에는 자신의 이름이 적힌 종이가 허무하게 팔락거리고 있었고.

"믿을 수 없어……."

아미아 역시 그들 중 하나였다. 아미아의 이름이 적힌 종이. 아미아는 충격이 몹시도 큰 듯 온몸을 부르르 떨었고, 랑세는 아미아가 저토록 순진한 사람이었나 싶어 놀라 부르르 떨었다.

"그럼……, 설마…… 삼 년 전 스테인도……."

아미아가 드물게도 말을 더듬거리자 어디선가 크흠, 크흠, 히는 헛기침 소리가 났다. 아미아는 손으로 이마를 짚으며 쓰러질 듯 비틀거렸지만 잠깐이었다.

"야이 새끼들아!"

그것을 시작으로 아미아의 욕설이 시작되었다. 랑세의 욕에 다소 문학적인 표현이 포함되어 있다면, 아미아의 욕은 원색적이고 더러웠으며 그만큼 효과는 배였다. 심지어 랑세마저도 아미아의 이름을 쓴 게 미안해질 만큼.

"그럼 이제 제대로 다시 하지."

케일은 인내심 있게 아미아의 욕설이 끝나기를 기다렸다가 입을 열었다. 그 욕설이 익숙하기도 하거니와 이놈들은 그 욕설을 좀 들어야 했다.

"이번에는 자신의 이름을 제대로 써라."

케일이 종이를 다시 잘라 나누어 주기 직전.

"잠깐만요!"

랑세가 손을 번쩍 들고 끼어들었다.

"또 뭐지?"

"이상해서요! 어차피 케일 씨는 여기 있는 사람들을 다들 알고 있잖아요. 그런데 왜 이름을 각자 써야 하죠? 그냥 케일 씨가 다 쓰시면 안 되는 건가요?"

아아, 이번에도 폭탄 발언이었던가. 다시 한번 장내는 얼어붙고 말았다. 심지어 케일마저도. 그의 귀 끝이 확 달아오르는 게 보였다.

아니, 이게 왜 그렇게 놀랄 일이지? 랑세는 사람들이 놀랐다는 사실에 놀라고 말았다.

"미처…… 생각하지 못한 부분이었다."

꽉 깨문 잇새로 부끄러움을 금할 수 없다는 케일의 목소리가 어렵게 새어 나오고.

"역시, 문관은 다르긴 다르다."

"어떻게 저런 생각을 하지?"

"야, 그럼 부정 따위는 생각도 하지 못할 거 아냐."

수군덕거리는 마법사들의 목소리에 랑세는 머리가 아찔했다. 아니, 이봐요. 이건 문관과 마법사의 문제가 아닌 거 같은데요. 다른 아파트 마법사들은 안 그럴 것 같은데요. 아니, 아니야, 마법사를 이런 면에서 믿으면 안 돼.

랑세가 어지럼증에 어찌할 바 모르는 사이에, 케일은 정신을 차리고 다시 종이를 제 앞에 착착 늘어놓았다.

"그럼 내가 쓰지."

케일이 펜을 들자 아미아가 덧붙였다.

"하나씩 쓰고 보여 줘."

"알았다."

케일은 종이 위에 펜을 올리더니 무언가를 쓸 듯하다가 잠깐 고개를 들어 랑세를 힐끗 쳐다보았다. 랑세는 눈을 깜빡였다. 왜요, 왜 그렇게 보시는 거죠?

랑세가 미처 묻기도 전에 케일은 짧게 웃고는 고개를 다시 돌려 이름 하나를 적어 넣었다.

"랑세."

유려한 필체로 쓰인 랑세의 이름을 사람들에게 보여 주고는 옆으로 넘겼다. 뭐지, 왜 그러는 거지. 설마 마법으로 무슨 수를 쓰는 거 아냐?

"아미아, 와렌, 무즈, 엘마스······."

다른 사람들의 이름을 적고 부를 때 케일은 그 사람의 눈을 쳐다보지 않았고 랑세의 의심은 깊어졌다. 그러나 최후의 최후까지 눈을 부릅뜨고 바라보아도 종이 위에 이름은 변하지 않았다. 딱, 하는 손 튕기는 소리와 함께 종이가 알아서 착착 접히는 마법이 펼쳐지는 순간까지도.

케일은 종이를 모두 쓸어 작은 자루에 넣고는 흔들었다. 마법으로.

"기다릴 필요도 없겠군. 내가 다 썼으니."

분명 자리에 없는 사람들은 내일까지 기다려 주겠다고 했지만, 케일은 그들의 이름까지 다 써 버렸다.

"어, 그럼 일단 내가 메신저로 다 알려 줄게. 지금 뽑겠다고. 걔들도 알아야지."

아미아가 이런 데서는 희한하게 공정하다는 걸 깨닫는 랑세였다. 별일이야.

아미아의 새 메신저가 머리끝을 스쳐 지나가거나 말거나 랑세는 탁자 가운데에 놓인 주머니를 노려보았다. 저기서 자기 이름만 쏙 뺐으면 좋겠다. 아니, 그건 불가능하니 안 뽑혔으면 좋겠다. 아, 진짜 이럴 때 마법이라도 쓸 수 있으면.

"크헙."

그때 갑자기 마법사 한 명이 이상한 소리를 내며 뒤로 쓰러졌고, 마법사들은 우르르 그를 향해 달려갔다. 뭐야, 왜 그래.

그러나 그 혼란스러운 와중에 케일은 웃지도 않고 말했다.

"허튼수작 부리지 마라. 당연히 항마법이 걸린 주머니다."

랑세는 마법을 바라는 마음을 깨끗하게 포기하고 기도하기로 했다. 아니, 기도도 못 했다. 이럴 때 찾기 위해 신을 믿어야 했었는데.

랑세는 이제 주머니를 뚫어져라 이글이글 불타는 눈으로 바라보았다. 신이 없어도 괜찮을지도. 저 눈을 보면 누구도 저 주머니에 손을 대지 못할 테니까.

랑세의 눈이 빠질락 말락 해질 무렵.

"다 알려 줬어!"

아미아가 외치자 다들 침과 숨을 꿀꺽 삼켰다.

"그럼 뽑도록 하지."

그 긴장감이 아무렇지도 않은 듯 케일은 주머니를 향해 손을 뻗었다. 평범한 속도였건만 모두의 눈에는 한없이 느리게만 보였다.

"으읍."

케일이 종이 한 장을 집자 누군가 경박한 소리를 냈다. 모두의 따가운 눈빛이 그를 향했지만 시선은 곧 케일의 손으로 돌아왔다.

케일은 종이를 천천히 펼친 후 거기에 적힌 글자를 보고는 피식 웃었다.

그 웃음, 방금 본 것과 같은 그 웃음.

그리고 그는 종이를 모두에게 펼쳐 보이며 읽었다.

"랑세."

"아니얏! 거짓말!"

랑세가 벼락같이 달려들어 주머니를 뺏어 들고 다른 종이를 하나씩 펼쳐 보지만 아이쿠, 이를 어쩌나, 다른 사람들의 이름만이 정직하게 적혀 있을 뿐.

"랑세 양이 이제부터 자치회장이네. 아파트의 미래가 밝아."

아니요, 리엔 님, 제 미래는 어두워요.

"랑세 씨, 축하드려요!"

"랑세, 축하해!"

모두가 환한 얼굴을 하며 박수를 보냈고, 아미아는 주먹을 불끈 쥐고 하늘을 향해 들었다.

"역시 정의는 승리해. 랑세! 랑세! 랑세!"

아미아의 연호에 모두가 주먹을 쥐고 랑세를 외쳤다. 랑세, 랑세, 랑세, 랑세.

책상에 엎드린 채 절망 어린 랑세의 위로 다른 사람들의 이름이 적힌 종이가 잘게 찢겨 종이꽃처럼 흩날렸다. 아, 물론 마법으로.

"흐어엉."

"자자, 자치회장의 맹세를 하라고."

아미아는 넋이 나간 랑세의 손을 번쩍 들어 맹세를 읊게 했다. 자치회장으로서 명예를 지키고, 아파트를 수호하며, 어쩌고저쩌고. 뻐끔뻐끔, 랑세의 입에서는 영혼도 없고 소리도 없는 맹세만이 흘러나올 뿐.

문관, 랑세 엔나.

출소 사흘 만에 독신 마법사 기숙 아파트 8동 자치회장 되다.

"랑세."

곧 죽을 것 같은 랑세의 표정을 뒤로하고 마법사들은 그녀의 어깨를 두드리고는 거의 다 나가 버렸다. 와렌이 끝까지 곁에 있었으나.

"스테인이 남기고 간 서류가 있다. 인수인계라고 할 것까지는 없지만, 어떻게 해야 할지 알 수 있겠지."

"네에……."

케일이 랑세의 곁에 서류 한 무더기를 내려놓자 와렌도 랑세의 어깨를 두드리며 마지막 위로와 격려를 건네고 자리에서 일어났다. 그리고 그 자리에 케일이 앉았고. 랑세는 정말 싫다는 듯이 뭉그적거리며 허리를 폈다.

"일단 아파트 주민들 기본 인적 사항이다."

케일이 서류를 밀며 덧붙였다. 사람들 이름과 전공 정도만 외우면 충분해.

"독재할 거예요."

랑세의 말에 케일의 눈이 조금 커졌지만, 곧 웃음 어린 눈으로 변했다.

"아파트 규칙들이다. 너도 봤던 거지만, 일단 숙지를 해 놔라."

"폭정 할 거야. 이 규칙들 어기면 때려 버릴 거야."

"마법관리부에서 내려온 생활 지침서다. 이것도 알아 둬."

"이 지침도 지키는 거 하나도 없잖아. 뭐야, 스테인, 형편없는 회장이었잖아. 이것들도 다 지키게 할 거예요."

"훌륭한 회장이 되겠군."

케일의 목소리에 깔린 웃음기에 랑세가 눈을 희게 뜨고 노려봤다.

"뭐가 그렇게 즐거워요? 독재하고 폭정 할 거라고요."

"도와주지."

"네?"

"독재든 폭정이든 도와주겠다고."

케일의 말에 랑세는 입을 삐죽 내밀고 알 수 없는 소리를 꿍얼거렸다. 뭐야, 그게. 무슨 소리야.

케일은 '자치회 임시 비용 회계 처리'라고 적힌 서류를 랑세 앞으로 밀어 주며 미소 지었다.

"뭘 하든 도와줄 테니 너무 걱정만 하지 마."

그 미소에 랑세는 잠시 멈칫했다. 무슨 일이 있을 때마다 도와준 고마운 사람. 엄마도 데려와 주고 뿔뿔이 흩어져 살던 군단 사람들도 데려와 준 사람. 참 좋은 사람. 자신을 도와줄 거라고 믿을 수 있는 사람.

그러나.

"걱정하는 게 아니라 싫은 거예요."

그건 그거고 이건 이거다.

랑세는 케일이 내민 서류를 차곡차곡 쌓아 올렸다. 무척이나 지겹다는 듯, 하지만 무척이나 각이 지도록 똑바로.

"아우, 저 나중에 볼게요. 내일 출근도 해야 하는데."

아, 출근. 순간 입에서 탄식이 나왔다. 무죄를 받았다지만 감옥에도 갔다 왔고, 일이 커졌으니 소문은 소문대로 났을 것이다. 외무부 사람들은 대체 자신을 어떻게 바라볼지. 순환 근무 오는 마법사들과 별다를 바 없는 꼴이 될지도 모른다. 갑작스레 밀려드는 깨달음에 랑세는 높이 쌓인 서류에 머리를 박았다.

"아, 어떻게 해."

"거기도 별일 없을 거다."

랑세가 조금 칭얼거리자 케일은 여전히 단단한 목소리로 말했다.

"별일 없을 거다. 있으면 도와주지."

"허이구, 또 군단이라도 끌고 와 주시게요?"

"필요하다면."

단호한 목소리에 결국 랑세는 웃음 지으며 일어날 수밖에 없었다. 쓴웃음이라 할지라도.

"됐어요. 어떻게든 해내겠죠, 뭐."

랑세는 서류를 번쩍 들 태세로 숨을 들이켰지만, 서류가 붕, 하고 떠올랐다. 케일을 바라보았다. 그는 여전히 꽤 즐거워 보이는 얼굴이었다.

"말했잖나. 도와준다고."

"아, 고맙습니다……."

둘은 회의실을 빠져나와 복도를 걸어 계단을 올라갔다. 타박

타박, 마석 등 불빛에 비친 긴 그림자 두 개. 랑세는 고개를 빼꼼히 내밀어 케일의 얼굴을 바라보았다. 랑세의 미간이 살며시 좁혀진다.

"왜?"

"근데, 진짜 아까 아무 짓 안 한 거 맞아요?"

"당연하지 않나."

"그런데 왜 그렇게 즐거워 보여요?"

케일은 랑세의 의심스러운 얼굴을 보며 여전히 짧게 웃기만 한다.

"그다지."

"거짓말. 뭐 했죠?"

"안 했다."

"아니다, 했어. 했죠? 수 쓴 거 맞죠? 나 속인 거 맞죠?"

"아니라니까. 내가 왜."

"아닌 것 같은데……. 그런데 왜 그렇게 웃어요?"

"웃음에 이유가 있어야 하나?"

"평소에 안 웃는 사람이 웃으니까 그렇죠. 속인 것 맞죠?"

"아니."

둘의 두런거리는 소리는 411호 앞에 도착할 때까지 계속되었다. 랑세가 와렌의 보안 마법이 튼실히 걸린 문을 열자 서류는 나풀나풀 날아 책상 위에 잘 얹혔다.

여전히 의심하는 눈으로 바라보는 랑세를 향해 케일은 끝까지 미소를 지우지 않은 채 말했다.

"잘 자."

"고맙습니다…… 근데……."

"걱정하지 말고."

케일은 끊듯이 말하며 그대로 뒤로 돌아 왔던 길로 다시 가 버렸다. 즐거워 보이는 등을 한 채로.

랑세는 그 뒷모습을 바라보며 끝까지 의심을 지우지 않았지만, 불안함과 짜증스러움 또한 조금은 옅어지는 것 같았다. 편안한 잠을 잘 수 있을 만큼은.

다음 날 어떤 일이 벌어질지 알았다면, 오늘 밤은 이토록 편안히 잠들지 못했겠지.

이튿날 아침, 랑세는 막막한 심정으로 외무부 공관 건물을 바라보았다. 평소 출근 시간보다 아주 약간 이른 때였기에 오가는 사람이 아직 많지 않았다. 저기 다급한 걸음을 옮기는 사람들은 아마도 얼른 가서 해야 할 일이 있는 이들이겠지.

어젯밤 케일은 걱정하지 말라고, 필요하다면 군단이라도 다시 데려오겠다고는 했지만, 그런 일은 바라지도 않고 있어서도 안 되었다. 밤사이 잘 자긴 했다마는 그뿐, 건물을 보니 다시 마음이 술렁거린다. 앞으로 자신을 기다릴 게 대체 뭐란 말인가.

"후우, 흡."

랑세는 부러 숨을 크게 들이켜고 기합 소리까지 냈다. 닥치기 전까지 걱정해 봤자 무슨 소용이람. 됐어, 감옥도 다녀와 보고 재판정 깽판도 당해 본 몸이야. 이겨 낼 수 있어.

랑세는 결연한 걸음으로 외무부 공관 안으로 들어서 일하던 대민지원과로 향했다. 그리고 대민지원과 문 앞에서 다시 한번 큰 숨을 들이켜고 문을 열었다. 이미 출근해 있는 사람 몇이 랑세를 돌아봤다.

"안녕하세요!"

랑세의 활기찬 인사에 그들은 눈을 크게 떴다.

"랑세 씨!"

그들 중 자신을 가르쳤던 선임 제루가 달려들어 손목을 붙들었다. 환하게 웃으며.

"어서 와!"

그 웃음에 랑세는 눈물이 찔끔 날 것 같았다. 걱정했는데 이렇게 반겨 주다니, 사람은 역시 걱정만 하면 안 돼.

"빨리빨리, 지금 비상이야. 소식 못 들었지? 지금 전 공관이 감사받고 있어. 그래서 지금 난리도 아니야."

"네?"

제루는 랑세를 얼른 자리에 앉히고 그 앞에 서류를 쏟아 냈다.

"이거 민원 종류별로 분류한 거 항목이 맞는지 확인부터 해 주고, 그거 여기 원서류랑 비교해서 결과 보고서 작성해 주고. 아차, 여기 이거 인지대 정산도 확인해 줘."

"아, 네네."

랑세는 다른 의미로 눈물이 찔끔 날 것 같았다. 일이 급하면 감옥에 다녀온 동료도 꺼리지 않는구나. 공관 앞에 사람이 별로 없던 건 이른 시간이라서가 아니라 다들 철야를 한 거로구나. 그러고 보니 사람들 눈 밑이 까맣게 죽어 있다.

일단 랑세는 몰아닥친 일감에 자신의 과거 아닌 과거가 묻힌 것에 감사하며 소매를 걷어붙였다. 쓱싹쓱싹, 펄럭펄럭, 사무실에는 한동안 뭔가를 쓰고 종이를 넘기는 소리만이 넘쳐났다.

"어휴, 근데 철도 아닌데 왜 감사래요."

모두가 출근하자 누군가 한탄하듯 한숨을 내쉬었다. 그랬다. 감사도 때가 있는 법이다. 업무량이 그때라고 줄어드는 것은 아니지만, 그래도 마음의 준비는 하지 않겠는가. 이번 감사는 그런 것 따위 신경 쓰지 않는다는 듯 겨울 폭풍처럼 불어닥쳤으니.

누군가 몸을 바싹 낮추고 속삭였다.

"나도 들은 건데……."

"뭔데?"

다들 눈은 서류를 보고 있지만 귀는 소리를 향했다.

"저번에 법무대신이 법무부 감사를 명했잖아."

움찔, 서류를 넘기는 랑세의 손이 멈칫했다. 조사받을 때 그 이야기를 들은 적이 있으니 괜히 찔리는 것이다.

"그때 법무부에서 비리가 꽤 많이 나왔나 봐. 그게 상신되어서 난리가 났었대. 덕분에 전하께서 전 공관에 감사를 받으라고 명하셨다고."

"뭐야, 그럼 법무부 때문에 우리까지 덤터기 쓴 거야?"

"어휴, 그렇지, 뭐."

꿀꺽, 랑세는 침을 삼켰다. 제가 한 일도 아니고 일절 관련도 없지만 왜 이렇게 가슴이 따끔따끔한지 모르겠다. 아, 전 법무대신이 누군지도 모른다고요.

"뭐, 법무부 때문이겠어요? 일이란 게 언제 어디서 터질지 모르죠."

다들 서류에 눈을 두고 있었기에 랑세의 어색하다면 어색한 연기를 눈치채지 못했다.

"하긴, 그렇긴 하지."

"아휴, 이거나 빨리 끝내자. 어서 식사하고 잠깐이라도 자고 싶다."

다행히 바쁜 와중이라 수다는 금방 끝이 났고 다들 다시 일에 몰두했다. 랑세는 서류를 넘겨 보다 옆에서 난 작은 소리에 눈을 돌렸다. 찻잔에 차가 가득, 그리고 접시에 작은 과자 몇 개.

"어……."

그리고 슬쩍 보이는 길고 늘어진 소매.

랑세는 고개를 들었다. 낯선 얼굴의 마법사가 어색한 웃음과 눈짓을 하며 차와 과자를 밀어 준다. 고맙습니다, 하고 작게 말하는 소리를 뒤로하고 마법사는 인사도 받지 않고 가 버린다.

슬그머니 미소가 나왔다. 그냥, 뭔지 모르게 좋았다. 그냥, 그런 느낌. 이래서 사람은 때때로 후회를 하지만, 후회하지 않기도 하나 보다.

"어, 랑세 왔나? 잠깐 보지."

얼마 후, 문을 열고 서기관이 고개만 빼낸 채 랑세를 부르자 랑세의 어깨는 딱 굳고 말았다. 서기관의 부름에 감사 서류를 검토하던 사람들의 시선이 랑세에게로 모였다. 그리고 순간 아, 하는 탄식을 내고 무어라 수군거린다. 감옥, 재판, 난동……, 그런 단어들이 언뜻언뜻 들렸다. 부끄러운 바 없는 일이지만 얼굴이 붉어졌다. 이래서 사람은 후회를 하나 봐.

하지만 곧 제 옆에 있는 차 한 잔과 과자를 보고 입술을 꼭 깨문 채 자리에서 일어났다. 서기관이 대체 뭐라고 할까. 심장이 두근거린다.

"들어와, 들어와."

그러나 또 당황했다. 보자마자 빈정거림이나 뭐라 한마디 할 줄 알았는데 서기관은 무척 반가워하며 자리에 앉히고 차와 과자를 내준다.

아까 모르는 마법사가 준 차는 달게 마셨지만, 어쩐지 여기에는 독이라도 들어 있을 것 같아 손도 대지 못하겠다.

"어, 랑세, 고생이 많았어."

"아, 음……. 감사합니다."

뭐 때문에 고생했는지 서로 말을 하지 않았음에도 알아듣고 그럴듯한 인사를 주고받았다. 랑세는 긴장을 풀지 않았다.

"아, 거, 뭐 좋은 일 하는 건 좋은데 너무 큰일은 벌이지 말고. 어허허, 내가 부하 직원 잡혀갔다는 이야기에 이 나이에 심장 떨어질 뻔했어."

아, 이제 시작인가. 랑세는 어색한 중에도 최대한 공손하게 미소를 지었다.

"죄송합니다. 앞으로 주의하겠습니다. 저도 이런 일일 줄 몰랐습니다."

"뭔 일 있으면 말이라도 좀 해 줘, 어? 마법관리부 사람들까지 와서 얼마나 놀랐는지 알아?"

아이고, 전들 이렇게 될 줄 알았겠어요, 하는 말이 목 끝까지 올라왔지만 꾹꾹 눌러 삼켰다. 서기관의 태도는 빈정거림이 약간 섞여 있기는 해도 과도하지는 않았다. 대체 이 사람, 자신을 왜 부른 걸까. 랑세는 허벅지 위에 놓인 주먹을 꼭 쥐었다.

그런 분위기를 읽었는지, 서기관은 어색함을 지우려는 듯 차한 잔을 마시고 엇흠엇흠 헛기침을 했다.

"저기, 랑세, 아니, 랑세 양."

"네?"

"내가 랑세 양한테 섭섭하게 대한 게 있었나? 아니, 있으면 잊게."

섭섭한 거야 많죠. 야근 같은 거야 다 같이 고생하는 거니까 그렇다 치고, 웃뭉난 새끼를 떠넘긴 게 댁인 거, 아직 잊지 않았는걸요. 아니, 그런데 갑자기 왜 이러시죠? 이게 더 무섭습니다, 서기관님.

"섭섭한 게 있을 리가 있나요."

"아하하, 그렇지? 그으, 랑세 양이 평민 출신이기도 한데 이렇게 곧게 자라다니. 참 잘했어. 그래서 그런 줄 알았나. 난 전혀 몰랐잖나. 말 좀 해 주지 그랬어."

아니, 점점 갈수록 알 수 없네. 뭘 몰랐다는 건지 말씀을 하지 않으시면 저도 모르죠. 어색한 미소조차 짓지 못하고 눈알만 굴리는 랑세가 아무래도 전혀 모르는 듯 보이자, 서기관은 짧게 한숨을 쉬더니 능글능글한 웃음을 지었다. 윽, 징그러워.

"군무대신께서 랑세 양 어머님 칭찬을 그토록 하시더라고. 훌륭한 분들의 자식이라 그런가 얼마나 잘 자랐는지 몰라, 랑세 양."

아, 엄마.

레인이 결혼하기 전에 그저 용병이었던 것만 알았지, 어떤 전적이 있는지 랑세는 전혀 몰랐다. 전장으로 떠나보낼 때도 그저 엄마가 가고 싶어 하니 보내 줬을 뿐이고, 엄마가 재판정에서 꺼낸 훈장도 처음 본 것이었으며, 엄마가 우리나라에서 그토록 대단한 사람이란 것도 이번에 처음 알게 되었다.

그렇다 하더라도 특별히 뭔가 달라진 것은 없었다. 그게 아니더라도 엄마는 우리에게 충분히 소중하고 대단한 사람이었기에 별로 신경 쓰지 않았는데, 남들에게는 아니었나 보다.

"엄마, 아니, 어머니께서 항상 겸손하라고 하셔서 제가 말씀을 안 드린 것뿐인걸요."

"허헛, 그런가. 역시 영웅은 다른 법이야."

랑세는 서기관이 제게 나쁜 소리를 안 하는 이유를 깨닫고 마음 한편이 씁쓸해졌지만 적당히 써먹기로 했다. 아, 왜, 편하면 좋잖아. 그렇게 마음속으로 외치면서도, 자신이 옳았기 때문에 서기관이 못된 소리 안 하는 게 더 좋았을 텐데, 하고 쓴 웃음을 지었다.

그러나 세상살이가 어째 제 마음 대로 되겠는가. 케일이 어젯밤 별일 없을 것이라 말한 것은 세상의 이런 속성을 알아서였는지도 모르겠다.

"칭찬 감사합니다. 어머니께 안부 전해 드릴게요."

"아휴, 그러면 고맙지, 랑세 양. 그 말 전하는 김에 군무대신 께도 좀……."

"네에, 물론이죠."

물론이죠, 엄마 귀에 댁 이름 들어갈 일은 없을 겁니다.

랑세의 어색한 연기는 아무래도 마법사 한정이 아닐까. 이런 소리는 잘도 하네.

"그, 다들 바쁜 와중이니 먼저 일어나 보겠습니다."

그래도 입이 써 랑세가 대충 일어나려고 하자.

"아, 아 참, 이런 이야기 하려고 붙든 게 아닌데 내 정신 좀 봐. 인사과에서 자네를 찾던데?"

"네? 인사과요?"

서기관님, 심장은 제가 떨어질 것 같은데요?

"다녀왔습니다……."

밤늦은 시간, 랑세가 미적거리며 아파트 입구 문을 열자 케 일이 책에서 눈을 떼고 바라보았다. 랑세는 그런 케일을 보고 긴 한숨을 내쉬었다.

"무슨 일이지?"

드물게도 케일이 먼저 안부를 묻자 랑세는 고개를 저으며 다시 한번 한숨을 내쉬었다.

"저기, 제가 기운이 좀 없어서 그런데, 집합 좀 부탁드려도 될까요?"

"그러지."

케일은 무슨 일이냐고 더 물어보지 않고 당장에 그러겠다고 했다. 그리고 크고 우렁찬 소리가 아파트 안에 울려 퍼졌다.

집합!

도와준다는 말, 진짜로구나. 랑세는 그런 케일을 아련한 눈으로 한 번 보고 회의실로 들어갔다.

"뭐야, 회장님의 첫 집합인 거야?"

"축하 파티 하는 거야?"

"술 사는 겁니까?"

마법사들이 집합 소리에 내려오며 케일에게 무슨 일이냐고 물었다. 케일은 랑세가 불렀다 답을 했고, 그에 킬킬거리며 저런 말을 던진다.

랑세는 회의실 의자에 앉아 그런 마법사들을 아련한 눈으로 바라보았다. 인간들아, 사람 좀 돼라, 응? 지금 내가 그럴 분위기 같니?

"올 사람 다 온 것 같다."

케일의 말에 랑세는 후, 한숨을 내쉬며 자리에서 일어났다. 회의실을 돌아보았다. 낯익은 와렌, 아미아, 리엔, 타루, 하이란, 엘마스, 무즈, 트라밀 같은 이들과 여전히 이름도 깜빡깜빡하는 마법사들. 당신들의 인적 사항 모두 이제 내 손안에 있지만, 아직 끝까지 읽지 못했어요. 미안해요.

"저, 자치회장 다시 뽑아야 할 것 같습니다. 아니, 뽑아야 합니다."

랑세의 발언에도 마법사들은 킬킬거렸다. 아니, 여전히 왜 고집이래, 맹세도 했잖아, 그치, 그렇지. 그 장난기가 어린 미소에 랑세도 희미하게 웃었다. 그리고 말을 이었다.

"문관 아파트 재개발이 끝났으니 그쪽으로 이동하라는 명령이 떨어졌습니다."

랑세의 말에 회의실 내 모두가 말을 잃었다. 숨 쉬는 소리조차 나지 않았다.

그러나 잠깐이었을 뿐.

"뭐야? 보복이냐?"

아미아의 외침에 회의실은 다시 소란스러워졌다. 와와, 이놈들이 정신을 못 차렸어, 마법사들의 무서움을 알려 줘야 해, 하는 소리에 랑세는 짧게 웃고 말았다. 우리가 헤어져 사는 것이 왜 보복인가요, 상이면 상이지. 절대 기쁘지 않은 상이겠지만.

"아니요, 그건 아닌 것 같아요."

랑세는 두근거리는 심장을 부여잡고 인사과에 갔던 일을 떠올렸다.

'대민지원과 랑세 엔나입니다. 찾으셨다고 들었습니다.'

그쪽도 감사로 정신없는지 눈이 꺼멓게 죽은 관리 하나가 랑세를 향해 서류 한 장을 던졌다.

'이사하게.'

'네?'

'문관 아파트 3동 재개발이 끝난 지가 벌써 두 달인데, 서류가 중간에 붕 떠서 이제야 연락하게 되었네.'

'아…….'

할 말을 찾지 못하는 랑세에게 인사과 관리는 다른 서류를 내밀며 무심하게 말을 이었다.

'감사가 본격적으로 시작되기 전에 어서 이동하고, 이 서류에 거기 총관리인 서명 받아 놔.'

"그래서, 내일 중으로 나가야 해요."

그러니까 행정상의 실수 뒤처리를 당사자에게 떠민 셈이다. 혹시, 설마 아미아의 말처럼 보복성 인사 따위가 아닌가 하여 여기저기 알아보고 물어보았지만, 이걸 보복이라고 말하기도 어렵겠거니와 더 크게 보복할 수 있는 이들이 이 정도로 끝낼 리가 없으니.

"감사 때문에 빨리 나가라고 하니까요."

"진짜야?"

아미아의 물음에 랑세가 고개를 끄덕이자 좌중에서 아, 하는 탄식이 튀어나왔다.

"어쨌든, 그러니까 자치회장 자리는 내려놓아야 합니다. 번거롭겠지만, 새로 뽑으셔요."

랑세는 자연스럽게 케일을 돌아보았다. 그는 몹시도 불쾌하다는 듯 미간을 좁히고 있었다. 오랜만이네, 저런 표정 보는 거.

"넌?"

"네?"

"넌 나가는 데 만족하나?"

케일의 질문에 랑세는 쓰게 웃었다. 회의실 안의 사람들이 자신을 바라본다. 마법사가 아니라 사람들이.

처음 왔을 때 이 소란스러운 사람들 사이에서 어떻게 견디나 했었다. 마법밖에 모르고 사람을 어떻게 대하는 줄 모르는 이상한 사람들. 하루하루, 그 소란 속에 휘말리기도 하고 그 소란의 일부가 되기도 했다. 나중에는 자신이 그 소란의 중심이 되기도 했다. 나쁜 일도 좋은 일도 있었다. 작은 일도 있고 큰 일도 있었다.

어쩌면 일 년도 채 되지 않는 이 시간은 평생 잊지 못할 그런 시간이 되겠지. 그것도 기분 좋게 웃으며 떠올릴 그런 시간.

"설마요."

그런 시간이 조금 더 오래 계속되길 바라는 것은 당연한 마음. 갑작스러운 이사 명령에 당혹스러운 것은 누구보다 랑세 자신이었으니.

"그럼 어떻게 해 줄까?"

"네?"

이 사람, 큰일 낼 사람이네. 군단 한 번 끌고 오더니 눈에 뵈는 게 없나.

"어쩌긴 뭘 어째요?"

"나가기 싫다며! 뭐라도 해 봐야지."

아미아가 불쑥 끼어들며 외쳤다. 그에 동조하듯 사람들이 고

268

개를 끄덕였다.

눈을 또랑거리며 바라보는 사람들의 모습에 랑세는 한숨을 내쉬었다. 삶을 어떻게 대해야 하는지 아는 사람들. 그러나 사람을 어떻게 대해야 하는지는 모르는 사람들.

"이미 저 서명 사건으로 찍힐 뻔한 거, 엄마 이름값으로 겨우 벗어났어요. 그것도 윗사람한테나 겨우요. 아무리 제가, 우리가 옳았다고 하더라도 감옥 갔다 왔다는 거 동료들한테 좋게 보이지 않아요. 괜히 고집 피우고 해서 눈에 띄면 저한테 좋을 게 없으니까요."

모두들 랑세의 설명을 알아들은 듯하긴 하지만 동조는 못 하는 눈치였다.

"하지만 랑세 씨……."

옆에 앉은 와렌의 눈 끝이 파르르 떨리고 있다. 랑세는 이를 꾹 물었다. 무언가 마음 밑에서 치밀어 오르는, 그런 것을 참아내야 했다. 랑세는 가만가만 와렌의 손을 붙들었다.

"저도 아쉽고 섭섭하기는 한데요, 그래도 또 만날 수 있잖아요. 친구잖아요."

멀리 가는 것도 아니다. 같은 수도 하늘 아래 조금만 걸으면 만날 수 있다. 부엌에서 만나 안녕하세요, 잘 잤어요, 아니요, 연구 때문에 못 잤어요, 출근 잘 하세요, 하는 다정한 인사를 나누지 못하는 게 아쉽긴 하여도.

"랑세 씨 가는 거 싫어요."

서로 시간을 내 자주 본다 할지라도 지나가며 하루 인사를 나누고, 오늘과 내일을 나누는 것이 어찌 같을까.

"저도요. 그런데 어쩔 수 없잖아요."

랑세의 목소리에 담긴 진심에 마법사들은 아쉬워하면서도 큰 소리는 내지 못했다. 정말이지 이건 부당한 일이 아니었으니까. 문관은 문관 아파트로 가야 하는 게 맞는 거니까. 그래도, 하지만 그래도……

랑세는 와렌의 눈에 차오르는 물기를 애써 외면했다.

"그……, 내일 중으로 이사를 하려면 제가 짐을 싸야 해서요. 먼저 올라가 볼게요. 자치회장은…… 제가 없어도 뽑으실 수 있죠?"

자신도 울 것 같아서.

랑세는 대답도 듣지 않고 후다닥 회의실을 나왔다. 등 뒤에서는 어떤 소란도 들리지 않았다. 들린다 한들 어찌할 것인가.

랑세는 방으로 올라와 장을 열고 한 해도 채 지나지 않았는데 불어 버린 살림을 보며 한숨을 내쉬었다. 처음 올라올 때는 가방 하나에 다 들어갔던 짐이었는데. 옷도 많아지고, 책도 많아지고. 그리고 부엌 쪽에 쌓여 있는 마도구들도.

'아까 소란 피웠던 녀석들이 죄송하다고 살림에 보태시라고 모은 겁니다. 쓰던 물건이지만 괜찮으시다면 받으시라고.'

그렇게 받은 일상 용품과 마도구들. 결국 몇몇 개는 끝내 용도를 알 수 없기도 했다. 이건 다음 사람이 쓰게 놔두고 가야겠지. 잔과 접시에 남은 작은 흠들이 이곳에서 지냈던 시간을 보여 준다.

"랑세."

그때 문밖에서 케일의 목소리가 들려왔다. 랑세는 얼른 손등으로 눈가를 문지르고 문을 열었다. 그의 손에는 커다란 상자가 있었다. 아, 마침 필요했던 것.

"아, 어. 고맙……."

"울었나?"

"……뭘 그런 걸 물어요?"

자신의 더 엉망인 꼴도 많이 본 사람이지만 또 그러기는 싫어서 랑세는 샐쭉하게 답했다. 훌쩍, 하는 소리가 덧붙여지지 않았더라면 더 좋았겠지만.

"……일단 여기에 급하지 않은 물건은 넣어 둬."

"아, 네."

케일은 못 들은 척 상자를 내려놓고 한숨을 쉬었다.

랑세는 책장으로 다가가 법전 몇 권을 제외하고는 일단 그 상자에 넣었다. 그래, 세탁실에서 읽으려고 산 책 같은 건 여기에 맡겨 두었다가 나중에 가져가면 되니까. 그곳에서 만난 사람들과 잠깐 수다를 떨며 보낸 시간은 가져가야지.

그런데 이거 이 책들, 꼭 가져가야 하나.

"……이거 세탁실에 놔두면 사람들이 읽을까요?"

마법사들은 잘 안 읽는 소설책들. 그러고 보니 지하 도서관의 일반 교양서적은 보는 사람이 좀 있을까.

"글쎄……."

소소하게 모은 책들이 꽤 많은 듯하자 케일이 한 손 거들어 책을 상자에 넣었다.

"네가 나중에 보고 싶으면?"

"빌리러 오죠, 뭐."

"······그래."

케일의 빠른 손과 마법 덕에 어느덧 책은 정리가 다 되었다. 그리고 마도구들.

"근데 이거는 어쩌죠?"

"두고 가. 대부분 불법이다."

"아, 네."

덜그럭덜그럭, 사용하던 마도구들도 모두 챙겨 상자에 넣었다. 제 손때 묻은 물건들이 상자에 들어가는 모습을 보자니 마음이 술렁거렸다.

랑세는 확성 마도구를 만지작거렸다. 이건 아마도 무관 사태 때 리엔 님이 줬던 것 같은데. 이건 불법이 아니니 챙겨 가도 괜찮지 않을까. 좀 더 고마워할걸. 좀 더 잘 지낼걸. 이래서 엄마는 팔렝에 내려가기 전에 자신에게 사과를 해야 했다고 말했나 보다.

"정말······ 아쉽네······."

랑세의 중얼거림에 짐을 챙기던 케일이 고개를 들어 랑세를 바라보았다. 랑세의 일렁거리는 눈이 케일의 눈에 담긴다. 무언가 깊이 생각하는 듯한 케일의 눈이 랑세의 눈에 담긴다. 둘은 한동안 가만히 서로를 바라보기만 했다.

이 방에서 저 사람이 엄마의 손에 구해졌다며 고맙다고 인사를 했었지. 그전에 엄마를 잃었다고 착각하고는 늑대 메신저를 보내 자신을 위로해 주기도 했었지. 또 다 같이 책 속에 빠져들어 모험 아닌 모험을 하기도 했다. 비록 메신저의 형태였지만 불 앞에서 피하지 않는 모습이 참 멋졌다는 생각도 문득 들었다. 그리고 예비역 군단을 끌고 와 증인 신청하던 모습도.

"뭐가?"

"네?"

갑작스러운 케일의 질문에 랑세는 이유를 알 수 없이 부끄러워져 얼른 시선을 피했다.

"뭐가 아쉽냐고 물었다."

"아, 어, 다, 아, 어, 세탁기, 세탁 마도구가요⋯⋯."

그래서 당신도, 아파트도, 모두가 아쉽고 그리울 것 같다는 말을 차마 할 수가 없어 얼른 화제를 돌렸다.

그래, 세탁 마도구도 아쉽지.

아니, 진짜라니까요.

그래, 세탁기⋯⋯.

케일은 그 마음을 알 리 없겠지? 그러니 세탁기, 하고 짧게 웃듯이 말하는 거겠지. 랑세는 괜히 얼굴이 붉어져 등을 돌리고 다른 짐을 얼른얼른 싸 버렸다.

"자, 이건 내가 창고에 보관해 두지."

"아, 네. 감사합니다."

묵직한 상자 두 개가 케일의 마법에 둥실둥실 떠올랐다.

"그래서, 이사는 내일 언제 가지?"

"아침에 얼른 해결하고 바로 출근해서 보고해야 해요."

"마차를 불러 두지."

"아, 고맙습니다."

"그래. 얼른 정리하고 자라."

"네. 케일 씨도요."

그는 그렇게만 말하고 방을 나가 버렸다.

마법사 아파트답지 않은 고요한 밤. 갑자기 다시 홀로 남겨진 랑세는 가만히 한숨을 내쉬었다. 짐 싸는 것도 도와주고, 내일 아침에 출발하는 것도 도와준다는데, 왜 이렇게 섭섭할까.

랑세는 그가 닫고 나간 문과 누구도 오지 않는 문을 바라보았다. 마법사들은 섭섭해했고 어찌할 바 몰라 했다. 케일은 또 현실적인 부분이 있는 사람이니까, 그러니까 그런 거지. 또 영원한 이별이 아니니까. 또 만나면 되니까. 또 웃으며 이야기할 수 있으니까. 그러니까 지금 여기서 또 울 필요는 없는 거야.

랑세는 얼른 다시 얼굴의 물 자국을 지우고 아미아가 면회품으로 줬던 까만 속옷을 가방 안에 쑤셔 넣었다.

"저 갈게요."

이튿날 이른 새벽, 랑세와 제법 친하게 지냈던 마법사들이 랑세의 배웅을 위해 나와 있었다. 하나둘 인사를 나누는 사람들의 눈에는 아쉬움이 가득했다. 와렌의 눈은 아예 퉁퉁 붓고 새빨개져 있었다. 랑세는 그저 안아 주고 금방 또 만날 수 있어요, 그러니까 울지 말아요, 하고 계속 달래는 것 말고는 할 수 있는 일이 없었다. 계속 이렇게 앉아서 달래 주고 싶건만.

"거, 이제 출발합시다."

새벽부터 오래 기다린 마부가 재촉하자 랑세는 결국 와렌을 놓아줄 수밖에 없었다.

"문관 놈들이 괴롭히면 말해."

아미아의 말에 랑세는 픽 웃었다. 험상궂은 표정으로 말해도 말끝에 힘이 빠져 있기에.

"알았어요. 괴롭힘당하면 쪼르르 와서 일러 줄게요."

랑세는 그리 말하며 마차에 올라탔고, 마지막까지 말없이 서 있는 케일을 힐끗 돌아보았다.

"고맙습니다."

끄덕, 그는 그저 간단하게 고개를 끄덕일 뿐.

"고마워요, 다들! 다음에 놀러 올게요. 또 봐요. 안녕!"

랑세의 인사를 신호로 알아들은 듯 마부는 마차를 출발시켰고, 기다리는 시간이 지겨웠다는 듯 마차는 금세 저기 저쪽을 향해 달려가 버렸다. 그리하여 랑세의 뒷모습은 아직 해가 뜨지 않은 겨울 새벽어둠 속으로 흔적도 없이 사라져 버렸다.

"하아······."

아미아가 허탈한 듯한 한숨을 내쉬었다. 다들 이별의 아쉬움이 담긴 숨소리를 내뱉고.

여태껏 가만히 있던 케일은 무언가 생각에 잠긴 듯 관리실 앞에 가만히 서 있다가 숨을 크게 들이쉬었다.

"집……."

"집합!"

작고 새된 외침이 케일의 목소리를 채 가 버렸다. 케일은 눈을 동그랗게 뜨고 옆에 서 있는 자그마한 후배 마법사를 바라보았다.

"집합! 집합! 집합!"

와렌은 아파트가 울리도록 있는 힘껏 외쳤다.

⚷

랑세는 고요한 방 안에 누워 자신의 숨소리를 들었다. 문관 아파트에 들어온 지 벌써 닷새째다.

'어서 오세요, 랑세 엔나 씨.'

이 아파트의 총관리인이라는 분은 예쁘게 웃으며 관련 서류를 내밀었다. 마법사 아파트에 처음 들어갔을 때의 케일과는 달랐다.

'411호입니다.'

여자니 남자니 하는 소란스러움 따위는 당연히 없었고 그저 약간의 호기심 어린 눈인사만이 있었다.

'아, 짐 들어 드릴까요?'

꼭 공관에 있는 기분이었다. 예의와 호의가 적당히 섞인 말들과 태도는.

'그럼 쉬세요.'

재개발 이후 입주한 사람들이 아래층부터 차지한 덕에 또 다시 꼭대기 층 끝 방을 사용하게 되었다. 힘들게 걸어 올라온 411호. 창으로 바라본 겨울 해가 뜨는 광경은 마법사 아파트와 크게 다르지 않았다. 그래서 그냥 그게 안심이 되기도 했고, 그립기도 했다.

그립다라.

거기가 뭐라고. 맨날 소란스러운 놈들이 뭐가 그리워서. 이 고요함 좀 보라지. 이제 밤늦게 큰 소리에 잠 못 들 일 없겠지.

"그런데 왜 못 자냐……."

랑세는 혼자 그렇게 중얼거렸다. 소음에 너무 익숙해졌나 보다. 이 고요한 밤에 잠들지 못하는 걸 보면.

문관 아파트에 짐을 풀자마자 바로 출근해서 관련 서류를 인사과에 제출했을 때, 인사과 관리는 무척이나 안도한 얼굴이었다. 그 얼굴 뭔지 안다. 민원인이 내야 하는 서류를 마감 직전에 제대로 착착 갖춰서 가져왔을 때 자신의 표정이니까. 그 마음을 자신도 아니 갑작스러운 이동, 아니, 이사 명령에 아무 말 못 했지, 뭐.

그리고 야근, 야근, 야근.

감사를 앞두고 정신없이 돌아가는 일상에 마법사 아파트에는 들르지도 못했다. 몸이 멀어지면 마음도 멀어진다는데 이렇게 마법사 이웃들과 멀어지게 되는 걸까. 섧게 운 와렌은 이러리라는 것을 알았을까. 새로운 사람들과 함께 지내느라 잊을 거라고 생각했던 걸까.

그렇다고 새 이웃과는 친해졌는가.

설마. 아파트 관리인과는 오가며 눈인사라도 나눴지만 이름 밖에 모른다. 케일과 달리 잠은 잘 자는지 사람도 교대로 바뀐다. 옆방 사람은 아미아와 달리 낮에도 밤에도 조용하여 언제 나가는지 언제 들어오는지도 모른다.

마법사 아파트에서는 밤에 잠이 안 올 때 눈을 감고 집중하면 어디선가 달그락거리는 소리라도 들렸고, 아래층에서는 약초 끓이는 냄새라도 올라왔다. 가끔, 아니, 실은 어디선가 자주 펑, 펑 하고 뭔가가 터지기라도 했다.

밤잠 방해하는 소리에 막 짜증을 냈는데 이제는 조용하다고 짜증을 내는 건지. 자신이 이렇게 세상사에 불만이 많은 사람인지 몰랐다.

"에이씨."

여러 날 서류 넘기는 소리와 이거 확인해, 저거 확인해, 이거 써, 저거 써, 하는 소리만 들어서 일어나는 기분이라고 애써 핑계를 대 본다.

어떤 소리는, 작은 잡음은, 소소한 수다는, 세상에 혼자가 아니라는 증거일지도 모른다. 온기처럼. 그런데 그런 소리 하나 못 듣고 지냈으니 이런 기분이 드는 거야. 문관들은 다들 바쁜 와중이니까 조금 지나고 나면 부엌에서, 복도에서, 입구에서 안녕하세요, 뭐 하세요, 무슨 일이 있었나요, 하고 이야기를 나누게 될지도.

회의실에서 다 같이 집합하고 마법 생물에게 먹이를 사 주는 일은 없어도.

"물들었구나."

혹은 정이 들었구나.

'헤어질지도 모르죠. 섭섭할지도 모르지만, 그래도 그때까지는 저 강아지랑 함께 있는 거잖아요. 그럼 최선을 다해야 하지 않을까요?'

이별이 어려워 정붙이지 않겠다고 하는 것만큼 어리석은 일이 어디 있을까. 그 마음이 어리석다는 것이 아니라 정이라는 것은 어느덧 들어 버리는 것이니. 하물며 좋은 사람들 사이에 있다면.

그놈들이 과연 좋은 놈들이었던가. 랑세가 눈을 질끈 감고 그간 있었던 한심한 일들을 떠올려 보는데, 이런, 마지막에는 결국 미소를 짓게 되어 버린다.

"에이, 몰라."

어느덧 들어 버리는 것이 정이라면 여기서도 또 그렇게 되겠지. 그 험난한 곳에서도 잘 지냈으니 여기서도 그렇게 될 거야. 마법사 친구들처럼 문관 친구들도 좋은 사람들로 또 만날 수 있을 거야. 아파트가 또 이렇게 그리워지면 시간 좀 내서 만나면 되지, 뭐. 랑세는 그리 생각하며 자리에서 일어났다. 야근에 찌든 몸인데 휴일을 앞두니 잠이 안 온다, 그렇게 생각하자.

기왕 이렇게 된 기 집에 편지라도 좀 쓸까. 차가운 겨울바람 잠시 쐬면 이 상념도 좀 날아가겠지.

랑세는 창을 열고 흐릿한 겨울 안개가 낀 밖을 바라보고 작게, 일부러 콧노래를 좀 흥얼거렸다. 그러고 있자니 어디선가 소리도 난다. 누군가 박자를 맞춰 주는 걸까.

아닌데.

엇박자 나는데? 뭐지, 이 덜그럭거리는 소리는. 랑세는 지붕 밑에 새가 둥지라도 틀었나 싶어 고개를 꺾어 지붕 쪽을 올려 다보았다.

그 순간.

까만 그림자가 휙 지나가 랑세는 얼른 몸을 뒤로 뺐다.

"뭐, 뭐야?"

랑세는 다시 창밖으로 몸을 빼내 아래를 보았다. 까만 그림 자가 안개 속으로 빠르게 사라졌다. 그리고 눈앞에 흔들리는.

"밧줄?"

도둑인가? 아니, 그런데 도둑이 무슨 그네 같은 밧줄을 써? 저기 밑에 보이는 거 앉을 만한 판 아닌가? 이런 거 어디서 본 적……

"와, 와렌 씨?"

랑세는 몸을 더 빼내 안개 쪽을 내려다보았다. 까만 밤, 뿌연 안개에 아무것도 보이지 않았다. 그러나 분명히 이 그네를 와 렌이 무관 사태 때 쓰던 걸 봤는데.

"억!"

밧줄이 다시 한번 흔들리자 랑세는 숨이 막혔다. 또다시 까 만 그림자가 눈앞에 있었다. 아니, 사람이. 까만 옷을 입은 사 람이. 그리고 까만 눈동자가.

"케, 케일 씨?"

마법사 옷이 아닌 몸에 붙는 까만 옷을 입은 케일이 밧줄에 매달려 있었다. 케일은 놀란 듯 눈을 크게 떴다. 랑세 역시.

랑세와 케일은 말을 잊은 듯 서로를 바라보며 한동안 말이 없었다. 둘 사이에 차가운 바람이 지나가기 전까지.

"너도……."

케일이 작게 내는 소리가 들리지 않아 랑세는 몸을 조금 더 창밖으로 내었다. 이제 케일과 랑세의 거리는 한 뼘만큼. 작게 말하던 그는 다가온 랑세의 귓가에 속삭이듯 다시 말한다.

"너도……."

낮은 목소리가 귓가를 간지럽힌다. 혹은 숨소리가. 혹은 숨이.

"너도 세탁기가 있는 집이 좋지?"

네?

랑세가 답할 말을 찾지 못해 어버버, 하는 사이 케일은 그저 짧게 웃을 뿐이었다. 그러고는 밧줄을 타고 주르륵 미끄러져 사라진다. 안개 속으로. 어둠 속으로. 밧줄도 함께.

뭐지? 이게 뭐야? 꿈인가? 랑세는 눈을 깜빡였다.

깜빡.

덜그럭.

깜빡.

덜그럭, 덜그럭.

깜빡.

덜그럭, 덜그럭, 덜그럭, 투둑.

깜빡.

투둑.

깜빡.

쿠르릉콰르릉! 콰르르르르릉! 와당당탕!

"으아아악!"

재개발 신축 문관 아파트 3동의 옆 벽면이 무너져 버렸다.

랑세는 가는 눈으로 눈앞의 건물을 노려봤다. 신축 아파트의 반질반질한 벽면과 달리 낡고 닳아 흔들거리는 듯하다. 여전히, 처음 본 날처럼.

'대체 왜 새 아파트가 무너진 거죠?'

'그게…… 공사 비리가 있었다고 하네. 마침 감사 철에 걸렸는데……, 그냥 입찰 때 돈만 주고받은 줄 알았지, 부실 공사일 줄 누가 알았나.'

후. 랑세는 입으로 짧게 숨을 내뱉었다. 그 바람에 앞머리가 한 번 뒤집어져 올라갔다가 도로 내려왔다. 손으로 머리를 다시 쓸어 올렸다. 입찰 비리? 부실 공사? 웃기고 있네.

'이거 어쩔 거예요?'

'허어, 이사를 두 번 하는 게 귀찮은 일이지만 그래도 몸이 안 다친 게 어딘가.'

'세 번이에요. 처음 입주했던 거 포함하면요.'

'아무도 다친 사람이 없는 게 중요한 일이지. 신께서 보호하셨어.'

랑세는 커다란 가방을 질질 끌며 걸음을 옮겼다. 이를 악물고.

'지금 우리도 정신없네. 신축 아파트에 입주했던 사람들을 당장에 재배치해야 하는데 말이야…….'

인사과 관리는 눈을 곱게 접어 웃었더랬지.

'자네는 나온 지 얼마 안 돼서 원적지에 아직 자리가 비었네. 어떤가? 또 가는 게.'

쿵, 쿵, 랑세의 걸음 소리가 언 땅을 울린다. 으드득, 하고 이를 가는 소리도.

'마법사 아파트라도 어차피 일 년 가까이 살았는데 정 붙였을 테고.'

정? 붙었지. 그런데 말이야.

'어? 세 번이나 이사하는 것도 참 고된 일이니, 앞으로는 안 옮기도록 특별히 조처해 두겠네. 그러니 서명 운동 따위는 하지 말아 주게.'

인사 담당 관리는 문관 아파트 주민들의 분노가 담긴 '입찰 비리 척결 상신용 청원서'를 팔락거리며 말했다. 그러고는 내민 입주 관련 서류.

'수도 집세는 더 올랐을 텐데 말이야.'

쾅! 랑세는 발로 아파트 문을 밀었다.

"랑세! 어서…… 와?"

무언가 손에 반짝거리는 것을 들고 있는 마법사들이 랑세의 표정에 입을 다물고 주춤 뒤로 물러섰다. 케일을 제외하고.

랑세는 케일을 향해 미소 지었다. 이를 악물고. 그 꽉 깨문 이를 못 본 걸까. 케일도 마주 웃었다. 그 미소에 기어이 랑세의 손이 올라갔다.

퍽!

랑세는 주먹으로 케일의 어깨와 등짝을 후려쳤다.

퍽퍽퍽!

"야이 미친놈들아!"

그래도 그는 웃음을 지우지 않았다.

"이 미친놈아! 걸리면 어쩌려고!"

퍽퍽퍽! 이 미친놈아, 사람 다치면 어쩌려고. 쪼개긴 뭘 쪼개, 이 새끼야! 너도 결국 마법사였지!

케일은 그 욕을 들으면서도, 맞으면서도 웃었다. 그러고는.

"어서 와."

랑세를 끌어안았다.

"어……?"

순간 랑세의 얼굴이 붉어지며 굳어 버렸고.

"랑세 씨!"

와락, 이번에는 와렌이 랑세의 허리를 끌어안았다.

"보고 싶었어요! 어서 와요!"

와렌의 붉게 달아오른 눈에 물이 고여 있다. 그 안에는 환한 웃음이.

그걸 시작으로 이번에는 아미아가 랑세를 안고.

"어서 와!"

"랑세!"

"랑세 씨!"

모두가 랑세를 끌어안고 둘러싸 버렸다. 랑세, 랑세, 어서 와, 비리는 우리가 밝혔어, 역시 정의는 승리해, 뭐야 그건, 랑세, 아직 자치회장도 안 바꿨어. 랑세, 랑세, 랑세.

"야이……."

그 소란스러운 온기에 차오르던 목소리 끝이 처져 버렸다. 랑세는 결국 한숨 같은 웃음을 토해 냈다. 그리고 빨개진 얼굴로 외쳤다.

"그래! 돌아왔다, 이 미친 마법사 놈들아!"

랑세 엔나.

외무부 7급 문관.

독신 마법사 기숙 아파트 8동에 재입주하다.

어서 오세요

사랑하는 아빠, 엄마, 주세에게.

안녕? 잘 지냈어? 엄마는 계속 건강 신경 쓰고 있는 거 맞지? 주세는 사고 치고 다니지 말고. 아빠는 너무 늦게까지 책 보지 마. 스테인 씨가 엄마 건강은 좀 봐주고 있는 거 맞아? 저번에 주세가 보내 준 편지에는 스테인 씨가 치료원을 열고 동네 아주머니들에게 인기가 치솟았다는 이야기밖에 없어서. 그런데 그 인간은 왜 인기가 있는 거지? 이해가 안 가네. 어쨌든 내가 지금 좀 바빠서 걱정은 이만큼만 할게. 왜 바쁘냐고? 오늘 타루 씨 결혼식에 갈 준비를 해야 하거든.

"어머, 머릿결이 진짜 부드럽네요."

랑세는 와렌의 머리를 만지다가 저도 모르게 감탄하며 외쳤다. 와렌은 얼굴을 조금 붉히며 고개를 끄덕였다.

"저번에 무즈가 만들어 준 약을 좀 발랐더니 그런가 봐요."

움찔. 무즈라는 말에 와렌의 머리카락을 잡은 랑세의 손에 저도 모르게 힘이 들어갔다. 아니, 아니지. 좋은 뜻으로 만든 걸 텐데.

와렌은 배시시 웃으며 작은 병을 내밀었다.

"랑세 씨도 써 보실래요?"

랑세는 떨떠름한 얼굴로 나중에요, 하고 대충 거절하고 와렌의 머리를 다시 빗어 내렸다.

머리를 평소처럼 하고 나가려던 와렌을 붙잡아 앉힌 건 랑세였다. 그래도 결혼식이잖아. 마법사끼리도 아니고 마법사와 비마법사의 결혼식인데 좀 화려해야 우리 와렌이 기도 안 죽고 타루 체면도 세워 주지. 옷이야, 뭐.

"마법사 예복이 있는지는 몰랐어요."

그나마 옷을 새로 살 필요는 없어 다행이었다. 노란색으로 수놓인 화려한 마법사 예복이 있으니. 저번 회의에서 가능한 한 좀 꾸미라고, 최소한 단정하게 하고 가라고 잔소리를 했었다. 굳이 옷까지 사게 할 생각은 없기는 했으나 걱정은 했다. 그런데 예복이 있었을 줄이야.

"헤헤. 이 옷 덕에 제가 호강할 줄은 몰랐어요. 졸업하면서 받은 건데."

"호강요?"

"랑세 씨가 머리 만져 주고 계시잖아요."

에이, 이 정도로 뭐. 어쨌든 랑세는 이 화려한 예복에 맞춰 와렌의 머리를 땋아 주고 있었다. 이런 날이면 동네 친구들끼리 열심히 서로 머리를 만져 준 적이 있는 덕분이었다. 꼬고 땋아서 올린 후에 작지만 반짝이는 리본도 좀 달아 주고. 여기, 이것도 달면.

"앗, 다 했다. 거울 한번 보세요. 와렌 씨 정말 귀여워요."

와렌은 거울을 보며 눈을 깜빡였다. 아, 평소 저 같지 않아요. 그래도 괜찮아요. 와렌은 부끄러움에 얼굴이 또 빨개지면서도 기분 좋은 웃음을 숨기지 못했다. 그 웃음에 랑세 역시 흐뭇하게 미소 지었다. 역시 와렌이 웃는 모습은 정말 보기 좋다.

"갈까요, 마법사님?"

랑세가 장난스럽게 굵은 목소리를 내며 와렌의 손을 잡아끌었고, 와렌은 그에 또 웃음을 터트렸다.

"오호호! 그게 뭐야. 촌스럽게 마법사 예복이라니."

나오자마자 아미아의 메신저가 지껄이는 꼴과 맞닥뜨리다니. 랑세는 목을 확 잡아채려 했지만 메신저는 그새 실력이 늘어 호로록 날아가 버렸다.

"허이구, 그러는 댁은 얼마나 잘나게 꾸며서요?"

"기다려 봐!"

랑세의 타박에 곧장 410호의 문이 열렸다.

"으억!"

"어머!"

"어때, 내 매혹적인 모습이?"

아미아는 다리 하나를 까딱거리며 턱을 거만하게 치켜들었

288

다. 와렌은 입을 떡 벌렸다. 마법사 옷이 아닌 비마법사의 화려한 옷이라서. 랑세 역시 입을 떡.

"안 추워요?"

어깨와 등이 훤히 보이는 옷이라서. 아미아는 또 까르르 웃는다.

"네가 결혼식에서는 화려하게 입어 줘야 한다고 해서 일부러 고른 거야. 당연히 온도 조절 마법을……. 에취."

아미아는 자신의 옷 여기저기를 살펴봤다. 와렌은 마치 선생님 앞의 학생처럼 조심스럽게 손을 들고 말했다.

"좌표 지정에 이동성을 빼먹으신 거 아니에요?"

아미아는 와렌의 말에 눈을 동그랗게 떴다가 아, 하고 소리를 냈다.

"야, 너 되게 똑똑하다, 에취!"

와렌은 쑥스러운 웃음을 짓고 랑세는 한심하다는 듯 말했다.

"얼른 가서 갈아입거나 마법을 새로 걸거나 하세요."

"내가 이걸 얼마나 고대하면서 골랐……. 에취. 아씨. 역시 난 생활 마법은 쥐약이야. 야, 안 되겠다. 지난번에 샀던 목도리가 있는데 그거나 걸쳐야겠다."

그러고는 아미아는 방 안으로 들어가 여우 털로 만든 목도리를 어깨에 걸쳤다. 저 여우 목도리가 꿈틀거리는 것 같지만 랑세는 애써 외면했다.

아파트 사람들은 다들 건강하게 잘 지내고 있어. 지나칠 정도로. 타주 씨는 결혼 전인데 신혼집을 벌써 잡았대. 방 두 개로. 에세 씨의 잔소리, 아니, 충고 덕에 돈도 다 저축해서 방 두 개짜리 작은 아파트를 구할 만큼 모았다고 하더라고. 나도 여기 살면서 돈은 좀 모았는데, 언젠가 저런 집을 살 수 있는 날이 오지 않을까 싶어.

"집합!"

케일의 외침이 들리자 등에서 뭔가 소름이 쭈르륵 올라왔다. 아니, 곧 나가야 하는데 왜 또 집합이야. 무슨 일인지 몰라 와렌과 랑세는 서로를 바라보고 고개를 갸웃거렸다. 그 마음을 전해 주는 건 역시 아미아였다.

"야! 뭐야!"

후다닥, 아미아는 먼저 계단 아래로 내려갔고 와렌과 랑세도 얼른 뒤따라 달려갔다. 0층에 도착한 랑세는 잠시 멈칫했다. 짙고 짙어 까만 밤하늘처럼 보이는 남빛 천에 은사로 수가 놓인 군무 마법사 예복을 입은 케일이 보였다. 거기에 달린, 버리지 않은 훈장까지.

"야! 구리게 마법사 예복이 뭐냐!"

안 구린데.

같은 생각인지 케일은 아예 아미아의 말을 무시했다. 아니, 한동안 랑세에게서 시선을 떼지 못했다. 옅은 하늘빛 치맛자락을 나풀거리며 내려오는 랑세의 동선을 따라 케일의 시선도 함께 움직인다.

"왜요?"

"아……. 잘, 어울려서."

"아, 아, 아니요. 그게 아니라 왜 집합했냐고요."

"아."

케일은 귀 끝이 붉어지더니 고개를 돌렸다.

"출발 전에 급히 처리할 일이 생겨서. 자치회장 있을 때 처리해야지."

저번에 말한 저 있지? 결국 자치회장 자리도 계속 유지하고 있어. 이것 때문에라도 가끔, 아니, 자주 돈 모아서 이사 가고 싶어져. 엄마, 아빠, 나, 만만한 사람일까? 어쩐지 이들이 스테인 씨 때보다 더 자주 나를 부려 먹는 것 같아. 그런 건 아니겠지? 그냥 남의 인생은 다 볼 수 없는 것이라 그냥 내가 모르고 있던 거겠지?

"또, 무슨. 엄청 큰일인가요? 집합하면 겁부터 나네요."

"아니, 그런 건 아니고 다 오면 이야기하지."

집합 소리에 곧이어 사람들이 우르르 내려왔다. 오늘 타루의 결혼식에 가는 사람들은 좀 화려하게들 예복을 입은 상태였다. 그들은 내려오다 서로 마주치고는 킬킬거렸다. 예복 받고 처음 입어 본다는 게 거짓말이 아니었던 것이다.

"와렌……. 진짜, 진짜, 예쁘다."

"헤헤, 고마워."

그러니 무즈가 와렌을 보고 넋을 놓은 건 어쩌면 당연한 일. 흥, 랑세는 콧김을 뿜었다. 우리 와렌이 예쁘긴 예쁘지. 그래도 너는 안 돼. 넋 놓은 무즈를 질질 끌고 회의실에 집어넣었을 즈음, 사람들이 얼추 다 모였다.

"무슨 일이야?"

사람들의 질문에 케일이 입을 열었다.

"급하게 새로 이사 올 사람이 생겼다."

"허? 갑자기?"

"지방 마탑에서 파견된 마법사가 오늘 갑자기 입주하게 되었다고 한다. 원래라면 다음 달에 와야 하지만."

하고는 케일이 인적 사항이 적힌 서류를 랑세에게 내밀었다.

아파트로 돌아오고 나서 결국 자치회장직을 떠맡고 사람들의 인적 사항을 다 살펴보게 되었어. 어디 출신인지, 무슨 전공이고 특기는 뭔지. 거기에 자세히 보니까 흐릿하게 어느 계파 출신인지, 누가 스승인지도 쓰여 있더라. 케일 씨에게 물어보니 스테인 씨 짓은 아니래. 정확히는 그 사람만 한 일이 아니라더라. 그냥 다들 그래 왔대. 어떤 사람들에게는 그게 무척 중요한 일이겠지만, 난 그게 무슨 소용인가 싶기도 하더라고. 그건 내가 문관이라서, 마법사들의 싸움에 관심이 없어서는 아닐 거야. 서류에 적힌 거랑 내가 알고 있는 이 사람들이랑 무척이나 달랐으니까. 또 내가 아는 모습도 그 사람의 전체는 아닌데. 어쨌든 일이니 다 외웠어.

"어디 보자……. 이름이……."

"잠깐!"

랑세가 인적 사항이라도 읽으려던 찰나, 아미아가 손을 번쩍 들어 막았다. 아, 왜, 또.

"아무 말 하지 말아 봐 봐."

아미아의 외침에 회의실에 긴장감이 감돌았다. 아미아는 짙은 미소를 지으며 입을 열었다.

"신입 말이야…… 남자일까, 여자일까?"

랑세의 눈이 인적 사항이 적힌 서류로 내려간 순간.

"와아아아! 내기다!"

"난 남자! 5에시르!"

"난 여자! 3에시르"

"남자에 1에시르!"

다들 한마디씩 던지며 정신없이 굴었다. 아미아는 작은 수첩을 하나 꺼내 그걸 또 적고 앉아 있다.

랑세는 체념 어린 한숨을 쉬며 고개를 젓다 문득 든 생각 하나에 멈칫했다. 처음 아파트에 온 날, 자신이 여자인 것을 깨달은 이 녀석들이 아파트가 떠나가라 소리를 지르고 무언가를 터트렸던 게 설마.

"케일 씨."

케일을 부르는 목소리가 형편없이 떨렸다.

"음?"

"설마…… 제가 온 날도 내기했었나요?"

"그래."

담담하게 답하던 케일도 멈칫했다. 목소리만큼이나 형편없이 일그러진 랑세의 얼굴에.

"야! 인간아!"

퍽, 퍽, 퍽.

랑세가 케일을 쥐어 패는 소리를 아무도 신경 쓰지 않았다. 최근 들어 무관적 성향이 높아진 랑세가 케일을 때리는 광경에 꽤 익숙해져서. 랑세는 콱, 하고 케일의 어깨 어딘가를 꼬집은 채로 물었다.

"그래서, 댁은 여자에 걸어서 여자라서 다행이라고 했나요?"

"나는 서류를 봐서 안 걸었다."

엇, 참여자는 아니라네. 랑세는 꼬집은 손에 힘을 풀었다.

"그럼 여자라서 다행인 건 뭐고요?"

"그날 대부분 여자에 걸어서, 남자였으면 폭동이 일어났을 테니까."

퍽! 그 대답이 왠지 모르게 밉살스러워 또 한 대 때렸지만, 케일은 여전히 실실 웃기만 한다. 나 원 참, 그때 난리 피우던 놈들 보고 미친놈이라고 하더니 이 사람도 만만찮다는 걸 새삼 깨닫는다. 이게 무슨 인간 백정이고 무서운 선배야. 이래서 엄마는 이 인간에게 막둥이 대장이라고 별명을 붙였나 보다.

자치회장이 아니더라도 사람을 알기 위해 이름을 외우고 얼굴을 외우는 거야 기본이겠지. 아마 이렇게 살아가다 보면, 서로 알아 가다 보면 또 어떤 사람들인지 알게 될 거야. 그중 좋은 사람도 있을 거고 나쁜 사람도 있을 거고. 또 좋은 사람이어도 나랑 친해지는 사람이 있을 거고 아닌 사람도 있겠지. 나쁜 사람도 내게만 나쁜 사람이고 남들에게는 무척이나 좋은 사람일 수도 있은 거야.

"자, 랑세, 넌 신입 들어올 때까지 입 다물고 있어."

랑세는 배당률을 점검하며 말하는 아미아의 뒷무릎을 차 버리려 했지만, 아미아는 케일처럼 호락호락하게 당하지 않았다. 티격태격, 거친 다툼이 오갔지만 잠깐이었다.

"어, 오나 본데?"

"오오오!"

바깥에서 누군가 마차 달리는 소리를 듣고 와서 말했다.

랑세는 힘차게 탕, 하고 벽을 쳤다. 그 커다란 소리에 마법사들은 입을 다물었다. 벽, 금 간 건 아니지?

"내기는 내기지만, 새로 오신 분 당황하지 않게 요란 떨지 마요! 올라가고 나서 배당금을 나누든가 하라고요. 수십 명이 자기 보고 소리 지르면 얼마나 무서운지 알아요?"

"그렇게 담이 작아서야 마법사라고 할 수 있을까?"

"아미아 씨는 입 좀 다무시고!"

"독재다! 폭거다!"

"진짜 독재의 무서움을 보여 줘요?"

처음에는 그냥 집에 있기 힘들어서 온 수도지만 지금은 좀 좋은 것 같기도 해. 우리 딸렝도 좋은 곳이지만 늘 보던 사람만 있잖아. 알던 사람과 깊은 관계를 유지하는 것도 좋지, 물론. 그래도 새로운 사람을 알게 되고, 새로운 사람만큼 나를 알게 되는 건 좋은 일 같아. 엄마처럼 멋지고 커다란 일은 할 수 없어도, 그렇게 하나씩 알아 가는 일도 나름 멋진 일인 것 같아. 앗, 아빠. 그런 거 알고 싶으면 책 보라는 소리는 하지 마.

"온다, 온다."

"남자야, 여자야?"

"몰라. 겨울옷을 입고 있는 데다가 얼굴을 숙이고 있어서 잘 안 보이는걸."

다들 문틈으로 모이거나 복도 다른 창문으로 새로 오는 마법사를 훔쳐보고들 있다. 랑세는 주먹이 근질근질하지만 참았다. 이런 일로 매일 사람을 패다가는 어느 날 잡혀가도 할 말이 없어서.

유리창 밖으로 마법사 한 명이 마차에서 가방을 내리고 낑낑거리는 모습이 보인다. 마법을 사용해 내리지 않는 걸 보니 마도구 제작 전공인가?

어휴, 인간들, 저러고 훔쳐볼 사이에 좀 도와주지. 랑세는 문을 활짝 열었다.

좋은 일이 쌓이고 쌓여서 또 좋은 일로 돌아오면 좋겠어. 이곳에 사는 동안 말이야. 그러려면 내가 먼저 좋은 일을 해야겠지만. 으, 그래도 이 사람들이 조금만 얌전해지면 좋을 것 같아.

이만 줄일게. 나갈 준비를 해야 해서. 아, 맞다. 그리고 여름에 첫 휴가를 받으면 딴렝에 갈 수 있을 것 같아. 어쩐지 혼자는 아닐 것 같지만. 아무튼, 모두 건강하고 사람들에게 안부 전해 줘.

다음에 또 편지할게. 잘 있어. 안녕!

독신 마법사 기숙 아파트에서

랑세 씀

그리고 이쪽을 향해 놀란 눈을 하고 있는 사람에게 랑세는 활짝 웃으며 외쳤다.

"어서 오세요!"

어서 오세요.

독신 마법사 기숙 아파트 8동에 오신 것을 환영합니다.

"행복하세요!"

랑세는 에세에게 작은 꽃다발을 건넸다. 종이로 만든 붉은색 꽃에 에세는 환하게 웃었다.

"고마워요, 랑세 씨!"

왕국의 결혼식에는 하객이 신랑, 신부에게 행복을 기원하며 꽃을 건네는 전통이 있다. 겨울철, 꽃을 구하기 힘든 계절이니만큼 종이꽃도 무방하다.

분홍빛 성장盛裝을 한 에세의 주변이 이미 다른 하객에게 받은 꽃으로 노랗고 빨갛게 물들어 있었다. 에세의 어머니가 에세로부터 랑세의 꽃을 건네받아 한쪽에 놓아 주었다. 랑세는 슬그머니 고개를 숙이고 에세에게 속삭였다.

"아기도 오늘 기뻐할 거예요."

랑세의 말에 에세는 까르르 웃었다.

"아기가 아빠 닮았나 봐요."

"왜요?"

"말을 벌써부터 안 들어서요. 지금 입덧 때문에 죽을 것 같아요."

그렇게 말하면서도 웃다니 정말 좋아서 하는 결혼이 맞나 보다. 그런 결혼에 랑세가 더 무어라 말하겠는가. 랑세의 어색한 웃음에 에세는 랑세의 손을 덥석 잡았다.

"랑세 씨."

"네?"

"오늘, 잘 부탁해요."

결혼식이란 자고로 신랑, 신부의 가족이 준비하고 진행하는 것. 알고 지냈고 친구라 할 만하지만 그렇다고 아주 가까운 사이가 아닌데 무엇을 부탁한단 말인가.

그럼에도 랑세는 대번에 알아들었다. 랑세는 에세의 손을 굳게 마주 잡았다.

"물론이죠. 저놈들이 사고 치지 않게 정말 최선을 다하겠습니다."

두 여자는 결연한 눈을 빛내며 고개를 끄덕였다. 오늘, 마법사 놈들에게 사전 교육을 통해 단단히 주의 주기도 했지만, 저놈들을 믿으면 안 된다. 흥분해서 날뛰면 뒤통수를 날려 버릴 테다.

"축하한다. 행복해라."

랑세의 뒤를 이어 케일이 에세에게 꽃을 건넸다. 에세는 눈을 크게 떴다. 번쩍이는 훈장이 달린 케일의 남빛 마법사 예복 때문이라든가, 넘긴 머리 아래의 훌륭한 얼굴 때문이 아니었다. 어머, 어머, 하는 소리는 에세의 어머니에게서도 나왔다.

"우와, 진짜 예뻐요. 고맙습니다."

케일이 건넨 꽃은 생화였다. 이 한겨울 시들지도 않고 오히려 금을 뿌린 듯 반짝거리기까지 했다.

"마법인가 봐요."

에세가 중얼거리자 케일이 끄덕였다. 마법으로 보존된 꽃. 랑세 역시 조금 놀랐다. 케일은 상식이 없기로는 마법사 같으면서도 그 마법사다운 비상식을 멋지게 쓰기도 한다.

"고맙습니다."

케일은 무성의하게 고개를 끄덕이며 뒤로 물러났다. 에세에게 축하 인사를 건네고 싶은 사람은 아직도 한가득이니까.

랑세는 에세 근처에서 마법사 놈들이 사고를 치지는 않는지 매의 눈으로 감시했다. 그럭저럭 평범하게 지나가던 중.

"에세! 축하해!"

"꺄, 꺄아악!"

아미아의 여우 목도리가 입으로 꽃을 들어 건넸다. 에세의 어머니는 몹시 당황해 비명을 질렀지만 에세는 한숨을 푹 내쉬었다. 랑세가 얼른 다가가 아미아의 뒤통수를 치기 직전.

"고마워요."

대범하기도 해라. 에세는 목도리에게서 꽃을 후딱 뺏어 들었다. 역시, 마법사의 애인은 아무나 하는 것이 아니다.

"서, 선배, 이런 자리에서 그러는 거 아니라고 합니다."

"응? 왜? 멋지잖아."

"아이씨, 얼른요. 그러다 랑세한테 맞아 죽어요."

그리고 마법사 아파트의 자치회장도 아무나 하는 것이 아니다. 마법사들은 결혼식 사전 교육 시간에 단단히, 아니, 그 이상으로 랑세에게 교육받은바, 있는 힘껏 아미아를 말리며 끌어당겼다. 아미아에게 죽나 랑세에게 죽나 그게 그거지만 랑세가 조금 더 무섭다.

교육의 보람이 있군, 랑세는 안도의 한숨을 내쉰 뒤 에세와 눈을 마주치고 엄지손가락을 들었다.

"사람들 많이 왔네."

랑세는 식장을 둘러보았다. 보통 결혼식은 신전이나 신부의 집에서 하지만, 집이 식을 치를 만큼 크지 않다며 에세네 가게에 이웃한 큰 술집을 빌렸다. 가게에 배어 있는 알싸한 술 냄새는 화려하게 장식한 조화와 향수로 가린 듯했다. 겨울 신부만 아니면 모두 생화였을 텐데 말이야. 타루 놈, 철도 제대로 못 맞추지. 랑세는 이유 있게 신랑을 탓했다.

하객들은 삼삼오오 모여 신랑이 어떠니 신부가 어떠니 한마디씩 하기도 하고, 오랜만에 본 사람들끼리 서로 격조했다며 인사를 하기도 했다. 랑세는 여기저기 둘러보다 벽 한쪽에 기대선 케일에게 시선이 갔다. 뭐람, 혼자서 덩그러니. 고개를 돌려 다른 쪽으로 가려다가 멈춰 섰다. 식장을 보는 케일의 표정이 어쩐지 마음에 걸려 다시 돌아보게 되었다. 요즘 웃음이 헤퍼진 케일이지만 평소에는 차고 날카로운 그 얼굴 그대로였다.

그리고 지금은.

"헤어진 연인 생각이라도 해요?"

다가온 랑세가 한 질문에 케일이 눈을 크게 떴다.

"뭐?"

"그런 게 아니면 남의 결혼식에서 얼굴이 왜 그래요?"

"내 얼굴이 어때서?"

"헤어진 애인과의 결혼식을 상상하는 얼굴요."

랑세의 말에 케일이 딱딱하게 굳었다.

"그런 거 없다."

"그럼 그런 얼굴로 있지 마요. 사연 있는 사람 같아."

랑세의 말 어디가 웃긴지 케일은 가볍게 소리 내 웃었다.

"웃으니 좀 낫네."

그 말 때문이었을까, 케일의 미소는 꽤 오래갔다. 랑세는 케일처럼 벽에 기대어 결혼식이 시작되길 기다리는 사람들을 지켜보았다. 웃고 떠들며 행복해 보이는 사람들을. 그리고 어느덧 웃음이 지워져 알 수 없는 표정으로 사람들을 바라보는 케일을.

랑세는 사람들 한 번, 케일 한 번, 다시 사람들을 보며 입을 열었다. 어쩐지 케일이 혼자처럼 보여서. 외로워 보여서.

"아까 그거, 그 마법 아니에요?"

"뭐가?"

"에세 씨에게 드린 꽃요."

"음?"

"아이씨, 그거, 케일 씨가 어머니께 해 드린 마법요."

케일이 그제야 깨달았다는 듯 아아, 하고 고개를 끄덕였다.

"맞다, 그 마법. 거기에 금빛은 추가했지만."

어린 자신이 어머니께 해 드렸던 마법.

아무런 고통도 없이 행복이 오랫동안 보존되길 바라며 행했던, 작고도 큰 마법.

"어머니."

튀르하 공은 케일의 부름에 가볍게 미소 지으며 돌아보았다. 웃는 듯 웃지 않는 듯한 그 미소는 궐하가 이어받았고, 또 케일이 이어받았다.

"케일."

이리 오렴, 하는 듯한 손짓에 케일이 쭈뼛거리면서 다가왔다. 아이는 엄격한 가풍에 어른스러운 척하려 하지만, 결국 아직은 엄마의 손이 제일 좋은 아이일 뿐이다. 그런 케일을 튀르하 공은 힘차게 안아 무릎에 앉혔다. 어제보다 오늘이 무겁고 내일은 더 무거워지겠지. 더는 안지 못하는 날까지 매일같이 안아 주어야지. 그런 튀르하 공의 마음을 아는 듯, 케일의 입에서 작은 웃음소리가 튀어나왔다. 튀르하 공은 케일의 머리를 쓰다듬으며 정수리에 입을 맞추었다.

"그래, 오늘은 무얼 배웠니?"

이른 나이부터 사회성이 떨어지는 마법사들 사이에서 자라게 하고 싶지 않아 가정 교사로 마법사를 초빙했다. 케일의 스승은 케일이 천재라며 실력을 크게 칭찬하곤 했고, 케일 본인도 마법에 푹 빠져들어 때때로 밤늦은 시간까지 자지 않고 공부하기도 했다. 튀르하 공은 그런 케일이 조금씩 조금씩 자신이 공부한 이야기를 풀어놓는 시간을 휴식 시간으로 삼았다.

"오늘은 에테 이론을 배웠습니다. 물질의 온도를 높이는 데 쓰이는 마법의 기초라고 하는데요⋯⋯."

"그렇구나. 온도를 높이는 데 쓰이는 마법은 보통 어디에 적용할 수 있을까?"

"음, 마력의 양에 따라 달라지기는 합니다. 작게는 난방에서부터 시작할 수 있지만, 효율의 문제 때문에 그보다는 매개체를 태워 쓰는 편이 난방에 더 좋다고 하였습니다. 그리고⋯⋯."

마법을 잘 모르기에 튀르하 공은 하나씩 물어 가며 아이의 이야기를 들었다. 여전히 무엇을 이야기하는지 잘 몰라도 그저 아이의 목소리가 듣기 좋아서.

이야기 끝에 튀르하 공은 지나가듯 물었다.

"우리 케일은 커서 뭐가 되고 싶니?"

그저 문득 생각나서 물은 것뿐이었다.

"저는 군 마법사가 되고 싶습니다."

아이의 머리를 쓰다듬던 튀르하 공의 손이 멈칫했다.

"어째서?"

어머니의 심각함을 알아차리지 못했던 걸까. 케일은 다리를 흔들거리며 노래하듯 답했다.

"집안은 어차피 큰누님이 물려받으실 거고, 저는 마법이 제일 좋습니다."

귀족가에서 가주가 되지 못한 남은 아이들이 자라 상인이나, 교사, 학자나 군인이 되는 것은 정말로 흔한 일이었다. 그래서 케일이 내린 결론이 언뜻 자연스러우면서도.

"글쎄다, 마법사에도 여러 종류가 있지 않니? 마탑에 들어가 연구자가 될 수도 있고, 또 궁정 마법사가 될 수도 있겠지."

그러면서도 아직 아무것도 모르는 어린 자식이 그런 험한 길을 가지 않길 바라는 것은 당연한 일이리라.

"제 마법적 재능은 전쟁에서 가장 쓸모 있습니다."

그러나 어린 자식은 부모 마음을 한 치도 몰라 철없는 소리를 한다.

"스승님도 그렇게 말씀하셨습니다. 그리고 오늘 배운 에테 이론도 고급 과정까지 간다면 전면전에서 정말 잘 쓰일 수 있는데, 저는 단번에 해내기도 했습니다."

아직은 아무것도 몰라서.

"어머니께서도 그러셨잖습니까, 우리는 사회적 책임을 다해야 한다고요. 군대에 가면 저도 그럴 수 있을 거라 믿습니다."

혹은 많이 알아서.

아이들에게 가르치곤 했다. 지금껏 귀족의 자손으로 태어나 잘 먹고 입은 만큼 사회적인 책임이 있다고. 권리만큼 의무를 행하라고. 튀르하 공은 숨이 막힐 듯했다. 재판정에서 누군가 이리 말했더라면 얼마든지 그 논리를 깰 수 있었을 텐데, 자식의 말은 그리 들리지 않았다.

"연구자도, 교사도, 궁정 마법사도, 또 세상 모든 사람이 각기 가진 직업만큼 책임을 다하고 있지. 꼭 군인이 아니더라도 명가의 자손으로 국가에 충성하고 의무를 다하는 일은 얼마든지 있단다."

깜빡, 깜빡, 케일은 답 없이 눈만 깜빡인다. 수긍하고 싶지 않지만 부모의 말이라 어쩔 수 없이 입을 닫는다는 뜻임을, 튀르하 공은 이미 알고 있었다.

"케일."

"예, 어머니."

튀르하 공은 케일을 무릎에서 내려 자신의 눈을 보게 했다. 웃는 듯 마는 듯한 미소도, 그리고 까만 눈도 모두 어머니에게서 물려받았다. 흑수정 같은 두 쌍의 눈동자가 서로를 담는다.

튀르하 공은 케일의 어깨를 붙들었다.

"나는 네가 타인의 고통에 무감하지 않았으면 좋겠구나."

"네?"

케일은 감히 어머니의 말씀에 반문하고 말았다. 어쩔 수 없었다. 정말로 이해할 수 없었으니까.

튀르하 공은 케일의 말랑한 볼을 쓰다듬으면서 씁쓸한 눈을 했다.

"힘을 가진 만큼 오만하지 않고, 힘이 유용하게 쓰일 때 타인의 고통을 한 번 더 생각할 수 있는 지혜를 가지고 있으면 좋겠구나."

"……네."

케일은 여전히 무슨 뜻인지도 모르면서 그렇게 답했다.

"케일! 어디 있어?"

그때 바깥에서 들리는 목소리에 케일의 고개가 문 쪽으로 돌아갔다. 튀르하 공은 케일의 엉덩이를 툭툭 치며 밀었다.

"렐리프가 너를 찾는가 보다. 이만 나가 보거라. 저녁 식사 때 보자."

"네, 어머니. 이만 가 보겠습니다."

케일은 튀르하 공을 향해 꾸벅 인사를 하고 바깥으로 나갔다. 문이 닫히는 등 뒤로 한숨 소리가 들리는 듯도 했지만, 곧 잊어버렸다. 세상에 흥미로운 것은 많고 배워야 할 것도 많았으니까.

'타인의 고통에 무감하지 않았으면 좋겠구나.'

그래도 그 말은 잊지 않았다. 무슨 뜻인지 몰랐음에도. 지는 노을빛에 씁쓸한 미소를 짓던 어머니의 얼굴이 인상적이어서 그런지도 몰랐다. 그래서 그 뜻도 모르면서 그 말은 지키고 싶었다.

타인의 고통. 어려움에 처해 몸과 마음이 아픈 이에게, 자신보다 못살고 어렵고 낮은 계급의 사람들에게 동정을 가지고 잘해 주려고 했다. 배운 마법으로 타인을 해치거나, 이를 잘못된 일에 사용하지 않으려고 했다.

어차피 마법에 관한 법률도 있었다. 케일은 그 법이 나쁘지 않다고 생각했다. 자신이 사용하는 마법이 잘못하면 큰 해를 불러일으키고, 사회의 기강을 무너뜨릴 수 있다고 생각했다. 그렇기에 젊었을 적 법관을 했고 지금도 법무부에서 일하는 어머니께서 하실 만한 말씀이라고.

"그래…… 군에 들어가겠다고."

학교의 마법학부를 다니다 졸업하고 진로를 정할 때도, 여전히 군인이, 군 마법사가 되고자 했다. 군 마법사가 딱히 꿈은 아니었지만.

"예. 제 마법적 재능이 그쪽에 맞추어진 것도 있고, 아무래도 승마술이나 군사학까지 잘 아는 마법사는 드문 터라 군부에서도 원하고 있습니다."

"나는 어지간하면 자식들 하는 일에 더는 반대하고 싶지 않단다."

아버지의 말씀에 케일은 침을 삼켰다. 릭스 형님이 연애 문제로 여러 번 가출한 이후 아버지와 어머니는 자식의 진로에 딱히 손을 대지 않았다.

"그래도, 다시 한번 생각해 보지 않으련?"

아버지는 그 말씀에 덧붙였다. 아무래도 군인은 위험하잖니.

분명 사실이었다. 그럼에도 오랫동안 이쪽 길을 걸었던 터라 당장에 다른 방도가 생각나지 않았다.

"케일."

"네."

"타인의 고통에 무감하지 않았으면 좋겠구나."

또 그 말씀. 케일은 조금은 불만 어린 눈을 치켜떴다. 어머니께서는 자신을 신뢰하지 않으시는 걸까.

"어머니, 군인은 나라를 지키는 사람이지, 필요 없이 타인을 해하는 사람이 아닙니다. 제가 고통에 무감하여 군인이 되고자 하는 것은 아닙니다."

다 자라고 나서야 그때 가정 교사였던 마법사가 왜 그날로 교체되었는지 알았다. 아직 어린 자신에게 전쟁에서 쓰일 만한 마법을 가르쳤기 때문이겠지.

튀르하 공은 케일을 한참 바라보다 무언가 말할 듯 말 듯 입술을 달싹였다. 그리고 곧 침묵이 이어졌다.

케일은 생각에 잠긴 어머니와 할 말이 많은 듯했지만 가주가 입을 다물고 있기에 가만히 있는 아버지를 바라보다 다시 입을 열었다.

"걱정하지 않으셔도 됩니다."

"무슨 뜻이더냐?"

"지금 전쟁이 일어난 것도 아니고, 제가 정말 군부로 가면 수도에 있으면서 결계나 항마석 수리와 보존, 비상시를 대비한 훈련, 국경에 있는 간단한 충돌에 지원을 나가는 것뿐입니다."

평화로운 시대, 아무도 전쟁을 걱정하지 않는 시대였다. 제국이 횡포를 부려도 전쟁 대신 공물이나 바칠 뿐이었다.

"그래……. 알겠다. 네 뜻대로 하거라."

"공!"

남편의 외침에도 튀르하 공은 그 설득에 넘어가기로 했다. 이미 성인이 된 자식의 앞길에 어찌 뭐라 하겠는가. 사랑하는 자식이어도 결국 제 갈 길 가기 마련인 것을. 그래, 평화의 시대, 군비가 외려 축소되는 시대에, 무슨 일이 있으려고.

또한.

"그리고, 케일."

케일은 어머니의 부름에 네, 하고 고개를 숙였다.

"네게 타인의 고통에 무감하지 말라고 한 것은, 타인을 위해서가 아니라 너를 위해서 한 말이었다."

"알고 있습니다."

"알면 되었다."

당연한 것이 아닌가. 타인의 고통에 무감하지 않은, 올바른 사람으로 자라나길 바라는 마음에서 하신 말씀이 아닌가. 그러니 다른 사람이 아닌 사랑하는 자식을 위한 말씀이었겠지. 케일은 자신이 다 자라 그 모든 말씀을 이해하고 있다고, 알고 있다고, 앞으로도 그리 살리라고 생각했다.

"군단장님! 군단장님! 적군이 옵니다!"

전장에서 케일은, 사실은 자신이 아무것도 모르고 있었노라고 비명을 지르고 싶은 것을 목구멍 안쪽으로 구겨 넣었다.

"기다려라."

"아, 네."

케일은 이를 물고 마법진 위에 섰다. 능숙해질 만큼 능숙해져 맨손으로도 얼마든지 마법을 사용할 수 있었으나 이만한 대형 마법은 여전히 마법진이 필요했다. 적이 가장 많이 함정 안으로 들어올 때를 기다려서.

"준비."

군부 마법사들 모두 긴장한 채 케일을 보조하며 기다렸다.

"발동!"

케일의 외침에 마법이 발동되었다. 순간이었다. 수백의 사람이 화염에 휩싸이는 것은. 하늘 끝까지 닿을 듯한 불길 속에서 적군은 타 버렸다. 비명조차도 불길에 휩쓸리고, 남은 것은 까만 잿더미처럼 보이는 시신들과 메케한 냄새 속에 가려진 시체의 향이었다. 그리고 공포. 사람이 만들어 낸 인세人世의 지옥 앞에서 인간은 찬탄보다는 공포에 사로잡힌다. 마법사들과 군은 한동안 침묵했다.

"대단……하다."

"저게 사람이 할 수 있는 일이야?"

시체 더미 앞에 묵묵히 서 있는 케일의 뒤로 사람들이 경탄하면서도 두려워 수군거렸다. 그들의 말은 들리지 않았다. 눈앞의 잔상 때문에.

불 속에서 타들어 가던 적군을 보았다. 한순간이지만 그 고통을 보았다. 원망조차도 할 수 없이 오로지 고통만이 가득하던 눈을. 자신은 아무것도 몰랐다. 자신은, 고통의 진정한 의미를 몰랐다. 자신은 유리온실 속에서 귀하게 자란 애송이 도련님일 뿐이었다.

"군단장님."

부관이 부르는 소리에 케일은 억지로 몸과 마음을 다잡았다. 저 광경에서 눈을 돌리고 싶고 대규모의 마법을 쓰고 나면 주저앉고 싶지만, 어찌 되었건 의무는 행해야 했다. 누가 억지로 시킨 일도 아니었고 자원하여 한 일이었으니 끝까지 책임을 져야 했다.

"뒷정리는 수水 계열이 맡고 탐색되지 않게 진을 해체하고 마력의 흔적을 지워라."

"네!"

전장에 익숙한 무관들과 마법사들조차도 간간이 구역질하며 시신을 치우기 시작했다. 혈향조차도 나지 않게 모조리 휩쓸어 버릴 수 있는 자신의 재능이 증오스럽기 그지없었다.

'어머니, 여기요. 제가 해 보았습니다.'

처음은 타인을 위한 마법이었는데. 행복한 웃음이 고이 지켜지길 바라며 행한 마법이었는데. 어느덧 고통만이, 비명만이 가득한 마법을 행한다.

케일은 자신이 내린 명령이 수행되는 것을 지켜보다 막사로 돌아와 자리에 누웠다. 여전한 잔상에 눈을 질끈 감아 보지만 눈꺼풀 아래, 가려진 어둠 속에서도 그 고통 어린 모습과 인세의 지옥이 보이기에 다시 눈을 뜰 수밖에 없었다.

마력 부족으로 인한 어지러움, 그리고 그 현기증에 더해진 잔상. 이제 구토조차 나지 않았다. 군인이 되고 처음 한두 해는 훈련과 간단한 토벌 작전만이 있었고 자신은 어렵지 않게 해냈다. 부모님께 자신 있게 말했던 것처럼, 평화로운 시대였다. 때때로 문관들에게 돈 잡아먹는 놈들이라고 멸시받기도 하고, 마탑의 마법사들에게 연구도 안 하는 놈들이라는 말을 들을 만큼, 아무 큰일이 없었다.

그러나 제국이 더는 참을 수 없는 횡포를 부렸고, 왕국이 연합군을 만들었을 때.

전쟁이 시작되었을 때.

맨 앞에 군대와 마법사가 섰다. 가장 유용한 살인 도구들.

전쟁이 무엇인지 몰랐던 애송이가 첫 전쟁에서 겪었던 것은 상상도 못 한 세계였다. 무차별적 폭력과 학살의 예술이 난무하는 세계. 처음에는 뺏으려는 자로부터 지키기 위한 싸움이었건만, 지금은 지킨 것 이상을 가지기 위한 싸움이 되어 버렸다. 살인은 의무고 학살은 일상인 세계. 그리고 자신은 그런 세계를 만드는 데 일조하고 있다.

어둑한 막사 안에 어머니의 목소리가 들리는 듯했다.

'타인의 고통에 무감하지 않았으면 좋겠구나.'

아, 어머니. 차라리 무감하라고 하시지요. 타인의 고통에 언제든지 눈을 돌리라 하시지요. 이런 세상에서 제정신을 가지고 적군을 죽여 얻은 명예를 자랑스러워하는 사람이 되라 하시지요.

'힘을 가진 만큼 오만하지 않고, 힘이 유용하게 쓰일 때 타인의 고통을 한 번 더 생각할 수 있는 지혜를 가지고 있으면 좋겠구나.'

오만하지 않고 고통을 한 번 더 생각하고 있어도 군대란, 전쟁이란 그런 말이 통용되는 곳이 아닙니다, 어머니.

'네게 타인의 고통에 무감하지 말라고 한 것은, 타인을 위해서가 아니라 너를 위해서 한 말이었다.'

무엇이 자신을 위한 말이란 것인가. 그 말에 이토록 고통받고 있는데.

어머니께서 과연 자식이 전장에서 고통받길 바라던 사람이라 그런 말씀을 하셨을까. 어머니께서 이 참상을 몰라 하셨던 말씀이었을까.

어머니는 왜 그런 말씀을 하셨을까.

매일 밤, 자신의 손으로 만든 지옥이 꿈자리로 흘러들어 숨이 막혀 잠들 수 없었다. 현실에서 숨을 쉬기에 꿈에서는 숨 쉬지 못하도록, 이제 영원히 불길 속에서 잠든 자들이 복수하는 것일까.

그럴 리가. 영원히 고통 어린 불길 속에 갇힌 자들이 고작 잠들지 못하게 하는 복수를 할 리 있겠는가. 그저 조금 피로하고, 그저 조금 더 예민해졌을 뿐인 것을. 불타는 시체 앞에서 케일은 눈을 감았고, 꿈길 걸어가야 할 때는 눈을 떴다.

"넌 요새도 잠 못 자냐?"

"아미아."

케일은 한숨처럼 내뱉었다. 감옥 안에서도 학창 시절과 다를 바 없이 쌩쌩한 아미아 앞에 케일이 면회품을 내려놓았다.

"아미아, 제발 사고 좀 치지 마라."

"아, 뭐! 내가 뭘 잘못했는데? 내가 그럼 그 좆같은 새끼를 그냥 내버려 뒀어야 해?"

"군법이 있잖아."

"얼씨구! 지랄 났네. 부하 강간하고 민간인 강간하고 그냥 넘어간 놈들이 한둘인 줄 알아?"

"아미아."

케일은 또 한숨처럼 아미아를 불렀다. 그러나 아미아는 목소리를 높였다.

"왜! 다른 사람도 아니고 내 부하야! 내가 보호하지 않으면 누가 하는데!"

여기, 타인의 고통에 무감하지 않기에 고통받는 이가 또 있었다.

"그래, 잘 잡아 줬다, 잘 잡아 줬어. 아니었으면 그 새끼 머리통도 박살을 내 버렸을 테니."

아닌가. 고통받지 않는 건가. 타인의 고통에 무감한 건가. 이 사람에게는 타인의 범위가 다른 걸까. 케일은 길게 생각하고 싶지 않아 자리에서 일어났다.

"너도 곧 풀려날 거다. 대전을 준비 중이니까."

"지랄."

"아미아, 제발 좀."

"그것 봐, 나 군법으로 잡혔잖아? 그런데 상황이 나빠지니 풀어 주네. 이게 법 맞냐?"

아미아는 서늘한 눈으로 케일을 바라보았다. 그 서늘한 눈에 고통이 엿보이는 것은 그저 착각일까.

"아미아, 좋게 생각하자."

"야, 너나 좋게 생각해. 왜 나한테 그래?"

"뭐?"

케일이 무슨 뜻인지 알 수 없어 묻는 말에 아미아가 이죽거렸다.

"너 맨날 지질하게 전투 한번 끝나면 죽상이잖아."

제 속을 들킨 듯하여 케일은 아무 말 할 수 없었다.

"너 같은 애들 있더라. 야, 다 하는 일이야. 뭐 별거라고."

"아미아."

감옥에 있는 사람은 아미아인데 한숨은 자신이 내쉬게 된다. 그 지옥을 별거 아니라고 하는 저 정신세계를 이해하기 어려웠다. 그렇다고 저 사람이 타인의 고통을 모르는 이도 아니니. 하기야 언제 자신이 한 번이라도 아미아를 이해한 적이 있던가.

"그냥 아무 생각 하지 마."

"아미아."

"내 이름 그만 부르고. 사람이 행복해지려면 어때야 하는지 알아?"

아미아는 웃으며 자리에서 일어났다.

"고민하지 말고, 생각하지 말고 그때를 즐겨, 그냥."

"와……, 저렇게 생각 없이 사는 것도 재주네요."

결혼식장을 지켜보던 랑세가 지겹다는 듯 한마디 던지며 튀어 나갈 준비를 했다. 아미아가 무언가 저지르기 직전의 웃음을 짓고 두 손을 번쩍 하늘로 뻗은 걸 보니 뻔하지, 뭐. 아이쿠, 저놈의 여우 목도리가 또 꿈틀거리네.

딱.

그러나 랑세가 튀어 나가기 직전, 케일이 손을 한 번 튕기자 아미아가 그 자세 그대로 굳었다. 지나가던 사람들은 이상한 자세로 서 있는 아미아를 보고 흠칫하거나 킬킬거렸다.

"오……, 고맙습니다."

이제 손 한 번 튕겨서 마법을 부리는 것 정도는 아무렇지 않은 랑세였다. 아미아가 꾸물거리며 마법을 풀어내려고 하는 것이 보인다. 입은 움직일 수 있나 보다. 죽여 버릴 테다, 케일, 하는 입 모양을 보면.

"걱정하지 마라."

"네?"

"난동 피울 것 같으면 다시 멈춰 줄 테니까."

"하하……."

랑세는 어색하게 웃었다. 정말로, 아파트로 돌아온 이래 자신이 자치회장직을 강제로 떠맡은 후, 케일은 약속대로 잘 도와줬다. 이럴 때도 그렇고 저놈들이 말귀를 못 알아들을 때도 그렇고. 폭정이든 독재든 도와준다더니. 특히나 한계선이 없는 아미아가 날뛸 때는 제일 도움이 되었다.

랑세는 자신의 폭정에 도움을 주는 케일이 고마우면서도 한

편으로 슬그머니 걱정되기도 했다.

"아미아 씨랑 괜찮겠어요?"

아미아와 케일이 거의 매일 악을 쓰며 티격태격하는 사이라지만, 더 정확히는 아미아가 일방적으로 악을 쓰고 케일은 한숨을 짓는 그런 사이라지만, 두 사람은 원수라기보다는 가장 가까운 사이처럼 보였다. 생각해 보면 아미아는 케일을 아무렇지도 않게 대하는 몇 안 되는 사람이기도 하거니와, 케일 역시 아미아를 가장 대수롭지 않게 대하는 사람이다. 그런데 케일은 최근 자신 때문에 별별 마법을 다 사용하여 아미아를 굳히는 것은 물론이요, 여기저기로 날려 버렸다.

"뭐가?"

"그래도 두 분, 가까운 사이인데 괜히 저 때문에……."

케일은 어렵사리 묻는 랑세를 잠시 돌아보았다. 랑세는 케일의 알 수 없는 눈을 한참 바라보았다. 케일이 시선을 피할 때까지.

"상관없다."

"윽, 정말요?"

"그때만 난리 피우지 질질 끌지는 않으니까."

어떤 신뢰가 담긴 말.

랑세는 입이 삐죽 나왔다가 깜짝 놀라고 말았다. 아니, 왜 두 사람이 친하다는데, 입이 삐죽 나와. 자신도 신뢰 깊은 친구가 있으면서. 가슴 한쪽이 괜히 답답해지는 이유는 뭐람. 오늘 먹은 게 체했나. 왜 가슴이 답답하지. 랑세가 가슴을 주먹으로 콩

콩 때렸다.

"그리고……."

"그리고?"

케일은 말을 더 잇지 않은 채 랑세를 힐끗 보고 고개를 돌렸다. 바위처럼 입을 다문 모양새가 더 답해 줄 것 같지 않았다. 다시 침묵. 아미아와 주변 마법사들을 바라보다 랑세는 다시 조심스레 물었다.

"아미아 씨랑 언제부터 알고 지내셨어요?"

"학교 다닐 때부터."

그럼 얼추 계산해도 십 년이 훨씬 넘은 사이다.

"와! 대단하다."

"대단할 것도 없다. 보다 말다 한 사이라서."

"보다 말다 해요?"

"아미아는 학교를 자주 빠졌고 정학도 자주 당해서……. 졸업하고는 전장에서 다시 만났지."

"정학요?"

랑세가 깜짝 놀라 묻자 케일은 뭘 그런 것으로 놀라냐는 듯 아미아를 턱 끝으로 가리켰다. 드디어 아미아가 케일의 마법을 파훼하고 성큼성큼 큰 걸음으로 이쪽으로 다가오는 게 보였다. 아, 저놈의 여우 목도리, 이번에는 하늘을 향해 아우우 울부짖네. 대체 목도리에 무슨 짓을 한 거야! 목도리가 의심스러울 때 뺏었어야 했는데!

"아, 쫌. 좀 신나게 놀아 보자는데."

"남의 결혼식을 소란스럽게 하는 게 노는 거예요?"

랑세가 눈을 치켜뜨고 묻자 아미아는 픽 웃었다.

"떠들고 먹고 마시고 축하하고. 이게 결혼식이지, 결혼식이 별거야?"

"정도라는 게 있잖아요. 정도가요."

아미아와 랑세의 신경전이 커지자 케일이 적당한 때에 아미아의 뒷목을 끌어당겨 벽에 붙였다. 물론 마법으로.

"앗. 고맙습……, 으악!"

등이 벽에 붙어 버리는 바람에 심술이 난 아미아가 마법을 사용해 여우 목도리로 랑세를 건드렸다. 천으로 된 혓바닥이 랑세의 목을 핥았고, 랑세는 기겁하여 펄쩍 뛰었다. 물론 아미아는 좋아 죽는다.

랑세는 짜증이 나 불끈 주먹을 쥐고 한 대 때리려다가, 주먹에 힘을 풀었다. 사람이 배운 게 있으면 써먹어야지. 더군다나 자신이 소란의 주역이 될 수는 없다. 랑세는 겨우겨우, 억지로 귀여운 강아지 쓰다듬듯 목도리를 쓰다듬었다. 복슬복슬한 털의 느낌. 목도리는 자기가 강아지인 줄 아는지 몸을 뒤틀며 좋아했다. 어쩐지 캬릉캬릉, 하는 소리도 나는 것 같다. 이 목도리가 이제 징그러움을 넘어 귀여워 보이기까지 하다니, 마법사 아파트에 너무 오래 살았어.

"에이, 재미없게."

랑세가 여우 목도리를 귀여워하자 아미아는 흥미가 떨어진 듯 주문을 풀어 버렸다. 여우 목도리는 다시 평범한 목도리로 돌아왔고 랑세는 안도의 한숨을 내쉬었다.

그러고 보니 전에 케일이 그런 말을 했었다. 자신이 장난에 반응하니 아미아가 더 날뛰는 거라고. 이 사람도 아미아의 장난에 당해 본 적이 있는 걸까. 아니, 아니다. 이미 가족들에게 실컷 당하는 사람이지. 케일의 집에 갔을 때가 떠오르자 랑세는 괜히 설핏 웃음이 났다.

"으아앗!"

그사이 뒤편에서 비명이 들려 랑세는 황급히 뒤를 돌아보았다. 세상에! 이번에는 랑세가 비명을 지를 뻔했다. 마법사 놈들이 타루에게 장난질을 치고 있었으므로. 아니, 왜 꽃이 입을 벌리고 사람을 위협하는 거야.

"생각 좀 하고 살아요, 제발!"

랑세가 그쪽을 향해 나풀나풀한 치맛자락을 휘잡고 후다닥 달려 나갔다. 아미아는 그런 랑세를 보다가 케일을 힐끗 보고 픽 웃었다.

"뭘 그렇게 봐?"

"……그냥."

"우리 랑세가 귀엽긴 하지."

아미아가 건들거리며 하는 말에 케일이 한숨을 내쉬었다. 언제부터 우리 랑세냐, 대체.

둘은 그대로 말없이 랑세가 하는 꼴을 지켜보았다. 입을 쩍쩍 벌리는 꽃의 목을 붙든 채 마법사들의 엉덩이를 발로 차는 랑세의 모습에 아미아는 킬킬거리며 웃었다. 꽃이 꺄악꺄악 소리를 지르다가 랑세의 엄정한 처벌에 굴한 마법사가 주문을 외우자 보통의 꽃처럼 축 늘어졌다. 다행히도, 정말로 다행히도 지금 새신랑의 주변을 둘러싼 하객들은 전부 마법사였다. 물론 랑세 빼고.

"아미아."

그런 광경을 바라보다 케일이 입을 열었다.

"왜?"

"아직도 넌 생각 없이 사는 게 행복의 지름길이라 믿나?"

"뭐래, 이 좋은 날 우중충하게?"

아미아의 타박에도 케일은 아무 말이 없었다. 아미아는 그런 케일을 돌아보고 픽 웃었다. 이놈은 옛날이나 지금이나 칙칙하다. 그래서 학창 시절 놀리는 재미가 있었다. 생각해 보면 그때가 짜증은 자주 냈어도 덜 칙칙했다. 또한, 최근 들어서도.

그렇기에 아미아는 다시 웃었다.

"생각 없이 사는 게 제일 편해. 그런데……."

아미아는 턱 끝으로 랑세를 가리켰다.

"그런데 쟤 보면 꼭 그런 것 같지도 않아."

마법사들의 머리를 꾹꾹 누르며 죄송합니다, 죄송합니다, 하고 사과를 시키는 랑세가 보였다. 케일은 가만히 랑세를 바라보았다.

"그래……."

"너는 어때?"

아미아가 덧붙여 물었지만 케일은 답이 없었고, 아미아는 굳이 재촉하지 않았다. 어떤 질문에는 답이 필요 없다는 걸 아미아조차도 알고 있었으니.

"사제님 들어오십니다!"

소란이 더 커지기 전 누군가가 외치자 거짓말처럼 식장이 조용해졌다. 하객들은 사제에게 길을 터 주느라 뒤로 물러섰다. 랑세 역시 신랑, 신부와 그 가족들에게 자리를 내주며 뒤로 빠져 케일과 아미아 옆에 다시 섰다.

"뭐야, 에세, 신전 신자였어?"

아미아가 조금 놀란 듯 묻자 랑세는 어깨를 으쓱였다.

"글쎄요. 타루 씨가 신자일 수도 있잖아요."

"그럴 리가."

"엑? 타루 씨가 신자면 안 될 이유가 있나요?"

"마법사니까."

하여간 뭐만 하면 마법사라는 설명으로 끝내 버리는 저 버릇에도 익숙해졌다고 생각했건만, 아닌 건 아닌 거였다. 왜요, 마법사가 뭐.

"마법사는 신이 운명을 결정해 주기 전에 자신이 만들어 낸 일에 자신이 결과를 책임진다고 생각하니까."

"어, 음."

케일이 나직하게 끼어들어 한 말에 랑세는 할 말을 잃었다. 뭐, 신을 그다지 믿지도 않고 신학 이론도 거의 모르니까.

하얀색에 황금색 수가 놓인 옷을 입은 사제도 남색 마법사 예장을 입은 신랑과 그 하객들을 어색하게 보는 걸 보면, 마법사들에게는 보통의 이야기인가 보다.

"에세도 신자라고 하기에는 뭔가 안 어울리는데."

아미아가 중얼거리는 말에 랑세는 픽 웃었다.

"뭐예요, 신자에 어울리는 상, 안 어울리는 상이 있어요?"

"하긴, 그것도 그러네."

사람들의 수다 따위는 상관없이 에세와 타루는 눈을 감은 채 서로의 손을 잡고 고개를 숙였다. 사제는 신랑, 신부의 머리 위에 황금빛 성수를 떨어트리며 축언을 하기 시작했다.

"우리는 서로가 언제 어디서 태어났는지도 모른 채 만납니다."

그렇게 시작한 축언.

세상에 서로 존재하는지도 모르던 두 사람이 어디선가 만나고, 시간을 함께 보내고, 마음을 나누고, 연을 키워 가고, 한 가정을 이루기까지 짧다면 짧고 길다면 긴 시간을 걸어왔습니다. 이제 이 두 사람은 맹세로써 그 길을 앞으로도 계속 함께 걸어가기로 하였으니, 이 두 사람을 만나게 해 주신 신께 감사를, 신의 이름으로 축복을.

신의 축복을 받는 두 사람의 주변에 가득한 꽃이 반짝인다. 누군가의 마법 때문일까, 아니면 그저 술렁이는 마음에 그리 보이는 걸까. 랑세는 한참 보다 중얼거렸다.

"그러고 보니까…… 우리 엄마, 아빠도 신을 믿지 않았지만, 결혼식은 신전에서 했대요."

"두 분이?"

케일의 물음에 랑세는 고개를 끄덕였다.

"아마…… 신전에 안 다니시는 것도 마법사들이랑 비슷한 이유였을 거예요. 어릴 때 물어본 적이 있었는데 아빠가 그렇게 말씀하셨거든요. 그래도 엄마는 조금 다르게 말씀하셨어요. 힘든 인생에 무언가 기댈 만한 곳이 있는 게 흠되는 일은 아니라고 하셨어요. 그래서 결혼식에 신의 축복이 더해져서 나쁠 것도 없다고."

어느 쪽이든 불신자들이 할 만한 말이지만요, 하고 랑세는 중얼거리며 덧붙였다.

"그래, 검은 매께서 하실 만한 말씀이지."

사제의 축언은 꽤 들을 만했지만 고어로 이루어진 기나긴 기도문은 좀 별로라고 생각하며 랑세는 케일의 얼굴을 돌아보았다.

"엄마가 할 만한 말요?"

"아, 그런 비슷한 말씀을 하신 적이 있어서."

"언제요? 지난번에 오셨을 때요?"

"아니. 더 예전에."

"군단장, 그만 자지그래? 어차피 불침번은 내가 설 텐데."

긴 탈출 길의 끝 무렵이었다. 마법사도 무관도 모두 엉망인 상태였기에 꽤 높은 직급의 레인 역시 불침번을 서야 했다. 모두가 지쳐 잠들어 있을 때, 레인은 뒤척거리며 불면의 시간을 보내는 케일을 향해 말했다.

"아니요. 괜찮습니다."

아미아의 말처럼 아무 생각 하지 않고 살아 보고자 했다. 어차피 전황이 급박해지면 생각보다는 생존이 우선이었으니 어려운 일은 아니었다. 하루, 그날 하루, 딱 그날 하루 살아 있는 것만, 생존만 생각하자.

그렇게 사는 것은 놀랍도록 쉬웠다. 고통 따위, 죄책감 따위 느끼지 않는 삶은 쉬웠다. 그러나 낮뿐이었다. 밤이 되면 낮 사이 꾹꾹 눌러 두었던 흔적들이 꿈에 스며들어 목을 움켜쥔다.

레인은 침묵하는 케일을 지긋이 바라보다 따스한 물 한 잔을 건넸다.

"마법사들이랑 같이 다니니 연기 없는 불 덕을 보는군. 좀 마시면 몸이 편해질 거야."

"……감사합니다."

물에서도 피 냄새가 나는 것 같지만 케일은 아무렇지 않은 척 마셨다. 이것은 깨끗한 물이고, 냄새는 자신의 착각임을 알고 있으니까. 둘 사이에 밤공기와 함께 고요함이 잠시 흘렀다.

"자지 않는 게 아니라 못 자는 게로군."

제 속은 누구에게나 빤히 읽히는 것일까. 케일이 묻는 듯한 얼굴로 바라보자 레인은 조용히 미소 지었다. 쓴웃음이라 할지라도 미소는 미소.

"이 바닥 생활을 한두 해 한 것도 아닌데, 전쟁을 치르면서 잠 못 자는 사람을 본 적 없었을까."

타인의 고통에 무감하지 않은 사람은 그만이 아닐 테니까.

자신만 고통스러운 것이 아니라는 사실에 안도하는 것은 몹시도 비열하게 느껴지지만 또한 당연한 일이 아닐까. 케일은 그렇게 생각했다.

"그래도 탈출하면서 자네가 잠깐이라도 자는 건 못 본 것 같네만. 그러고도 버티는 걸 보니 신기하군."

"아……, 그건 체내의 잉여 마력을 순환시키면 됩니다."

그 여파로 신경이 조금 예민해지기는 했지만, 견딜 수 있었다. 그 지독한 꿈에 시달릴 바에야.

작대기로 불을 쑤시던 레인의 손이 멈칫했다. 타닥, 하고 불꽃이 잠시 튄다. 불 그림자가 하얀 얼굴을 지나쳐 간다. 레인은 조심스레 물었다.

"나도 마법사들과 같이 일하다 들은 적 있네만, 그거, 생명력을 깎아 먹는 짓 아닌가?"

케일은 대답하지 않았지만, 대답한 것과 다름없었다. 레인은 침묵하는 케일을 가만히 보다가 중얼거렸다.

"각자 사정이 다르니 뭐라 말도 못 하겠군."

"검은 매께서는 겪어 본 적 없으시겠지요."

케일의 확신 어린 말에 레인은 작게 웃음을 터트렸다. 이곳이 탈출 길이 아니었다면 더 크게 웃었으리라.

"왜 없을까. 삭으나 크나 다들 겪는 것을."

레인은 오래전을 생각하는지 쓴웃음을 지으며 불을 쑤셨다. 타닥, 타닥, 타오르는 모닥불 안에 자신의 과거가 스쳐 지나가지만 더 덧붙이지 않았다.

이만한 사람도 자신과 같은 일을 겪어 보았다는 말에 케일은 또다시 안도를 느꼈고, 또 그런 자신의 비열함에 부끄러워졌다. 그런 비열한 사람이니 이런 전장에서 수백의 사람을 불태웠던 것이겠지마는.

"내 큰딸도 자네 또래지. 아니, 조금 더 어려."

레인이 조용히 말을 이었다. 레인의 큰딸. 레인은 탈출 길을 버티지 못하고 쓰러지고 넘어진 이들에게 자신의 큰딸에게 은혜를 갚기 전까지는 버티라고 하고는 엉덩이를 걷어찼다.

"우리 딸이 이러고 지낸다면 무척 속상할 것 같은데……. 어머님께서 걱정이 크시겠네."

케일은 한숨을 내쉬었다. 애초에 어머니의 말씀이 없었더라면 이토록 고통스럽지 않았을지도 모르는데.

"글쎄요, 어머니께서는 이러길 바라셨는지도 모릅니다."

전쟁이 시작되었을 때부터 지금까지 계속된 생각이, 마음 한편에 웅크리고 있던 원망이 저도 모르게 튀어나왔다. 연기 없는 모닥불의 그림자에 취했는지도 모르겠다. 말에 서린 칼날이 불꽃과 함께 튀었다.

레인은 멈칫했다.

"어째서 그리 생각하나?"

케일은 그가 들었던 말을 그대로 레인에게 전했다.

"만약에 그 말씀을 하지 않으셨다면, 제가 잠은 잘 수 있지 않았을까, 하고 생각합니다."

말을 하다 보니 몹시 부끄러워졌다. 아직도 자라지 못한 어린아이 같아서. 모든 걸 엄마, 아빠 탓으로 돌리는 아주 어린 아이. 레인은 무언가 말을 할 듯 입을 열었다가 다물었다.

"내 짧은 생각으로는 오히려 자네가 고통을 덜 받길 바라셔서 하셨던 말씀이 아닌가 싶은데……."

레인이 한참 만에 입을 열었고, 케일은 그런 게 아니라는 말이 튀어나오려는 것을 참았다. 레인이 자신들을 구해 준 사람이라서, 그냥 어른이라서, 어머니와 같은 부모의 입장이라서가 아니었다. 모든 것이 다 쓸모없다는 생각 때문이었다.

"타인의 고통에 무감하지 않은 사람은 자신의 고통에도 무감하지 않을 거야."

그런 케일의 마음을 아는지 모르는지 레인은 말을 이었다.

"그런 사람은 타인의 불행만큼 자기 불행의 깊이도 제대로 바라볼 수 있으니까. 그래서 그만큼 고통을 이겨 내는 방법을 더 잘 찾을 수 있을 테니까."

케일은 가만히 레인을 보다 고개를 저었다.

"무슨 말씀인지 잘 모르겠습니다."

"사실은 나도 잘 몰라."

하하, 웃으며 레인이 되받아치자 케일은 정말로 할 말을 잃었다. 알지 못하는 것에 대하여 어떻게 저렇게 쉽게 이야기할 수 있을까.

"우리 큰딸이 참 착한 아이거든. 누가 아프고 힘든 걸 금방 알아주는 아이야. 그래서 나도 여기에 올 수 있었고. 또 그런

만큼 자기가 행복할 수 있는 길을 금방 찾을 수 있는 아이야. 누가 가르쳐 주지 않아도 그렇더라. 아닌가? 우리 신랑 닮았으려나?"

딸의 이야기를 하는 레인의 표정은 항상 햇살 같았다.

"아마 누구나 우리 큰딸 같은 자식을 보고 싶을 거야. 그러니 어머님께서도 그렇게 말씀하셨던 것 같은데?"

"……결국 따님 자랑을 하고 싶으셨던 겁니까?"

레인은 크게 웃음이 터지려는 것을 얼른 손으로 막고 한참을 킥킥거리며 고개를 끄덕였다. 맞아, 맞아, 내 새끼는 어딜 가나 자랑하고 싶어. 얼른 돌아가서 내 자식들 끌어안고 웃고 싶지.

"어떤 사람은 무언가에 기대지 말고 스스로 바로 서라고 해. 그런데 말이야, 가끔도 기대지 않는다면, 사람들이 모여 사는 의미가 있을까?"

"제가 누군가에게 기대면 불면에서 벗어날 수 있으리라는 의미입니까?"

레인은 고개를 저었다.

"어쩌면 그럴 수도 있겠지. 그러나 그것만으로는 충분하지 않아, 군단장. 너무 빨리 포기하지 않아야 타인의 도움도 받을 수 있지."

"제가…… 포기한 사람 같습니까?"

레인은 케일을 말없이 바라보았다. 생명력을 깎아 먹는 짓을 하면서도 죽지 않고 바득바득 버티는 사람이 과연 포기한 사람일까 싶으면서도.

레인은 케일의 어깨를 툭툭 쳤다.

"내가 하고 싶은 말은 타인의 고통만큼 자신의 고통도 돌봐주라는 거야. 그러지 않으면 다른 사람을 연민하는 의미가 있겠나?"

케일은 여전히 이해할 수 없었다. 그럼에도 어린 시절처럼 더 물어보지 않았고, 레인 역시 이야기를 더 길게 끌지 않았다.

이날 밤의 대화 때문이었을까.

"막둥이 대장님, 이리 와 보시게!"

레인은 전장의 악귀, 케일에게 걸맞은 '인간 백정' 대신 '막둥이 대장'이라는, 말도 안 되는 별명을 붙여 부르기 시작했다. 케일보다 연배가 훨씬 높았던 부하들은 그날로 케일을 막둥이 대장님이라고 부르며 낄낄거렸다.

케일은 그 말이 짜증 나면서도 어떤 면에서는 안도가 되었다. 그래도 자신은 여전히 사람들 속에서 사람으로 살아 있구나, 하는 생각이 들어서.

지옥 불이 아니라. 여전히 사람들 속에서, 사람으로.

아군과 합류하여 다시 자기 손으로 만든 지옥도 앞에 서게 될지라도. 불길 속에서 죽어 가는 자신을 끊임없이 반복해서 볼지라도.

여전히 자신은 사람이구나, 하는 안도가.

그래서 전쟁이 끝나면 괜찮아지지 않을까, 하는 생각도 불쑥불쑥 들었다.

"케일! 어서 와!"

"막내야! 우리 막내!"

"얼마나! 얼마나 다행인지 모르겠다."

전쟁이 끝난 후 집으로 돌아왔던 날, 가족들과 가신들, 하인들 모두 케일을 반겼다. 가족들은 케일을 얼싸안고 아들의 이름을, 동생의 이름을 불렀다.

"어머니, 아버지, 다녀⋯⋯왔습니다."

케일의 인사에 무뚝뚝한 튀르하 공조차도 눈물을 글썽였다.

사랑하는 가족이 자신을 끌어안고 재회에 기쁨을 만끽하는 순간, 케일은 그게 낯설고 어색하기만 했다. 형과 누나의 장난에 짜증 난 적은 있어도 이런 순간은 온전히 받아들이곤 했는데. 그 낯선 자신의 모습에 적잖이 당황스러웠다.

표정 없는 케일의 얼굴에 가족들 역시 이상한 점을 느낀 듯했다.

"막내야, 괜찮니?"

"네, 형님."

릭스의 물음에 케일은 미소를 지으려 했다. 걱정 끼치지 말아야 하니까. 웃음을 만들어 보았지만, 어려웠다. 잘 만들어지지 않았다. 웃으려 해도 자꾸만 무언가가 막았다. 크게는 아니어도 늘 자그마하게 웃을 수는 있었는데. 그것은 케일에게도, 가족에게도 충격으로 받아들여졌다. 주춤, 형이 당황스러움에 한 걸음 물러선 순간.

"케일, 많이 피곤하고 힘들지? 일단은 쉬고 저녁 먹으며 이야기하자꾸나."

그래도 많은 사람을 만나고 겪어 보았던 아버지가 침착하게 아들을 방으로 올려 보냈다. 집으로 들어가는 동안 가족의 조심스러운 시선이 느껴졌다.

"똑같네."

삼 년 만에 돌아온 자신의 방은 출전하기 전날과 하나도 달라진 것이 없었다. 케일은 조심스레 책상을 만져 보았다. 먼지 하나 없다. 얼마나 많은 날, 가족들은 자신의 무사 생환을 기원하며 이 방을 이렇게 온전하게 남겨 두었을까. 한숨이 나왔다.

케일은 거울을 들여다보았다. 조금 말랐지만 변하지 않은 얼굴. 미소만 사라진 얼굴. 웃어 보자, 걱정 끼치지 않게 차분하게 웃어 보자.

그러나 기껏 만들어 낸 것은 차가운 비웃음뿐이었다. 이곳은 안전하고, 전역하였으니 더 이상 피를 볼 일도 없는데, 왜.

이상했다. 또한, 안도했다. 가족이 걱정할 것과는 별개로 웃지 못하는 얼굴은 나쁘지 않았다. 더는 웃으면 안 되는 사람이니까, 자신은.

침대에 누워 쉬려다가 그 생각에 또 멈칫하고 말았다. 이중적이어서 혼란스러웠다. 웃으면 안 될 것 같지만 웃고 싶었다. 자면 안 될 것 같지만 자고 싶었다.

행복하면 안 될 것 같지만 행복하고 싶었다.

'그냥 아무 생각 하지 마. 고민하지 말고, 생각하지 말고 그때를 즐겨, 그냥.'

아미아의 말처럼, 아무 생각 하지 말아야 한다. 그러나 평화로운 세상에서는 전장에 있을 때처럼 생존만 생각하기에는 너무 많은 것들이 떠올랐다. 다 배부른 소리, 배부른 소리다. 전쟁만 없다 뿐이지 저 바깥에는 아직도 생존을 위해 절박한 사람들이 있는데.

어차피 잘 수 없다는 걸 알기에 케일은 침대에 누웠다가 오랜만에 돌아온 집이나 둘러보기로 했다. 변한 자신은 낯설어도 집은 낯설지 않았기에 복잡한 심사에 위로가 되었다.

그러나.

"내가, 내가, 내가 말렸어야 했습니다, 내가 더 말렸어야 했어요. 억지로라도 잡아 두었어야 했어요."

"공, 공!"

"내가, 아이가 하고픈 대로 하라고 말한 내가 죄인입니다. 내가 어리석은 사람이었어요, 내가!"

"공, 케일은 괜찮아질 겁니다, 괜찮아질 거예요."

가주의 방 안에서 새어 나오는 소리에 그 잠깐의 위로는 여지없이 허물어졌다. 어머니가 아버지 앞에서 비명처럼 내지르는 통곡 섞인 소리를 우연히 듣지 않았더라면, 과연 집을 나오지 않았을까.

단 한 달이었다. 전후 집에서 보낸 시간이.

밤마다 잠들지 않는 자신의 모습은 하인을 통해 고스란히 가족들에게 전달되었고, 웃지 못하는 모습은 불면만큼은 아니더라도 충분히 걱정을 끼칠 만했다. 집안의 모든 사람이 어찌할 바 몰라 했다. 어머니와 큰누님은 아무것도 모르는 척하려 애쓰면서도 곧 깨질 유리를 보듯 자신을 바라보았고, 아버지와 둘째 누님, 셋째 형은 전보다 더 과장되게 장난치고 우스갯소리를 했다.

부모님이 수면 향을 자신에게 건넸던 날, 케일은 집을 나가기로 결심했다.

"어머니, 마법사들을 위한 아파트가 있습니다. 저도 이제 독립할 나이라고 생각합니다."

케일의 말에 튀르하 공은 한참 동안 말없이 막내아들을 바라보다 입을 열었다.

"어째서?"

"저도 나이가 있으니 말입니다. 릭스 형님과 렐리프 누님은 진작 독립하지 않았습니까?"

"릭스는 자기 애인과 편하게 산다고 나갔고, 렐리프는 결혼해서 나가지 않았니."

"어머니, 그렇지 않더라도 독립은 할 수 있습니다."

케일의 고집 어린 말에 아버지가 한숨을 내쉬었다.

"케일, 솔직하게 이야기하자꾸나. 너, 요새 잠이나 자는 게냐?"

이제는 답 대신 침묵하는 것에 익숙했다. 아버지는 다시 한 번 침통한 목소리를 냈다.

"케일, 도움을 받는 것은 나쁘지 않다. 수면 향이라도 사용하면 좀 편하게 자지 않겠느냐?"

수면 향, 솔직히 전장에서도 한두 번 써 본 적 있다. 그러나 수면 향보다 강한 것은 원귀들의 목소리였다.

"제가 만든 시체가 몇 구인데 어찌 편한 밤을 바라겠습니까."

이제는 꿈도 꾸지 않고 자는 시간이 자신에게는 어울리지 않았다.

"케일!"

두 분의 절망 어린 표정에 말을 뱉어 놓고 후회했다. 너무 생각 없이 살았기 때문이었을까. 이런 말, 부모의 상처를 헤집는 말이었을 텐데. 이래서 타인의 고통에 무감하지 말라고 했던가.

튀르하 공은 한참 만에, 아주 한참 만에 입을 열었다.

"나는…… 재판관으로 일하며 많은 죄인들을 보았다."

젊은 시절 튀르하 공은 재판관으로 일했다.

"빵 하나 훔친 사람부터 살인을 저지른 사람까지, 정말 다양한 죄를 저지른 사람들을 보았다. 그 사람들 모두 형무소에 보냈다. 사람들은 큰 죄를 저지른 사람들, 이를테면 살인죄를 저지른 사람들 모두 죽어야 한다고, 사형대로 보내야 한다고들 말한다. 살 가치가 없는 사람들이 어찌 두 발 뻗고 잠이 드냐고 하더라."

당연한 일이다. 타인의 생을 망가트려 놓고 잠들 수 있길 바라는 것만큼 염치없는 일이 어디에 있을까. 그렇기에 자신도.

"크게 틀린 말은 아닐 게다. 그런 이들이 어찌 웃고 행복하게 살겠느냐."

튀르하 공은 아들이 어렸을 때처럼 가만히 케일의 머리를 쓰다듬었다.

"그러나 또 그렇게만 되지 않더구나."

사회에는 법이 있지만, 삶에는 어떤 법이 존재하지 않는다.

"그 행복이란 게 대단한 것이 아니어도, 짧게 웃는 순간이어도, 그들에게도 그런 순간이 있었단다."

빵을 하나 훔친 이는 감옥 동기와 함께 웃기도 했고, 살인죄를 저지른 이는 가족의 방문에 웃기도 했다. 그 순간은 길지 않았다. 잠깐 웃는 그 순간뿐일 수도 있었다. 그러나 그들이 그 순간 행복했던 것은 부정할 수 없다. 그것은 죄의 경중과 인품, 그 어느 것과도 상관없이 행복하고자 하는 인간의 본능 때문일지도 모른다. 법으로도, 도덕으로도 누를 수 없는 어떤 본능.

"죄짓지 않고 산 사람이라 하여도 불행한 순간이 없지 않듯이, 죄지은 이라도 행복한 순간이 없을 수도 없지."

"더군다나 네가 참전하여 적군을 물리쳤던 것은 죄가 아니기도 하고 말이다."

아버지가 덧붙였고, 케일은 허벅지에 올린 주먹에 가만히 힘을 주었다.

"……타인의 고통에 무감하지 말라 하셨습니다."

"케일, 너는 타인의 고통을 정말 바로 보고 있느냐?"

튀르하 공의 말을 이해할 수 없었다. 여전히.

"정말 바로 보고 있다면, 어째서 네 고통은 보지 못하느냐?"

"보지 않았으면 제가 이럴……. 아니, 아닙니다."

케일은 무언가 터져 나올 것 같아 말 대신 침묵을 택했다. 싸우고 싶지 않았다. 귀찮았다, 일일이 논박하는 것은. 너무 오래 생각 없이 살았나 보다.

튀르하 공은 아들의 침묵 속에 담긴 부정을 눈치챘음에도 더 몰아붙이지 않았다. 어쩌면 알았던 것일 수도 있다. 가족에게 조차 말하기 싫은 아들의 깊고 깊은 피로함을.

아버지만이 그래도, 그래도, 하는 말을 덧붙이려 하자 튀르하 공은 손을 들어 남편을 막았다.

"그래, 집이 불편하여 편히 쉴 수 없으면 나가 있는 것도 괜찮겠지. 다만 약속해 줄 것이 있다."

"말씀하십시오."

"한 해에 한 번, 적당한 날에 친구와 함께 집으로 식사나 하러 오렴."

"친구……, 말씀입니까?"

"네가 누구와 지내는지 알면 어떻게 생활하는지도 알 수 있을 테니까."

"네……."

그렇게, 집을 나왔다.

"야! 너 집이 수도 아니랬냐?"

아파트에서 다시 만난 아미아.

"나이도 있는데 나왔다."

"넌 전쟁도 끝났는데 왜 또 죽상이야?"

"아미아."

"아직도 못 자냐?"

불면으로 예민해지니 아미아가 아무렇지 않게 하는 말이 거슬렸다. 케일은 날을 세워 노려봤지만, 아미아는 어깨를 으쓱였다.

"됐다. 말을 말자."

케일은 귀찮아서 고개를 저었고, 아미아는 이겼다는 듯 빙그레 웃었다.

"내기해야지."

"뭘?"

"너 언제 자는지 사람들이 엄청 궁금해할 거야!"

까르르, 웃으며 올라가는 뒷모습에 다시 한번 한숨을 쉬었다. 그리고 책을 눈에 담았다. 아무 생각 하지 않기 위해 한 자, 한 자, 공들여 읽었다. 세상 사람들과 엮이기 싫어 공관 순환 근무 대신 기숙사 총관리인을 택한 덕에 시간은 있었다.

관리사무실에서 책이나 읽으며 시간을 보냈다. 아파트에 하나둘 새로 오는 사람들이 있었고, 나가는 사람들도 있었다. 익숙해진 사람들도 있었고, 여전히 낯선 이들도 있었다. 가끔 말을 섞고 어울리거나 도와주어도 크게 관여하지는 않았다. 더는 타인에게 필요 이상으로 신경 쓰지 않고 싶었다.

타인의 행복에도.

상처에도.

다행히 아파트의 마법사들 역시 다른 사람의 존재 자체에 무감한 면이 있어 귀찮게 굴지 않았다. 관리사무실은 작고 안락한 무덤이었다. 케일은 언제까지고 안락한 무덤 안에서 의미 없는 숨을 이어 가리라 생각했다.

"저기요, 여기 남자 기숙사잖아요."

착각이었다.

새로 온 사람. 처음에 케일은 그 사람이 문관일지라도 자신의 생활이 크게 달라지리라 생각지는 않았다. 어차피 자신을 꺼리는 것이 바로 눈에 보였으니까.

다만 그 사람은.

"와렌, 소금."

제 작은 호의를 바로 알아본 듯 미소를 보내는.

"저기요, 출퇴근길 함께 가요. 내일 퇴근하고 나면 맛있고 단거 먹으러 가요. 가서 우리 과장님 욕도 하고 그래요. 이따가 밥같이 먹을까요? 내가 그래도 괜찮아요?"

타인의 고통에도 눈물을 보내는, 그런 사람이었다.

그래서였을까, 계속 눈에 들어왔다. 책에서 고개를 들고 그 뒷모습을 바라보게 되었다. 무관하지 않게 겹쳐지는 일상.

"전쟁에서 쓰인다면 뭐라도 하기 싫어요. 그냥 그거예요."

그 말을 듣는 순간, 가슴 한편이 욱신거렸고 다시 한번 지옥이 떠올랐다. 그렇구나. 당신도 지옥에 누군가를 보냈던 사람이구나.

"누가 참전했었나?"

"……엄마요."

어쩌면 자신은 살아 있기에 지옥을 겪고 있는 것인지도 몰랐다. 저 사람도, 살아 있기에.

기운 없이 계단에 앉아 있는 뒷모습에 자신도 모르게 메신저를 보냈다. 어릴 적 침대 한쪽을 차지했던 커다란 곰 인형 같은 것처럼. 부드러운 것은 때로 마음에 위로를 보내니까. 메신저를 쓰다듬는 그 사람의 손길을 자신도 느낄 수 있었다. 위로를 보냈던 만큼 돌려받은 그 손길에 그저 가만히 눈을 감았다.

"많은 일이 있었지만…… 그래도 엄마는 살아 계세요."

그래서 제 오판에 부끄러워졌지만, 후회는 하지 않았다.

자꾸 그 뒷모습을 바라보게 되었다.

'야 이놈들아!'

웃고 떠들고 화내고 수많은 다양한 모습들은 세상에 존재하는 살아 있는 많은 것들을 떠올리게 했으며.

'얘…….'

눈물은 전장에서 죽어 간 많은 것들을 떠올리게 했다. 그 때문에 마법을 썼다.

남은 숨결 하나를 걸어 잠시만 멀리 날아갈 수 있게 하는 마법을.

그 사람은 어렵지 않게 눈치챘음에도 모른 척, 그저 울음으로 작은 생물을 보내 주었다.

얼마 만인지 모르겠다. 어떤 사람이 슬프지 않길, 행복하길 바라며 마법을 사용한 것이.

그날, 책 대신 두 손을 한참 동안 바라보았다.

처음은, 아주 처음은 무언가를 해낼 수 있다는 마음으로 시작했던 마법이었다. 재능에 대한 확신과 힘에 대한 쾌감. 그 이후로는 누군가를 행복하게 해 주고 싶다는 마음으로. 그리고는 어떤 기쁨과 보람보다는 관성과 일상이 되어 버린 마법. 후에는 저주 같은 기분만 들게 했던 마법.

이제는 다시 어떤 사람의 슬픔을 달래 주기 위한 것. 아무도 내려오지 않는 까만 계단을 바라보았다. 내일 아침이면 그 사람은 다시 계단을 걸어 내려와 공관으로 출근할 것이다. 다시 일상으로 돌아갈 것이다. 당연하다. 자신의 마법이 없었어도 당연히.

그리고 웃으며 행복하게 일상을 영위하겠지.

"자, 신랑, 신부는 맹세의 말을 하고 입맞춤을 하세요."

사제가 기나긴 축사를 끝내고 드디어 마무리 말을 했다. 손을 비단 끈으로 묶어 이은 타루와 에세가 마주 보았다. 두 사람은 서로의 무엇을 보고 있는지 한동안 말없이 그렇게 서 있었다.

"에세."

타루가 조심스럽게 입을 열었다. 그의 눈에 눈물이 그렁그렁한 게 멀리서도 보였다. 하기야 에세와 결혼하기 위해서 얼마나 많은 위기를 넘었던가. 랑세는 때아니게 공감하며 다 큰 자식을 보는 엄마 같은 미소를 지었다.

"나랑 결혼해 줘서 진짜 고마워. 그리고 행복하게 해 주려고 노력할게. 아니, 행복하게 해 줄게."

긴장했는지 조금 더듬긴 했어도 타루는 말을 무사히 마쳤다. 어른스럽지도 않고 멋들어지지도 않은 맹세의 말이지만 그 어느 말보다 진심처럼 들렸다.

그러나 에세는 미간을 팍 좁혔다.

"뭐래."

그 말에 하객들과 사제는 무척이나 당황한 듯했다. 하지만 여기 신랑보다 더 당황한 사람이 있을까.

"에, 에세?"

"바보, 누가 누굴 행복하게 해 줘?"

쪽, 에세는 발꿈치를 들어 타루에게 입을 맞추었다. 타루는 두 눈을 끔뻑이기만 했을 뿐이었고.

에세는 씨익 웃어 보였다.

"너랑 나랑 다 같이 행복해져야지."

"에, 에세……, 네가 행복하면 나는 당연히 행복한 거야."

에세의 말에 감동한 타루가 에세를 끌어안고 격렬하게 입맞춤을 하려 했으나 이번에는 에세가 흠칫 뒤로 물러났다.

야, 야, 나, 배, 배, 그렇게 끌어안으면 안 돼.

아, 미안, 미안.

타루가 어찌할 바 몰라 하다 고개를 쭉 빼내고 쪽쪽 다시 입을 맞추었다.

그 꼴을 보고 있던 마법사들의 얼굴이 일그러졌다. 으아악, 저게 뭐야, 소름 돋아. 그런 마법사들의 모습에 랑세는 흐뭇한 웃음을 지으면서도 동시에 코웃음을 쳤다. 저 꼴 보려고 오는 게 결혼식인데 뭘 기대했담. 입 밖으로 말을 종알거리며 동의를 구하듯 케일을 돌아보았다. 그런데 당황하고 말았다. 케일의 얼굴이 그 어느 때보다 굳어 있었기에.

어, 진짜 결혼식에 무슨 사연 있나. 그런 일 전혀 없다는 걸 알지만, 꼭 에세와 사귀었던 사람 같아 보인다.

"케일 씨?"

그에 당황하여 랑세가 케일의 옷자락을 슬며시 잡아당겼다. 아저씨, 표정, 표정. 표정 관리하세요!

"왜 그러세요?"

"뭐가?"

"그, 저기, 좀, 뭔가 불편하신 거 아닌가 싶어서, 그…….."

"아? 아."

랑세의 말을 듣고서야 케일은 제 표정이 이상하다는 걸 깨달았는지 손으로 얼굴을 만지작거렸다. 이번에는 대답을 듣겠다는 듯 랑세는 케일의 옷자락을 붙든 채로 계속 지켜보았다. 그런 랑세의 모습에 케일은 말을 고르는 듯하다가 한숨처럼 대답을 토해 냈다.

"그냥 궁금해져서."

"뭐가요?"

"사람이 행복해지려면 어떻게 해야 하는지."

케일의 말에 랑세 역시 굳어 버렸다. 질문이 황당해서가 아니었다. 그런 질문을 한다는 것은, 자신이 불행하다는 뜻.

그러니까 아마도, 당신은.

"자, 이제 타루 가이르와 에세 베누가 부부가 되었음을 선언합니다."

랑세의 당황과는 상관없이 결혼식은 계속되었고, 사제는 자애롭게 웃으며 두 사람이 부부가 되었음을 선언했다.

"와! 축하해!"

"축하한다!"

"축하합니다!"

펑! 펑!

마법사들 덕에 귀하디귀한 불꽃이 여기저기서 펑펑 터진다. 이 실내에서 불도 안 내고 불꽃놀이를 하려면 마법사들의 재주 말고는 없었으니.

비마법사 하객들은 처음 보는 광경에 탄성을 내뱉었고, 귀한 마법사 사위를 둔 에세의 부모에게 아낌없이 축하를 건넸다.

"거, 에세가 고른 녀석이니 둘이 알아서 잘 살겠지요."

에세의 아버지가 사위 칭찬에 불퉁하게 답했다. 언젠가 타루가 한 이야기로는, 저분에게 크게 얻어맞았다고 한다. 당연하지, 귀한 따님에게 큰 사고를 쳤는데. 물론 그래서 타루는 이 악물고 열심히 맞았다고 했다.

"자, 음악! 음악!"

오늘을 위해 고용한 악사들과 재주 있는 이웃들이 연주를 시작했다.

그냥저냥 사는 집에서 얼마나 많은 악사를 고용할 수 있었겠는가. 사람들이 가득한 식장의 와자한 소리에 음악이 잠시 묻히는 듯했지만, 그것은 문제가 되지 않았다. 세상 사람 수에 비하면 한 줌밖에 안 되는 마법사들이 여기에는 드글드글하니까.

누군가의 마법에 악기 소리가 쩌렁쩌렁 울려 퍼졌다. 악사들이 잠시 멈칫했지만, 곧 신나게 음악이 이어졌다.

"첫 춤! 첫 춤!"

사람들이 환호하는 소리에 타루는 긴장한 낯으로 케일을 힐끔 돌아보았다. 케일이 고개를 끄덕였고, 타루 역시 맞추어서 눈으로 인사하고 에세의 손을 잡았다.

"뭐예요?"

여태껏 케일의 말에 당황해 있던 랑세는 케일이 엷은 미소를 지으며 눈짓하는 것을 발견하자 당장에 궁금증이 일었다.

"내가 가르쳤거든."

"네?"

"춤."

'케일 선배님, 선배님께서는 귀족가 출신으로 알고 있습니다.'

'그런데?'

'제가 알기로 귀족분들은 어렸을 때부터 춤 같은 것도 교육받는다고…….'

'그렇지. 그런데?'

'제게…… 춤을 가르쳐 주십시오.'

결혼 전에 타루가 비장한 얼굴로 찾아왔더랬다. 관리사무실 앞에서 무릎까지 꿇고서는.

'어째서?'

'결혼식에서 춤을 춰야 하는데 제가 못해서 에세가 부끄러워하는 걸 원하지 않아서요.'

"진짜요?"

"내가 거짓말을 왜 하나?"

"그래서, 타루 씨는 잘 배웠어요?"

케일은 대답 대신 턱 끝으로 신랑 신부를 가리켰다. 오오, 하고 랑세는 탄성을 냈다. 한때 마법사들의 건강과 운동을 관리했던 랑세는 마법사란 놈들이 얼마나 뻣뻣한 몸을 가지고 있는지 알고 있었다. 그러나 지금 타루는 수십 년간 춤만 춰 온 사람처럼 부드럽고 능숙하게 에세를 이끌고 있었다.

"얼마나 굴리셨어요?"

엄청난 훈련이 뒷받침된 것이 틀림없기에 그렇게 물었다.

케일은 밤마다 타루에게 춤을 가르쳤던 때를 떠올렸다. 땀범벅이 되어서 쓰러지고 또 쓰러져도 타루는 다시 일어나서 떨리는 손으로 케일의 손을 잡았다. 군 마법사들이 체력 훈련을 할 때도 이 정도로 독하지 않았는데, 케일조차도 약간 질렸었다.

"조금."

"조금?"

"조금, 많이."

조금 많이 정도로는 저렇게 춤출 수 없을 텐데. 랑세는 고개를 절레절레 저으며 말했다.

"진짜 대단하네요."

타루의 춤 실력을 하나도 기대하지 않았던 에세는 처음에는 눈만 동그랗게 떠 어어어, 하고 끌려다니다가 곧 환한 웃음을 터트리며 적극적으로 춤을 추었다. 감미로운 음악에 맞춘 아름

다운 춤에 모두가 미소 짓는다. 어쩌면 세상에는 사람을 행복하게 만드는, 적어도 불행하지 않게 만드는 방법은 많은가 보다. 마법 말고도.

랑세는 순간 아, 하고 소리를 냈다. 그 소리에 케일이 돌아보았다.

"있잖아요, 케일 씨."

"음?"

"노력하면 되는 것 같아요."

갑작스러운 말을 이해할 수 없어 케일은 랑세를 바라보기만 했다. 랑세는 자신의 입으로 이런 말을 하는 것이 어색하고 부끄러운지 쑥스러운 웃음을 지으며 말을 이었다.

"행복해지는 노력요. 많은 사람이 다 같이, 작은 일부터요."

랑세가 손으로 타루를 가리켰다. 좋아하는 여자를 행복하게 만들기 위하여 안 되는 체력과 몸으로 노력했다. 쓰러져도 다시 일어나고, 또다시 일어나고. 그전에는 입어 보지 않은 소매 좁은 옷을 입으려고도 해 봤다. 그 덕에 지금 두 사람은 세상에 자신들보다 더 행복한 사람은 없다는 듯 웃고 있다.

"혼자서 힘들면 도움도 받고요. 케일 씨가 타루 씨에게 춤을 가르쳐 주신 것처럼요."

우리 엄마를 데려다주신 것처럼요. 랑세가 작게, 그러나 단호하게 덧붙였다. 그 말에 케일은 잠시 멈칫했다.

그렇구나.

그 잠시 사이, 눈앞에 있는 이 사람과 아파트의 마법사들이 머릿속을 스쳐 지나갔다. 당신과 그들은.

‘이 쓸모없는 것!’

‘저는 뒬트렝 사건의 생존자입니다.’

‘랑세, 너 때문이다! 너 때문에 네 동생이 죽은 거야!’

상처를 받았고, 고통스러워했으며, 동시에.

‘혈통을 물려주신 것은 두 분이지만, 더는 두 분을 가족이라고 생각하지 않아요. 저는 여기 있는 아파트 사람들이 오히려 더 가족 같아요. 여기서 나가면 다시 보지 않았으면 좋겠어요.’

‘마땅히, 이게 옳은 일이기 때문이에요.’

아파트에 있는 모든 마법사들과 그 밖의 세상 모든 사람들이 일부러 행복이라는 이름을 가져다 붙이지 않았더라도, 즐겁고 기쁘기 위해서 노력한다. 작게 혹은 크게.

고통의 무게를 재지 말라는 제 말이 어리석었다. 다들 크고 작은 상처를 가지고 있으나, 일어서기 위해 노력한다. 타인의 손을 잡아서라도.

그리고.

케일은 다시 자신의 손을 내려다보았다. 행복해지려는 노력에 그들의 한 손 보태기도 했다.

무엇 때문에 오래된 전우를 찾았고, 무엇 때문에 오래된 인연을 수도로 불러들였던가.

마법으로 타인을 고통스럽게 했고 자신을 고통스럽게 했다면, 이제 다시 타인을 조금은 더 편하고 기쁘게 해 주려고 했던 것은. 행복이라는 거창한 말은 아닐지라도.

'죄짓지 않고 산 사람이라 하여도 불행한 순간이 없지 않듯이, 죄지은 이라도 행복한 순간이 없을 수도 없지.'

타인을 행복하게 만들려고 했던 것은. 모르는 사이에 웃음이 많아졌던 것은.

자신은 이미 일어서고 있던 것. 어떤 길을 향하여.

어린 시절, 아주 어린 시절, 작은 행복을 고이 간직하기 위해 부렸던 마법. 그러나 어렸던 아이는 그 행복이 꽃 속에 숨어 있는 것이 아니라 그 꽃을 어머니께 전해 주던 그 손끝에 숨어 있었음을 몰랐다.

그러나 또 당신이.

'그거, 케일 씨가 어머니께 해 드린 마법요.'

어두운 길목마다 자신이 쓰던 촛불의 불을 옮겨 주고, 길을 밝히며 가는 사람.

'타인의 고통에 무감하지 않았으면 좋겠구나.'

'누군가 아프고 힘든 걸 금방 알아주는 아이야. 그래서 나도 여기에 올 수 있었고. 또 그런 만큼 자기가 행복할 수 있는 길을 금방 찾을 수 있는 아이야.'

아마도, 그래서 당신의 뒷모습에서 시선을 떼지 못했던 것이겠지.

아마도, 그래서 당신이 누군가와 만나는 모습에 괴롭게 눈을 감았던 것이겠지.

아마도 나는 당신을.

"케일 씨?"

랑세는 케일을 불렀고. 케일은 랑세를 바라보았다. 케일의 눈과 그 미소가 어떤 의미를 담고 있는지 몰라 랑세는 할 수 있는 말이 없었다. 그 침묵은 하객의 소란에 다시 묻혔다.

"와! 진짜 최고다!"

"타루! 타루! 타루!"

"에세! 에세!"

두 사람이 첫 춤을 끝내고 입맞춤으로 인사를 대신하자 사람들은 환호했다. 에세가 타루에게 무어라고 말하며 열정적으로 입을 맞추는 바람에 에세의 아버지가 얼굴을 일그러트린 것은 그다지 중요하지 않은 사건처럼 지나가고, 다시 새 음악이 시작되었다. 부드럽고 감미로운 음악이 아주 조금 빨라졌다. 이제 신랑, 신부, 그리고 하객을 위한 시간이다. 삼삼오오 사람들이 나와 서로 손을 붙들고 춤을 추기 시작했다.

"오오, 내 시간이야! 마법사의 춤을 보여 주지!"

아미아가 냉큼 그 판에 끼어들었다.

"와렌……, 저기 나랑…….."

"어이, 무즈, 이리 와. 내가 잘해 줄게."

"서, 선배님?"

아미아는 붉어진 얼굴로 와렌에게 춤을 신청하는 무즈의 손을 잡아챘다. 빙글빙글, 무즈는 아미아의 손에 마구 굴려졌다. 그걸 시작으로 다른 마법사들 역시 하나둘 어설프게 옆 사람에게 춤을 신청해 두 손을 잡고 타루를 흉내 내어 보지만, 하나같이 엉망진창인지라 사람들을 웃기고 말았다. 웃기려고 일부러

하는 짓이 아니라는 게 제일 웃기는 점이지만.

그 폭소에 랑세 역시 웃음을 터트렸다. 그 웃음을 가만히 바라보고 있던 케일이 벽에서 등을 떼고 랑세의 앞에 섰다. 갑자기 시야를 가리는 커다란 키에 랑세는 고개를 들었다.

"랑세."

"네?"

"행복에 노력이 필요하다고 했지?"

"어……, 네."

"다른 사람의 도움을 받아도 되고."

"어, 네."

얼굴이 달아오르는 이유는, 자신이 했던 낯간지러운 말 때문이라고 생각하기로 했다.

"그럼, 좀 도와줄 수 있을까?"

케일은 랑세에게 손을 내밀었다.

"네?"

랑세는 케일이 내민 손을 내려다보았다. 지금껏 몰랐다. 제게 도움의 손길을 내밀었던 이 사람이 도움을 바라며 내민 손에는 크고 작은 흉터가 몹시도 많았음을.

"제가 어떻게……."

"랑세 엔나 양."

케일의 목소리는 묵직하고도 정중했다.

"저와 춤을 춰 주시겠습니까?"

허리를 숙인 채 청하는 말에 랑세는 이유 모른 채 굳어 버렸다. 문관 시험 과목 중 하나인 예법을 위해 춤에 대한 기본도 배웠기 때문에 이 정도는 얼마든지 할 수 있건만, 네, 소리도 내지 못한 채. 케일은 그런 랑세를 재촉하지 않고 그저 미소 지었다. 몹시도 부드럽게.

"바, 발 밟을지도 몰라요. 그래도 괜찮다면……."

랑세는 케일의 손에 자신의 손을 얹었다. 흉터 많고 거친 손이 랑세의 손을 감쌌다. 케일의 손은 크고 따뜻했다.

"괜찮습니다. 제가 잘 추니까요."

"아, 으……, 케일 씨? 갑자기, 그 말……."

뭔가 도련님 소리만큼이나 어울리는데 어울리지 않아서 랑세가 얼굴을 일그러트리자 케일이 다시 미소 지었다.

"자."

춤추는 사람들 한가운데서 케일은 조심스럽게 랑세의 손을 다시 붙들어 자세를 잡았고, 랑세 역시 조금은 긴장한 채로 손을 맞잡았다. 어쩐지 목이 바짝 타서 침을 꿀꺽 삼켰다.

"고맙습니다."

"아니, 그 말투……. 갑자기 그러시니까 어색해서."

"이런 자리는 이런 게 어울리지 않겠습니까?"

"어, 으, 그래도."

부드럽게 춤이 시작되었다. 케일은 정말로 춤을 잘 췄다. 기억이 가물가물한 발 박자를 어색하지 않게, 부드럽게 이끈다. 랑세의 어깨와 손을 조심스럽게 붙들었으면서도 가야 할 방향을 어김없이 잘 잡아 준다. 가만가만히, 그가 지금껏 뒤에서 도와주던 것처럼.

"어……. 춤 자주 추시나 봐요."

"아니요, 그저 몸이 기억하는 것뿐입니다."

"아니, 그, 좀 평범하게 말씀하시면……."

"이런 거 좋아하지 않습니까?"

"제가요?"

케일이 랑세를 한 바퀴 돌리며 웃었다.

"하흘 군이 이럴 때는 좋아하셨잖습니까."

"네?"

아니, 이건 또 무슨 소리란 말인가. 하흘이 그러거나 말거나.

"그건 하흘 씨고요. 케일 씨는 케일 씨 원래 모습이 제일 좋지 않나요?"

진짜 분위기 때문에 억지로 목소리를 억눌렀기에 망정이지, 이런 장소가 아니었다면 비명이 튀어나올 뻔했다.

"저의 그런 모습도 괜찮습니까?"

"아, 진짜, 네, 네. 제발!"

"그래?"

아, 드디어 돌아왔다. 익숙한 말투에 안도의 한숨이 튀어나왔다.

"랑세."

"네?"

케일이 무어라 말을 걸었지만 등을 붙여 도는 동작 때문에 말이 끊기고 말았다. 케일은 더 말을 잇지 않았다. 랑세는 재촉

할 수 없었다. 어쩐지 목소리가 무거워서. 묵직해서. 짧아진 말에도 정중해서. 그래서 왠지 모르게 움츠러들고 겁이 나서.

둘의 춤은 얼마 지나지 않아 끝났다. 곡이 시작된 지 한참 뒤에나 합류한 탓이었다. 춤이 끝나자 서로 인사하고 박수를 보내는 사람들 사이에서 케일과 랑세는 서로 바라보고만 있었다.

"랑세."

"네?"

뭔지 모르지만 얼른 하세요, 하는 마음 반, 하지 마세요, 하는 마음 반. 케일이 손을 내밀었다.

"내가……."

그때, 음악이 바뀌었다. 빠른 속도의 음악이 시작되었다.

따다다, 따다라라라.

이 음악은 다 같이 원을 만들어 춤을 추는 곡. 결혼식에서 으레 추는 춤이기에 사람들은 아는 사람 모르는 사람 할 것 없이 팔짱을 끼었다. 멍하니 서 있던 랑세의 팔에도 와렌의 팔짱이 껴졌고, 저쪽 케일에게도 아미아가 다가와 팔짱을 끼었다.

"뭐 하냐, 멍하니 서서?"

"아미아!"

케일의 외침에도 아미아는 꿋꿋하게 팔짱을 빼지 않았다.

"결혼식이잖아! 남의 결혼식에서 죽상으로 있다가 춤까지 망칠 거야?"

아미아 씨, 당신이 할 소리인가요. 랑세는 그렇게 외치려다 말았다. 맞는 말이라서.

이미 시작된 사람들의 발 박자에, 멈춰 있는 케일과 랑세 쪽만 원이 일그러져 버렸다. 케일은 결국 한숨을 토해 내면서도 랑세의 남은 팔에 팔짱을 끼었다. 랑세를 돌아보며 케일이 피식 웃었다. 랑세는 어어, 하다가 그의 얼굴에 남아 있는 어떤 가벼움에, 마치 자신이 아파트로 돌아왔던 날처럼 짓는 미소에, 결국 마주 웃고 말았다.

"아! 움직이라니까!"

"아, 알았어요!"

아미아의 외침에 랑세는 짜증스럽게 답했다. 그와 함께 랑세와 케일의 발도 움직이기 시작했다.

하나, 둘, 하나, 둘.

셋, 둘, 하나.

허, 하나도 안 어울리는데 이것도 잘 추네. 랑세 역시 이것만큼은 축제 때나 명절 때도 자주 추었던 춤인지라 익숙하게 추었다.

박자에 맞추어 움직이는 발은 즐거운 곳을 가는 사람들의 것 같다. 그래서일까. 따딴따단, 따딴따단, 북소리와 현악기 소리가 어우러지고, 원이 때때로 박자를 놓친 사람들 때문에 어그러져도 웃지 않는 사람은 아무도 없었다. 케일마저도.

랑세는 부지런히 발을 움직이면서 때때로 케일의 옆모습을 훔쳐보았다. 어떻게 하면 행복해지는지 묻던 불행한 사람은 없었다. 랑세 역시 결국 웃고 말았다. 어딘지 모르게 단단해 보이는 얼굴. 케일이 무엇을 말하려고 했는지 몰라도.

"그래도 좋네요!"

"뭐가?"

음악과 웃음에 바로 옆 사람의 목소리도 잘 들리지 않아 랑세는 목소리를 높였다.

"다들 웃으니까요!"

불꽃이 다시 떠오르고 축복의 꽃이 그 빛에 반짝인다.

모두가 웃는 밤. 행복이 가까운 밤.

당신과 나, 그리고 우리 모두에게.

외전1) 세탁기와 당신

드르륵, 드르륵, 우르르르득.

랑세는 눈살을 찌푸리며 읽던 책을 덮고 세탁 마도구 앞에 쪼그려 앉았다. 세탁 마도구에서 나는 저 이상한 소리는 분명 고장의 전조다.

불길하네. 랑세는 눈을 가늘게 떴다. 셋, 둘, 하나.

우타타타타당. 푸쉬쉬.

"어휴. 이럴 줄 알았지."

큰 소리를 내고 모든 동작을 멈춘 세탁기의 꼴에 랑세는 한숨을 내쉬었다. 그래도 멈춘 정도로 끝나서 다행이다. 지난번에는 세탁기가 거품과 함께 세탁물을 토해 냈었다. 마도구에 토해 내다라는 표현이 맞는지 누군가 묻는다면, 팔렝주 다섯 병을 마시고 집 앞에서 큰 실례를 했던 이웃 아저씨의 모습과 똑같다고 설명하리라.

어쨌든, 랑세는 잔뜩 젖은 빨랫감을 꺼내 다른 세탁기에 집어넣고 0층으로 올라갔다.

"케일 씨."

오늘도 여전히 관리사무실에서 책을 읽고 있던 케일은 랑세의 부름에 냉큼 고개를 들었다.

"무슨 일 있나?"

"세탁기가 고장 났어요."

"아, 그렇군."

케일은 책을 덮고 자리에서 일어나다 멈칫하고는 음, 하며 다시 자리에 앉았다.

"왜 그러세요?"

세탁 마도구 으레 아파트의 마도구 개발계 마법사들이 수리하곤 했다. 관리사무실에서 그들에게 메신저를 보내거나 직접찾아가 수리를 맡기는 방식으로. 지지난달의 수리는 마지막으로 타루가 맡았다.

"엇."

그러고 보니까 세탁 마도구 수리는 주로 타루가 맡아 왔던 듯했다. 혼자 수리를 못 하는 경우에만 집합을 했고.

그러나 이제 타루는 아파트를 나가 에세와 알콩달콩한 신혼생활을 보내고 있을 터.

"그, 타루 씨가 수리 관련해서 인수인계했던 걸로 기억하는데요. 성함이 데메트 씨였죠?"

그래도 타루는 책임감이 강한 성품이라 나가기 전에 세탁기 수리와 관련하여 알고 있는 모든 지식을 다른 마법사에게 넘기고 랑세와 케일에게 보고까지 했었다. 잊고 있었을 뿐.

"데메트도 지금 출장 갔다."

"아, 맞다."

이제 장기간 외박하는 아파트 사람들의 정보도 알고 있다. 자치회장이란 꽤 귀찮은 위치가 맞았다. 그럼 다른 마법사에게 부탁해야 하나 싶어 랑세는 머릿속에 있는 거주자 목록을 한 장씩 넘겼다. 누가 또 마도구 전문이더라.

"안녕! 둘이 뭐 하니?"

그때 리엔이 무언가를 한 보따리 품에 안고 입구로 들어서고 있었다.

"안녕하세요! 장 보고 오시는 길이세요? 도와 드릴까요?"

랑세가 손을 뻗어 리엔의 품에서 짐을 받으려 했지만, 이쯤은 거뜬한지 리엔은 랑세의 호의를 기분 좋게 거절했다.

"먹을래? 딸기가 나왔더라."

거기에다가 사 온 과일까지 한 줌 랑세의 손에 얹어 줬다. 동네 어르신에게 사탕 얻어먹는 어린아이가 된 심정으로 랑세는 헤헤 웃었다. 케일은 다소 무뚝뚝하게 받았지만.

"아, 세탁기가 고장 나서요. 누구에게 수리를 부탁해야 하나 의논하고 있었어요. 타루 씨는 장가갔고, 데메트 씨는 출장 갔고요."

"응? 그걸 왜 다른 사람한테 부탁하니?"

랑세는 딸기를 입에 넣다 말고 내려놨다. 이거 어쩐지 불길한데. 리엔 님의 눈에 빙글빙글 웃음이 묻어나는 걸 보니.

"그럼 누구한테 부탁해야 하나요?"

"그야 연구 담당자지."

"연구 담당자요? 그게 누구였죠?"

"저런, 우리 자치회장님이 기억을 못 하시나 봐. 잘 생각해 보렴."

저런. 자신의 기억력이 나쁘지 않다고 자부하는 랑세는 얼른 머릿속에서 일기장을 파다닥 넘겼다. 마법사의 연구 같은 거 잘 몰라서 듣고 흘린 게 대부분이지만, 리엔 님이 이렇게 말씀하실 정도면 분명 자세하게 들은 적 있다는 뜻일 텐데. 세탁 마도구 연구자…….

"아아! 그때! 맞다! 기억났다!"

랑세는 찰싹 손뼉을 부딪쳤다.

"그때! 스테인 씨 때문에 압수 수색 당했을 때!"

그랬다. 그때 압수 수색을 위해 쳐들어왔던 특수 수사대에게 누군가 당당하게 세탁 마도구는 연구 중이기에 불법이 아니라고 했다. 그리고 그 연구를 담당하는 마법사는.

"케일 씨!"

"정답!"

뽕, 하고 리엔의 손에 있던 딸기 하나가 케일의 머리 위로 올라갔다. 케일은 짜증 내며 얼른 털어 냈다.

"어, 그럼 케일 씨가 수리를 하면 되는 건데…….."

정답을 맞혔다는 흥분은 잠깐. 케일이 수리를 하면 되는 건데 왜 여태껏 타루가 수리를 했고 다른 사람이 수리를 해 왔는지 의문이 들었다. 거기에 미간을 팍 좁힌 케일의 얼굴과 리엔의 미소까지 더해지니.

리엔이 케일의 어깨를 두어 번 톡톡 치더니 외쳤다.

"집합!"

아니, 왜 또 갑자기.

마법이 더해진 리엔의 우렁찬 목소리가 아파트를 울렸다. 형편없어진 케일의 얼굴 위로 그 소리가 떠다녔다. 랑세의 의문 가득한 얼굴 위로도.

"자! 여러분, 세탁기가 고장 났습니다."

자치회장이고 총관리인이고 집합의 이유를 모르기에 회의실 뒤편에 서 있었고 리엔이 사람들 앞에 섰다. 랑세와 케일의 이상한 표정이야 본체만체, 마도구가 고장 났다는 말에 마법사들은 흥분했다. 물론 흥분한 마법사들은 대부분 마도구계였다.

"데메트가 출장 갔으니까 우리가 한번 살펴봐야지?"

"고장 원인이 뭐래?"

"일단 살펴봐야지. 그런데 저번처럼 수도 접지가 잘못된 거면 꽤 까다로울 수도 있어."

"크, 역시 동작성 마도구 발명의 천재셨어, 잔 선배는."

마도구계 마법사들끼리 떠들썩하게 떠드는 한편, 비마도구계 마법사들의 절반쯤은 흥미를 잃은 표정이었고, 남은 절반은 대체 자신들을 왜 불렀는가 싶은 표정으로 이어질 말을 기다렸다.

"잠깐, 여러분! 계속 잊고 있는 것 같은데!"

리엔이 다시 외치자 떠들썩하던 회의실이 조용해졌다.

랑세는 마음속으로 찬사를 날렸다. 자신이 이들을 조용히 시키려면 주먹을 써야 하는데. 리엔의 저런 면을 배우고 싶지만, 아무래도 시간이 더 필요할 것 같단 말이지.

"이제 연구 책임자가 있잖니? 지금까지는 없어서 세탁기를 공동으로 관리했지만, 이제는 아니잖아."

리엔의 말에 모두의 시선이 케일을 향했다.

"그……, 케일 선배님이 연구 담당자이긴 하지만……."

쭈글쭈글, 마도구계 마법사들은 한없이 쪼그라들었다. 케일의 표정이 흉흉했기에. 최근 들어 웃음이 헤퍼졌다지만, 케일은 여전히 무서운 선배였고 후배였고 총관리인이었다.

"어머 어머, 무슨 말이니? 연구 담당자가 있는 마도구 수리를 남의 손에 맡길 수 있겠니?"

"그래도 케일 선배가 그걸 어떻게 해요!"

회의실에서 난리가 났다.

랑세는 케일이 세탁기 연구 담당자인 게, 그래서 수리를 도맡아야 하는 게 왜 문제인지 여전히 이해하지 못했다. 이럴 때는 그냥 물어봐야지, 뭐.

"저기, 대체 뭐가 문제인가요?"

케일 씨가 세탁기 수리를 전담해야 하는 게.

랑세가 덧붙인 말에 회의실에 죽음과 같은 침묵이 내려앉았다. 그러나 잠깐이었다. 무척이나 신이 난 아미아가 지껄이기 시작했으니까.

"전공이 다르잖아, 전공이."

"예?"

마법사는 결국 마법사. 지금까지 겪어 본 바로는 각기 특기가 있지만 결국 원소계라든가 다른 계통들이 마도구계보다 우위를 차지하고 있었다. 대우도 그렇고 마력도 그렇고. 그러니 마도구계가 비마도구계의 마법을 하는 것은 어려워도 반대는 것은 쉽지 않을까, 하고 생각한 것이었다. 마법사 아파트에 일 년 가까이 산 어떤 문관은.

"너, 지금 당장 하고 있는 일 때려치우고 농사지으라면 지을 수 있어?"

"못하죠."

랑세는 냉큼 답했고, 순간 깨달았다. 아무리 문관이 되기 위해 엄청나게 많은 공부를 하고 어려운 시험을 치렀다 하더라도, 그것은 농사와는 아무 상관 없는 일. 농사란 것이 씨만 뿌리면 될 것같이 보이지만, 결코 현실은 그렇지 않다는 것을 고향의 이웃들을 보고 배우면서 자랐다.

랑세는 안타까운 눈으로 케일을 바라보다 리엔을 흘겨보았다. 뻔히 아는 사람이 왜 저래.

"저기, 지금까지도 마도구계분들이 하셨는데, 그냥 하시던

분이 하시면 되지 않나요?"

랑세가 조심스럽지만 단호하게 물었다.

"어머나, 랑세는 케일의 능력을 믿지 못하는 거니?"

리엔의 말에 케일의 어깨가 움찔했다. 랑세는 괜히 더 화가 나 목소리를 조금 더 높였다.

"계통이 달라서 그런 거라면서요?"

오오오, 역시 문관. 회의실이 알 수 없는 이유로 뜨겁게 달아올랐다. 물론 리엔은 랑세 정도에 끄떡할 사람은 아니었지만.

"어머머, 케일은 좋겠다. 랑세가 편도 들어 주고."

"편이고 자시고가 아니라, 왜 사람을 곤란하게 만드는 거죠?"

"곤란은 무슨, 자기가 맡겠다고 한 일 끝까지 책임져야지."

빙글빙글, 랑세와 리엔의 말싸움이 꼬리에 꼬리를 물고 이어지자 케일은 한숨을 내쉬고 랑세의 어깨를 가볍게 두드렸다.

"됐다, 랑세. 선배도 그만하십시오. 세탁기는 제가 어떻게든 해 볼 테니."

"네에? 선배님이요?"

다시 한번 회의실은 불타올랐고, 아미아는 손바닥으로 탁상을 두드렸다. 두두두두, 오오오오, 결혼식 날 들었던 북소리보다 더하다.

"내기다! 내기! 케일이 과연 수리를 성공할 수 있을까? 난 안 된다에 20에시르!"

많이도 건다. 랑세가 뭐라 하기도 전, 회의실은 다시 침묵에 휩싸였고 오로지 아미아만이 팔팔 뛰었다.

"저기, 아미아 선배님, 이건 아닌 것 같습니다."

"그렇지요. 하하, 마도구에 관한 이야기인데요."

"그럼요, 그럼요. 케일 선배님께 도움을 드리지는 못할망정 이러시면 안 되지요."

아니, 내기라면 자다 깨서도 할 놈들이 갑자기 왜 이러지. 랑세는 주변을 휘휘 돌아보았다.

"어, 음, 케일 선배님이 잘하실 거고, 또 그게 안 된다 하더라도 흠이 안 될 거고, 또⋯⋯."

"와렌 씨?"

횡설수설하는 와렌의 창백한 안색이 눈에 띄었다. 와렌이 저런 표정을 한다는 건. 랑세는 슬그머니 케일 쪽으로 고개를 돌렸다.

"헉."

케일의 표정에 랑세마저 숨을 들이켰다. 왜 마법사들이 케일을 무서워하는지 알 것 같았다.

그래도, 저렇게 겁을 줘야 쓰나. 랑세는 용기를 내어 케일의 팔을 꼬집었다. 탄탄한 근육에 잘 꼬집히지도 않지만. 케일이 굳은 얼굴로 랑세를 돌아보았다.

"다들 내기도 안 하실 거고, 도와주실 것 같으니까 그 얼굴 좀 푸세요."

"아."

"랑세! 랑세! 내기를 안 하긴 왜 안 해, 이 재밌는 걸. 당연히 해야지!"

아미아가 악을 쓰자 몇몇이 타루와 에세의 결혼식 때처럼 달려들었다. 선배, 그만, 그만하세요, 내기하지 마세요, 오늘 사람을 죽일 수 있는 건 랑세 씨가 아니라 케일 선배인 것 같고, 그렇게 되면 우린 분명히 지옥의 밑바닥에서 불타는 고통에 시달리게 될 거란 말이에요.

마법사들이 아미아를 말리는 꼴을 보자니 랑세는 안도가 되면서도 궁금했다.

"그런데, 대체 왜 케일 씨가 세탁기를 연구 과제로 이어받으신 거예요?"

이토록 난리가 날 만큼 별난 일인데, 굳이 왜 자신의 이름을 쓰면서까지 연구를 이어받았는지. 그 질문에 케일의 어깨가 굳었다. 리엔은 곁에서 호호 웃으며 재미있는 구경거리라는 듯 둘을 빤히 바라보았다. 다행히도, 정말로 다행히도 아미아를 말리는 소란 덕에 다른 마법사들은 그 소리를 못 들은 듯했다.

케일은 짧게 한숨을 쉬며 랑세를 돌아보았다.

"케일 씨?"

"세탁기, 좋아하잖아."

"네?"

랑세가 눈을 동그랗게 떴다. 앞뒤 다 떼고 말하면 알아먹기 힘들다고요, 케일 씨. 그런 눈으로 바라보자 시선을 마주하던 케일이 결국 고개를 돌렸다.

아, 붉어진다.

"너, 세탁기 좋아하잖아."

케일의 귀도.

"무관 놈들 일을 신고도 안 할 만큼."

랑세의 볼도.

케일은 랑세의 시선도, 리엔의 호호 웃는 얼굴도 모두 피한 채 이를 악물고 외쳤다.

"모두 동작 그만!"

군을 호령하던 우렁찬 목소리가 회의실에 울렸고, 덕분에 아미아를 말리느라 난리를 피우던 마법사들이 조용해졌다. 그리고 다시 침묵.

동작 그만, 그다음은요, 하는 말이 차마 튀어나오지 않을 만큼 흉흉한 분위기에 일단 랑세가 탕탕 벽을 쳐서 주의를 집중시켰다. 아직도 볼은 붉었고 머릿속 여기저기에서 조그마한 아미아가 불꽃 마법을 쏘아 대고 있었으나.

"저, 정리할게요! 일단 그럼 케일 씨가 문제를 파악하고 수리해 보신 후, 어려운 점이 있으면 마도구계분들이 도와주시는 거로요! 다들 동의하시죠?"

이 상황에서도 이렇게 정리하는 것이야말로 랑세의 엄청난 재능이라 할 수 있겠다. 마법보다 더 큰.

랑세의 외침에 일단 마법사들은 네, 하고 외치며 도망치듯 회의실을 재빨리 빠져나갔다. 무언가 숙덕거리는 소리가 복도를 통해 스며들어 온다. 할 수 있을까, 케일 선배, 그런데 왜 갑자기 리엔 선배는, 근데 잔 선배의 마도구는 진짜 혁명적인 거 잖아, 어차피 우리도 완성 못 시킨 거. 수군수군.

그런 수군거림 따위는 상관없이 케일과 랑세는 빨개진 귀와 얼굴을 한 채 각자 입술만 짓이기며 시선을 피하고 있었다. 랑세는 정말이지 하고 싶은 말이 너무 많았다.

제가 좋아해서 연구 과제를 이어받았다는 게 무슨 뜻인가요, 제가 정말 세탁기를 좋아하는 것 같았나요, 세탁기 정말 고치실 수 있는 건가요.

"내가 자리를 피해 줘야 하는 거였을까?"

리엔의 능청맞은 목소리에 랑세는 머릿속에서 아직도 불꽃 마법을 쏘아 대는 아미아의 멱살을 잡아 바닥에 내리꽂았다. 일단 이 자리부터 마무리 짓자.

"그럼 케일 씨, 세탁기를 살펴봐 주시겠어요? 저도 다른 세탁기에 세탁물을 넣어 놨는데 곧 끝날 것 같네요."

"아, 그래. 준비해서 내려가지."

둘은 아무 일도 없었다는 듯이 말했고 그에 리엔은 호오, 하고 감탄 비슷한 소리를 냈다. 놀림 비슷한 소리거나.

랑세는 얼른 여기서 벗어나고 싶어 회의실을 먼저 나서 세탁실로 뛰어 내려갔다.

드드륵, 탁, 드드륵, 탁.

세탁실에는 정상적으로 세탁 마도구가 돌아가는 소리가 났지만, 랑세의 귀에는 잘 들리지 않았다. 그저 랑세는 고장 난 세탁 마도구만 멍하니 바라볼 뿐이었다. 대처를 위해 침착해졌던 얼굴이 다시 달아올랐다.

'너, 세탁기 좋아하잖아.'

말투는 평소 그대로. 마법사답게 엉뚱한 생각을 하여 엉뚱한 결론을 내는 것도 평소 그대로. 하지만 제 눈을 피하던 시선과 붉어진 귓가는 아마도 평소 그대로가 아닌 듯했다. 그리고 그게 무슨 뜻인지 모를 만큼 눈치 없지도 않다.

랑세는 제 심장에 손을 올렸다. 이봐, 멈춰. 아니, 멈추면 죽지. 잠시 진정해.

드르륵, 탁, 드르륵, 탁.

마도구 돌아가는 소리는 여전히 들리지 않았다. 그저 제 심장이 콩닥콩닥 뛰는 소리만 들리는 듯했다. 가슴 뛸 만하지. 아니, 가슴 뛸 만한가?

랑세는 아미아를 내리꽂았던 머릿속에 랑세를 앉혀 놓고 생각에 잠겼다. 누군가가 저만큼의 호의를 보냈는데. 그것도 괜찮은 사람이 그랬는데 심장이 안 뛰면 이상하지. 정상이지. 멀쩡한 일이지, 암.

나름 이성적인 결론을 내고 안도의 한숨 비슷한 걸 내쉬었다. 아니지! 안도의 한숨을 왜 내쉬는 거지?

랑세는 다시 뛰기 시작한 심장을 내리눌렀다.

'너도 세탁기 있는 집이 좋지?'

그리고 문득 떠오른 생각.

으어, 그 말이 이 뜻이었어, 설마? 랑세는 머리를 쥐어뜯으려다가 멈추었다. 탁, 탁, 익숙한 발소리가 계단을 따라 가까워졌기 때문이었다.

"어떤 거지?"

케일은 마도구 수리 상자를 바닥에 내려놓으며 물었다.

"바로 왼쪽에 있는 거요."

"음."

그걸로 케일은 입을 다물었다. 그리고 목에 문제가 있는 사람처럼 단 한 번도 랑세 쪽을 돌아보지 않은 채 세탁 마도구를 살펴볼 뿐이었다.

그런 케일을 랑세는 빤히 바라보았다. 진짜일까. 저 사람이 생각한 것과 자신이 생각한 게 같은 걸까. 보통의 사람이라면 너무 뻔히 보이는 문제지만, 상대는 마법사이니 자신의 결론이 섣부른 것일 수도 있다.

그러나 이런 문제가 마법사라고 딱히 달라지던가. 또한, 마법사가 아니라고 모두 같던가. 이것은 입 밖으로 꺼내기 전까지는 확신할 수 없는 문제였다. 그 전까지는 그저 분위기와 행동으로 짐작할 수 있을 뿐이기에.

침을 꿀꺽 삼키는 소리가 크게 난 듯했다. 그 소리가 세탁 마도구 소리에 묻힌 탓일까, 여전히 케일은 이쪽을 바라보지 않은 채 세탁기 어딘가의 장치를 돌려 물을 빼고 있었다.

"저, 케일 씨."

랑세의 부름에 케일의 손이 아주 잠깐 멈칫했지만 곧 아무 일도 없었다는 듯이 계속 움직였다.

"왜?"

그리고 평소와 같은 무뚝뚝한 대답. 처음 만났을 때는 저 짧고 예의 없어 보이는 말투에 기분이 상했지만, 이제는 저 사람이 저런 말투 뒤에 얼마나 많은 것을 감추고 있는지 안다.

그리고 지금 감추고 있는 것은.

"그……."

그런데도 말이 잘 안 나왔다. 그러고 보면 이런 상황에 대한 눈치는 좀 있지만, 대처는 제대로 해 본 적이 없었던 것 같다. 하흘 때도 그렇고.

'뭐, 비슷하다.'

하흘 사건 때 이 사람이 했던 말이 또 휙, 하고 스쳐 지나갔다. 나, 눈치 없었던 건가. 사람의 마음을 알기란 이리도 어려운 것이다. 그리하여 말이라는 것이 필요하니.

랑세는 숨을 들이켜고 단번에 입을 열었다.

"케일 씨."

덜컥, 덜컥, 더그르르르. 탁!

요란한 소리에 단호하게 열었던 랑세의 입이 도로 다물렸다. 세탁물을 넣어 놨던 세탁 마도구의 작동이 멈추는 소리였다. 세탁이 끝났음을 알리는 신호.

랑세는 맥이 풀려 긴 한숨을 내쉬고는 마도구 앞에 섰다. 뚜껑을 열고 이리저리 뭉쳐진 세탁물을 내려다보았다. 깨끗하게 잘되었네. 까치발을 든 채 몸을 수그려 세탁물을 꺼내기 시작했다.

다시 침묵. 이제 세탁마저 끝나서 마도구 소리도 안 들리는 곳에 소리라고는 두 사람의 숨소리뿐.

"……할 말 있나?"

어쩐 일인지 이번에는 케일이 침묵을 견디지 못한 듯했다. 항상 먼저 말하는 사람은 랑세였는데.

랑세는 답 없이 세탁물을 바구니에 옮겨 담았고, 케일도 재촉하지는 않았다. 다만, 수리할 세탁기 대신 랑세에게 시선을 고정한 채였다. 그 시선이 느껴지는지 이번에는 랑세가 고개를 돌리지 않고 세탁물만 열심히 바구니에 옮겼다.

"있잖아요."

세탁물이 하나도 남지 않자, 그제야 랑세는 묵직한 세탁 바구니를 품에 안은 채 고개를 돌렸다. 녹색 눈에 까만 눈이 담긴다.

"저……."

랑세는 침을 꿀꺽 삼켰다. 그 소리 역시 세탁실 안에 울려 퍼졌고, 그에 케일의 얼굴이 미미하게 굳는다.

그러나.

"저, 세탁기에 미친 사람 아니에요."

죽음 같은 침묵.

그 침묵을 깬 것은 케일의 짧은 웃음소리였다. 조금은 어이없어하고 허탈해하는 웃음에 랑세도 짧게 웃었지만.

"알아."

"알아요?"

"그래."

케일은 세탁 마도구의 뒤편을 보기 위해 몸을 그쪽으로 기울였다. 랑세와 케일의 시선은 다시 마주치지 않았다.

랑세는 발을 돌려 세탁실을 나가려 했다. 케일의 목소리가 발목을 붙들지 않았다면.

"세탁기는 네가 좋아하는 것 중 하나지."

끼익끼익, 마도구 어딘가의 부품이 돌아가는 소리가 들린다.

"네 생활을 편하게 해 주기도 하고."

"그렇죠……."

"그러니까 내가 하고 싶었어."

덜컥.

이 소리가 마도구 부품이 떨어지는 소리면 좋겠다. 저렇게 말하고 입을 다물지 말고, 무언가 더 말해 줬으면 좋겠다. 랑세는 어찌할 바 모른 채 케일의 커다란 몸이 세탁기 사이에서 움직이는 걸 보기만 했다.

"아, 선배님, 접지 도구가 필요할지도 모른다고 하셨죠?"

주춤, 랑세의 발이 움직였다. 누군가의 목소리가 아니었다면 영원히 거기에 서 있었을지도 모른다.

"어, 회장?"

"아, 케일 씨 잘 도와주세요. 저는 잘 모르니까 먼저 올라가 볼게요."

"아, 네."

마도구계 마법사는 수리에 정신이 팔려 랑세의 표정 따위 보지 못하고 케일에게 다가갔다. 랑세는 그런 마법사를 스쳐 지나 세탁실을 나가 버렸다.

"선배님, 기계 뒤편까지 살펴보시느라 얼굴이 완전히 새빨개지셨네요."

뒤편에서 들리는 소리 따위 신경 쓰지 않고.

랑세는 빨래를 탁탁 털어 방 안 빨랫줄에 널며 생각도 털어 버리려고 했다. 왜 그래야 할까 싶으면서도 털어 버리고 싶었다. 진짜 그런 마음이 있다면, 그래서 입 밖으로 말을 내면 차라리 나으려나. 아니, 그것도 아니다. 하흘의 갑작스러운 제안에도 하룻밤을 뜬눈으로 보내지 않았던가. 그럼 뭘 어쩌란 말인가.

"앗, 내 치마!"

랑세가 간신히 이성을 차렸을 때는 제 손으로 치마 하나를 찢기 직전이었다. 어휴, 이게 뭐람. 사람 심란하게.

"랑세 씨, 안에 계세요?"

"네네!"

그때 와렌의 목소리가 문밖에서 들렸고, 랑세는 반가워 미칠 지경으로 문을 열었다. 와렌의 품에는 과자 봉지가 있었다.

"오늘 과자점에서 할인을 해서 좀 많이 샀어요. 같이 드시겠어요?"

"앗! 고맙습니다. 차는 제가 준비할게요."

와렌은 익숙하게 소파에 앉았고, 랑세는 마법사들이 준 화덕 마도구 위에 물을 올렸다.

그런데 과자점이 왜 할인을 한대요?

수리 때문에 며칠 문 닫는다고 남는 과자 다 팔아야 한다고 그랬어요.

어머, 진짜요? 언제까지래요?

수다를 떠는 사이 부글부글 끓어오르던 물이 틱, 하고 가라앉았다.

"어? 왜 이러지?"

"왜 그러세요?"

"여기 불이 꺼진 것 같아요. 물이 끓다 마네요."

"제가 잠깐 봐도 될까요?"

와렌은 주전자를 한쪽에 내려놓고 화덕 마도구 여기저기를 살펴보다가 고개를 끄덕였다.

"아무래도 마석이 닳으면서 내부 어딘가가 고장 난 것 같아요. 이거 누가 만들었는지 혹시 아세요?"

"글쎄요? 여기 입주하던 날 다들 우르르 떠넘긴 거라. 혹시 와렌 씨는 못 고치세요?"

"연구 책임자가 있으면 아무래도 건들기 좀 그렇지요. 아, 이건 포기했다고 쓰여 있네요. 제가 해도 될 것 같아요."

와렌은 화덕을 들고 자리에 앉아 소매에서 수리 도구를 꺼내 화덕의 겉면을 분리하기 시작했다. 마법사에게 마도구를 던져 줬으니 과자는 조금 이따 먹게 될 터, 랑세도 그냥 그 앞에 쪼그려 앉았다.

"있잖아요, 와렌 씨. 그런데 연구 책임자가 아니면 수리하기가 왜 좀 뭣한가요?"

"그거야 당연······, 아."

오랜만에 와렌 입에서 그렇지, 랑세는 마법사가 아니었지, 하는 의미의 아, 소리가 났다. 와렌은 가볍게 웃으며 마도구 분리를 계속했다.

"연구 책임자는 이 마도구에 대한 의무를 지속하는 대신 권리를 가지는 거거든요. 그래서 원래는 아무리 좋은 의도라도 허락 없이 다른 사람의 마도구를 건드리는 건 큰 실례예요."

화덕 안에는 마력을 연결해 주는 특수 선이 여기저기 얽혀 있었다. 여기가 좀 탔네요, 이거 갈아 주면 될 것 같아요. 와렌은 소매에서 선을 꺼낸 후 잘라서 그 안에 집어넣었다.

"랑세 씨도 보면 아시겠지만, 마법사들은 마법에 욕심이 많잖아요."

"그렇죠."

"일종의 소유권 행사인데······, 그런 면에서 케일 선배가 대단한 것 같아요."

케일 이야기에 랑세는 저도 모르게 침을 꿀꺽 삼켰다. 아니, 갑자기 왜 케일 이야기를. 마도구를 수리하는 와렌은 그런 랑세의 표정을 보지 못한 채 말을 이었다.

"아무리 계통이 달라서 마도구에 손을 못 댄다고 해도 자기 이름이 걸리면 없던 욕심도 생기거든요, 마법사들은요. 그런데 지금까지 다른 분들에게 수리를 맡기고도 아무 말씀 안 하신 거잖아요. 아무리 사람들의 편의를 위해서라지만······."

'네 생활을 편하게 해 주기도 하고.'

"어, 이거 마석도 갈아야 할 것 같은데, 저 방에 좀……. 랑세 씨?"

와렌은 일어서려다 멈칫했다.

"랑세 씨? 얼굴이 왜 그렇게 새빨개지셨어요?"

"아, 아니에요, 아무것도. 그냥 더워져서. 아! 혹시 시원해지는 마도구 같은 건 없나요?"

"아, 그게, 예전에 어느 선배가 발명하긴 했는데 심사에서 떨어졌대요. 그 세탁 마도구와 비슷한 이유였어요. 일단 집 안 전체가 마력이 흐르는 구조가 아니면 활용이 불가능하다고 해서. 사실 그래서 그걸 극복해 보려고 마석 집중도를 높이는 방식을 써 보기는 했지만……."

여러모로 답하기 곤란했던 랑세는 말을 돌렸고, 그게 마침 마법 이야기였던지라 와렌은 금세 말을 받았다. 마법사 아파트에 오래 산 게 맞는 것 같다. 이럴 때 어떻게 말을 돌려야 할지 아는 걸 보면. 여전히 이해하기 어려운 마법에 관한 이야기였으나 랑세는 집중해서 와렌의 설명을 열심히 들었다. 그러지 않으면 또 얼굴이 새빨갛게 달아오를 것 같기에.

"어디 보자, 일단 해 보고 안 되면 마석을 갈아 봐요."

와렌은 떠들면서도 손은 쉬지 않아 어느덧 화덕 수리를 마친 듯했다. 덜컥덜컥, 하는 소리와 함께 화덕에 불이 올라왔다. 랑세는 짝짝짝 박수를 보냈고, 그에 와렌은 환하게 웃으며 화덕 위에 주전자를 다시 올렸다.

보글보글, 물은 곧 끓었고 랑세는 찻물을 우려냈다. 와렌은 보람찬 얼굴로 랑세가 주는 차를 마셨다. 랑세는 무언가 생각하다가 고개를 들고 물었다.

"그런데요, 그 마법사님, 그러니까 세탁기를 만드신 마법사님은 세탁기에 대한 권리를 어쩌셨기에 우리 아파트 마법사들이 돌아가면서 수리했던 건가요?"

마법사들이 마도구에 대한 권리와 의무에 집착한다면, 그 마법사는 왜 이 마도구를 그냥 아파트에 놔두었을까. 저 화덕처럼 '포기'라는 글씨 같은 건 없었던 것 같은데. 그럼 케일이 그 수리를 이어받지도 않았을 것이고.

랑세는 제 생각에 입술을 꾹 깨물었다. 아니, 케일이 수리하는 게 싫다는 것은 아니고. 어휴, 하고 마음 깊은 곳에서 한숨을 내쉬었다. 제 마음이 왜 이리 널뛰는지 이유를 도통 알 수 없었다. 어찌나 생각이 정신없이 돌아가는지 뜬금없이 세탁기를 개발한 마법사의 멱살을 잡아 따지고 싶을 정도였다.

"그분은 돌아가셨어요."

"아."

죄송합니다, 돌아가신 분 폄하하려 해서.

"그런 권리는 유족에게 넘어가는데 아마 유족분들은 그게 무엇인지 잘 몰랐을 것 같네요."

랑세 씨를 보면요. 그런 말이 뒤에 덧붙여져 있는 듯했기에 랑세는 쓴웃음을 지었다.

"잔 선배는 마도구계가 지금보다 더 상황이 안 좋을 때도 많은 걸 만드신, 정말 천재셨어요. 세상에, 그분의 마도구라니……."

와렌은 두 손을 꼭 잡고 먼 하늘을 바라보았다. 눈에는 동경과 존경, 호기심이 일렁였다.

"한번 그 속을 보고 싶어요."

보고 싶은 것이 잔이라는 마법사의 머릿속인지, 세탁 마도구 속인지 랑세는 잠시 헷갈렸다. 와렌의 성정으로 보면 세탁 마도구일 것 같긴 하지만, 와렌도 마법사이니.

"그렇게 보고 싶으면 수리할 때 열어 보지 그러셨어요. 어차피 다 돌아가면서 하는 거였으니까."

혹시 몰라 이렇게 던져 보자 와렌은 눈 끝을 늘어뜨렸다.

"저는 그렇게 동작성 높은 마도구는 거의 안 다루어 봐서 건들 자신이 없어서요."

아, 마도구 속이 맞는구나.

"타루나 데메트는 그쪽도 곧잘 다루었으니까요."

랑세는 와렌의 한탄을 듣다가 문득 다시 케일이 생각났다.

"그런데 마도구계에서도 그렇게 계열이 달라서 다루지 못하는 마도구라면, 케일 씨가 할 수 있을까요? 그 사람은 완전 다른 분야잖아요."

'그러니까 내가 하고 싶었어.'

그런 말까지 하면서.

"그렇긴 한데 다른 사람들이 도와준다고 하니까, 그리고 케일 선배님도 천재시니까⋯⋯. 아니, 그래도⋯⋯."

와렌은 말을 하다가 입을 다물었다. 그러길 잠시, 와렌의 눈동자가 심하게 떨리기 시작했다. 발도 달달 떤다.

"설마 케일 선배님, 세탁 마도구를 고장 내시는 건⋯⋯."

"헉."

랑세가 당황해 입을 다물었다.

헤세가 살아 있을 때 이런 일이 있었다. 활이 너무나 신기했던 헤세가 랑세와 부모님이 자리에 없을 때 루세와 함께 활대를 만지다가 활줄을 끊어 먹었던 일. 아빠는 아이들이 다쳤을까 봐 기겁했고, 엄마는 대체 어떻게 이 튼튼한 걸 끊어 먹었냐고 경악했고, 랑세는 루세와 헤세의 엉덩이를 팡팡 때리느라 정신없던, 그런 일.

"설마요."

설마 케일이 그 어린아이들처럼 세탁기를 폭발시키려고. 어련히 자기가 자신 없으면 손 떼겠지.

'그러니까 내가 하고 싶었어.'

"아니요! 마도구가 고장 나는 건 아차 하는 한순간이에요. 마력 전달 선 하나라도 잘못 끊어 먹으면⋯⋯."

와렌은 창백하게 질린 안색으로 자리에서 벌떡 일어나 문으로 달려갔다. 아니, 어디 가세요, 하고 묻기도 전에 와렌은 급한 걸음을 멈추고 돌아와 랑세의 두 손을 덥석 붙들었다.

"같이 가 주시겠어요?"

"어디를요?"

"지하실요."

움찔, 랑세가 멈칫했지만, 와렌은 눈치 못 챈 듯했다.

"왜, 왜요?"

"케일 선배가 세탁기를 망가트릴까 봐 걱정되는데, 너무……
무서워서요."

케일이 생각만큼 무서운 사람이 아니라는 것을 깨달은 지 오
래되었지만 여전히 무섭긴 무서웠다. 특히나 랑세를 문관 아
파트에서 구출하는 작전을 함께 수행했을 때는 더 그랬다. 그
엄청난 폭발력이라니. 게다가 커다란 키와 딱딱한 인상, 학교
에서 전설처럼 내려오는 이야기와 전장에서의 별명까지 더하
면……. 사람의 인상이란 생각보다 꽤 오래가니까.

그래도 케일 선배보다 더 무섭고 강한 사람은 랑세다. 랑세
는 그 무서운 사람을 마구 때리고, 케일 선배는 말없이 얻어맞
고 때로는 웃기도 한다. 선배가 그때는 유순해 보이니까. 케일
선배가 웃는 건 랑세 씨가 곁에 있을 때뿐이니까.

움찔, 생각이 거기까지 미치자 어쩐지 와렌도 멈칫했다. 이
유는 모르지만, 랑세의 손에서 슬그머니 자신의 손을 빼냈다.

둘 사이에 잠시 이상한 침묵이 흘렀다. 그 침묵의 이유는 둘
다 몰랐다.

"어, 아니요, 그냥 혼자 갈……."

덥석, 이번에는 랑세가 와렌의 손을 붙들었다.

"같이, 같이 갈게요. 가야죠, 소중한 세탁기인데."

뭔지 모를 불안함을 느낀 랑세는 세탁 마도구에 미친 사람
처럼 다급하게 와렌을 이끌었고, 와렌은 어어, 하다가 결국 랑
세와 방을 나서게 되었다. 랑세의 교육으로 체력이 조금이나마
나아진 와렌은 헉헉거리면서도 랑세를 따라 달릴 수 있었다.

그래도 숨이 차는 건 어쩔 수 없었기에.

"랑세 씨, 조, 조금만 천천히, 아아아악!"

말도 안 나와, 천천히 가자는 말은 쓸모도 없이 지하실에 다와서나 겨우 했다.

게다가.

"안 돼요! 그거 끊으면 안 돼요!"

보고 말았다, 케일의 손에 들린 가위를.

"으아아앗! 멈춰! 멈추라고!"

와렌이 비명을 지르며 미친 듯이 내달려 케일에게 뛰어들었다. 케일도, 랑세도 얼어붙었다. 세탁실에서는 와렌의 거친 숨소리만 났다.

허억, 허억, 가쁜 숨을 내쉬던 와렌은 이 기이한 분위기에, 그리고 이상한 느낌에 정신을 차렸다. 눈만 또로록 내려 제 손을 보니.

"꺄아아악! 죄송합니다, 죄송합니다!"

가위 든 케일의 손을 붙들고 있는 자신의 손. 와렌은 얼른 손을 떼고 하얗게 질린 얼굴로 비명 섞인 사과만을 외쳤다.

"죄송합니다! 살려 주세요!"

따따닥따따닥, 와렌이 어찌나 떠는지 이빨 부딪치는 소리가다 났다. 그 모습에 케일이 긴 한숨을 내쉬었다. 얼굴에 허탈함과 짜증이 가득 묻어 있었다. 그 모습에 와렌은 안색이 더 하얗게 질려 버렸고, 이빨 부딪치는 소리가 더 빨라졌다. 이번에는 랑세가 긴 한숨을 내쉬었다.

"케일 씨, 괜찮은 거죠?"

랑세의 말에 케일이 작게 고개를 끄덕였다.

"와렌."

"네, 넷!"

"괜찮으니까 그만 떨어."

"네, 네!"

그렇게 말한다고 떨림이 금방 가라앉는 것은 아니지만, 어쨌든 좀 나아졌다. 그리고 무엇보다 소중한 세탁 마도구가 해체되어 있고, 방금 케일이 건드리려고 했던 마력 전달 선이 눈에 바로 들어오는데.

와렌은 케일 곁에 쪼그려 앉아 힐끔힐끔 눈치를 보다가 작지만 단호한 목소리로 말했다.

"그 파란 선은 절대 끊으면 안 돼요. 마석이 폭발할 수도 있어요."

"아, 그런가?"

케일은 와렌이 조심스럽게 말을 꺼낸 것과 달리 너무 쉽게 받아 주었다. 심지어 옆에 펼친 책을 와렌에게 내밀어 보였다.

"이쪽에서는 괜찮다고 해서 갈면 될 줄 알았다."

"아, 아앗, 아니에요. 이건 기본서지만, 이런 중첩형으로 된 것은 절대로 막 자르면 안 돼요. 혹시 구조도는 있나요?"

"여기."

"음……. 아, 어. 오, 우와……."

와렌은 구조도 한 번, 세탁 마도구 한 번, 왔다 갔다 시선을 옮겨 가며 탄성을 터트렸다. 마치 하얗게 질려 사과만을 부르 짖던 일은 없었던 것처럼.

마도구 앞에서 눈을 반짝이는 와렌의 모습에 랑세와 케일은 짧게 소리 없이 웃었다. 동시에 웃음이 튀어나오는 순간, 둘의 눈이 마주쳤다. 그저 미소만을 담고 있는 서로의 얼굴과 눈에 둘은 잠시 시선을 떼지 못했다.

"어, 이거, 여기가 원본 구조도랑 다른데요?"

그때 와렌이 무어라 말을 걸자 케일이 먼저 시선을 느릿하게 돌렸다. 랑세는 제 방에서 부끄러움에 어쩔 줄 몰라 하던 것과 달리 그를 가만히 지켜보았다.

"어디가?"

"여기랑 여기요."

"그건 타루가 조금 개조했다고 했다. 구조도 여기에 표기되 어 있지 않나?"

"어, 그럼 문제는 탄력성이 떨어져서 그런 것 같은데……."

신나게 들떠 있던 와렌이 다시 쪼그라들어 슬그머니 케일의 눈치를 본다. 케일은 제 눈치만 열심히 보는 와렌에게 아무렇 지 않게 말했다.

"도와줄 수 있겠나?"

"네? 정말요?"

"그래. 네가 먼저 파악했으니 네가 손대는 게 나을 것 같다."

"감사합니다!"

와렌은 벌떡 일어나 케일에게 90도로 인사하고 세탁실을 튀어 나갔다.

"목숨을 바쳐 고치겠습니다! 제 도구함 가져오겠습니다!"

바람같이 달려 나간 와렌의 뒤로, 그녀의 말소리도 같이 따라 나갔다. 둘은 그런 와렌의 뒷모습에 허탈하고 어이없는 웃음을 다시 한번 터트렸다. 아주 잠깐, 아주 짧게.

둘 사이에 다시 고요함이 내려앉고, 케일은 자신의 수리 도구를 상자에 착착 집어넣기 시작했다. 정리도 앉은 자세만큼이나 깔끔하게 잘하네. 랑세는 그런 케일의 모습을 빤히 바라보았다.

'그러니까 내가 하고 싶었어.'

당신은 왜 그런 말을 했을까. 알 것 같으면서도 알기 어려운 것이 사람의 마음.

"꼴사납나?"

"네?"

뜬금없는 케일의 말에 놀라 랑세는 저도 모르게 외쳤다. 도구함의 뚜껑을 소리 없이 닫은 케일의 낯에는 약간의 짜증이 배어 있었다.

"내가 하겠다고 하고는 못 하는 게."

그것은 아마도 자기 자신에 대한 짜증이었나 보다. 랑세는 그런 케일을 여전히 빤히 지켜보았다. 알 것 같으면서도 알기 어려운 것이 사람.

"아니요. 멋있었어요."

그래도 이 사람의 어떤 면은 알 것 같아서.

"뭐?"

"케일 씨만 한 직급에 실력도 있는 사람이면 다른 사람에게 쉽게 부탁하지 못할 때가 더 많잖아요. 더군다나 다른 분야라지만 후배에게 지적받아도 아무 말씀 안 하시고요. 의외로 아무나 못하는 일이잖아요."

케일은 랑세의 칭찬에 입술을 깨물었다. 그리고 어색하게 고개를 돌렸다가 다시 랑세를 돌아보았다.

"고맙다."

그는 가만히 웃었다. 그러고는 다시 아무 말을 안 했다.

침묵. 세탁실에 깔린 고요한 침묵은 이전과는 달리 크게 어색하지 않았다. 그저 서로 생각에 잠기어 말도 답도 필요 없는 순간일 뿐.

랑세의 눈은 마도구를 정리하는 케일의 손끝에 머물러 있었다. 항상 먼저 내밀어 주었던 저 사람의 손이 어쩐지 눈에 들어왔다. 오늘 하루 내내 느꼈던 부끄러움을 넘어, 어떤 호기심이 들었다. 커다란 사람의 손. 커다란 남자의 손. 마주 대면 제 손은 반이나 겨우 넘을 것 같았다. 그 손이 자신의 손을 잡는다면. 얼굴을 쓰다듬는다면.

에라이, 도망갔던 부끄러움이 도로 돌아왔다.

그러나 불쾌함이나 짜증스러움은 없었다. 랑세는 지금까지 알고 지냈던 남자들을 떠올렸다. 그들의 손이 내 손을 잡는다면. 더하여 이것저것.

오, 아, 음, 아악, 으윽.

여러 가지 감상이 지나가니, 더 확실해졌다.

"선배님!"

얼마나 그렇게 침묵만을 지키며 있었을까. 위층 계단에서부터 케일을 찾아 부르며 우당탕 사람 한 무더기가 쏟아져 나오는 소리가 들렸다.

"아, 선배, 도움이 필요하시다고요?"

"저희도, 저희도 만져도 되지요?"

"제가 좀 봐도 될까요? 관련된 최신 논문이 있습니다."

와렌의 뒤로 우르르 마도구 전공 마법사들이 따라 들어왔다.

와렌은 몹시도 곤란한 얼굴이었다. 그저 도구함만 가지고 내려오려 했는데, 도구함 가지고 어디 가냐는 마법사들의 물음에 세탁기 수리에 한 손 보태게 되었다고 답했다. 그러자 그들은 침을 꿀꺽 삼키며 케일이 그래도 된다고 했냐고 물었더랬다. 기분 좋게 그렇다고 하니 나도, 나도, 하며 따라붙었다는 것이다. 타루가 거의 전담하다시피 해서 손대기 꺼려져 뜯어보지도 못했는데, 이번에는 케일이 연구자로 땅땅 못 박혀 있으니 그들도 침만 흘렸던 것. 아니, 사실 케일의 흉흉한 표정에 침도 못 흘렸었는데.

"진짜 봐도 되는 거죠?"

케일은 마도구계 마법사들의 광기 어린 모습에 한 발 뒤로 물러서며 힐끗 랑세의 눈치를 봤다. 랑세는 그런 케일에게 슬쩍 웃어 보였다. 당신이 나를 위해서 전공도 아닌 마도구를 선점한 이유를 이미 알고 있으니까, 몹시도 고마우니까, 괜찮아요.

"그래."

랑세의 미소에 담긴 뜻을 알아봤는지 케일이 흔쾌히 답했고, 그에 마법사들은 우르르 몰려들어 서로 머리를 맞대었다. 동그랗게 맞대어진 머리들, 그 머리 한가운데 떠 있는 머리통 하나는 케일의 것이었다. 크게 의견은 내지 않고 그들이 말하는 것 하나하나를 어디에다가 적는다. 저것은 새로운 계통을 정복해 보려는 마법사다운 야망 때문일까, 아니면 세탁 마도구 연구자의 소유욕 때문일까.

아니면.

"그게 아니라니까, 어후, 야."

"아니야, 진짜 그 이론은 여기에 통용이 안 돼. 여기 구조도를 보라고. 이런 식으로 설계했는데, 큰일 난다, 너?"

"통용이 안 된다, 안 된다 말만 하지 말고 해 보자고."

"어떻게 그렇게 말할 수 있어? 이게 몇 대나 남았다고. 그러다 더 망가지면 네가 책임질 거야?"

마도구계 마법사들이 서로 이론과 경험을 가지고 한마디씩 얹기 시작하자 드잡이까지 할 모양새였다.

"그만!"

랑세가 한 발 나서기도 전에 케일의 목소리가 먼저 튀어나왔다. 케일의 차가운 한마디에 오글오글 모여 시끄럽던 인간들이 모두 입을 합 다문다.

"순서대로. 와렌, 너부터 말해 봐."

아니면 사공이 많은 배가 산으로 가는 걸 두고 보지 못하는

지도자적 성품 때문일지도.

케일의 지목에 와렌이 조금은 떨리지만 분명한 목소리로 생각하던 바를 말했고, 그 후 순서대로 마법사들이 동조하거나 반박했다. 그 사이사이 케일은 또 무언가를 이야기하며 마법사들을 정리했다.

"일들 보고 계세요."

자신이 더 할 수 있는 일이 없어 보였기에 랑세는 시끌벅적한 마법사들을 뒤로하고 0층으로 올라왔다. 1층으로 향하는 계단 앞에서 걸음을 멈추었다. 지하층에서 소란한 소리가 윙윙거리며 들려온다. 랑세는 계단 난간을 통해 귀를 기울였다. 케일이 순서를 정해 줬다지만 다시 소란해진 상태였다.

으앗, 이건 여기에다가 끼워 맞춰야 할 것 같은데, 아냐, 그러면 수로가 폭발할지도 몰라, 그럼 여기에 아예 보호 마법을 거는 건 어때.

가끔씩, 그렇군, 그럼 이건 어떤가, 하는 케일의 목소리도 그 사이에 묻어 나왔다. 멀리 있어도 명확하게 잘 들리는 어떤 사람의 목소리.

랑세는 음, 하고 잠시 생각하다가 다시 발걸음을 돌려 부엌으로 들어갔다.

"어머, 랑세 양."

"아, 식사 준비하시게요?"

"응."

부엌에는 선객이 있었다. 리엔의 알은체에 랑세도 대충 인사를 하고 찬장을 살펴보았다. 이놈들, 해골 표시를 그려 놓은 약 병은 방에 좀 가져다 놓으라니까, 다음 회의 때 잔소리 좀 해야 겠네.

랑세는 찬장에 남겨 놓았던 곡물 가루와 몇 가지 달콤한 향 신료, 사탕가루 따위를 모두 꺼냈다. 이거면 되려나. 커다란 바 가지에 가루를 다 털어 넣고 물을 끓이기 시작했다. 수프를 끓 이던 리엔은 눈을 끔뻑였다.

"뭐 하는 거니?"

"아, 밑에서 다들 세탁기 고친다고 수고하기에 뭣 좀 만들어 줄까 해서요."

"쨈?"

리엔의 말에 랑세의 미간이 팍 좁혀졌다. 어쩐지 엄마표 군 대 수프는 여기 생활을 그만둘 때까지 놀림감이 될 것 같았다. 랑세는 커다란 주걱을 휘두르며 항변하듯 말했다.

"아니거든요, 달콤하고 맛있는 거 만들 거예요! 그리고 엄마 표 수프도 맛있어요! 쟤들 입맛이 이상한 거지!"

물론 리엔이 랑세의 위협적인 주걱 휘두르는 기술에 쪼그라 들 사람은 아니니 아무 소용 없었다.

신경질이 난 랑세는 화덕 위에서 끓고 있는 물을 괜히 휘휘 저었다. 리엔은 그런 랑세가 귀엽다는 듯 웃으며 손끝을 움직 였다. 화르륵, 하고 불이 더 커지자 랑세는 화들짝 놀랐다가 리 엔에게 살짝 고개를 숙여 감사를 표했다. 성질난 건 성질난 거 고 이건 이거니까.

덕분에 빨리 끓은 물을 곡물에 붓고 주걱으로 열심히 반죽을 짓이겼다. 한참 치덕거리는 랑세의 곁에서 리엔은 다 끓인 수프를 식탁으로 가져가지도 않고 그릇째 훌훌 마셨다.

"찐 과자 만들게?"

"네."

"도와줄까?"

"그래 주시면 고맙죠."

찐 과자는 반죽을 조금씩 떼어 낸 후 동글동글하게 말아서 곡물 가루나 사탕가루를 묻혀 쪄 낸 과자였다. 반죽을 하나씩 떼서 만드는 게 시간이 좀 걸리는 일인지라 리엔의 손길을 고맙게 받기로 했는데.

"앗."

반죽이 슬그머니 부풀어 올랐다.

허어, 랑세는 감탄의 소리를 내뱉었다. 이거 원래 좀 기다렸다가 해야 하는데, 마법으로 해결되었다. 리엔 님 최고, 아까의 놀림은 잊었다는 듯이 랑세는 엄지손가락을 척 들어 올렸다.

랑세는 서둘러 큰 쟁반을 꺼내 깨끗이 닦고 반죽을 하나씩 떼어 잘 뭉쳐 올려놓기 시작했다. 리엔은 반죽을 부풀게 하는 데까지만 도울 작정이었는지 수프만 홀짝거렸다. 흥얼흥얼, 콧노래를 부르며 반죽을 마는 랑세의 모습을 보던 리엔이 한마디 했다.

"케일은 좋겠네."

삐끗, 반죽이 랑세의 손안에서 처참하게 무너졌다. 랑세는 망가진 반죽을 큰 반죽 덩어리에 짝 소리 나게 붙였다.

"리엔 님."

"응?"

"되게 할 일 없어 보이세요. 그, 너무 할 일 없어서 동네 처녀, 총각 짝짓는 걸 인생의 낙으로 삼는 영감님 같아요."

랑세는 말하는 스스로가 무례하다 느껴질 정도로 세게 말했다. 일부러.

리엔도 말에 덕지덕지 붙은 가시를 느꼈는지 움찔하고 조금은 진지하게 물어봤다.

"내가 놀리는 것이 싫으니?"

"놀리시는 게 과하면 참견이 될 것 같고, 참견하시면 안 될 일 같아서요."

"참견하면 안 될 일이라……."

리엔은 수프를 한 모금 더 마시고 내려놓으며 물었다.

"하흘 때는 가만히 있었으면서?"

"그때도 하지 말라고 했거든요?"

"이번에는 더 세게 나오니까."

철퍽, 랑세의 손에서 반죽이 다시 한 번 더 뭉개졌다.

"기다려야 한다고 생각해요."

"뭐를?"

"케일 씨를요."

사실은 궁금했다. 그날, 타루와 에세의 결혼식 날, 케일이 무얼 말하려고 했는지. 그러나 케일은 제 앞에서 더 말하지 않았고, 오늘에 와서야 세탁기 때문에 다른 말이나 했다.

그 시간과 거리, 침묵한 말과 꺼낸 말 사이에 자리한 어떤 조심스러움.

"그리고 저를요."

그리고 제 안에 존재하는 어떤 조심스러움까지 더하여.

사람과 사람 사이. 정이 붙었다가 떼어질까 두려워 조심스러워지는 것 때문만은 아니었다. 그런 일, 원한다고 할 수 있고 원하지 않는다고 피할 수 있는 일이 아니라는 것은 확실히 안다, 이제는.

다만.

"아무것도 준비되지 않은 사람들 사이에서 리엔 님 같은 분이 펑펑 터트리고 다니시면 될 일도 안 돼요."

아직, 무언가 나아갈 준비는 안 된 듯했다. 그 무언가가 무엇인지 명확히 몰라도. 그냥, 지금은.

"어머, 그래도 되길 바라는 거네?"

"아이씨!"

철퍼덕!

반죽이 리엔을 향해 날아갔지만, 리엔이 너끈히 피하는 바람에 부엌 벽 한쪽에 곡물 반죽이 들러붙고 말았다. 오호호, 하고 리엔이 얄밉게 웃으려는 순간.

"아미아 씨랑 진짜 똑같아!"

"어머."

리엔이 낯이 굳었다. 씨익씨익, 랑세가 분노의 콧김을 내뿜는 동안 리엔은 고개를 끄덕였다.

"미안해. 내가 심한 소리를 했구나."

네? 갑자기?

"앞으로는 조심하고 안 끼어들게. 어⋯⋯. 아, 미안."

비틀비틀, 리엔이 충격을 받은 듯 부엌을 나갔고, 랑세도 놀라 한참동안 멍하니 있었다. 이게 그렇게 충격적인 소리였다니. 잘 적어 놨다가 급할 때 써먹어야겠다고 생각한 것은 하이란이 들어와 무얼 하냐고 물은, 한참 뒤였다.

"그럼 하이란 씨도 해 보세요."

"어릴 때 많이 해 봤어요."

랑세가 무얼 만드는지 들은 하이란이 도와주자 양이 꽤 많음에도 일은 생각보다 빨리 끝났다.

"만세! 만세! 만세!"

랑세가 하이란과 같이 간식거리를 가지고 내려갔을 때, 아웅다웅하던 마법사들은 만세 삼창을 하고 있었다.

"다 하셨어요?"

"응! 수리 다 끝났어!"

"실험은 해 봐야 하는데 아마 잘될 겁니다. 그리고 우리 모두 익혀 둬서, 앞으로 언제든지 고장이 나도 여기 있는 사람들이 다 수리할 수 있을 겁니다."

누군가의 말에 와렌이 조심스럽게 한마디 얹었다.

"그⋯⋯, 똑같은 부분이 고장 나면이라는 전제가 붙지만요."

와렌의 말에 우, 하고 모두들 어깨가 추욱 내려갔고, 그들다운 반응에 랑세는 웃고 말았다.

"괜찮아요. 또 다 같이 모여서 고치면 되잖아요."

"고생하셨어요. 랑세 씨가 다들 먹으라고 간식 만드셨어요, 하나씩 가져가요."

"우와, 잘 먹을게요!"

의논하고, 드잡이하고, 뚝딱뚝딱 수리까지 하느라 힘을 왕창 썼던 마법사들은 마침 배가 고팠던 참인지라 쟁반으로 달려들었다. 케일은 개떼처럼 쟁반에 몰려드는 마법사들을 보며 난감한 얼굴만 하고 있었다. 소리 한번 지르면 저런 쟁반을 통째로도 가져갈 수 있는 사람이.

아마도 그래서였나 보다.

"케일 씨."

"왜?"

"손 좀."

"음?"

랑세의 말에 의문을 표하면서도 케일은 곧바로 커다란 손을 랑세에게 내밀었다.

"자요, 드세요."

톡, 과자 하나가 케일의 손안에 떨어졌다. 힐끗, 케일은 쟁반 위의 과자들을 잠시 보다가 제 손으로 다시 시선을 돌렸다. 반짝반짝, 사탕가루가 조금 더 많이 붙고 조금 더 큰 과자. 톡, 그런 과자가 하나 더 손 위에 내려온다.

아마도 그래서였나 보다. 당신만을 위한 과자를 따로 만들어 둔 것은.

"고맙다."

케일이 의미 모를 미소를 지으며 과자를 입에 넣었다.

"천만에요."

볼록하게 튀어나온 케일의 볼에 랑세 역시 미소 지었다.

당신과 나 사이에 아직은 존재하는 한 발짝의 거리, 서로의 안에 숨어 있는 조심스러움. 아직은 딱 이만큼의 마음이지만, 그래도 조용히 웃으며 조금은 더 큰 과자 하나 몰래 전해 줄 수 있는 거리.

"맛있다."

우물거리며 케일이 하는 말에 어떤 다른 뜻도 묻어나는 것 같아 랑세는 웃었다가.

"우와! 수프랑 다르게 이건 맛있다."

어떤 마법사 놈이 던진 말에 얼굴이 와그작 구겨졌다. 랑세는 그놈을 한 대 후려치고는 설마, 하고 천천히 케일을 돌아보았다. 설마 저 뜻이었나요?

케일은 창백한 낯으로 고개를 휘휘 저었다.

"아니, 맛있다. 정말이다."

아직 당신과 나, 아무것도 없으나 무언가 있는 밤. 한번 믿어 볼게요.

지금껏 그래 왔듯이.

외전3) 당신과 나

"흐흐흐."

랑세는 괴이쩍은 웃음을 흘리며 노을 진 거리를 걸었다. 거리의 사람들이 냄새나는 쓰레기를 피하듯 랑세 주변에 다가오지 않았지만 랑세는 그런 것 따위는 눈치채지 못했다.

"으흐, 휴가다, 휴가."

그렇다. 당연했다. 일 년 차 신입 문관에게 허락되지 않았던 15일의 유급 휴가가 긴긴 절차 끝에 오늘에야 결재 났다. 이걸 알았다면 거리의 사람들도 랑세를 피하지 않았겠지.

"으하하하하!"

거리 한가운데서 광인처럼 웃어도 이해해 주었을 텐데. 아니, 그건 아닐지도.

주변의 시선 따위 신경 쓰지 않고 폴짝거리며 집으로 향하던 랑세의 웃음이 멈춘 것은 아파트 앞에서였다.

"아이씨."

그리고 거친 말이 툭 입에서 튀어나왔다. 15일 휴가를 알차게 써서, 집에서 아빠가 해 준 밥을 먹으며 배나 긁으려 했는데.

'랑세, 집에 언제 가? 우리도 데려갈 거지?'

'레인 님, 너무 좋아. 또 뵙고 싶어.'

'다시 뵙는 날 반드시 제가 돈을 딸 겁니다!'

엄마는 아파트에 머물렀던 사흘 동안 사람들과 두루두루 친해졌다. 그리고 헤어지는 날에 다시 보자고 약속하며 너무나도 당연히 팔렝으로 그들을 초대했다. 그래서 반쯤 체념하듯 휴가일에 분명히 따라붙을 놈들이 있을 것이라고 생각은 했지만, 이렇게 부닥치기 전까지는 잊고 있었다. 아주 까맣게.

"으."

자신은 잊고 있었지만, 그놈들은 잊지 않았겠지. 소중하고 소중한 휴가 길인데. 랑세의 눈은 느긋하게 지는 노을을 향했다. 속일 수 있으리라는 희망 따위는 깨끗이 포기했다.

"랑세? 무슨 일 있나?"

너무 오랫동안 멍하니 있었던 걸까. 관리실 창문으로 랑세를 지켜보던 케일이 미간을 좁히며 걱정스레 물었다. 비척비척, 랑세는 기운 없는 걸음을 관리실로 옮겼다. 콩콩 뛰어왔던 일은 없던 것처럼.

"신청서 주세요."

"무슨 신청서?"

"장기 공실 신청서요."

"아."

그랬다. 아파트에서 사흘 이상 자리를 비울 경우 서류를 작성해 놔야 했다. 이유는 몰랐다. 마법사 아파트만 그런 것도 아니고 공무원 기숙 아파트도 다 그랬다. 처음 저 제도를 만든 놈은 분명히 좋은 의도가 있었을 것이다. 아니, 아니다. 그냥 심심해서 여기 서류 하나 추가해 볼까, 하핫, 하고 만들었을 것이다.

"휴가일이 나왔나 보군."

"네."

케일은 서류함에서 종이 한 장을 꺼내 랑세에게 내밀었고, 랑세는 죽을 것처럼 한숨을 내쉬며 양식을 채워 넣기 시작했다. 힐끔, 케일이 궁금한 듯 눈으로 양식을 훑어본다. 케일에게 비밀을 지켜 주세요, 하고 빌어 봤자 소용없는 일이다.

"그동안 자치회장 일을 맡길 사람은?"

"으아, 몰라요."

그랬다. 랑세는 자치회장 일을 누군가에게 임시로라도 넘기고 가야 했고, 그 인수인계 및 공지를 하면 휴가일이 널리 퍼질 것이 뻔했다.

"케일 씨가 하면 안 되나요?"

반쯤 떠넘기듯 말했지만 케일은 서류 한 장을 더 꺼내며 픽 웃었다. 그리고 꺼낸 서류를 내밀었다.

휴가 신청서.

"으엑?"

"나도 휴가다. 그리운 분을 뵙기 좋은 계절이지."

그리고 서류 빈칸에 어떤 막힘도 없이 날짜를 적는다. 랑세의 휴가일과 같은 날짜를.

"으어? 그거 지금 신청하면 휴가일까지 안 나올 텐데요?"

"그렇지는 않을 거다."

케일이 손에서 메신저를 불러냈다. 크르르르, 쿠와왕, 어쩐지 오늘따라 입은 더 크고, 이빨은 더 날카롭고, 털은 더 칙칙해 보이는 늑대가 평소와는 다르게 험악하게 운다. 케일은 그런 메신저의 입에 휴가 신청서를 물려 바깥으로 보냈다.

"아마 될 거다, 오늘 안에."

그래요, 되겠네요. 랑세는 떨떠름하게 케일을 바라보았고 케일은 그저 빙그레 웃었다. 저 미소가 뻔뻔해 보이는 건 착각이 아니겠지. 랑세가 조심스럽게 케일의 눈치를 보며 물었다.

"휴가는 댁에서?"

"설마."

랑세의 미간이 강하게 구겨졌다.

"그리운 분은 스테인?"

이번에는 케일의 미간이.

"설마."

"그럼 그리운 분은 누구?"

"……검은 매?"

일단 꼬리 하나 확정. 그래도 미안은 한지 말머리가 조금 흐렸다.

"그걸 굳이 저와 같은 휴가 기간에 가시려는 의도가 있나요?"

케일과 가는 것은 썩 나쁜 기분은 아니지만, 아무래도 미래의 일이 걱정되어 나오는 말이라 삐딱했다. 케일은 눈썹을 치켜세웠다가 곧 내리며 아무렇지도 않은 듯 말했다.

"마차."

"네?"

"휴가 때 지방에 간다고 하니 어머니께서 빌려주신다고 하셨다. 마부 포함. 아, 그리고 중간에 쉴 숙소도 알아 두었다. 아버지께서 아는 분이 운영하시는 곳이라 깨끗하고 좋은 곳이고."

케일이 빙그레 웃었다.

"무료다."

"감사합니다. 팔렝 구석구석까지 안내해 드리겠습니다."

물욕에 졌다고 하지 마라. 시외 합승 마차를 이용하면 중간중간 서는 곳이 많아 오래 걸리는데 그 시간도 절약하고, 노숙과 비싸고 더러운 숙소를 피할 수 있는데 꼬리가 뭐가 문제란 말인가. 이것은 합리적인 결론이니.

그나저나.

"그럼 제 일은 누구에게 맡기고 케일 씨는 누구에게 맡기죠?"

"내 자리는 하이란이 맡아 줄 거고, 자치회장 일은 엘마스나 트라밀에게 물어봐라. 이 아파트에서 나보다 오래 머물렀기 때문에 돌아가는 사정은 잘 알 거다."

이것까지 해결해 준다니, 팔렝 구석구석 안내해 드리는 것뿐만 아니라 팔렝주까지 선물해 드릴게요.

"감사합니다. 이따 회의 때 봬어요."

"그래, 올라가라."

랑세는 팔랑팔랑 위층으로 올라갔고, 케일은 그 뒷모습을 하염없이 바라보았다. 엷은 미소를 띤 채로.

"그래서 아무튼 여름 우기 방비는 이 정도로 하고요. 그리고 제가 모레부터 휴가를 받아 15일간 자리를 비우게 되었습니다."

밤 정기 회의 때 랑세가 여러 일을 공지하고 덧붙이자, 몇몇은 그렇군, 하고 넘어갔고 몇몇은 반짝반짝 눈을 빛냈다. 랑세는 매의 눈으로 눈을 빛낸 놈들을 파악했다.

엄마를 상대로 도박의 설욕전을 꿈꾸는 아미아, 어쩐지 최근 팔렝 이야기만 나왔다 하면 괜히 볼을 붉히며 설레어하던 와렌, 그 와렌의 금붕어 똥 같은 무즈, 그리고 리엔 님. 아니, 왜 또 당신은.

"자치회장직은 그동안 트라밀 씨가 맡아 주시기로 했고요."

랑세가 손으로 트라밀을 가리키자 트라밀은 가볍게 묵례를 했다. 이제 트라밀과 랑세는 어색한 듯 안 한 듯 서로 아무 일 없었다는 듯 얼렁뚱땅 지나가는 사이였다.

트라밀의 사고방식은 여전히 마음에 들지 않았고, 트라밀 역시 랑세가 문관이라는 점이 마음에 들지 않았다. 그래도 세상에는 마법사와 문관, 그리고 그 외의 사람들이 많고 많아 상대방만 바꾼다고 세상이 바뀌지 않는다는 걸 알게 되어서였는지 서로에게 예의만 지키는 사이가 되었다.

"그리고, 음, 케일 씨도 휴가고요. 그동안 하이란 씨가 총관 직을 맡아 주시기로 했어요."

그때 아미아가 손을 번쩍 들었다.

"케일도? 언제부터 언제까지?"

"……15일간요. 저랑 똑같이요."

늑대 메신저는 자신의 빛나는 치아를 마법관리부에 마음껏 자랑하고 온 듯했다. 랑세가 회의 전 저녁 식사를 위해 내려왔을 때 이미 휴가 허가서가 도착했으니까.

여하튼 랑세의 말에 아미아가 케일 한 번, 랑세 한 번 보고 씨익 웃으며 과장되게 손바닥으로 자신의 이마를 찰싹 쳤다.

"아차! 나도 휴가! 휴가서 제출해야지. 몇 년간 휴가를 안 썼으니 이번에 싹 다 써야지."

랑세는 한숨을 내쉬었다. 아미아의 말을 시작으로.

"아, 저도요."

"와렌? 그럼 저도요."

와렌과 무즈 추가.

"어머, 그럼 나도 갈까. 요새 몸이 영 시원찮아서 간만에 스테인에게 좀 봐 달라고 해야겠어."

더하기 리엔.

"전부 팔렝이죠?"

랑세는 체념 어린 말을 한마디 내뱉고 긴 한숨을 내쉬었다.

미리 예상했던 바와 같이 호젓한 휴가 길은 물 건너갔다.

포기하면 편해.

"도련님, 마차에 오르시지요."

휴가 첫날 아침, 케일의 본가에서 보내온 마차가 아파트 앞에 도착했다. 세상에나, 엄청나게 큰 마차였다. 꼬리들이 따라붙는다는 이야기에 케일도 적잖이 짜증을 냈지만, 결국 꿋꿋한 놈들에게 졌는지 튀르하 공께 말씀드려 대형 마차를 받아 낸 것이었다. 이런 걸 보면 저 사람, 은근히 무르단 말이지. 인상은 무시무시하면서.

여하간 그 크고 어마어마한 마차에 와렌과 무즈 모두 눈을 반짝였다. 리엔이 연장자의 권리를 행사하여 먼저 마차에 오르고 한마디 뱉었다.

"케일과 랑세 덕에 우리도 호강하는구나."

아니, 왜 그게 제 덕인가요. 케일 씨네 마차인데.

하지만 케일은 리엔의 말에 동의한 듯 엷게 웃으며 아무 말 하지 않았다. 두 사람의 말과 표정에 숨겨진 의도를 모를 만치 눈치 없는 것은 아니기에 랑세는 입을 삐죽이며 볼을 붉혔다.

"오우! 승차감 좋네!"

저놈만치 눈치가 없으면 안 되지. 무즈가 리엔 옆에 허겁지겁 자리하자 케일은 눈을 가늘게 떴다. 저 사람이 눈을 가늘게 뜨면 냉기가 펄펄 흐르는데.

"뭐 해요, 타세요."

랑세는 픽 웃으며 케일을 마차 쪽으로 이끌었다. 자신의 휴가 기간에 맞춰서 자연스럽게 휴가를 신청했던 때는 꼬리가 이렇게 주렁주렁 달라붙을 것까지 몰랐겠지. 케일 튀르하 씨, 아직 수련이 부족하군요. 이 아파트에 고작 일 년 산 제가 당신보다 더 잘 아니 말이에요.

"올라가라."

어차피 대형 마차를 빌린 것도 자신이니 지금 눈을 흘겨 봤자 소용없다는 걸 깨달은 케일이 랑세에게 손을 내밀었다. 랑세는 힐끔 케일의 손을 바라보았다. 합승 마차나 영업 마차에 탈 때 이렇게 도와주는 사람은 없다. 혼자서도 얼마든지 올라탈 수 있었지만.

"고맙습니다."

랑세는 그저 그의 손을 잡고 마차에 올랐다.

"아, 음, 저도 타겠습니다. 감사합니다, 선배님."

와렌은 케일의 눈치를 보다 꾸벅 고개 숙여 감사를 표했고, 케일은 묘한 눈길로 와렌을 보다 고개를 가볍게 끄덕였다. 케일이 와렌에게도 손을 내밀까 봐 무즈가 먼저 냉큼 손을 내밀어 와렌이 마차에 쉽게 오르게 도와줬다.

'그냥 보고 싶었어요, 팔렝. 랑세 씨의 가족도요.'

와렌이 팔렝으로 오는 것은 환영이지만, 혹시나 싶어 귀한 휴가를 더 좋은 곳에서 보내는 것이 어떠냐고 물었더니 저렇게 답했다.

'그리고 가족분들과 잘 지내시는 걸 보고 싶어서요.'

그런 대답에 무어라 답하겠는가. 자신을 저토록 걱정한다는데. 그런 와렌이 랑세의 옆자리를 차지했다. 와렌은 마차의 폭신폭신한 느낌이 나름 익숙한 듯했다. 생각해 보면 가족에게 나쁜 소리는 들었어도 나름 명문가 출신의 마법사니까. 랑세는 자신이 촌스럽게 보이지 않길 바라며 마차 내부를 힐끗거렸다.

둘이 자리를 잡은 것을 보자 케일이 올라타 마차 문을 닫았다. 그러고는 철컥 문고리를 걸어 버리네?

"엇? 아미아 씨는요?"

"버리고 간다."

"네?"

"버리긴 뭘 버려!"

단호한 케일의 답이 마차 밖까지 들렸나 보다. 아미아가 소리를 왁 질렀다. 그리고 덜컹, 마차에 큰 소리가 났다. 케일은 짧게 한숨을 쉬며 턱으로 천장을 가리켰다.

"마차 지붕에 있을 거다."

"버려도 이렇게 갈 거다!"

귀도 좋은 아미아 같으니……가 아니라 아미아의 새 메신저가 어느 틈에 마차 창문으로 들어와 꽥꽥거리고 있었다.

랑세는 익숙하게 새의 목을 틀어쥐고 케일에게 물었다.

"안 떨어져요? 그냥 문 열어 주세요."

"난 원래 이렇게 다녀."

"으악!"

이번에는 창문으로 아미아의 얼굴이 보였다. 그것도 거꾸로. 랑세가 기겁하자 아미아는 신나게 깔깔거렸다. 모두들 어이없어하는 사이에 메신저가 도로 아미아에게 돌아갔고, 아미아는 몸을 들어 큰 소리로 외쳤다.

"랑세 엔나 이하 다섯 명, 출발 준비 완료! 출바알!"

아미아의 외침에 마부는 가타부타 말없이 마차를 출발시켰다. 이 집에 오기 전, 가주님께 들은 바가 있었다. 막내 도련님 친구들은 다 이상한 놈들이니 신경 쓰지 말라고. 신경 쓰면 지는 거라고. 역시 가주님 말씀은 틀린 적이 없다.

마차는 순조롭게 출발해 시내 대로를 달렸다. 한동안 아미아는 마차 지붕 위에서 노래를 불러 거리 사람들의 시선을 모았고, 마차 안에 앉은 사람들은 창피해서 창문도 못 열었다.

한참을 그러고 있었으니 아미아도 지쳤는지 마차 지붕에 사지 뻗고 잠이 든 듯했다. 그제야 사람들은 마차 창문을 열어 바깥 구경을 시작했다. 수도 성곽을 나왔기에 마부는 말을 재촉했다. 덕분에 주변 광경이 재빠르게 지나갔다. 멀리 보이는 산과 농부들이 일하는 밭, 간간이 보이는 농가, 평온한 출발이었다.

그 빠른 광경에 랑세는 상념에 잠겼다. 수도에서, 아파트에서 보냈던 일 년이 이 광경처럼 빠르게 지나갔다. 정말 많은 일이 있었던 한 해였다. 아무것도 변한 것이 없는 듯 보여도 사실은 굉장히 많은 것이 변했다. 특히 마음이.

수도에서 몇 년은 보내고 팔렝에 갈 줄 알았다. 그것도 아버지와 루세를 위해서지, 자신을 위해서는 아닐 거라 생각했다. 그러나 지금 이 꼬리들을 달고도 집에 가는 길이 설렌다는 것은, 정말 많은 것이 변했다는 걸 보여 주고 있었다.

랑세는 홀로 웃으며 마차 안을 돌아보았다. 그 일 년을 함께한 사람들. 그래서 팔렝으로 가는 길에 이 사람들이 따라붙어도 짜증은 잠깐, 결국 함께 가겠다 말이 나온 것이리라. 책을 읽고 있는 와렌과 무즈, 꾸벅꾸벅 졸고 있는 리엔, 그리고 자신을 보고 있는 케일.

많은 것이 변할 수 있도록 도와준 사람. 자신의 무릎과 무릎이 닿아 있는 사람.

톡, 랑세가 무릎에 힘을 줘 케일의 무릎을 조금 세게 건드리자 케일이 그녀를 봤다. 왜 그러지, 하는 눈초리에 랑세는 고개를 저었다. 그러고는 다시 톡, 톡, 톡.

계속 랑세가 건드리자 케일은 피식 웃으며 랑세의 무릎 공격에 반격했다. 톡, 톡, 톡.

"어우, 허리 아파!"

"꺄악!"

끝나지 않을 것 같은 무릎 싸움이 끝난 것은 아미아가 창문을 통해 후딱 들어왔을 때였다. 그 탓에 창가에 앉아 있던 리엔이 잠에서 깨 신경질을 내며 아미아의 등짝을 찰싹 때렸지만, 아미아는 코웃음도 안 치고 케일의 옆에 앉았다.

"왜요? 원래 그렇게 다닌다면서요? 그리고 달리는 마차 지붕에서 창문으로 갑자기 들어오면 위험하잖아요!"

그게 괜히 신경질이 나 랑세의 말에는 평소보다 가시가 두 개쯤은 더 달렸다. 물론 신경 쓸 아미아가 아니었다. 지난 일 년간 하나도 안 변한 사람은 어쩌면 이 사람일지도.

"마차 지붕에서도 누워 자는데 그게 위험하겠냐?"

"저희가 위험하거든요!"

"에에, 몰라, 여기서 잘 거야."

그리고 아미아는 후딱 마차 벽에 몸을 기대고 눈을 감는다. 입도 제발 눈처럼 후딱 닫아 주면 좋겠다, 흥.

랑세는 창문으로 다시 눈을 돌렸다. 그러다 뭔가 이상해서 눈을 동그랗게 떴다. 지금 숲 안쪽을 달리는 것 같은데? 팔렝 가는 길에 이런 데가 있었나?

"어? 처음 여기 왔던 길이랑 다른 것 같아요."

랑세의 말에 케일이 고개를 돌려 밖을 확인하더니 입을 열었다.

"시외 합승 마차는 북동부대로를 통하지만 우리는 개인 마차니까 길을 가로질러 간다."

"아."

랑세는 이해했다는 듯 고개를 끄덕였다. 시외 합승 마차는 다른 도시들도 중간중간 들러 사람을 내려 줘야 하기 때문에 길을 약간 돌아간다. 역시 개인 마차가 최고다. 랑세는 케일에게 감사를 담아 방긋 웃었다. 그에 맞춰 케일도 가볍게 웃었다. 이 사람의 웃음은 자신의 마음만큼이나 변한 것일지도.

그리고 얼마나 달렸을까.

"조금 지루하다."

가져온 책을 읽다 보니 고급 마차도 막아 줄 수 없는 멀미가 나 금방 덮었고, 썩 변하지 않는 풍광을 바라보고 있자니 졸리기도 하다. 랑세의 중얼거림에 책을 읽던 와렌은 미안하다는 듯한 웃음을 지으며 고개를 들었다.

"이야기라도 할까요?"

"아, 아뇨. 그냥 한 말이에요. 책 계속 보세요."

랑세의 권유에도 와렌은 도로 책을 펼 생각을 하지 않았다. 게다가 귀 밝은 아미아가 심심하다는 랑세의 말에 후딱 깨서 입을 열었다.

"흐흐, 우리 랑세, 소설 속의 모험담 같은 거 기대했구나?"

"설마요. 그런 건 아니에요."

"그 볼 붉어진 거나 가리고 이야기하지?"

"어우."

랑세의 매서운 손길이 아미아의 허벅지를 쳤고, 아미아는 아파, 아파, 비명을 내지르면서도 덧붙였다.

"그런데 전장에서 너같이 말하는 애들 뒈지게 맞는 거 아니?"

"네?"

"아미아."

케일이 말리는 듯 불렀지만 아미아의 입은 멈추지 않는다.

"그런 말 하면 꼭 적군이 쳐들어온다고."

그 순간 끼익, 하고 마차가 멈춰 섰다.

엄마야, 랑세의 몸이 크게 한 번 덜컥거리자 케일이 얼른 일어나 랑세의 어깨를 붙들었다. 케일이 몸을 낮추고 주변을 경계하듯 바라보자 랑세는 고맙다고 말하지도 못하고 침을 꿀꺽 삼켰다.

"흐흐! 멈춰라!"

무슨 일이 있냐고 마부에게 묻기도 전, 바깥에서 처음 듣는 목소리와 인기척이 났다. 랑세는 창문으로 빼꼼 고개를 빼 밖을 바라보았다. 칼과 창을 든 허름한 차림새의 사람들이었다. 얼굴에는 복면을 쓰고.

"가진 거 다 내놓으면 목숨만은 살려 주지."

전형적인 강도의 대사를 읊는 산도적들이었다. 대형 사두마차가 이 깊은 숲까지 왔는데 호위병도 없으니 땡잡았다고 생각했다. 저 말들이랑 마차 팔고 나면 부자가 되는 데 밑바탕이 되리라. 강도떼는 복면 안에서 환한 웃음을 지었다.

"어, 이거……."

북동부대로는 공용 합승 마차나 공기관 마차가 다니는 길이기에 치안이 튼튼하고, 무엇보다 이런 숲 따위는 없었다. 그래서 강도든 산적이든, 아무튼 이런 잡놈들을 만난 적이 없었으니 랑세는 순간 당황했다. 와렌 역시 놀라 랑세의 옷자락을 붙들었고.

그러나 그것은 잠깐이었다.

"이것 봐, 내 말이 맞지?"

아미아가 얼굴에 미소를 가득 띠우고 랑세의 이마를 손가락으로 콕콕 찔렀다. 으으, 심심하다는 말 금지. 랑세가 미안하다는 표정을 지으며 고개를 푹 숙이자 아미아는 어깨를 으쓱이며 케일을 돌아보았다.

"네가 할래, 내가 할까?"

"저도 할 수 있을 것 같은데요?"

여기에 마법사가 다섯. 그중 참전 마법사가 셋.

"됐다, 내가 하지. 네가 나서면 죽는 사람 나온다."

케일이 자리에서 일어나자 아미아가 주먹을 휘두르며 이상한 소리를 냈다. 잘 들어 보니 마법군단의 군호 같았다.

케일이 마차 밖으로 나가며 랑세에게 조용히 한마디 했다.

"창문 닫고 기다려라."

걱정이 되어 랑세가 조심하라고 한마디 하려는 순간, 아미아가 끼어들었다.

"야, 10초 안에 못 끝내면 밥 사야 돼."

케일이 긴 한숨을 내쉬며 뒤도 안 돌아보고 마차 문을 닫았다. 랑세는 걱정스럽고 궁금했지만 시킨 대로 창문을 닫았다. 이런 상황에서는 무조건 칼 쥔 사람이 시키는 대로 하라는 엄마의 말씀이 떠올랐기 때문이다.

"십, 구, 팔, 칠, 육, 오……"

와렌과 랑세의 걱정 따위는 우스운 듯, 마차 안의 다른 세 사람은 초를 세고 있었다. 랑세가 그들을 노려보는 순간.

"으악!"

"어어억!"

사람들의 비명이 들렸다. 그리고 밖은 고요해졌다.

아미아는 휘파람을 불며 남은 손가락 세 개를 들어 보였다.
10초가 뭐람, 7초 만에 끝났네.

"자, 내려가 볼까."

리엔이 먼저 문을 열고 나섰고, 그 뒤로 호기심이 급상승한
랑세와 다른 마법사들이 따라 내렸다.

"어머나."

밖에는 바닥에 쓰러져 있는 다섯 명이나 되는 강도들과 땀 한
방울 흘리지 않은 케일이 있었다. 랑세는 기절한 도적들에게 발
길질하는 아미아를 보다 케일에게 시선을 돌렸다. 듬직하고 넓
은 어깨. 그렇지만 어쩐지 그 모습이, 그 뒷모습이 작아 보여서.

"괜찮아요?"

모두가 믿고 있다지만, 자신도 믿고 있지만, 그래도 어쩐지
걱정스러워서.

케일은 그런 말을 하는 랑세를 보다 짧게 웃었다. 전장에서
돌아온 이후로 처음 들어 본 걱정의 말 같았다.

"괜찮아. 단지 귀찮아졌군."

"네?"

"치안대에든 경비대에든 저것들을 넘기려면 말이야."

"아."

그러면 숲길을 나서야 할 테니 계획에 차질이 생기리라.

"야, 귀찮게 뭐 하러 그래? 그냥 버리고 가!"

"아미아, 그건 아니지."

"아니긴 뭐가 아니야! 앞뒤 꽉 막힌 지질한 놈 같으니!"

케일의 말을 들은 아미아가 빽, 하고 소리를 질렀다. 어쩐지 무즈도 동조하는 표정으로 고개를 끄덕인다.

"됐어요. 일정이 틀어져도 고작 몇 시간이에요. 팔렝은 어디로 도망 안 가요. 이것들을 버리고 갔다가 다른 사람들이 피해 보면 어떻게 해요. 얼른 데려가서 신고하죠."

랑세의 그 말에 웃고 있던 리엔과 어찌할 바 모르고 있던 와렌이 슬그머니 한 발 랑세의 옆으로 자리를 옮겼다.

"어어?"

그러자 무즈도 따라 선다. 오 대 일. 그 광경에 아미아가 기가 차다는 듯 삿대질을 해 댔다.

"나만 나쁜 놈이지, 나만!"

"그걸 이제 알았어요?"

"아아아아악!"

아미아가 숲이 떠나가라 비명을 지르자 그 광경에 마부는 허허 웃었다. 도련님 친구 중에서 가장 이상한 사람은 저 사람인 듯했다. 가문 요리사에게 들은 것처럼.

⚷

"고작 몇 시간이라며?"

아미아가 랑세의 옆에서 빈정거렸다.

와렌의 소매에서 나온 마법 강화 밧줄로 강도들을 꽁꽁 묶어 마차에 매단 채 숲을 나와 가장 가까운 지역 경비대에 넘기는 건, 고작 몇 시간으로는 끝나지 않았다. 벌써 노을이 졌고 어둑해졌다.

"지금 다시 출발하면 숲에서 노숙하셔야 합니다. 오늘은 이 마을에서 묵고 내일 아침에 일찍 출발하셔야 할 듯합니다."

마부가 케일에게 지도를 보여 주며 그리 말하자, 빈정거림과 험악함이 섞인 아미아의 기세가 더 등등해졌다. 그래도 랑세는 죄지은 사람처럼 서 있지 않았다.

"저나 케일 씨가 틀린 말 했어요?"

"흥, 케일 편만 들어 주면 다지?"

"이이익! 옳은 편이에요, 옳은 편!"

둘이 그러거나 말거나, 케일은 마부의 의견에 동의했고 리엔도 곁에서 고개를 끄덕였다.

투덜거리는 한 사람과 그 투덜거림에 질린 다섯 사람은 마부가 안내하는 작은 여관으로 갔다.

"사람들이 자주 들르는 마을이 아니라서 이런 곳밖에 없다 합니다."

랑세의 눈에는 멀쩡한 여관이었지만 귀족가 막내 도련님이 머물기에는 모자란 방이었나 보다. 약간은 낡고 음침한 여관의 분위기에 케일이 입술을 짓이기자 랑세가 얼른 나섰다. 이런 거 따질 만큼 까다로운지 몰랐네.

"아니에요. 긴급한 상황인데 이 정도면 1급이죠, 1급. 감사합니다."

"아이고, 아닙니다."

랑세가 그렇게까지 말하자 케일은 한숨을 내쉬며 여관으로 들어섰다. 어서 오세요, 몇 분이세요, 하고 친절하게 묻는 여관 주인에게 랑세와 케일이 가서 일행의 수와 머물 날짜를 말했다. 인원수가 짝수라서 방 잡기는 쉬웠다. 항의하거나 말거나 아미아는 리엔과 한 방, 와렌과 랑세가 한 방, 창백하게 질려 하거나 말거나 무즈는 케일과 한 방이었다.

일행을 먼저 올려 보내며 랑세는 와렌에게 한마디 덧붙였다.

"와렌 씨, 먼저 올라가 계세요. 여기 같이 처리하고 갈게요."

"아, 네. 전 그럼 짐 정리부터 할게요."

케일은 마부와 함께 여관 주인에게 마차를 둘 곳이라든가 주변 상황 따위를 묻고 있었다. 랑세도 슬그머니 옆으로 가 궁금한 점 몇 가지를 묻고 답하다 문득 케일의 표정을 살펴보았다. 여전히 안색이 좋지 않았다.

"케일 씨, 무슨 일 있어요?"

마부와 헤어져 방으로 향하는 계단을 오르다 랑세가 케일을 불렀다. 앞서가던 케일이 뒤돌아보며 쓴웃음을 지었다.

"미안하다."

"네?"

응? 뭐가?

"너는 좋은 곳으로만 데려가고 싶었는데."

워씨, 이건 아니지.

급작스러운 케일의 말에 랑세가 멈칫했고, 케일은 그런 랑세를 바라보기만 하다 몸을 돌려 계단을 올라갔다. 아닌데요, 그

럴 필요 없어요, 여기도 충분히 좋아요, 하고 말할 틈도 없이
그는 자신의 방으로 슥 들어가 버렸다. 어허, 못된 사람일세.
사람 마음 흔들어 놓고 저렇게 가 버리면 남은 사람은 어쩌라
고. 랑세는 한숨을 숨기지 않고 방으로 들어갔다.

"랑세 씨, 어서 오세요."

와렌이 침대에 늘어진 채로 랑세를 반갑게 맞이했고, 랑세는
그 인사를 대충 받으며 침대에 털썩 소리 나게 앉았다.

"무슨 문제가 생겼나요?"

랑세의 안색을 살피던 와렌이 물었다. 그 잠깐 사이에 심란
했던 게 얼굴에 나타난 모양이었다.

"아니에요, 그냥 피곤해서요."

사실 심란하기보다는 궁금해서 복잡한 얼굴이 된 것이지만.

와렌은 배시시 웃으며 얼른 누워 쉬라고 말한다. 랑세는 와
렌의 권유를 기꺼이 받아들여 침대에 몸을 뉘었다.

"왜 그러세요?"

와렌은 자신을 빤히 바라보는 랑세의 시선에 고개를 갸웃거
리며 물었다. 랑세의 입술이 달싹이다 다물렸다. 케일이 대체
무슨 생각인지, 혹시 마법사라서 그러는 건지 와렌에게 묻고
싶은 마음에 계속 바라본 것이었는데 어쩐지 입 밖으로 말이
잘 튀어나오지 않았다.

케일이 자신에게만 잘 대해 주고 아까처럼 의도를 가진 말을
훅훅 던졌던 적이 제법 되었다. 그게 언제부터였을까. 아마도
타루와 에세의 결혼식 때부터였던 것 같은데.

자신에게 가끔씩 도움의 손길을 내밀었던 전과는 달리 어떤 마음이 느껴지는 행동과 말. 직접적으로 말하지는 않아도 충분히 느낄 만한 것들. 그래서 존중하고 기다리고 있는데.

"있잖아요, 와렌 씨."

"네."

마법사도 실은 개개인마다 성격이 다르고, 믿고 추구하는 바도 달라 하나로 묶어 쉬이 단정하지 못한다. 그럼에도 성격에 전반적으로 공통점이 있는 것 또한 부정할 수 없는 사실이다.

케일이 여태껏 아무 말 없이 그 자리에서 머무르고 있는 건 개인의 특성일까, 아니면 마법사의 특성일까. 기어이 랑세는 와렌을 부르고 말았다. 와렌은 걱정과 호기심이 가득 담긴 눈으로 천진하게 랑세를 바라본다.

"어떤 마법사가요."

"네."

마법 이야기라고 생각했는지 와렌이 눈을 번쩍 뜬다.

"어떤 마음의 결정을 내린 것 같아요."

"어떤 마음요?"

"음, 그건 잘 모르겠지만 어쨌든 어떤 결단 같은 거요. 상호작용이 필요한."

와렌은 잘 이해가 가지 않아 한동안 눈을 깜빡이며 생각에 잠기다 고개를 끄덕였다. 마음 안에서 무언가 답을 찾은 듯했다. 랑세는 그런 와렌의 얼굴을 보며 말을 이었다.

"그런데 그걸 상대에게 이야기하지 않고 자기만 품고 있어요."

"네, 그래서요?"

"그걸 자기만 알고 상대방에게 말하지 않는다면, 상대에게 동의를 구하지 않는다면, 그건 왜 그럴까요?"

"으음."

와렌은 침음을 내며 다시 생각에 잠겼다. 랑세는 답답한 마음에 묻긴 했으나 그 답을 크게 기대하지는 않았다. 그러나 와렌이 곧 입을 열었다.

"한 세 가지쯤 이유가 생각나네요."

"정말요?"

정말 세 가지나?

"네. 우선은 상대가 동의를 할 것 같지 않다는 예상이 있을 거고요. 다른 하나는 아직 그 결심이, 어, 마도구로 따지면 완성해야 보여 줄 수 있는 상태일 거고요. 그러니까 준비가 덜 된 거요. 그리고……."

"그리고요?"

"그냥 결심한 게 아닌데 상대가 잘못 알고 있는 거요."

윽. 진짜 마지막 부분은 수십 번이나 생각한 것이었다. 착각일지도 몰라, 하고. 그러나 확실히 그건 아닌 것 같은데. 이걸 와렌에게 설명할 수 없어 랑세는 혼자 발가락만 꼼지락거렸다.

"그런데 마법사만 그런 건 아닌 것 같은데요."

와렌의 덧붙임에 랑세의 발가락이 멈추었다. 확실히 그건 그렇다. 마법사든, 마법사가 아니든. 어쩌면 와렌을 통해 알고 싶었던 것은 마법사의 관점이 아니라 단순히 제삼자의 시선이었는지도 모른다.

"그런 것 같네요."

"근데 정말 무슨 일 있는 거 아니에요?"

"아니요, 그런 건 아니고 그냥 생각나서요."

"으음."

와렌에게 부끄러워 차마 하지 못한 말을 랑세가 입 안으로 꾸역꾸역 삼키며 시선을 돌렸을 때, 새 한 마리가 문을 통과해서 들어왔다. 너무나 뻔하게도 아미아의 메신저였다. 랑세가 짜증을 내며 그 목을 붙들기도 전, 아미아의 새 메신저가 와렌의 머리 위에 올라앉았다.

"얘들아, 식사하러 가자!"

"앗! 네!"

"와렌 머리카락 보들보들하다!"

아미아의 메신저가 부리로 만만한 와렌을 괴롭혔으나 와렌은 아미아의 치댐이 나쁘지 않은지 헤헤거린다. 결국 랑세는 헛웃음을 치며 방을 나서 아래층으로 내려왔다.

마법사 무리에 비마법사 하나라는 조합은 어딜 가나 눈에 띈다. 거기에 큰 소리를 내며 성큼성큼 걷는 아미아가 앞장서면 더더욱. 저 사람과 일행이 아니라는 듯 걷는 랑세였지만 옆에 있는 와렌과 무즈 때문에 그것도 제대로 안 되었다.

"그런데 어디로 가는 거예요?"

"나 아는 곳."

"억? 이곳이 어딘지 아세요?"

"내가 모르는 게 있는 것 같냐?"

아, 한 대 치고 싶다. 랑세는 울고 있는 주먹을 꾹 쥐었다.

여하튼 아미아는 신경 쓰지 않고 거리에 있는 식당 한 곳의 문을 열었다. 꽤 북적이는 식당이었다. 다들 제 몫의 식사를 하느라 이 이상한 일행을 신경 쓰지 않고 있었다.

꽤 맛있는 곳인가 본데? 사람들이 뭘 먹나 랑세가 힐끗거린 순간, 아미아가 외쳤다.

"언니! 나 왔어!"

네?

"아미아?"

놀란 것은 일행만이 아니었는지 한쪽에서 식탁을 닦던, 나이가 제법 든 여성이 눈을 동그랗게 떴다. 아미아는 방글방글 웃으며 빈 식탁에 털썩 앉았다.

"언니, 배고파! 우리 밥 좀! 아, 여기는 내 친구들!"

마법사들과 문관의 시선이 여성 쪽으로 향했다. 아미아가 나이 들면 저런 얼굴이 되지 않을까 싶을 만큼 꼭 닮은 얼굴.

아미아의 언니는 후다닥 달려와 아미아의 등짝을 찰싹 후려 쳤다.

"이놈 지지배, 오면 온다고 연락이나 하지! 갑자기 들이닥쳐서 밥 달래니?"

"아, 아파! 전에 메신저 보내고 왔더니 보내지 말랬잖아!"

"넋 빠진 지지배야. 그런 거 말고 편지 같은 거 보내면 손가락이 부러지니?"

이번에는 아미아의 귀를 잡아당겼다.

"아악! 아파! 언니가 이런 무서운 사람이란 거 형부도 알아?"

"알아도 상관없어! 그래야 내 말을 잘 들을 테니."

"아아악!"

자매 싸움에 식당 안의 손님들이 킬킬거렸고, 랑세 일행은 부끄러움에 고개를 숙였다.

"갑자기 와서 혼란을 끼쳐 드렸군요. 아미아 양과 같이 일하는 리엔이라고 합니다."

그나마 아미아의 정신 상태를 제어할 수 있는 몇 안 되는 사람인 리엔이 나서서 인사를 하자 아미아의 언니는 정신을 차렸다.

"아이참, 민망하네요. 아미아의 언니 되는 샤캬예요. 여기 주인이랍니다. 어휴, 앉으세요, 앉으세요. 저 녀석이 연락도 없이 와서 놀란 것뿐이니. 저희 집은 손님은 언제나 환영이랍니다!"

샤캬는 랑세 일행을 얼른 자리로 이끌었고 친절하게 메뉴판까지 내려놓았다. 아미아의 언니 역할을 벗어던진 샤캬는 누가 봐도 훌륭한 식당 주인이었다.

"소개라도 시켜 주시지 그러셨어요, 아미아 씨."

"엥? 방금 언니가 했잖아. 우리 둘째 언니. 결혼해서 이 동네서 식당 열었어, 아얏! 또 왜!"

랑세의 작은 책망에 아미아가 뭐 그런 걸 바라냐는 듯 성의 없이 답하자 샤캬의 매서운 손길이 아미아의 등을 직격했다. 아미아는 비명을 지르면서도 아파트에서 하듯이 마구 반항하지 못했다. 그게 은근히 마음에 들어 랑세와 무즈, 와렌은 웃음이 튀어나오려는 것을 억지로 막았다. 슬쩍 눈치를 보니 케일과 리엔도 입술이 삐죽삐죽 올라가 있었다. 여럿이서 오니 이런 재미도 생기는구나.

"우리 남매 중에 샤캬 언니가 요리를 두 번째로 잘해."

"그럼 첫 번째는요?"

"나지, 당연히. 아아악!"

찰싹찰싹, 샤캬의 손길이 아미아의 입을 막았다. 샤캬는 호호 웃으며 말했다.

"고향에서 부모님 식당을 이은 큰언니가 제일 잘해요. 저는 아무래도 두 번째 정도지만, 비등비등하니 기대하셔도 좋을 거예요. 골라 보세요."

"언니, 메뉴판에 있는 거 말고 언니의 특기 좀 발휘해 봐."

아미아의 말에 샤캬가 다른 사람들 몰래 이를 드러내자 아미아는 찔끔했다. 그래도 샤캬는 동생의 청인지라 무시하지 않고 사람들 앞에 내려놨던 메뉴판을 걷어 부엌으로 들어갔다.

"아미아, 언니도 당황했지만 우리도 당황했잖니?"

"흥, 선배가요? 전혀 안 그렇게 보이는데요?"

"나는 아니지. 다른 애들 말이야."

리엔이 나머지 일행을 가리키며 말하자 아미아는 신경도 안 쓴다는 듯 흥흥거리기만 했다.

곧이어 부엌에서 한 사람이 더 나왔다.

"처제!"

"아, 형부! 잘 있었어요?"

커다란 덩치의 남자가 아미아를 보며 손을 들자 아미아도 손을 들었다. 공중에서 짝, 짝, 두 사람의 손바닥이 맞부딪쳤다.

랑세는 그 광경을 신기하다는 듯 지켜봤다. 저 사람에게 가족과 친척이 있다는 건 당연한 일인데, 한 번도 생각해 보지 못한 것 같다. 까르르 웃는 얼굴은 평소와 다를 바가 없으면서도 조금 달랐다. 묘하게 더 얹히는 반가움과 기쁨.

그리고 무엇보다 놀랍고 신기한 것은 저런 광경을 봐도 자신이 조금도 부럽거나 마음 한쪽이 불편해지지 않는다는 사실이었다.

팔렝에 가면.

아빠를 보고, 루세를 보고, 그리고 엄마를 본다면.

손을 가슴 위에 얹어 보았다. 따뜻하고 충만한 기분.

"어서 오세요. 아미아의 형부 되는 사람입니다."

그는 뒤따라왔던 종업원이 들고 있던 쟁반을 받아 접시를 하나씩 내려놨다.

"우와."

색색이 조화가 잘 이루어진 요리들은 정말 먹음직스럽게 보였다. 언젠가 아미아가 자랑하듯 보여 줬던 음식보다 더 맛있어 보이는 요리들이 식탁에 금세 한가득 찼다.

"자자, 처제가 와서 아내도 저도 솜씨를 있는 힘껏 발휘했습니다."

"아, 감사합니다."

"어이, 처제 아니면, 우리한테 준 것은 솜씨 없이 만든 건가!"

저쪽 식탁의 단골이 농담하듯 던졌고, 성격 좋아 보이는 아미아의 형부는 껄껄 웃으며 욕을 했다. 어이쿠, 이건 아미아의 형부답구나.

"어머, 정말 맛있네요."

일행 중 가장 나이가 많은 리엔이 자신의 앞에 놓인 요리를 하나 맛보고는 깜짝 놀란 얼굴을 하자, 하나둘 얼른 접시에 숟가락을 가져다 대었다.

"와!"

"이게 남매 중에 두 번째 솜씨라고요?"

랑세도 엄청나게 놀라고 말았다. 케일의 집에서 먹은 것만큼이나 맛있다. 이런 요리사가 지방 소도시에서 작은 가게를 열고 있다니. 왕궁에 취직해도 될 것 같은데.

각자 먹자마자 감상을 한마디씩 던지고 아미아의 형부는 기분 좋게 웃으며 안으로 들어갔다. 그 후로는 그저 정신없이 먹느라 다들 말이 없었다. 가끔씩 튀어나오는 말도 맛있다, 어우 맛있다, 그것뿐이었다. 아니, 과연 그것뿐이었을까?

랑세는 눈을 동그랗게 떴다. 자신의 앞으로 접시 하나가 스르륵 밀려왔기에. 그 접시는 누구의 손도 타지 않고, 마법으로 밀린 듯 식탁 위 가득한 접시 사이를 요령 좋게 빠져나와 랑세의 앞에 탁, 하고 자리했다.

랑세는 고개를 들어 주변을 훑어보다 케일과 눈이 마주쳤다. 케일의 입이 소리 없이 움직였다.

먹, 어.

랑세는 다시 고개를 숙여 제 앞에 온 접시를 내려다보았다. 닭의 살을 어떻게 만졌는지 야들야들하고 고소하게 만든 요리였다. 계속, 계속 손이 가려 했던 음식. 그러나 자신에게 멀어서, 바쁘게 먹고 있는 사람들에게 미안해 밀어 달라고 못 해서, 그저 한두 번 손을 뻗기만 했던 음식.

랑세는 눈을 동그랗게 뜨고 다시 케일을 바라보았다. 케일은 소리 없이 짧게 웃고 음식에 집중하기 시작했다.

아, 때리고 싶다. 아, 패고 싶다. 아니, 좀. 이러지만 말고 뭐라도 말하든지요.

랑세가 괜히 울컥하여 입술을 꽉 깨문 순간.

"오우!"

무즈가 놀란 듯 눈을 끔뻑이며 케일과 랑세를 한 번씩 보고 있었다. 아, 케일 때리기 전에 저 새끼 입부터 막아야겠다.

"응? 왜 그래, 무즈?"

무즈의 갑작스러운 목소리에 음식을 미친 듯이 탐닉하던 와렌이 고개를 들었다.

"어, 어. 오우, 소리가 날 만큼 맛있어서, 하하하."

와렌이 무즈를 보느라 눈치채지 못한 것이 있었다. 험악하디험악한 랑세의 눈빛. 더 말하면 죽음보다 더한 고통을 얻을 줄 알아라. 그 덕에 얌전히 쪼그라진 무즈가 열심히 음식을 퍼먹었고, 와렌은 고개를 갸웃거리다가 다시 식사에 집중했다.

"흐으음, 정말 고소하네, 고소해."

뒤이어 리엔이 능글거리며 말했다. 시선은 랑세와 케일을 향하고 있으면서도 누가 들어도 요리에 대한 이야기를 했기에 뭐라 탓할 수 없어 랑세는 주먹을 꾹 쥐었다. 법이, 법이 원수다.

랑세는 이 모든 사태의 원인인 케일을 괜히 쏘아보았다. 그러나 케일은 평소 남들 앞에서 짓는 얼굴을 유지할 뿐이었다.

남들 앞에서 짓는 표정. 자신 앞에서 짓는 표정.

확실히 구분되는데, 당신은 왜. 아직도.

설마 진짜로 착각인 것일까. 진짜 한번 와장창 창피당할 각오하고, 멱살 잡고 물어봐?

랑세는 그런 생각까지 하며 음식을 전투적으로 퍼먹었다. 이 상황이 무어가 좋은지 리엔은 싱글거렸고, 무즈는 입을 뻥긋거리며 무언가 말하고 싶어 미칠 지경인 얼굴을 했다. 아미아는 와렌에게 샤캬 언니의 특급 디저트를 아, 하고 한 입씩 퍼먹이고 있었고. 그 디저트 맛에 와렌은 황홀해 기절할 것 같은 얼굴을 했다.

"어때요, 잘 드셨어요?"

식사를 거의 마칠 즈음 샤캬가 다시 나왔다. 질문에는 확신이 가득 담겨 있었다. 자리에 앉은 사람 모두 엄지손가락을 치켜들며 쓸 수 있는 미사여구를 전부 꺼내 찬사를 아끼지 않았다. 샤캬는 과한 겸손을 부리지 않고 그런 칭찬을 능숙하게 받아 냈다. 식후 차까지도 모두 다 마신 후, 자리에서 일어나 돌아갈 준비를 할 때 어쩌다가 이 여행의 총무 역할을 맡게 된랑세가 지갑을 꺼내고 입을 열었다.

"그럼 얼마……."

말이 끝나기도 전에 샤캬는 랑세의 손목을 잡아 내렸다.

"저 못난 녀석과 친구 해 준 게 그 값이에요."

"언니!"

"닥쳐!"

아미아의 반항은 힘없이 무너졌다.

"아, 그래도 너무 잘 먹어서요……."

랑세가 어쩔 줄 몰라 했지만 샤캬는 아미아의 묶은 머리를 붙들고 가볍게 웃었다.

"고급 인력인 마법사를 주방 보조로 써먹는 것만 해도 어딘 데요."

"악, 언니! 이번에도 나를 써먹을 작정이야?"

"마법사가 되어도 집안일은 항상 도와주겠다고 당당히 약속한 건 너야."

가족 간의 어떤 약속이 있었나 보다. 그 말에 아미아는 얌전히 형부에게서 앞치마를 받아 들고 부엌으로 들어갈 차비를 했다. 우와, 대단하다, 샤캬 씨. 일행은 다른 의미로 아미아의 언니에게 감탄했다. 배우자, 저 태도.

"너희들 의리 없이 나 버리고 가는 거 아니지?"

샤캬는 부엌으로 들어가기 전에 한마디 하는 아미아의 엉덩이를 발로 뻥 차 버리기까지 했다.

"그냥 가세요. 조금만 써먹고 곧 보내 드릴게요."

샤캬의 말에도 일행은 나가지 못하고 어정쩡하게 입구에 서 있었다.

"그, 저, 그럼, 혹시 마도구 가지고 계신 것 중에 수리하셔야 할 게 있으면······."

특히나 와렌이 불안에 떨며 샤캬에게 물었다. 샤캬는 눈을 동그랗게 뜨고 이 자그마한 마법사를 바라보았다.

"혹시 마석 등 수리할 수 있어요?"

"아! 물론이죠! 어디죠? 어떤 거죠?"

자신이 필요하다는 소리에 와렌이 방방 뛰며 샤캬의 소매를 붙들었다.

"어머, 진짜 할 수 있어요? 아미아 저 녀석은 실력이 빵빵하다고 하면서도 그건 못한다던데요?"

"아! 전공이 다르다고, 전공이!"

부엌에서 아미아의 외침이 들리자 와렌은 볼을 붉히면서도 헤헤 웃었다. 랑세는 그 모습에 와렌의 어깨를 토닥였다. 거봐요, 사람 놀라게 하는 메신저 마법보다 마석 등이 더 마음에 든다니까요. 그 두드림에 담긴 뜻을 알아들었는지 와렌은 다시한번 웃으며 샤캬의 뒤를 따라갔다.

"내 신세는 너희들이 좀 갚아 줄 수 있겠니? 난 허리가 영 아파서. 무즈, 허리 마사지 좀 해 주렴."

리엔은 푸스스 웃으며 수상하게 무즈를 끌고 갔고, 무즈는 끌려가면서도 케일과 랑세에게서 시선을 떼지 못했다. 이 새끼, 더 쳐다보면 눈을 찔러 버릴 테다, 랑세가 뻐끔거리자 그제야 고개를 돌렸다.

"음······."

그리고 남은 둘. 어쩐지 어색한 공기가 잠깐 흘렀다. 랑세는 멀거니 서 있는 케일을 힐끔 훔쳐보며 큼큼, 목소리를 가다듬었다.

"뭐라도 해야 하지 않을까요?"

"그렇긴 한데."

"일단 전 설거지를 할 수 있어요."

"그건 나도."

케일은 귀족가 막내 도련님 출신이라도 독립하여 산 지 한참이니 설거지 정도는 얼마든지 할 수 있었다. 기실 평범한 사람이라면 당연한 일이다. 그가 전장에서 날리던 마법사라 할지라도, 여기서는 설거지 정도나 할 수 있는 사람이라는 게 웃기는 점이지만.

둘은 샤캬와 그 남편의 만류를 무시하고 아미아에게서 앞치마 두 개를 받았다. 부엌 뒤편에 마련된 커다란 설거지 통 앞에서 케일은 소매를 쭉쭉 접어 걷어붙이고 접시가 가득 담긴 통 안에 손을 넣었다. 쪼르르륵, 수도관도 없는데 물이 알아서 내려온다. 마법사면 설거지할 때 효율이 높아지는군.

"오, 역시 케일. 움직이면서 그 정도로 집중할 수 있다니."

아미아의 비아냥거림 같은 칭찬에 케일은 코대답도 안 했고, 랑세는 그런 케일을 유심히 봤다. 저거, 대단한 건가 보다. 그냥 마법사가 아니라 전장에서 날리던 마법사나 가능한 일인가 보다.

그렇다면.

"제가 닦아 드릴게요. 헹구실래요?"

"아, 그래."

달그락달그락, 다들 설거지에 집중하느라 한동안 그릇 닦는 소리만이 부엌에 울렸다. 얼마나 지났을까.

"아미아! 재료 떨어졌다, 재료 좀 사 와라!"

"아, 언니는 하루에 팔 것도 계산 안 하고 재료를 사?"

"너 먹은 거 토해 내라, 그게 그거니까."

"아, 네. 다녀오겠습니다."

아미아는 얌전히 앞치마를 벗어 놓고 밖으로 나갔다.

부엌 뒤편, 설거지하는 사람은 이제 둘뿐이었다. 랑세가 비눗물 묻은 수세미로 접시를 박박 닦아서 케일에게 넘기면, 케일은 깨끗한 물통의 물을 마법으로 끌어 올려 접시를 헹구고 옆에 쌓아 놓았다. 착착, 함께 일해 본 것이 처음인데도 둘은 마치 몇 년을 같이한 것처럼 손이 잘 맞았다.

달그락, 달그락, 설거지를 거의 마쳤을 무렵, 랑세가 문득 입을 열었다.

"케일 씨."

"응?"

"저한테 할 말 없어요?"

달그락, 달그락, 케일은 답 없이 접시만 부지런히 헹구었다. 속이 답답해진 랑세가 다시 한번 말을 하려던 순간이었다.

"있어도, 여기서 할 말은 아닌 것 같다."

설거지한 물이 가득 담긴 물통 앞, 앞치마를 입은 채 쪼그리

432

고 앉아 있는 두 사람. 과연 그러하다.

"그리고 여기가 아니더라도 아직 때가 아닌 것 같아서."

"무슨 때요?"

케일은 랑세를 힐끗 돌아보더니 짧게 웃었다.

"말하게 되면, 그때 알려 줄게."

아아악, 케일 싫어. 완전 싫어. 때려 줄 테다, 때려 줄 테야! 랑세는 그 모든 말을 꾹 집어삼키고 모든 분노를 담아 무척 큰 냄비를 박박 밀어 케일에게 던지듯이 넘겼다. 아미아나 케일이나 이 인간들은 남의 분노에 신경도 안 쓴다. 진짜 멱살 잡을까?

"어, 전 다 끝났는데. 저도 좀 할까요?"

때마침 들어온 와렌이 아니었다면 실행했을지도.

랑세는 마도구를 수리한 덕에 상기된 와렌의 볼을 보며 마음의 안정을 되찾았다. 참자, 참자. 사회적 명예와 위치를 생각하자. 랑세는 제게 있지도 않은 것을 인내의 이유로 삼았다.

"여기도 끝났다."

커다란 냄비를 공중에 띄워 말리던 케일이 말하는 중 샤캬가 와렌을 뒤따라 들어왔다.

"어머머, 너무 수고 많았어요. 아미아만 하면 되는데."

"하하, 아니에요. 도움이 되었다면 다행이에요."

"됐다 뿐일까요!"

하면서 샤캬가 무언가 한 보따리 떡하니 앞에 내려놨다.

"오늘 드신 것보다 더 많이 도와주셔서 좀 챙겼어요."

"네?"

"마차로 멀리까지 가는 중이라면서요. 간식거리 좀 챙겼어요."

랑세의 눈이 동그랗게 떠졌다. 좀? 저게? 이 집에서 사흘간 설거지를 해도 못 갚을 양인데.

"아니, 그, 감사하지만 이거, 이래도 되는 건지……."

"어휴, 젊은 사람이 왜 이리 각박해요?"

네? 각박? 이건 또 무슨 소리람.

"사람이 오가며 꼭 서로 뭘 해 줘야 하나요. 정이란 게 베풀면 돌고 도는 거지."

"아……."

랑세는 할 말을 잃고 말았다. 자신이 그런 사람이었나. 받으면 돌려줘야 하는. 확실히 그런 경향이 없지는 않지만, 그게 나쁜 일인가. 무언가 하고픈 말은 많지만 어쩐지 하나도 정리되지 않아서 랑세는 입을 다물고 말았다.

"어휴, 호구 같은 소리 하고 있네. 사람이 받을 생각 안 하고 베풀면 호구야, 호구."

아미아가 재료를 둥둥 띄우며 들어오지 않았더라면 랑세는 생각의 늪에서 넘어졌겠지.

"오냐, 호구가 아니라서 너한테 받아먹어야겠다."

"언니!"

"어여 나가. 그리고 앞으로 오기 전에는 연락 좀 하고. 그래야 내가 너를 재료 사러 보내지 않을 거 아냐."

"아이씨……."

"건강하게 잘 있고. 언니랑 엄마한테 연락 좀 자주 하고."

아주 아이 취급하듯이 샤캬가 아미아의 머리를 쓱쓱 쓰다듬는다. 아미아는 말이 투레질하듯 언니의 손길을 피했고 투덜거리면서도 샤캬가 준 간식을 착착 챙겼다. 언니에게 호구 소리 하면서도 주는 걸 다 받는 건 또 아미아다운 심보라 하겠다.

여전히 아무렇지 않아 보이는 샤캬의 얼굴에, 랑세는 하고픈 말을 모두 마음에 담고 감사함만 표하며 가게를 나왔다.

어둑해진 밤거리, 아미아는 간식 보따리를 공중에 띄운 채 알 수 없는 콧노래를 흥얼거리며 폴짝폴짝 앞서 걷고 있었다. 그러나 신난 사람은 아미아뿐인 듯했다. 묘하게 침울해 보이는 랑세의 곁에서 케일과 와렌이 힐끗힐끗 눈치를 보고 있었다.

"저기요, 랑세 씨."

그런 랑세에게 와렌이 조심조심 말을 걸었다.

"그, 그분 말씀, 너무 마음에 담아 두지 마세요."

과연, 아파트에서 함께 지내며 어느 문관이 마법사에 대해 파악하게 된 만큼, 마법사 역시 어느 문관을 잘 파악했다.

"랑세 씨가 받기 위해 주는 분도, 주기 위해 받는 분도 아닌 거 알고 있어요."

와렌이 정리한 말은 샤캬의 말과 비슷하면서도 조금 다른 느낌이었다. 그러나 랑세는 기분이 좋지 않은 이유가 샤캬의 말을 자신도 와렌의 해석처럼 받아들였기 때문임을 깨달았다.

"저한테 많은 걸 해 주고 노와주신 게 무언가를 바라서가 아니라는 걸 알고 있는걸요."

와렌이 랑세의 손을 꼭 잡았다.

"그냥 낯선 사람에게 예의를 지키고 싶어 하신 거잖아요. 그렇죠?"

와렌의 말에 랑세가 입술을 깨물며 고개를 끄덕였다.

말소리가 어둑하고 고요한 밤거리를 타고 날아 앞서가던 아미아의 귀에까지 들렸나 보다. 그녀 역시 걸음을 멈추고 돌아보더니 개구지게 웃었다.

"우리 언니 말 신경 쓰지 마. 언니가 말을 좀 막 해. 누구를 닮았는지 몰라."

아미아의 말에 랑세가 결국 웃고 말았다. 어이가 없어서, 그러나 마음이 따뜻해져서 저도 모르게 튀어나오는 웃음. 랑세는 기분 좋게 눈을 접어 웃으며 고개를 끄덕였다. 그래, 서로 처음 보는 사이에 아무것도 몰라 오해할 수도 있는 거지. 그런 거지.

"랑세."

"네?"

마음이 거의 풀려 갈 즈음 케일이 나직하게 랑세를 불렀다.

"신세를 진 후 갚고 싶어 해도 나쁜 건 아니고, 설사 신세를 지는 것에 부담을 갖지 않는다 해도 나쁜 건 아닐 거야, 그렇지?"

"어? 네? 네……. 아마도?"

그가 하는 말의 의도를 알 수 없어 랑세의 말끝이 자신 없게 흐려진다. 케일이 가볍게 랑세의 어깨를 두드리고 앞서갔다.

"네가 어떻든 나는 상관없어."

그렇게 한마디 남기고.

아, 진짜 때릴까 보다.

"야이……."

"조금만 더 기다려 줄래?"

과연 전장에서 날리던 마법사답다. 지금 랑세가 폭발하기 일
보 직전이라는 걸 알아본 듯, 케일은 걸음을 멈추고 미안한 얼
굴로 웃었다. 어우씨, 조금만 덜 잘생겼으면 진즉 한 대 때렸을
텐데.

"뭘요?"

그래도 목소리는 샐쭉해졌다.

"네가 내 말을, 내 이야기를 들을 준비가 되었는지 확인하고
싶어서 그래."

준비라는 것은 무엇을 의미할까. 그 말에 담긴 깊이 때문에
랑세는 입을 다물고 말았다. 준비라. 알 듯 말 듯 했다. 지금 이
순간 예상하던 말을 들으면 당장 케일에게 답을 줄 수 있을 것
인가. 아니면 또다시 고민할 것인가. 아니면. 하흘 때처럼.

아, 하고 순간 랑세는 깨달음을 얻었다. 그렇구나. 랑세는 뚱
한 얼굴로 케일을 보면서도 고개를 끄덕이고 말았다.

"알았어요."

"그래, 고마워."

맥락을 알 수 없는 둘의 대화에 와렌이 눈을 동그랗게 떴다.
그러나 앞서서 서둘러 가자고 재촉하는 아미아의 목소리에 미
처 깨닫지 못하고 말았다. 오늘 랑세가 물었던 마법사 이야기
속 주인공의 정체를.

그리하여 달과 달 같은 마석 등이 만드는 긴 그림자는 소리

없이 흔들거리며 다른 그림자 속으로 숨어들었다.

강도를 넘기고, 마을에서 아미아의 언니네서 잘 얻어먹고, 하룻밤 잔 후 일행은 다시 출발했다. 이번에는 욕심내지 않고 북동부대로를 타고 팔렝으로 향했다. 중간에 들른 마을은 원래 쉬었다 가기로 계획했던 곳이었다. 그 덕분에 깨끗하고 고급스러운 여관의 각방에서 하룻밤을 쉴 수 있었다. 일행 모두 케일을 향해서 만세 삼창을 외친 것은 덤. 최근 들어 케일에게 폭력성을 발휘했던 랑세마저 자연스럽게 함께 만세를 외칠 만큼 좋은 곳이었다.

그렇게 이틀 후.

"어서 오세요, 팔렝에!"

랑세는 팔렝과 이웃 도시의 경계선에 세워진 비석의 글을 큰 소리로 읊었다. 오오오, 다들 감탄을 했지만 아직 시내로 진입하지 않아 그냥 아무것도 없는 도로 위일 뿐이었다. 물론 마법사들이 보기에는 그렇다는 말이다.

태어났을 때부터 이곳에서 살았던 랑세에게는 이 아무것도 없는 길조차 추억이 겹겹이 쌓여 있는 곳이었다. 밤늦게까지 돌아오지 않는 루세를 찾으러 왔던 길, 아빠의 서점에 새 책을 들여오는 마차를 마중 나오곤 했던 길. 랑세의 얼굴에 저절로 미소가 떠올랐다. 웃음에는 전염성이 있나 보다. 랑세의 미소에 사람들도 저절로 웃고 말았다.

"도련님."

그때 마차를 멈추고 마부가 문을 열어 고개를 들이밀었다.

"여기서부터는 어찌 가야 할까요?"

"아."

랑세가 입을 열어 설명하기도 전에 케일이 마차에서 훌쩍 내렸다.

"여기서부터는 내가 몰지."

"앗, 네? 아아, 예, 알겠습니다."

"응? 케일 씨가 어떻게 알아요?"

케일이 슬그머니 랑세를 돌아보며 웃었다.

"메신저 보낸 적이 있잖아."

그러고 보니 케일의 메신저는 두 번이나 팔렝까지 와 봤다. 한 번은 루세 때문에, 한 번은 엄마를 부르기 위해. 정신만 온 셈이지만, 어쨌든 그는 초행이 아니었던 것이다.

"그래도 안내를 도와주면 고맙지. 메신저가 간 길은 아무래도 사람이 다닐 수 없는 길이 많으니까."

케일이 먼저 마부석에 오르고 말했다. 도련님의 마차 모는 솜씨를 알 수 없어 마부가 그 옆에 앉았고, 좁은 자리 하나가 남았다.

랑세는 잠시 생각하다가 꾸물꾸물 케일 옆에 앉았다. 몸과 몸이 바싹 붙었다. 으음, 뭔가 묘한 기분에 조금 거리를 둬 보려 했지만, 남은 공간이 없었다. 슬쩍 케일을 흘겨보았으나 그의 얼굴이 더없이 담백해서 아무 말도 하지 못하고 고개를 돌렸다.

"일단 직진하시다가요, 큰 나무를 낀 곳에서 우회전하세요."

"어딘지 알겠군. 알았다. 히랏."

덜컹, 마차는 마부가 모는 것보다 거칠게 출발했지만 그래도 그럭저럭 안정적으로 달리기 시작했다. 마부는 막내 도련님의 솜씨에 안심하면서도 긴장을 놓지 않았다.

다각다각다각, 고향의 향기. 멀리 술도가에서 나는 팔렝주 냄새가 코끝을 스치는 것을 보니 곧 시내로 진입할 것 같았다. 다각닥다각, 오른쪽요, 여기서 직진요, 쭉쭉 가세요, 랑세의 설명을 따라 가자 길 주변에 드디어 가옥과 상점이 나타나기 시작했고 인도에 꽉 찬 사람들도 보였다.

마차 안에 있던 와렌은 창문에 달라붙어 랑세가 나고 자란 마을에서 눈을 떼지 못했다. 아미아는 거리 구경을 위해 지붕으로 올라섰고, 그에 사람들의 시선이 모아졌다.

"어? 서점네 큰딸 아니야? 어이! 랑세!"

마부석에 앉은 랑세를 알아본 이웃이 어디선가 외치자 랑세가 돌아보며 손을 흔들었다.

"안녕하세요!"

"어어! 오랜만이야!"

하나, 둘, 시내에서 랑세를 알아보는 사람들이 많아졌다. 누군가는 서점네 큰딸이라고 불렀고, 누군가는 검술 선생네 큰딸이라고 불렀고, 누군가는 랑세라고 불렀다. 무슨 상관이랴, 그 모두 랑세를 가리키는 말인데. 랑세는 오래간만에 보는 반가운 사람들에게 설레는 얼굴로 안녕을 외쳤다.

"오, 인기인!"

마차 위에 앉아 있던 아미아가 몸을 숙여 랑세에게 속삭였다. 아미아의 기행에 익숙해진 마부와 랑세는 놀라지도 않았다.

"이 동네에서 스무 해를 넘게 살았어요. 당연한 거죠."

"아니지, 잘 못 살았으면 원수가 죽이려고 달려들걸."

"아이고, 아미아 씨나 그렇죠."

"집에 메신저나 좀 보내 줄까?"

"아뇨. 오늘쯤 도착하는 거 이미 편지로 보냈어요. 아! 케일 씨, 여기서 왼쪽요."

케일은 랑세의 명령에 충실히 따라 좌회전을 했다.

"앗?"

"엇."

골목을 돌던 케일이 당황한 소리를 냈다. 그러나 길을 돌다 급하게 멈추면 위험하기에 마차는 그대로 계속 달렸다. 모두의 고개가 골목 쪽으로 돌아갔다. 백금발과 마법사 옷소매를 날리며 지나가는 사내가 보였다.

"오! 스테인!"

아미아가 마차 위에서 큰 소리를 내자, 사내가 몸을 틀어 이쪽을 보았다. 꽤 놀란 얼굴을 한 스테인의 모습이 빠르게 작아진다.

"뭐 해, 멈추지 않고?"

아미아의 재촉에 케일은 힐끗 랑세를 바라보았다. 랑세는 크게 갈등했다. 멈춰, 말아.

"에이, 집에 가면 어차피 볼 거잖아요. 가요, 그냥."

"그래."

케일의 말끝에 어쩐지 웃음이 묻어났다. 그리고 그럴 줄 알았다는 듯한 미소. 그래도 랑세는 힐끗 뒤돌아보았다. 스테인은 이미 보이지 않았다.

"야! 야! 이 의리 없는 것들. 생사를 함께한 전우를 보고 어떻게 그러냐?"

아미아가 마차 지붕 위에서 방방 뛰자 랑세는 정색을 하고 외쳤다.

"생사를 함께해요? 누가요?"

"감옥 동기끼리 그러면 안 되지."

"같은 감옥 안 갔거든요? 전 일반인 감옥, 저 사람은 마법사 감옥."

"어쨌든 둘 다 빨간 줄 그일 뻔한 건 맞잖아!"

"그게 무슨 상관인데요!"

마부는 막내 도련님 옆에 있는 아가씨를 슬그머니 보았다. 일행 중 제일 멀쩡해 보이는 사람이더니 어쩌다 감옥까지 갔나. 우리 막내 도련님의 교우 관계는 왜 이럴까.

아미아는 랑세와 아웅다웅하면서도 재빨리 메신저를 날렸다. 아마도 스테인에게 보냈겠지. 랑세는 그 광경에 꽥, 하고 소리를 질렀지만 이미 날아간 새를 일개 문관이 어찌하랴.

마차는 계속 달려 랑세의 집이 있는 마을 쪽으로 진입했다. 시내에서 얼마간 떨어진 작은 마을. 케일은 이제 랑세의 지시가 없어도 능숙하게 마차를 몰아갔다. 정신체, 즉 메신저의 눈으로도 봤던 곳이지만 자신의 눈으로 직접 본 마을은 초록빛으로 가득한, 따스함이 넘실거리는 곳이었다.

눈물도 있지만, 그보다 더 많은 웃음이 있던 곳. 랑세의 얼굴에는 더더욱 흐뭇한 미소가 걸렸고, 자리에 차분히 앉아 있지 못한 채 몸을 들썩거렸다. 금방이라도 내릴 듯이. 하여, 케일 역시 미소를 지울 수 없었다.

"아빠아!"

저 끝, 집 앞에 나와 있던 랑세의 아빠가 보였고, 랑세는 아빠를 부르며 크게 손을 흔들었다.

"랑세야!"

아빠 역시 랑세를 향해 손을 흔들었다. 마차는 서서히 속도를 줄여 랑세의 집 앞에 멈추었다. 랑세는 누구의 도움도 없이 폴짝 마차에서 뛰어내려 아빠의 품에 안겼다.

"우리 랑세!"

아빠는 랑세를 꼭 끌어안고 등을 두드렸고, 랑세는 아빠의 품에 파고들어 아빠, 아빠, 아빠 하고 볼을 비볐다. 감동적인 부녀의 재회를 마법사들은 가만히 바라보았다.

"어서들 오세요."

랑세에게서 이미 혼자 오지 못할 것이라는 연락을 받았던지라, 랑세의 아빠는 당황하지 않고 마법사들을 향해 다정한 인사를 건넸다. 딸에게 도움을 주었기 때문만은 아니었다. 딸의 이웃들, 딸의 친구들.

"오랜만에 뵙습니다."

랑세의 아버지와 같은 방을 나누어 써 본 적 있는 케일이 먼저 마차에서 내려 정중하게 인사를 하고, 마차 위의 아미아는 크게 손을 흔들었다. 와렌과 무즈, 리엔도 마차에서 내려 인사했다. 와렌은 인사를 마치고도 랑세의 집이 궁금해 힐긋힐긋 훔쳐보았다. 오래된 티는 나도 신경 써서 관리한 느낌이 드는 집이 꼭 랑세 같아, 와렌은 저도 모르게 놀라며 웃고 말았다. 전혀 논리적이지 않은 비유가 자연스럽게 생각나는 자기 자신 때문에.

"누추하지만 어서 들어오세요."

"아빠, 루세랑 엄마는?"

아빠는 살짝 미소 지었다.

"엄마는 루세랑 장 보러 갔어."

그 말에 랑세가 굳고 말았다. 잠깐 입술을 깨물고 조심스럽게 물었다.

"……가도 돼?"

"응. 아직 시내 먼 길까지는 안 되어도 이 근방 작은 상점까지는 이제 무리 없단다."

"아."

랑세가 진심으로 안도한 표정을 짓자 아빠는 또 웃었다.

"도련님, 그럼 전 이만 돌아가 보겠습니다. 돌아가실 때쯤 연락 주시지요."

짐을 내리는 것을 도와준 마부가 그리 말하자 케일이 고개를 끄덕였다. 조금 쉬다 가라는 아빠의 권유에도 마부는 고개를 저었고, 랑세도 직장인의 정신으로 굳이 붙잡지 않았다. 누가 도련님 곁에서 푹 쉴 수 있겠는가. 얼른 보내 드려야 혼자서라도 조금 쉬고 가지.

"이야, 이게 랑세네구나."

깨끗하고 단정한 집 안 광경에 아미아가 건들거리며 휘파람을 불었다. 랑세의 아빠는 아미아의 그런 태도에도 불쾌해하지 않고 호탕하게 웃을 뿐이었다. 아내의 전우들, 친구들보다는 예의 바른 태도였으니까.

"자, 일단 조금 쉬시지요. 그런데 집이 좁아 머물 곳이 마땅치 않은 터라 두세 분씩 한 방을 쓰셔야 할 듯합니다."

네 가족에게는 작지 않으나 갑자기 불어난 손님까지 수용하기는 어려운 집이었다. 랑세의 가족이 손님들을 환영해도 그건 해결할 수 없는 문제였으니까.

"아니요, 괜찮습니다. 저희가 잘 곳은 구해 왔으니까요."

"네?"

잘 곳을 알아 둔 것도 아니고 잘 곳을 구해 왔다는 말에 아빠가 조금 놀란 얼굴을 했다. 뭔가 잘못 들은 걸까? 리엔은 씨익 웃으며 무즈를 불렀고, 무즈는 어깨에 달린 짐을 투둥, 소리 나게 집 앞 공터에 내려놓았다. 순간 좌라락 소리를 내며 커다란 천막이 펴졌다. 아니, 천막 안에서 잘 수는 있다만 그래도 다섯

이 자기에는 작아 보이는데. 아, 몇 명은 집 안에서 자려나. 랑세의 아빠는 책은 많이 읽었어도 마법사를 거의 보지 못한 평범한 사람이었다. 그러니까 지극히 상식적인 사람.

"이거 또 쌔비셨어요?"

그러나 비상식의 세계에 너무 오래 몸담은 랑세는 비명처럼 소리를 질렀다. 리엔은 지극히 당연하다는 얼굴로 웃었다.

"응."

마법사 대회 때 사용한 천막이었다.

"이번에는 조금 작은 거. 먹고 자기는 어렵지 않은 거란다."

"마탑에서 또 잡으러 오면 어쩌려고요!"

"어머, 내가 어디 있는지 알고."

"휴가 신고서 쓰셨잖아요!"

"아차!"

랑세가 골치 아프다는 듯 머리를 붙들었고, 아빠가 케일의 인도를 받아 천막 안을 구경할 때.

"하여간 모이면 다들 시끄럽군요."

얄미운 목소리가 들렸다. 스테인이 평소와 같은 느긋한 웃음을 한숨처럼 지으며 집 앞에 나타났다. 그의 등장에 모두가 돌아보았다.

"스테인 씨, 시내 나간다더니 벌써 오셨군요."

"아, 예, 에밀 아저씨. 이 사람들이 저를 찾더군요."

아미아의 새 메신저가 스테인 머리 위에서 꽥꽥거리다가 아미아의 손으로 돌아갔다. 랑세는 자신이 스테인을 찾았다는 말에 뭐라 항변할 생각도 못 했다. 자기 아빠에게 이름까지 붙여 '아저씨'라는 친근한 호칭을 사용하는 것을 보고 경악하느라. 말도 안 돼. 그리고 우리 아빠야! 우리 아빠란 말이다! 랑세가 어버버하는 사이에 스테인은 일행에게 곱게 인사했다.

"다들 오랜만이군요."

"워우! 신수가 훤하네."

아미아가 스테인의 볼을 잡아 꼬집으며 말했다. 과연, 아파트에 살 때보다 살도 조금 오른 것 같고, 조금 더 편해 보이는 웃음을 짓는 것도 같았다. 편해진 인상과는 상관없이 성격은 여전한지, 스테인은 짜증을 내면서도 웃음을 지우지 않고 아미아의 손을 제 볼에서 떼어 냈다.

"휴가차 온다는 이야기는 들었는데, 이렇게 대부대가 올지는 상상도 못 했습니다. 여전히 마법사들에게 사랑받으시는군요."

랑세를 보며 하는 이야기였다. 랑세는 이를 드러내며 으르렁댔고, 스테인은 살포시 웃기만 했다. 으르르엉 컹컹.

"오랜만이군."

두 사람 사이에 케일이 한 발 들어서자 그 으르렁거리는 기운이 흩어졌다.

"케일 씨라면 올 줄 알았습니다."

알긴 뭘 알아. 랑세가 뭐라고 던지기도 전에 케일은 무덤덤하게 스테인의 어깨를 두어 번 툭툭 두드렸다. 그 손에 담긴 뜻이 무엇인지 모르지만, 스테인은 멈칫하더니 한 걸음 물러섰다. 그리고 물러선 스테인의 등을 두드리는 손이 하나 더 있었으니.

"스테인, 오랜만이구나. 정말 얼굴이 좋아졌어."

리엔이 한껏 미소 지으며 인사했지만, 스테인의 얼굴은 형편없이 일그러졌다.

"선배님은 얼굴이 왜 그 모양이 되었습니까?"

"응?"

리엔이 놀란 눈을 깜빡였다. 이 녀석에게 반가운 인사는 기대하지 않았다만.

"제가 건강 지키라고 그렇게 말씀드렸잖습니까. 그런데 지금 보니까 마력도 엉망으로 엉켰고, 속이 완전 뒤집어졌군요."

"아? 응?"

"제가 그거 다스리느라 그 고생한 걸 알면서도 관리할 줄 모르십니까?"

따따따 쏟아지는 말에 리엔은 정신을 차리지 못했다. 아니, 요새 술을 좀 마시기는 했는데, 술 마시지 말라고 제가 그렇게 말씀드렸잖습니까, 아니, 그게 일이 많다 보니, 대단한 일 하십니다, 진짜.

"저희 집으로 가시죠. 지금 여행할 몸이 아니었을 텐데요?"

설마 그 정도로 안 좋았던가. 일행의 얼굴이 미미하게 굳었지만 리엔은 당황한 표정을 수습하고 호호 웃었다.

"우리 스테인, 선배 건강을 그렇게 걱정하다니, 정말 착한 아이구나."

스테인의 얼굴이 더 형편없이 일그러졌다. 미치셨습니까, 하고 소리를 꽥 지르기 직전.

"치료사의 말은 잘 듣는 게 좋을 듯합니다. 리엔 님, 지금 따라가 보시지요."

하고 랑세의 아빠가 끼어들었다. 좋게 좋게 둘 사이를 중재하는 모습에 랑세는 더 어이가 없었다.

"그래도 레인 씨는 보고 가야지 않나요?"

"이따 저녁 식사 때 보셔도 됩니다. 스테인 씨도 아사캬 영감님과 함께 오세요."

"항상 감사합니다. 이따 뵙지요. 리엔 선배님은 따라오세요."

"어머, 얘? 어머 어머?"

스테인은 리엔의 손목을 확 잡아끌고 밖으로 나가 버렸고 모두가 이 광경을 멍하니 바라보았다. 스테인은 그대로인 듯하면서도 많이 변한 것 같았고, 변한 것 같으면서도 그대로인 듯했다. 어쩌면 우리가 모두 그렇듯이. 다만 서서히 변화하는 시간을 곁에서 지켜보지 못했기에 너무도 달라진 것처럼 보였겠지.

"스테인 씨와 친해졌나 봐요……."

그저 랑세가 뭔가 싫은 기분으로 중얼거렸지만, 에밀은 당연하다는 듯 웃었다.

"엄마의 치료를 담당하는 좋은 분이잖니. 성격도 좋고."

에밀의 말에 모두의 얼굴이 형편없이 일그러졌다. 그 와중에도 눈썹 까닥하지 않은 게 랑세의 아빠이자 레인의 남편다운 대범함이라 하겠다.

"아무튼 차라도 한 잔씩 하시면서 쉬고 계시다가 저녁을 먹고……."

"랑세!"

혼란스러운 좌중을 정리하려던 차, 저쪽에서 레인이 벼락같이 나타나 랑세를 불렀다. 랑세의 얼굴이 또 한 번 환해졌다.

"엄마!"

어색하게 헤어지지 않았던 덕일까. 랑세는 어떠한 두려움도 어색함도 없이 힘껏 엄마를 끌어안을 수 있었다. 엄마, 엄마, 엄마, 아빠를 불렀던 것과 한 치 다를 바 없이 그리움을 가득 담아 엄마를 불렀다.

"언니, 나도 있다?"

그 틈에 루세까지 끼어들어 엉겼다. 세 모녀가 방방 뛰며 좋아하는 모습에 어쩐지 와렌은 짝짝 손뼉까지 쳐 버리고 말았다. 아, 부럽다. 와렌은 저도 모르게 그런 생각을 해 버린 자신이 살짝 부끄러워졌지만, 멈출 수는 없었다.

"앗, 잘생긴 아저씨도 안녕?"

루세가 언니의 허리를 안고 있다가 케일을 보고 그리 말하며 손을 흔들었고, 랑세는 기겁해서 루세의 귀를 붙잡았다.

"루세!"

"아이씨, 잘생긴 걸 잘생겼다고 하지, 왜 그래!"

"루세, 제발!"

케일의 잘생김을 두고 발생한 자매의 다툼에 케일은 그저 짧게 웃었다.

"잘생겼다니 고맙군."

평소와 다른 반응, 사람이 변하는 모습을 곁에서 지켜본다 한들 때때로 잊고 말지. 그 뻔뻔한 대사가 스치듯이 지나가 아무도 놀라지 않았다. 랑세 빼고.

"잘 있었니, 막둥이 대장?"

"네, 검은 매."

랑세가 경악하는 사이 케일이 군례까지 올리고, 아미아가 도박을 하자며 레인을 졸랐다. 그사이 와렌과 무즈가 조심스럽게 인사한다. 시끌벅적, 와글와글, 정말이지 이 집에서는 드문, 평소와 너무도 다른 시끄러움이지만 그 소란함을 꺼리는 사람은 아무도 없었다.

"리엔 님은 아까 스테인 군과 가시는 걸 봤어. 자자, 다들 일단 쉬고, 아까 보니까 마당에 마법 천막이 있더군. 거기서 쉬다가, 저녁을 함께 먹자."

한참 만에 레인이 좌중을 정리하는 소리를 하고, 랑세가 자자, 하며 닭 몰듯이 일행을 마법 천막 쪽으로 몰았다. 뭐 좀 도와 드릴까요, 하는 와렌의 말에도 일단 쉬세요, 쉬어요, 이따 이야기해요, 하며 일행의 소란을 잠재웠다.

"어휴, 진짜 소란스럽긴 하네요."

아파트에서도 매일 그러기에 터가 안 좋은 줄 알았는데 그건 아닌 듯했다.

"너도 쉬지 않고."

"아우, 쉬긴 뭘 쉬어요. 저 화상들 배부르게 먹이려면 아빠랑 루세만 가지고는 턱도 없어요."

투덜거리듯 말하지만 랑세의 얼굴은 더없이 편안했다. 그래서 에밀과 레인의 얼굴에도 미소가 사라지지 않았다.

"아빠, 뭐 하려고 했어?"

"아, 일단 닭구이부터 하자꾸나."

"응, 양념할게. 루세, 닭 씻어 와!"

"응, 언니!"

부엌을 담당하는 세 사람이 일 년 만에 함께 손을 맞춰 일하지만 일 년 전과 다를 바 없이 움직임은 능숙하다. 거기에 더하는 부드러운 기운. 청소를 전담하는 레인은 그 광경을 보며 쓴웃음을 지었다. 제 손으로 망가트렸던 광경이 사람들의 도움으로 이렇게 변했다. 세상은 역시 혼자 살 수 없나 보다. 당연하지만 당연하지 않은 일들.

"엉망입니다. 아주 엉망입니다."

아사캬의 집이자 스테인이 임시로 개장한 치료소의 진료 의자에 앉은 리엔이 스테인에게 손을 맡긴 채 난감한 얼굴을 했다. 리엔을 진료하던 스테인이 툴툴거렸고, 아사캬는 허허로이 웃었다. 기실 아사캬는 치료 쪽은 하나도 몰랐다. 다만 스테인의 이토록 투덜거리는 얼굴은 그의 소년 시절을 떠올리게 해서였다.

"이런 몸으로 대체 왜 여기까지 오신 겁니까? 휴가를 보내시려면 차라리 온천이 몸에 좋을 텐데요."

스테인의 책망 어린 말에 리엔은 슬그머니 손을 빼며 쓴웃음조차 지웠다.

"몸 병이 아니라 마음 병 때문이지."

"마음 병요?"

"너를 봐야 나을 마음 병."

리엔의 말에 스테인은 낯을 굳히고 벌떡 일어났다. 무엇을 뜻하는 말인지 금방 알아들었기 때문이었다.

"그만두시지요."

"스테인."

"같잖은 사과 몇 마디 하고 나을 마음 병이면, 차라리 지고 가십시오. 제가, 우리가 그랬듯이요."

둘 사이의 대화에 아사캬도 무슨 의미인지 알아들었고, 그에 괴로운 듯 눈을 감을 수밖에 없었다.

"당연히 그건 아니란다."

리엔은 소매에서 서류를 꺼내어 내밀었다.

"이건 지금까지 될트렝 명예 회복에 대해 수도에서 진행되고 있는 사항이야."

리엔은 고개를 숙였다.

"물론 이걸로 이미 간 사람들이 돌아오지는 않지만, 명예라도 되찾는 중이란 걸 알려 주고 싶었단다."

스테인은 리엔을 향해 경멸 어린 시선을 던지면서도 서류를 받았다. 한 줄, 한 줄, 리엔이 왕궁과 마탑에서 사람들을 설득하고 정치 싸움을 해서 얻어 내고 있는 것들을 읽으면서 어이

없다는 듯 외쳤다.

"이 와중에도 그쪽 손해는 한 줄도 안 보려고 하시네요."

"어쩔까? 이쪽이 다 망해야만 그 원한이 풀린다면, 난 해 줄 수 있는 것이 없지."

사과하려고 했던 것이 아니기에 이런 말은 얼마든지 할 수 있었다. 스테인은 하, 하고 긴 한숨을 내쉬며 서류를 던지듯이 내려놨다. 아사캬가 그 서류를 받아 읽어 보며 쓴웃음을 지었다. 그는 다 읽지도 않고 글이 보이지 않게 엎어서 다시 내려놓았다. 어린 이웃 꼬마의 말이 하나 틀리지 않았다.

"저는 의지도 없고 용기도 없어 이곳에 숨어 살다 어쩌다 스테인을 다시 만난 몸. 여기에 덧붙일 말도 뺄 말도 없어야 하건만, 스테인이 틀리지 않다는 말을 할 수밖에 없군요."

"아저씨! 아저씨는 억울하지도 않아요?"

스테인이 그답지 않게 아사캬에게 소리를 지르고 숨을 몰아쉬었다. 리엔은 꽤 오래 알아 온 스테인의 또 다른 모습에 조금 놀란 얼굴을 했다. 그사이 아사캬는 스테인의 손등을 두드렸다. 네 뜻은 네 뜻이고 내 뜻은 내 뜻이지. 아사캬의 말에 스테인의 벅차던 숨이 겨우 내려앉았다.

"알아서 하십시오. 알아서 하시고, 저는 저대로 다시 일어나 다시 움직일 겁니다."

리엔은 알겠다는 듯 고개를 끄덕였다. 어차피 용서를 빌기 위해 한 말이 아니었으니.

"그래서 내 마음 병이라고 했다. 네가 여전히 화를 낼 마음이 있는지를 확인하면 나을 것 같아서."

"하! 여전하십니다!"

스테인은 다시 자리에 앉아 리엔의 손을 뺏듯이 잡았다. 그녀의 마력과 심장 상태를 확인하고 어이없다는 듯 다시 소리를 쳤다.

"대단하십니다. 그 서류 한 장 줬다고 마음이 진짜 안정되셨네요."

"내가 이만한 그릇밖에 안 되는 건 이미 알고 있었잖니. 윽."

"참으세요."

스테인이 치료의 마력을 담아 쭉 불어넣자 리엔의 몸이 부르르 떨렸다. 리엔의 몸속 마력이 안정되는 것을 느낀 스테인은 던지듯 리엔의 손을 뿌리치고 치료소를 나가 버렸다.

늙은 마법사와 나이 든 마법사 사이에는 침묵이 흘렀다. 그들이 피해자와 가해자여서인지도 모른다. 사과할 생각이 없는 가해자와 용서할 생각이 없는 피해자 사이에는 오갈 수 있는 말이 없기에.

"나는 다른 것은 모릅니다."

그래도, 먼저 입을 열 자격이 있는 것은 리엔보다 아사캬.

"다만 나는 당신의 마음 병보다 스테인의 마음 병이 신경 쓰입니다. 여기 와서 많이 웃고 많이 울고 많이 화내게 되어서 다행이라 생각합니다."

노인의 눈에 보이는 소년의 성장은 서글프기만 한 것이었다. 재조차 남지 않은 마른땅에 비틀게 자란 나무처럼.

"그저 저 아이가 다시 일어나도, 혹은 일어나지 않아도, 우는 날보다는 웃는 날이 많았으면 좋겠고, 옛 화를 낼지언정 새로운 화를 덧대어 내지 않았으면 좋겠습니다. 최소한 저 아이가 스스로 찾아가기 전에는."

아사캬의 뜻을 알아들은 리엔이 고개를 끄덕였다.

"유념하지요."

아사캬는 침묵했다. 그러지 않겠다는 대답은 아니었기에.

"할아버지! 리엔 아주머니! 식사하러 오세요!"

"오! 시간이 벌써 그리되었나."

침묵 속에 노을이 땅에 내려앉을 무렵, 루세가 향신료 냄새를 풍기며 문을 열었다. 아사캬는 허허 웃으며 자리에서 일어났고 리엔도 소리 없이 따라 일어났다.

무어가 급한지 서둘러 가는 루세의 뒤에 또 한 사람의 뒷모습이 보였다. 긴 백금발이 떨어지는 태양만큼이나 느리게 노을에 붉게 물들었다. 그렇게 물드는 시간만큼 가만한 발걸음은 누구를 위해 느리게 움직이고 있는 걸까. 리엔은 그에 맞추어 천천히 걸음을 옮겼다.

"이건 제가 손볼게요."

원래 식구 네 명에 아파트에서 랑세를 따라온 다섯 명, 거기에 아사캬와 스테인까지 초대하고 나니 집 안에 앉아 먹을 자리는 없었기에 마당에 큰 상을 내놓기로 했다. 큰 손님을 치를 일이 별로 없는 집에 그런 탁상은 창고에나 하나 있으면 다행인 터, 랑세의 집 사정도 크게 다르지는 않았다. 다만 식탁 다리가 부실하여 수리해도 쓸 만큼은 아닌지라, 창고에 처박아 뒀던 놈이 하나 있던 것이 다행이었다. 대체 언제 처박아 두었지 기억도 안 나는 살림이었지만. 그걸 번쩍 끌고 나오는 레인의 모습에 와렌이 얼른 달려들었다. 레인은 와렌의 호의를 사양하지 않고 받았다. 와렌은 소매에서 망치를 꺼내고 창고에 굴러다니던 낡은 목재 몇 개까지 꺼냈다. 뚝딱뚝딱. 마법사가 망치질도 잘하네. 레인은 와렌이 식탁을 수리하는 모습을 흐뭇하게 바라보다 말을 걸었다.

"지난번 수도에서는 우리 이야기 많이 못 했지? 우리 딸 제일 친한 친구인데."

레인의 은근한 질문에 와렌이 깜짝 놀라 망치질을 멈추었다. 랑세와 닮지 않은 듯 닮은 레인의 미소에 그 긴장이 다시 푸르르 풀렸다.

"헤헤, 네. 제가 말재주가 좋지 않아서요."

"고마워."

"네?"

"우리 딸이랑 잘 지내 줘서."

와렌이 어찔 줄 모르는 얼굴을 했다. 랑세가 자신과 지내 주는 것에 가까운데. 그리고 무엇보다도 어디 누군가로부터 가까운 사람과 친하게 지내 줘서 고맙다는 소리를 들어 본 적이나 있었던가.

"그, 아니, 아니에요, 저야말로 랑세 씨가 잘해 주셔서⋯⋯."

"내가 와렌을 잘 모르지만 말이야, 말하는 거나 그런 거 보면 마음 따뜻한 사람 같아."

"네? 네?"

레인의 칭찬 같은 말이 쏟아지자 와렌의 볼이 터질 듯 달아올랐다. 그게 보기 좋은지 레인은 말을 멈추지 않았다.

"우리 딸이 마음 여리고 나 때문에 받은 상처가 많을 텐데, 와렌이 곁에서 많이 도와줬을 거야. 고마워."

"아, 아니에요. 어, 음, 저야말로, 저야말로 많은 도움을 받았어요."

처음 만났을 때 두렵고 어색했던 것이 무색해지고, 이제 서로에게 없어서는 안 될 만큼 소중한 사이가 되었으니까. 시작은 랑세가 내민 손과 위로. 와렌은 그 기억에 볼을 붉혔다.

"항상 어려운 일이 있으면 랑세 씨가 많이 도와줬어요."

"그래? 그럼 우리 랑세가 와렌 같은 좋은 친구가 생기려고 그랬나 보네."

어으으, 어으으, 와렌은 어찌할 바 모르고 망치로 열심히 탁자를 두드려 댔다. 물론 마법사적 본능으로 제대로 두드리고 있지만. 레인은 부끄러워하는 와렌을 더 놀리지 않고 다른 할 일을 찾아 집 안으로 들어갔고, 교대하듯 랑세가 품에 식탁보를 안아 들고 집 밖으로 나왔다.

"와렌 씨? 식탁은 와렌 씨가 고치신다고⋯⋯."

"앗, 네! 다 했어요."

"으억?"

그리하여. 랑세가 와렌을 찾으러 왔을 즈음에는 식탁이 새로 달린 다리로 저 스스로 걸을 수 있을 만큼 아주 완벽하게 고쳐졌으니까. 아니, 분명히 흥분해서 마력 회로까지 달긴 했지만 그냥 튼튼해지기만 할 줄 알았는데. 와렌 씨, 동작성 있는 마법은 약하다고 하지 않으셨어요, 기본 움직임은 해요, 마당을 가로질러 열심히 걷는 식탁을 보고 더 뭐라 말하랴.

"어, 음. 쟤, 가는 길은 아나요?"

"아, 아차. 멈추는 건 설비 안 했어요."

와렌은 얼른 식탁을 따라가 마도구 수리의 기본 1원칙을 행했다. 철썩 때리기. 착 하고 자리에 주저앉은 식탁의 모습에 랑세는 웃고 말았다.

"흐엉, 죄송해요."

"하하하, 죄송은요, 무슨. 힘들여서 안 가지고 가니까 괜찮지 않나요?"

랑세는 와렌은 작은 어깨를 조물조물 주물렀고, 와렌은 웃지도 울지도 못하는 얼굴이 되어 랑세의 얼굴을 올려다봤다.

"아."

"네?"

"아, 아니에요."

와렌은 웃고 있는 랑세의 눈썹이 레인 아주머니와 몹시 비슷하다는 이야기를 굳이 하지는 않았다. 와렌은 어둑해진 마당

나무 사이사이에 등을 걸고, 랑세는 식탁보를 내려다보다 천막 근처에서 어정쩡하게 서 있는 무즈를 불렀다.

"무즈 씨! 밥값은 하시죠?"

"아, 응!"

그냥 시키면 처박혀 있을 놈이 밥값이라는 말에는 얼른 달려온다. 무즈의 성격 백 가지 중 아흔아홉 가지가 마음에 안 들어도 저 하나는 마음에 들었다. 계산 앞에서 무척이나 정직한 점. 랑세와 무즈는 식탁보 끝을 서로 손에 쥐고 아웅다웅했다. 어이, 거기 좀 바짝 밀어 보시죠, 야, 균형 잡아. 그때 장작을 들고 들어가던 케일이 그 꼴을 보다 무심한 척 말했다.

"자."

펄럭, 두 사람의 손에서 식탁보가 떨어져 나와 펄럭하고 날았다.

"어?"

그리고 식탁보는 무사히 식탁에 안착하고 양 끝으로 빳빳하게 펴지기까지. 케일은 말없이 안으로 들어가고 그 주름 하나 없는 식탁보에 오오, 랑세가 감탄을 내뱉었다. 역시 군인 출신이야! 랑세는 감탄한 눈으로 케일의 뒷모습을 바라보았다. 아빠를 보고 자란 탓인가. 남자라면 역시 깔끔해야 한다는 생각이 드는 것은 별수 없었다.

"식탁보 깔았어?"

"아미아 씨?"

"비켜, 비켜."

460

아미아의 외침에 다들 허둥지둥 길을 내줬다. 도와줄 필요 없다는 에밀의 말에도 아미아는 부엌으로 쳐들어왔다. 아무래도 랑세의 요리 솜씨를 못 믿은 탓이었겠지. 그래도 에밀의 솜씨가 훨씬 나아 아미아는 그 곁에서 한두 가지 거들어 가며 일을 끝냈다. 그 덕에 11인분의 식사 준비가 금방 끝났고 아미아는 접시와 냄비를 모두 공중에 띄워 마당으로 날랐다. 좌라락, 타다닥, 그릇이 모두 식탁 위에 올라가고.

"제가 늦었습니까?"

스테인도 등장했다.

"으억? 그건 또 뭐예요?"

스테인의 품에는 보따리가 한가득이었다. 스테인은 익숙한 듯 아미아가 배치한 그릇들 사이사이에 자신이 가져온 것들을 내려놓았다.

"팔렝은 참 친절한 곳입니다."

랑세는 여전히 빙빙 돌아가는 그의 답변 방식에 짜증을 내며 뭐라 하려 했다.

"저희 아저씨와 저를 불쌍히 여겨 주시는 주민분들이 많으시니 말입니다."

"설마."

"설마가 사람 잡는다지요."

스테인은 내려놓은 그릇 뚜껑을 열었다. 아아악, 랑세는 비명을 질렀다. 익숙한 이웃의 음식이었으니까. 저건 뒷집, 이건 앞집, 요건 건넛집. 팔렝 사람이 친절하기는 하지만 쉬운 사람은 아닌데, 어째서 스테인에게 넘어갔는가. 루세의 편지가 사실이란 말인가.

랑세가 경악하는 모습에 스테인이 픽 웃으며 접시 하나를 랑세가 서 있는 쪽으로 밀어냈다.

"랑세 씨 오셨다니까 접시 하나 더 받았습니다. 그 댁 큰아드님과 어릴 적 소꿉장난하면서 인생을 건 약속을 한 사이라고요."

"아악!"

랑세는 식탁을 엎어 버릴 기세로 소리를 지르지만 그에 끄덕할 스테인이 아니었다.

"자라면 결혼하자고 약속하셨다는 말씀을 아주머니께서 흐뭇하게 하시더라고요."

누구나 있지 않은가. 코흘리개 시절, 자라서는 기억도 안 나는 이웃집 코찔찔이와 서로 결혼하자는 그런 말 나누어 본 적이. 다만 모두가 자라고 나서는 잊고 싶은 기억인데 왜 어른들은 기어이 잊지 않는 걸까.

"아아악! 걔는 결혼하고 애까지 있다고요! 멀쩡한 처녀 연앳길, 혼삿길 막지 마시고요!"

"연애는 하고 싶은 건가?"

"당연하죠!"

랑세가 악을 쓰며 답한 순간 마당은 고요해졌다. 식탁과 마당을 정리하던 사람들 모두 랑세를 빤히 바라보고 있었다.

"그거 다행이군."

달그락, 식탁에 술잔을 내려놓는 케일이 그리 말했다. 케일은 랑세를 보며 웃지도 않았다. 아니, 꼭 그렇다기보다는 스테인이 한 말인 줄 알고 지기 싫어서 오기로 한 말이었는데, 그런데 제 대답이 뭐라고 마당이 고요해졌대요, 웅얼웅얼, 랑세가 입속에서 뭐라고 하는 소리는 뒤이어 집 밖으로 나오는 에밀과 레인 그리고 저쪽에서 오는 리엔과 아사캬의 등장에 신경 쓰는 사람 하나 없었다. 케일을 제외하고.

"나쁜 소리 한 것도 아니고 뭘 그렇게 부정하지?"

케일이 똑바로 바라보며 하는 말이 틀린 말이 아닌지라 뭐라 답할 말이 없으면서도.

"아니, 그렇긴 한데."

어쩐지 괜히 부정하게 되었다. 둘이 서로 멀거니 보고 있는 사이.

"랑세, 오랜만이구나."

"아, 어, 할아버지, 오랜만이에요."

아사캬의 인사에 랑세는 고개를 돌려 그에게 인사했다. 랑세는 방금 일 따위는 모른 척 사람들에게 인사하고 자리로 안내했다. 식탁에 사람들이 다 앉고.

"자, 다들 오셨으니, 그리고 랑세와 친구들이 집에 온 기쁜 날이니 팔렝주도 한 병 꺼냈습니다."

상석에 앉은 레인의 말에 에밀이 퐁, 소리가 나게 술병을 땄고 그에 술꾼들이 오오 환호와 박수를 보냈다. 그 술꾼 중에 레인과 리엔이 있었고.

"약 드시는 두 분, 제 금주령은 아주 우습지요?"

그 두 사람에게 찬물을 끼얹은 사람은 스테인이었다. 스테인이 아주 얄미운 랑세였지만 엄마의 건강과 관련된 말이었기에 얼른 흰 눈을 뜨고 엄마를 감시했다.

"아이, 랑세, 난 랑세가 와서 기뻐서 그러지. 잠만 들면 안 될까?"

그리고 엄마는 랑세의 팔에 엉겼고 랑세는 기겁했다. 헤세가 죽고 그 난리가 나기 전까지 랑세와 레인이 친한 것은 사실이었다. 가끔 티격태격하기는 해도 기본적으로 거리낌 없이 이야기하는 사이.

하지만 엄마가 저렇게 콧소리를 내면서 치덕거리는 건 처음 겪는 일이기에 랑세는 동공을 급하게 떨더니 스테인을 찾았다.

"우리 엄마한테 무슨 약을 먹인 거예요?"

"쓸데도 없고 쓸모도 없는 말씀을 하시는군요."

"아우, 언니, 엄마 요새 저래."

루세가 지긋지긋하다는 듯 한마디 내뱉자 이번에는 레인이 루세에게 들러붙었다.

"루세, 이런 엄마가 싫으니?"

"어, 싫거든! 아니! 죽기 전에 하고 싶은 말 얼마든지 할 수 있는데, 이런 식이 아니라도 되잖아!"

지난번 랑세의 체포로 여러 가지 심경의 변화를 겪고 다시 일어서기 위해 적극적으로 노력하게 된 레인이었다. 거기에 더하여, 언제 죽을지 모르는 인생 해야 할 말은 모두 그때그때 해야 한다고. 그러나 이 변화란 것이 때로는 너무 적극적이고 빠르며, 주변 사람들이 생각하던 기준을 아득하게 넘어섰기에 가끔은 이렇게 도리질 치고 만다.

좋으면서도.

좋으면서.

그 예전 숨 막히는 식탁보다는 훨씬 좋으면서도.

너무 좋아서 괜히.

"그, 으, 으, 약 잘못 먹은 게 아니라 엄마가 바라서 그러는 거면, 뭐."

그래서 떨떠름한 얼굴을 하면서도 미소를 지우지 못하는 랑세에게 엄마는 한 번 더 안겼다.

이 광경이 그저 흐뭇한 에밀이 잔을 모두에게 돌렸다. 치료 마법사님 말씀에 따라 두 사람 몫에는 과일즙을 채워서. 그리고 아직 성년이 아닌 사람의 잔에도.

"랑세, 한마디 하지 않겠니?"

"아, 어."

이 많은 무리를 끌고 왔으니 자기가 건배사를 해야겠지. 랑세는 음음, 하고 목을 가다듬으며 자리에서 일어나 잔을 들었다.

"제 휴가를 반겨 주셔서 감사합니다."

랑세는 주변을 둘러보았다. 식탁 두 개를 이어 붙여 만든 자리, 깨끗하게 세탁하여 햇볕 냄새가 남은 식탁보, 그 위를 가득 채운 익숙한 음식과 조금은 낯선 음식, 낯익은 사람들과 그리웠던 사람들. 조금은 선선한 바람과 멀리 들리는 밤 벌레 소리. 지난 일 년 변한 것과 변하지 않은 것들. 그 어느 것이 싫을 수 있을까.

"그리고, 모든 일에, 함께 겪은 모든 일에 감사드립니다."

그 어느 것도 쉬이 얻은 것이 없으니.

"모두 건강하시고, 맛있게 드시고 재밌게 지냈으면 좋겠습니다!"

당연하다 생각했던 어떤 것도 당연히 얻은 것이 없으니.

"이곳, 팔렝에서요."

랑세는 잔을 높이 치켜들었다.

"팔렝에 오신 것을 환영합니다, 건배!"

"건배!"

"건배!"

반가운 사람들의 열한 개의 잔이 공중에서 맞부딪쳤다. 잔을 비운 사람들은 식탁 위에 있는 요리를 각자의 접시에 담아 하나씩 맛보기 시작했다.

"아, 맛있다."

간만에 맛보는 아빠의 요리에 랑세가 감탄을 내뱉었고 그에 에밀은 기분 좋게 웃었다.

"세상에, 에밀 아저씨는 요리를 이렇게 잘하시는데, 넌 왜 그러니?"

아미아의 말에 랑세는 눈썹을 팍 찌푸렸다. 잘 먹고 왜 헛소리래?

"뭐라고요? 제가 아미아 씨만큼 잘하지는 않지만 그래도 평균치는 해요, 평균은!"

랑세의 항변에 몇몇이 시선을 피했다. 심지어 루세도. 야, 인마, 동생!

"그래, 잘하지."

겨우 편을 들어 준 건 케일 하나였다. 묵직한 목소리에 모두의 시선이 모였다. 선배, 그때 그 수프 안 드셨잖아요, 무즈의 말에 케일이 짧게 웃었다.

"저번에 준 찐 과자는 맛있었다."

세탁기를 수리하며 줬던 과자 하나가 그에게 해 준 음식의다. 랑세는 깔끔하게 고기를 잘라 입에 넣는 케일의 모습을 멀거니 보다가 괜히 시선을 돌렸다.

"아, 맞아요! 정말 맛있었어요. 랑세 씨 요리 잘하세요! 걱정 마세요."

와렌이 한마디 보태 주자 랑세는 찌푸렸던 미간을 폈다. 그래, 내가 친구 하나는 잘 됐구나, 싶던 순간.

"그리고 못 해도 상관없다. 잘하는 사람이 하면 되니까."

케일이 또 한마디 던졌다. 랑세는 쥐고 있던 숟가락으로 접시 바닥을 긁었다. 뭐라 말해야 할지도 모르겠고, 어떻게 반응해야 하는지도 모르겠고.

"그래서, 케일 선배는 요리를 잘하십니까?"

대신 반응한 것은 재밌다는 듯 웃고 있는 스테인이었다. 랑세는 접시 바닥을 한 번 더 긁었다. 이번에는 끼익하고 제법 큰 소리가 났다.

아우, 기분 나빠. 저 웃음, 뭘 저렇게 히죽거린대. 그런 랑세

의 반응과 상관없이 케일은 눈썹을 치켜세우고 스테인을 바라
보다 가볍게 답했다.

"아니."

"저런, 그렇다면 좋은 신랑감으로는 탈락 아닙니까?"

"아니."

케일은 냅킨으로 입을 닦으며 가볍게 말했다.

"요리사를 고용하면 된다."

순간 식탁에 짙고 짙은 침묵이 내려앉았다. 오, 하고 랑세의
입에서도 저도 모르게 감탄사가 작게 튀어나왔다. 과연 도련님
인가. 그래도 멋진 대답이다.

"과연 도련님이군요."

스테인의 답에 케일은 시선조차 주지 않고 답했다.

"설마. 군대에서 모은 돈이 있다."

오, 자수성가. 랑세는 고개를 끄덕이고 아사캬가 허허 웃으
며 스테인의 등을 두드렸다.

"우리 스테인은 장가를 잘 가려면 더 열심히 치료원을 돌봐
야겠구나."

"아저씨!"

스테인이 볼을 붉히며 버럭 소리를 지르고 루세가 이죽거
렸다.

"스테인 아저씨는 장가를 잘 가려면 일단 치료원에 들락거리
는 아주머니들한테 덜 잘하셔야 할걸요. 맨날 아주머니들이랑
시시덕거리는데 어떤 아가씨가 좋아하겠어요?"

"루세."

루세가 버릇없이 굴자 에밀이 조용히 한마디 했고, 루세는 입을 삐죽거리면서도 더 뭐라 하지는 않았다. 스테인은 에밀에게 가볍게 고개를 젓고는 루세를 향해 눈웃음을 지었다.

"루세 양은 어리군요."

"네?"

"아주머니들께서 저를 잘 봐주셔야 좋은 아가씨를 소개해 주실 것 아닙니까?"

"그런 목적으로 아주머니들께 실실거리는 건가요?"

"설마요. 원래 성격이 친절하답니다."

스테인의 답에 루세가 토할 것 같은 얼굴을 하며 입을 벙긋거렸지만 끝내 받아치지 못했다. 루세는 분한 얼굴로 몸을 낮추고 랑세를 향해 속삭였다.

"언니, 나 저 아저씨 싫어. 성격 나빠."

"나도."

"언니, 얼굴 잘생겼다고 넘어가면 안 돼. 케일 아저씨도 얼굴만 보고 따라가면 안 돼."

랑세가 씨익 웃으며 루세의 발을 콱 밟았고 루세는 소리 없는 비명을 질렀다. 아웅다웅하는 두 자매의 모습에 레인과 에밀은 푸스스 웃었다.

에밀이 스테인을 감싸듯이 한마디 했다.

"팔렝에 귀한 치료 마법사가 생긴 게 참 좋아요. 그래서 사람들도 좋아하고. 아, 저번에는 시장님도 한번 들르셨지요."

"그럼요. 스테인은 수도에서도 명성이 높은 치료 마법사였답니다."

거기에 리엔까지. 랑세는 아니꼬운 눈으로 스테인을 보기는 했지만, 그 이상 뭐라 하지 않았다. 실력 좋은 건 사실이니.

"그런 치료 마법사가 전국에 다 있었으면 좋겠다. 그럼 헤세 오빠도 치료받아서 살았을 텐데."

루세가 또 한마디 던지자 랑세의 가족이 있던 식탁이 미미하게 굳었다. 루세는 자기가 분위기를 굳게 만든 것을 뻔히 알면서도 가볍게 어깨를 으쓱일 뿐이었다.

이 아이는, 한 번도 그 자리에 머문 적이 없었다. 자라고, 또 자라고, 빠르게 자랐다. 상처도 빨리 아물었기에 머물렀던 사람의 상처가 제 것만큼 보듬어진 줄 알았다. 그리하여 머물렀던 이는 이 아이를 알기 어려웠고. 하기야 세상 누가 서로를 다 잘 알겠는가.

랑세는 슬그머니 엄마의 눈치를 보았다. 레인은 가만히 큰 숨을 들이켰다. 죽은 아이 이야기에 여전히 가슴이 아프고 무척이나 슬프더라도, 그 슬픔 자체만을 바라볼 수 있어 이제는 발작 따위 하지 않았다. 숨을 고른 레인은 자신의 눈치를 보는 큰아이의 손을 잡고 도닥였다.

"이미 지나간 일, 어찌하겠니. 우리에게는 기회가 없었더라도 우리 마을에 그런 불행이 다시 일어나지 않게 된 것으로 다행이라 생각해야지."

"어, 응……."

랑세는 입술을 꼭 깨물었다. 단지 헤세의 죽음이 슬퍼서만은 아니었다. 헤세의 죽음에, 엄마가 발작도 하지 않고 원망도 하지 않는다. 아니, 그것을 넘어 자신을 먼저 위로해 주고 있다. 그래서 그것이 기쁘고 슬펐다. 이렇게 될 수 있는 길, 왜 그렇게 우리는 멀리 돌아왔을까. 왜 세상 모든 것은 쉽게 얻을 수 없는 것일까.

랑세는 눈 끝에 맺히는 물방울이 떨어지지 않길 바라며 이를 악물었다. 루세 녀석, 식사 끝나면 혼날 줄 알아, 그 생각만 억지로 하며, 슬픔을 지우려 애쓰며.

"어, 음⋯⋯."

그때, 와렌이 숟가락으로 잔을 두드렸다. 술이 살짝 오른 수줍은 얼굴로 모두의 시선이 모였다. 그 시선에 와렌은 부끄러워 죽을 것 같았지만, 고개를 제대로 들고 입을 열기 위해 애썼다. 슬쩍 랑세를 봤다. 언젠가 살짝 들은 적이 있다. 동생이 사고로 죽었다고. 그게 랑세 가족에 틈을 만들었으나 이제는 괜찮다고. 하지만 와렌은 알고 있었다. 마음에 생긴 틈을 메우기 위해서는 오랜 시간이 필요함을.

와렌은 떨리는 목소리를 억지로 잠재우고 말했다.

"어디선가 지켜보고 있을 랑세 씨의 동생을 위해 잔을 들었으면 좋겠습니다."

사연 모르는 이들조차 모두 굳어진 분위기가 무엇을 뜻하는지 알아 와렌의 말에 조용히 잔을 들었다. 랑세도 눈 끝에 맺힌 것을 서둘러 닦고 잔을 들었다.

헤세, 미안해. 랑세는 문득 그렇게 생각했다.

너의 죽음을 온전히 죽음으로만 추모해 주지 못했구나. 내 상처와 엄마의 상처가 먼저였구나. 미안해, 헤세. 오늘은 너를 위해서만 잔을 들게. 랑세는 와렌을 향해 고마움의 인사를 담은 눈빛을 보냈고, 와렌은 희미한 미소를 지었다.

"안식을."

"안식을."

장례 연회에 하는 건배사를 모두 크지 않은 소리로 따라 불렀다. 네 가족도 조용히.

랑세는 술 한 모금 마신 후, 엄마의 어깨를 감싸 안고 가볍게 도닥였다. 엄마, 우리는 오늘 헤세를 위한 건배만 하자, 그래, 그러자꾸나.

"그런데 치료 마법사 숫자는 왜 그렇게 적은 거예요?"

잔을 내려놓고 각자 안주 될 만한 것 하나씩 씹고 옆 사람과 뭔가 가벼운 이야기를 할 때 즈음에는 굳은 분위기가 거의 풀려 있었다. 그래서 랑세는 어렵지 않게 말을 꺼냈다.

"원래 적은 거야?"

루세의 질문에 랑세는 고개를 끄덕였다.

"정확한 통계를 본 적은 없지만, 우리 아파트만 해도 마법사가 쉰 명 가까이 있는데 그중 치료계는 스테인 씨뿐이었는걸. 아직 자격증을 못 따서 정식으로 활동 못 하는 수습이 한 명 정도고."

"인체란 워낙에 예민하고 섬세한지라 훈련 자체가 어렵기 때문에 인력 양성이 잘 안 됩니다."

자신의 전문 분야 이야기인지라 스테인이 냉큼 답했다.

"훈련 기간도 워낙에 길지만, 자격증을 따기는 더 어렵지요. 그래서 자격증을 따지 못하면 치료를 할 수 있는 범위가 대폭 줄어들거나 아예 하지 못합니다. 긴 교육 기간을 견뎌도 보람이 없으니 아예 시작도 안 하는 겁니다."

"아."

"잘 맞는 마력 계통이 드물기도 하지만 말입니다."

그렇구나. 랑세가 나름 납득하고 고개를 끄덕이자, 스테인이 고개를 삐딱하게 하고 랑세를 향해 웃어 보였다.

"어떻습니까? 이만하면 좋은 신랑감 아닌가요?"

"전도유망하시네요. 좋은 아가씨 만나길 빌게요."

랑세가 픽 웃으며 답하자, 스테인이 뭐라고 하기도 전 아미아가 꽥 비명을 지르며 자리에서 벌떡 일어났다.

"스테인! 너 여기서 연애하는구나!"

"네?"

스테인이 그토록 놀라는 표정을 언제 본 적 있던가. 아미아는 커다란 발명을 한 마법사처럼 크게 손뼉을 쳤다.

"어떤 사람이야? 누구야? 랑세는 아는 사람인가? 뭐 하는 사람인데?"

"아니, 연애 안 합니다."

"최소한 호감 있는 사람이 있는 거 아냐?"

"무슨 헛소리입니까?"

"그런데 왜 자꾸 신랑감 이야기를 꺼내는데?"

스테인의 눈이 힐끗 케일에게 갔다가 이를 악물고 중얼거렸다.

"눈치라고는 쓰레기통에 가져다 버리셨군요."

"무슨 헛소리야! 내가 눈치가 얼마나 좋은데!"

랑세는 오늘부터 아미아를 마음 깊이 존경하기로 했다. 스테인에게 저런 표정을 뽑아낼 수 있다니. 아미아는 인류가 내놓을 수 있는 최고의 마법사다.

"헛소리 그만하고 식사나 하시지요."

"어우, 아니야? 좀 잘해 봐."

"잘하긴 뭘 잘합니까?"

"너 같은 애는 좀 당해 봐야지."

"당하길 뭘 당합니까?"

"연애 잘 못 해서 자기 인생에 대한 회고를 한 번쯤 해 보는, 그런 거?"

아미아의 말에 스테인은 기막히다는 듯 한숨 같은 소리를 토해 냈다.

"연애를 인생에 대한 회고를 하기 위해 합니까?"

"다른 사람은 아니더라도 너는."

"제가 아니라 아미아 씨나 그래야겠지요."

"난 항상 연애 잘해."

그 말에 이번에는 좌중이 경악했다. 랑세는 진짜로 아미아를 존경하기로 했다. 진짜 사람을 경악하게 잘 만드는구나. 랑세가 떨리는 목소리로 물었다.

"상상의 연애?"

"야! 진짜로야, 진짜로."

"한 번도 누구랑 같이 다니는 거 못 봤는데요?"

마법사란 놈들의 외출이란 일주일 치 식량을 사거나 스승을 보러 마탑에 갈 때가 전부 아닌가. 최소한 랑세 눈에는 그랬다.

"밤에 나가면 네가 모르지."

"아, 밤."

랑세가 깨달았다는 듯 고개를 주억거렸다. 하긴, 마법사들이란 보통의 외출이 아니면 밤에도 잘 돌아다니니까.

"그런데 대체 선배 같은 분을 만나는 사람은 뭐 하는 사람……, 윽!"

무즈가 궁금함을 참지 못하고 물었다가 아미아가 날린 숟가락에 얼굴을 맞았다. 사실 이럴 줄 알았는데 너무 궁금한 탓이었다.

"뭐 하는 사람이긴, 눈이 제대로 달린 사람이지."

"눈이 삔 사람이겠지요."

"야!"

스테인이 이죽거리자 아미아는 포크를 날렸지만, 스테인은 가볍게 피했다. 랑세는 조금 긴장해 빈 접시로 얼굴을 가릴 준비를 하고 입을 열었다. 궁금하단 말이다.

"그런데 진짜 어떤 사람인데요? 만나 뵙고 싶긴 해요."

"자주 바뀌어서 만나도 의미 없어."

"응? 연애 잘한다면서요? 그런데 자주 바뀌어요?"

랑세가 눈을 동그랗게 뜨자 아미아는 짓궂게 웃었다.

"랑세, 이 언니는 말이다, 어른의 연애를 한단다."

랑세는 한동안 이해를 못 해 고개만 갸웃거리다가 무슨 뜻인지 깨닫고 얼굴이 확 붉어졌다. 밤에 만난다는 게, 그 의미였냐.

"랑세."

"네? 네."

아미아는 랑세의 머리 위로 새 메신저를 날렸다. 새 메신저가 랑세의 귓가에 속삭였다.

"남자는 정력이야."

"아이씨, 뭐래 진짜!"

랑세는 아미아의 새 메신저를 잡아 흔들며 비명을 질렀고 마법사들은 웃음과 한숨을 터트렸다. 다만 에밀만이 조금 걱정스러운 눈으로 사람들을 바라보았다. 우리 딸, 이런 환경에서 괜찮은 걸까.

"대체 이런 자리에서 무슨 소리예요!"

"어머, 우리 랑세는 아직 모르는구나. 행복한 인생의 필수 요소는 아니지만 있으면 행복해질 확률이 높지."

"아우, 못살아."

아미아는 볼을 붉히며 어쩔 줄 몰라 하는 랑세가 귀엽다는 듯 머리를 쓰다듬었지만, 랑세는 진절머리를 쳤다.

"그래서, 랑세는 어떤 게 좋아?"

"뭐, 뭐뭐뭐, 뭐가 어떤 거요?"

아미아의 말에 랑세는 더더욱 당황하여 말을 더듬었다. 아미아는 눈을 찡긋거렸다.

"뭘 그렇게 당황해?"

"아니, 그게, 이런 자리에서 물을 말이 아니잖아요!"

"뭐가? 어떤 느낌의 사람이 좋으냐고 물은 거였는데?"

흐, 하고 아미아는 웃었다.

"우리 랑세, 뭐 생각했니?"

제기랄, 또 당했다. 랑세가 접시로 아미아를 한 대 후려치기도 전, 딱, 하는 아미아의 손짓과 함께 뻐끔뻐끔 입이 막혀 버렸다. 아악, 진짜 미워. 무언가 흥이 난 듯한 아미아가 정원에 매단 등불을 조절했다. 물론 마법으로.

따단, 마당의 등불이 모두 꺼지고 랑세 위의 등불 단 하나만이 흔들거렸다. 복장이 터질 것 같은 건 랑세뿐인지, 부모 동생 포함하여 모두 흥미롭다는 얼굴로 그녀를 지켜보았다.

"자자, 다정한 사람?"

따단, 하고 등불 하나가 더 켜졌다. 그건 어쩐지 에밀 위에서 흔들거렸고, 조명을 받은 에밀은 허허 웃었다. 그런 시절이 있었는데, 어린 딸이 난 커서 아빠랑 살 거야, 하고 칭얼거리던 때가. 물론 이웃집 아이와 결혼하겠다고 울었을 때 이후로는 사라졌지만. 아빠의 아련한 감상은 그렇다 치고, 아미아의 이상한 취조극은 계속되었다.

"그럼, 쾌활하고 귀여운 사람?"

따단, 조명은 무즈 위로 옮겨 갔고 랑세는 입이 막혀 읍읍거리면서도 기겁을 했다. 물론 무즈도 악악거리며 발작을 했다.

"그럼, 속이 넓고 오지랖 부리는 사람?"

이번에는 리엔. 리엔은 랑세에게 눈을 찡긋했고. 랑세는 허탈한 한숨을 내쉬었다.

"아니면, 귀여운 애?"

조명이 흔들거리는 곳은 와렌. 와렌은 귀엽다는 아미아의 말에 어쩔 줄 몰라 한다. 그래요. 귀여워요, 와렌 씨.

"아니면, 속이 검은 애?"

조명이 이번에는 스테인을 향하고 스테인은 빙긋 웃으며 어깨를 으쓱였다. 그리고 조명이 케일을 향했을 때.

"아니면, 귀한 도련, 으악!"

랑세의 손바닥이 화끈하게 아미아의 뒤통수를 갈겼고, 자신이 만든 극에 몰입하느라 정신없던 아미아는 막지 못하고 그대로 장렬하게 엎어졌다.

"아 쫌, 하루라도 그냥 넘어가면 안 돼요?"

"아니, 내가 뭘 했다고 그래?"

랑세는 무릎으로 아미아의 등을 찍어 누르고 팔을 꺾어 아미아가 마법도 뭣도 못 쓰게 했다.

"적당히 하라고요, 적당히. 가족들 있는 데서 그러지 말고."

"랑세야."

딸의 기술이 전혀 녹슬지 않은 것을 본 레인이 흐뭇하게 웃었다.

"왜?"

"엄마는 우리 딸의 눈을 믿어."

"응?"

"우리 딸이 데려온 사람이면 누구든 괜찮아."

또 이야기가 왜 이렇게 가.

"여보, 그게 무슨 소리야. 랑세, 아무나는 허락 안 한다. 아빠는 기준이 있어."

랑세는 이 상황이 지긋지긋하면서도 내심 궁금해졌다. 무던한 아빠의 기준은 대체 뭘까. 에밀이 손을 들고 하나씩 꼽을 준비를 하자 사람들도 궁금했는지 조용해졌다. 아니, 대체 여러분은 왜 궁금해하시는데요.

"도박하는 놈, 손버릇 나쁜 놈, 술버릇 나쁜 놈."

지극히 상식적인 기준에 랑세는 픽 웃었다. 아니, 제가 그 정도도 안 가리려고요, 하고 한마디 하려 했지만 에밀의 말은 끝나지 않았다.

"성실하지 않은 놈, 거짓말하는 놈, 솔직하지 못한 놈, 책임감 없는 놈, 사과하지 않는 놈, 속이 좁은 놈."

아니, 이것도 상식적이긴 한데.

"돈 없는 놈, 못생긴 놈, 머리 나쁜 놈, 말이 삐뚠 놈, 상식 없는 놈, 책 안 읽는 놈, 글씨를 못나게 쓰는 놈, 생각 없는 놈, 생각 없는 걸 티 내는 놈, 걷는 게 못난 놈."

에밀이 하는 말에 모두들 어쩐지 조금씩 두려워하며 쪼그라들었다. 특히 와렌의 눈치를 살피던 무즈가.

"특히나 네 말 안 듣는 놈은 절대 안 된다. 알았지? 이 정도는 기본이야."

"어, 어, 어어, 으응."

"아버님 만세!"

아미아가 잔을 든 채 두 손을 번쩍 올렸다. 아버님 만세, 자리에 앉은 여성 동지들은 모두 잔을 들어 어느 아버지의 사랑 넘치는 기준을 찬양했다. 랑세 역시 쓴웃음을 지으면서.

이 소란스러움이 익숙한 마법사들과 여기에 잘도 적응한 랑세네 식구들은 모두 눈치껏 알아서 식사도 양껏 했다. 레인이 기술 좋게 밀주에 팔렝주를 잘 섞어 돌린 술에 다들 알딸딸을 넘어 조금씩들 취했다.

와렌은 흐응, 흐응 하며 이상한 콧노래를 부르기도 하고 무즈는 그 옆에서 포크 두 개를 그 노래에 맞춰 춤추게 했다. 아, 물론 마법으로.

거기에 아미아까지 의외로 좋은 솜씨로 함께 노래를 부르자, 아사캬 영감님도 거기에 독수리를 내보내 춤을 추게 했다. 이리 펄쩍 저리 펄쩍 날개 춤을 추는 사이에 스테인과 리엔은 목소리를 높여 가며 토론했다.

그래서 어쩌시려고요.

지금 생각난 건데 말이야. 치료 마법사 교육을 확대하는 건 어떨까.

그게 제 이야기랑 무슨 상관입니까.

너희도 손해는 아닐걸.

어쩌고저쩌고.

그러니까, 조금씩들이 아니라 그냥 많이 취했다.

랑세는 그들보다는 멀쩡한 상태로 엄마 아빠와도 이야기를 나누고 취한 마법사 놈들과도 이야기를 나누었다. 아, 저기 조금 멀쩡한 애 하나 더 있네.

"술이 센가 봐요."

케일이 술잔을 든 채로 고개를 저었다.

"안 취하는 방법이 있어."

"마법?"

"마법."

"그거 좋네요."

그 대화를 듣고 있던 레인이 쓴웃음을 지으며 케일을 불렀다.

"우리 막둥이 대장, 그 못된 버릇 못 버렸구나."

"응?"

엄마의 말에 랑세는 두 사람의 눈치를 살폈다. 케일은 고개를 숙였다.

"그것도 잉여 마력이지?"

"네."

"요새도 못 자니?"

"……네."

레인은 긴 한숨을 내쉬며 랑세를 돌아보았다.

"랑세, 엄마는 아빠가 말한 애인 기준만큼 바라는 건 아닌데 하나는 있다."

"응?"

"자기 몸 망치는 사람은 만나지 마라."

"으응?"

도통 대화를 따라가지 못하는 걸 보니 자기가 취했다 싶었다. 두 사람 사이에 침묵이 잠시 내려앉을 때 즈음에야 저 들으라 한 말이 아님을 깨달았다. 조금 정신이 나가긴 했나 보네, 이걸 눈치 못 채고. 너무 마음 놓고 마셨나 보다. 랑세는 술잔을 내려놓고 찬물을 입에 머금어 술기운을 몰아내려 애썼다.

"검은 매."

"왜?"

"곧 그만둘 수 있을 듯합니다."

케일의 말에 레인은 조금 놀랍다는 듯 그를 바라보았다.

"정말?"

"많이 좋아졌습니다."

케일은 힐끗 랑세를 보더니 그렇게 말했다.

"저도 이제 일어설 때가 되었지요."

레인은 무언가 생각하다 잔을 내려놓고 말없이 케일의 어깨를 두어 번 두드렸다. 함께 전장을 헤쳐 나온 전우에게는 때로 이 이상의 위로와 칭찬이 없으리라. 케일은 레인의 손길에 고개를 다시 한번 깊숙이 숙일 뿐이었다.

"제가 알면 안 되는 이야기인가요?"

다만 랑세는 그 분위기가 낯설고 무언가 외로워서 불쑥 끼어들었다. 레인은 딸의 반응에 끄응, 하고 침음을 삼켰다. 이거 어디서부터 어떻게 설명해야 하나.

레인이 말을 고르는 사이에 케일은 랑세의 어깨를 두어 번 톡톡 두드렸다.

"나중에."

"또 나중에요?"

아직 술이 덜 깼나. 랑세는 벌컥 짜증스럽게 외쳤다. 아니, 술 탓이 아니지. 화날 때도 되었지.

케일은 음, 하고 주변을 둘러보았다. 술에 취한 마법사들이 무언가 이상한 짓을 하고 있다. 펑, 펑, 저기 터지는 것은 아미아 짓이군. 이웃집이 멀리 떨어져 있는 외곽이라 다행이네.

"아씨, 나 좀 봐요."

랑세는 케일의 얼굴에 찰싹하고 두 손바닥을 올려 잡아 자신을 보게 했다. 아, 취한 거 맞는 것 같다. 사람 많은 곳에서 이러고. 케일의 귀 끝이 확 하고 붉어진 것이 어둠에 가려 다른 사람들의 눈에는 보이지 않았다.

"그거, 생각하고 있는 거 언제 말할 건데요? 사람 속 터져 죽고 나면?"

케일이 조금 당황한 낯으로 랑세의 손목을 잡아 내렸다.

"그, 일단 자리를 피해서……."

"또! 또! 또! 또 피하지."

"아니, 그게 아니라."

어찌나 분노했는지 몸이 덜덜 떨리고 있었다. 랑세는 자신의 상태에 이상함을 느꼈다. 아니, 화나기는 했는데, 그 정도는 아닌데. 왜 이렇게 몸이 떨리지?

랑세는 케일의 볼을 놔주고 자신의 몸을 내려다보았다. 제 몸이 그냥 떨리는 것이 아니라, 몸을 기대고 있는 식탁이 떨리고 있었다. 랑세는 눈을 가늘게 뜨고 식탁을 노려봤다. 식탁이 왜 떨려.

"나 진짜 취했나?"

덜컥, 덜컥, 덜컥, 식탁이 벌떡 일어났다. 와장창, 식탁 위의 빈 접시가 바닥으로 떨어졌다.

"응?"

덜컥, 덜컥, 식탁이 갑자기 뛰기 시작했다. 식탁이 폴짝폴짝 뛰더니 쓰레기처럼 쓰러져서 웅얼거리는 마법사를 폴짝 뛰어넘어 달리기 시작했다. 랑세는 눈을 비비고 한참 동안 끔뻑끔뻑 식탁의 뒷모습을 좇았다.

"아아, 아아아악, 와렌 씨 마법!"

그제야 깨달았다. 저 식탁, 혼자 걷고 있다는 것.

"으응? 랑세 씨? 정말 좋아해요! 랑세 씨!"

저런 엄청난 마도구를 만들어 낸 위대한 마법사는 술에 취해 리엔의 품에서 저를 부른 랑세에게 격한 고백을 하고 있었다. 리엔은 그게 귀여운지 와렌의 등을 토닥거리며 나는 싫으니, 쟤는 어떠니, 하고 희롱이나 하고 있다. 좋아해요, 존경해요, 사랑해요, 리엔 선배님.

"에이씨, 식탁 잡아라!"

랑세는 본능적으로 마당을 뛰쳐나갔다.

"오오! 경기하는 거야? 좋아! 라이벌을 만들어 주지!"

퍼펑, 상황 파악 못 한 아미아가 식탁 쪽에 마력을 부여했다.

간단한 마법 회로 장치가 아미아의 마력을 받아 폭주하더니 미친 듯이 달리기 시작했다. 덜컥, 덜컥, 덜컥, 우다다다다.

"아미아 씨! 잡히면 죽여 버릴 거예요!"

일단 식탁부터 잡고. 랑세는 숲을 향해 달려가는 식탁을 죽을힘을 다해 쫓기 시작했다.

에밀은 딸의 뒷모습을 멍하니 바라보았다. 지금 무슨 일이 벌어졌지?

"제가 가 보겠습니다."

케일이 일어나 랑세의 뒤를 따라 달렸다. 마법사답지 않은 달리기 실력이 금세 랑세의 뒤를 쫓았다.

"여보, 따라가야 하지 않을까?"

에밀이 아내를 바라보며 말하지만 대범한 아내는 손을 흔들었다.

"괜찮아, 괜찮아. 랑세야 저 숲은 눈 감고도 돌아다닐 수 있는 데다 따라가는 사람이 케일인걸."

"응?"

"무슨 일이 생기면 숲이 아니라 이 도시를 엎을 수도 있는 녀석이니까, 걱정하지 마."

"그래도."

"괜찮아, 괜찮아."

레인은 남편을 안심시키고 그의 술잔에 술을 더 부었다. 에밀은 조금은 걱정스러운 낯으로 숲을 바라보았지만, 사흘 동안 같이 지낸 케일이 어떤 이인지 알기에 크게 근심이 들지는 않았다. 그래서 작은 한숨과 함께 숲을 한 번 다시 바라보고는, 꾸벅 졸기 시작하는 아내의 어깨를 끌어안고 작게 쓰다듬었다.

"헉헉."

술 먹고 뛴 탓인지 랑세는 그녀답지 않게 숨을 몰아쉬었다. 요새 운동을 덜한 탓일 수도 있다. 어차피 쓰지도 않던 식탁이라 없어져도 상관없지만, 다른 사람들이 보면 엄청 놀라 자빠질 테니 얼른 잡아야 했다.

"도와줄까?"

뒤따라온 케일이 랑세에게 묻고, 랑세는 그가 마법으로 식탁을 잡아 주려니 하고 그저 고개를 끄덕였다. 얼른 잡아야 돼요, 얼른.

"잠시 실례."

"네?"

그러나.

"뭐, 뭐 하는 거예요?"

케일이 랑세의 무릎 밑으로 손을 넣고 번쩍 안아 들었다.

"여기 숲길은 잘 몰라. 네가 안내해 줘."

그는 땅을 박차고 숲을 달리기 시작했다.

"으앗!"

랑세는 당황에 생존 본능까지 더하여 저도 모르게 케일의 목덜미를 끌어안았다. 풀, 나무 스치는 소리가 지나치게 빠르다. 그것도 아마 마법 때문일 테지. 그러나 케일의 심장이, 자신의 심장이 빠르게 뛰는 이유가 마법 때문만일까.

랑세는 이런 도움을 바라지 않았다고 말하려고 케일의 얼굴을 올려다보았다. 입을 꾹 다문 채 눈을 빛내며 도망간 식탁을 찾는 진지한 얼굴. 어쩌면 처음 만났을 때의 그 무뚝뚝한 얼굴과 다르지 않은 표정인데, 자신의 눈에는 달리 보일까. 믿음직한 것을 넘어.

"저쪽에서 마력이 느껴지는데 위험한 구간이 있나?"

케일이 그리 묻자 랑세는 번뜩 정신이 들어 저도 모르게 대답했다.

"아, 아니요. 저쪽은 국경으로 쓰는 냇가예요. 우기에도 제 무릎 정도까지밖에 안 와요."

"알았다."

엄마와 훈련하며 이런 질문에 재깍 답하던 게 버릇이 되어 버려서.

"찾았다."

"앗!"

식탁은 냇가를 가로질러 밀입국을 시도하고 있었다. 케일은 랑세가 내리기 편하게 팔을 뻗었고 랑세는 폴짝 케일의 품에서 빠져나왔다. 랑세는 케일을 힐끗 돌아보았다.

"제가 할게요."

"알았다. 도와주지."

케일이 먼저 무언가 마법을 쏘았다. 퍼엉, 냇물이 작게 폭발하면서 식탁은 옆으로 쓰러졌다.

"하압!"

식탁이 일어나 다시 도망가기 전 랑세가 식탁을 향해 몸을 던졌다. 첨벙하는 물 튀는 소리와 함께 랑세는 식탁의 다리를 붙들었다.

"잡았다!"

식탁은 달아나려는 듯 펄떡거리지만 두 다리가 붙들려 도망가지 못했다.

"가만있어."

랑세가 식탁과 씨름하는 사이 케일이 물을 찰박거리며 냇가로 들어와 몸을 숙여 이리저리 살펴보았다.

"이건가 보군."

식탁 다리와 상판 사이에 설치된 마력 회로를 발견한 케일은 바로 손을 올려 한 번에 뜯어 버렸다. 파밧, 하고 작게 빛과 불이 튀었고 곧 식탁은 멈췄다.

"됐다."

"음."

랑세는 엄마의 가르침에 따라 상대가 확실하게 끝장났는지 확인하기 위해 식탁의 다리를 한쪽만 잡고 다른 손으로 쿡쿡 찔러 보았다. 이제 꿈틀거리는 것조차 없었다. 그저 평범한 식탁이 되었을 뿐.

"아, 다행이다. 어휴, 골치야."

랑세는 익숙한 한숨을 내쉬며 식탁을 거의 내동댕이치듯이 냇가에 던져 버렸다. 그리고 물에 젖은 무거운 발을 질질 끌며 냇가로 올라와 식탁 옆에 털썩 주저앉았다. 대체 술 먹다 말고 오밤중에 이게 무슨 짓인가 싶어 기운이 쭉 빠졌다. 거기에 젖은 신발도 축축하고.

랑세는 슬금슬금 신발을 벗다가 멈칫했다.

"어, 음."

자신 옆에 주저앉은 케일. 그가 자신을 바라보고 있었다. 랑세는 손에 신발을 쥐고서 갈등했다. 신발을 벗고 젖은 양말도 벗어야 하는데, 그러면 제 발이 보일 텐데. 그게 뭐 별거라고. 그 별거가 왜 이리도 부끄럽게 느껴지는지.

"줘."

"네?"

"신발 주면 말릴 테니."

"어, 어어…… 음. 그냥 신은 채로 말려 주시면 안 돼요?"

"양말도 젖었잖나? 중첩 건조는 못 한다. 자, 어서."

어, 으. 랑세는 꾸물꾸물 신발을 벗어 케일 앞에 슬그머니 내려놨다. 케일이 마법으로 신발을 말리는 사이 랑세는 얼른 양말을 벗고 맨발을 치맛자락에 숨겼다. 꼼지락거리는 발밑의 풀이 간지럽다.

"다 했어."

케일이 다 말린 신발을 랑세 쪽으로 밀어 줬다. 랑세는 이유 모를 부끄러움에 답도 못 하고 고개만 꾸벅 숙인 뒤 신발을 받았다. 가죽으로 만든 평범한 신발이 뽀송뽀송해져 있었다. 랑세가 이 편리함에 오, 하고 작게 감탄을 하자 케일이 짧게 웃었다.

"양말도?"

"으아아! 사람 창피하게 하지 말고요! 그건 집에 가서 빨면 되니까요!"

누가 마법사 아니랄까 봐. 랑세는 토라진 얼굴로 재빨리 치마에 숨겨 두었던 발을 꺼내 신발에 집어넣었다. 뽀얀 발이 까만 신발 속에 쏙 들어갔다. 양말은 대충 구겨 멀찍이 안 보이는 곳에 던졌다. 나중에 찾아가든 버리든 해야지. 이걸 들고 어떻게 같이 집에 가.

"이제 집에 가요."

랑세는 자리에서 일어나 몸을 돌렸다. 그러나 케일은 그 사리 그대로 앉아 있을 뿐이었다.

"아, 케일 씨도 신발 말려야 하죠?"

"아니, 내 건 방수가 된다."

"그럼 어……."

"랑세."

케일이 랑세의 손을 붙들었다.

"잠시, 내게 시간을 좀 내줄 수 있겠나?"

랑세는 그 자리에서 굳어 버렸고 케일은 자리에서 일어났다. 어두운 숲이라지만 멀리 달이 이곳을 비추어 냇가에 은파를 만들어 냈다. 그리고 작은 밤 벌레 소리, 작게 빛이 나는 반딧불이. 십 년 넘게 보아 왔기에 낯설지 않은 광경이건만, 오늘

따라 무척이나 낯설게 보여 랑세는 조금 뾰족하니 날을 세우게 되었다.

"왜요? 이제 이야기할 때가 된 거예요?"

"그래. 이제 할 수 있을 것 같아서."

"대체 무슨 때를 기다린 거예요?"

"네가 괜찮은지 몰라서."

랑세는 입을 다물고 말았다. 밤 벌레 우는 소리와 냇물 흐르는 소리만이 잠시간 둘 사이에 오갔다. 케일은 한숨 같은 소리를 내며 말을 이었다.

"네가 주변을 둘러볼 수 있을 만큼 마음의 안정이 되었는지 몰라서. 검은 매도, 다른 가족도 네 마음의 짐이나 부담이 아니라 인생의 안정된 한 부분이 되었다고 확인을 해야 한 후에, 그리고 말해야 한다고 생각했다."

시끌벅적한 마법사들 사이에 네 식구는 단단하게 서로를 보고 있었다. 아직 남은 틈과 상처도 회피하지 않고 바로 보며 그 틈을 메우고 덮을 노력을 하고 있었다. 앞으로도 네 사람은 싸우고 다투어도 금방 서로를 다시 안아 줄 준비가 되어 있었다.

랑세는 눈을 크게 떴다.

"그게 왜 케일 씨한테 중요한 거죠?"

케일은 가만히 랑세의 부드러운 손등을 만졌다. 이 손등의 주인은 허물어졌을 때조차 타인에게 손을 내밀 준비가 된 사람이었다. 끝내 스스로에게도 손을 내밀었던 사람.

"네게 마음을 부탁하려 했는데, 그 마음에 짐이 많다면 생각조차 안 하고 거절했을 테니까."

많은 이들은 마음에 짐이 있을 때는 그 안에 한 사람을 더 자리하게 하는 것조차 행복이 아니라 피로의 원인이 되기에 고개를 돌리게 된다. 랑세는 제 상황을 정확하게 파악하고 있었던 케일에게 어쩐지 심술이 나 삐죽하게 말했다.

"같이, 함께 헤쳐 나가고 싶다는 생각은 안 해 봤어요?"

어떤 이들은 마음의 고난을 함께 이겨 나가고, 짐을 함께 지고 간다. 그리고 그것 또한 애정의, 사랑의 일면이나.

"함께 헤쳐 나가게 허락이나 해 주었을까?"

어떤 문제는 누군가와 나누지 않고 홀로 이겨 내야 한다. 그걸 나눈다는 것은 애정도 사랑도 아닌 그저 부담이고 수치라서. 혹은.

"그런 건 혼자 해내야 한다고 믿고 있을 테니까."

그저 당연히 그래야 한다고 믿고 있어서. 랑세는 가만히 케일을 올려다보았다. 자신은 이 사람을 얼마나 알고 있을까. 전장에서 훈장을 받을 만큼 활동한 뛰어난 마법사, 허리를 굽히지 않고 책을 보는 사람, 높은 귀족가의 막내 도련님, 운동도 꽤 하고 춤도 잘 추는 사람, 무뚝뚝한 얼굴로 말없이 뒤에서 타인을 도와줄 수 있는 사람. 많은 걸 안다고 생각했지만, 이 사람이 무슨 생각을 하고 있는지는 알기 어려웠다.

그러나 이 사람은 자신에 대해 몹시도 잘 알고 있었다. 그저 자신보다 나이가 많아서, 세상 경험이 많아서 그런 걸까.

아니, 그게 아니란 것 정도는 알았다.

"적어도, 내 눈에 비친 넌 그랬다."

자신을 항상 지켜보고 있어서.

랑세는 어찌할 바 모르고 서 있었다. 케일이 이리도 길게 길게 말하고 있으며, 그게 죄다 자신에 관한 이야기여서.

"그리고 나 역시, 나라는 존재 자체가 너에게 짐이 되지 않길 바랐다."

혹은 그에 관한 이야기여서.

"어, 으, 케일 씨가 짐을 지고 가면 갈 사람이지 남에게 짐 될 사람은 아닌 것 같은데요."

케일은 그저 빙그레 웃었다. 이미 정리했지만 마무리하지 못한 자신의 어둠을 이 사람에게 굳이 말로써 다시 옮겨 줄 필요는 없으니까. 자신 역시 자신의 고통과 짐을 이 사람에게 지우고 싶지는 않았기에. 하여, 이 자리에서 전하고 싶은 것은 당신도 나도 준비가 되었다는 선언.

"또 내가 네게 이웃 이상의 사람이라는 걸 보여 줄 시간도 필요했고."

항상 관리사무실에서 책이나 읽고 있는 사람. 소란을 치우고 다시 조용히 제자리로 돌아가는 사람이 아니라, 당신 곁에 있을 수 있는 사람. 당신에게 항상 손을 내밀 준비가 되어 있는 사람. 당신을 소중하게 생각하는 사람이라는 걸.

그리하여.

"랑세 엔나."

케일은 다시 한번 랑세를 불렀다. 그와 동시에 주변에 금빛이 빛나기 시작했다. 랑세는 멍한 눈으로 그것을 둘러보았다. 금빛 나비들. 수십 수백의 금빛 나비들이 날아올랐다. 그 나비들의 군무는 마치 별과 달이 이곳에 떨어진 듯 주변을 환하게 비추었다. 그 빛 사이로 까만 사내와 랑세는 마주 보았다.

랑세는 입술을 깨물었다. 오래전의 어떤 기억이 떠올랐기 때문이다. 이 사람을 알지 못했다. 여전히 알지 못한다. 한 인간을 알기에는 짧은 시간이었으며, 한 인간을 온전히 이해한다는 말 자체도 기실 불가능한 것. 또한 그의 말대로 마음의 짐은 컸다.

그럼에도 이 사람에 대해 깨달았던 것 하나. 작은 영혼 하나에 눈물 흘리는 이를 위해 말없이 금빛 나비를 보내 준 사람. 상처를 알고 덮어 줄 수 있으며 기다려 줄 수 있는 사람.

"나는 너를 좋아한다."

케일은 말했다. 평소와 같은 말투지만 목소리에는 긴장이 어려 있었고 눈에는 열감이 묻어났다. 그는 랑세의 손을 붙들고 한쪽 무릎을 꿇었다. 저보다 한 뼘은 넘게 큰 그를 늘 올려다보았지만, 이 순간 랑세는 그를 내려다보았다. 그 열감 어린 눈을. 진지한 얼굴을.

그의 입술이 가만히 랑세의 손등 위에 올랐다가 떨어졌다. 그는 그저 가볍게 손을 쥐고 있기에 뿌리치려면 뿌리칠 수 있었다. 그러나 랑세는 그리하지 않았다.

"너도 나를 싫어하지 않는다면."

언제인가부터 짙어진 그의 감정 표현. 저만 보면 웃는 얼굴. 때때로 부끄러워하며 시선을 돌릴 때마다. 그렇게 시선을 돌리는 바람에 그의 뒷모습을 볼 때마다. 그저 친절한 사람으로서 가 아니라 자신을 늘 먼저 생각해 주던 때마다. 누구의 도움도 먼저 바라지 못하는 사람이기에 먼저 도움을 물어보며 자신을 존중해 주는 순간마다.

"내가 네 곁에 있을 수 있도록 허락해 주겠나?"

랑세는 가만히 손을 들어 자신을 보는 그의 얼굴을 쓰다듬었다. 멈칫거리면서도 결코 피하지 않고 자신을 똑바로 보는 시선에 랑세는 작게 미소 지었다.

그 모든 순간마다.

당신을 떠올릴 때마다.

좋은 것을 볼 때마다.

기쁜 일이 있을 때마다.

"케일 씨."

랑세는 조용히 입을 열었다.

황금빛 나비의 춤이 그 둘의 사이를 가려 달도 별도 답을 듣지 못하게 한다. 그러나 그 밤의 달도 별도 듣지 못했다 성내지 않으리라. 밤새 자리를 지키는 황금빛 나비가 답을 대신하고 있었으니까.

"얘들이 어디로 갔나."

밤새 술에 취해 마당에 엎어져 잠이 들었던 일행은 새벽 찬 바람에 일어나 아직 랑세가 돌아오지 않았다는 이야기에 술도 깰 겸 찾으러 나선 참이었다. 랑세의 부모님은 크게 걱정하지 않는 듯했지만 어쩐지 불안해하는 와렌도 있고 해서. 아미아는 그다지 깊지 않은 숲을 산책하는 마음으로 설렁설렁 걷다가 어느 지점에서 멈추었다.

"오."

그리고 그녀답지 않게 까치발을 들고 소리 내지 않게 다시 걸었다. 반쯤은 박살이 난 채 엎어져 있는 식탁 옆에 보이는 인영. 아미아는 흐, 하고 웃음을 흘렸다.

"애들 찾았니?"

"쉿, 선배."

아미아는 다가오는 리엔을 향해 손을 들었다. 리엔은 어머, 하고 입을 가렸다. 그리고 아미아와 함께 두 사람을 내려다보며 속삭였다.

"내기는 제가 이겼네요."

"으음……. 설마 했는데."

리엔은 알 수 없는 얼굴로 끄응 침음을 냈다. 그러길 바랐고 그렇게 믿긴 했다만 눈앞에서 보고 있자니 무언가 마음이 술렁거렸다.

아미아는 선배의 어깨를 톡톡 두드렸다.

"제가 그랬죠? 이 녀석, 좋아하는 여자 생기면 잘 수 있을 거라고."

"그러기야 했지."

어쩌면 사람 보는 눈은 자신보다 아미아가 훨씬 나을지도. 아닌가. 그저 오랜 친구라서 그런가. 아미아는 리엔의 손목을 붙들고 뒤로 돌았다.

"아파트 돌아가면 싹 다 걷어야지. 선배부터 얼른 주시고요."

"으응, 그래, 아파트의 전통 있는 내기 하나가 끝났구나."

리엔의 발이 떨어지지 않자 아미아가 다시 손을 당겼다.

"뭐 해요? 가요, 그냥."

"안 깨워?"

"몇 년 만에 잠든 애를 어떻게 깨워요, 가요."

아미아는 리엔을 재촉해 다시 숲으로 돌아갔다.

그리하여 냇가에 남은 것은 아침 새소리, 냇물 소리에 상관없이 깊게 잠이 든 남자와 그 품속에서 잠든 여자뿐. 햇살이 눈가를 간지럽힐 때까지 미소 지은 채 잠에 빠진 두 사람뿐이었다.

당신과 나, 그렇게 두 사람만이.

<독신 마법사 기숙 아파트> 끝

먼저 랑세와 아파트 이웃들과 함께해 주신 여러분께 감사드립니다.

이 글은 이웃과의 관계에 관한 글입니다. 이웃. 본래 뜻은 가까이 사는 사람입니다. 사실 요즘은 이웃이라는 게 그렇게 좋은 의미만은 아닙니다. 작게는 다툼의 원인이 되기도 하고 크게는 범죄의 원인이 되기도 합니다. 이웃의 참견이 기분 좋지도 않고, 두렵기까지 한 시대입니다.

저 역시 마찬가지입니다. 사실 전 옆집에 누가 사는지 잘 모릅니다. 그렇다고 가깝고 안부를 주고받는, 친근한 이웃 관계를 동경하는 것도 아닙니다. 그럼에도 이렇게 시끌벅적하고, 요란하게 서로 참견하며 살아가는 사람들의 이야기를 쓴 것은 원하든 아니든 우리는 이웃과 늘 마주하고 살기 때문입니다.

다만, 이웃의 개념이 변화했다는 것을 전제하고 말입니다.

이제 이웃이란 단순히 물리적으로 가깝게 사는 사람을 뜻하는 말만이 아닌, 이 사회를 함께 살아가는 사람이 아닐까 생각합니다. 물리적 거리는 기술이 발달한 현대 사회에서 더는 큰 의미가 없을 테니까요.

우리는 정말로 가치관도, 생활 양식도, 그 무엇도 같지 않은 사람들과 삶을 공유하며 살아가고 있습니다. 단 하나도 같지 않음에도 가까이 살아가는 사람들, 살아가야 하는 사람들. 이 새로운 이웃과는 어떻게 살아야 할까 하는 생각을 바탕으로 쓰기 시작했습니다. 우리가 이웃과 함께 기쁨과 슬픔을 공유하고, 불행과 부당함에 저항하는 방식을 생각하면서요.

물론 이 글은 답도 아니고 무언가를 주장하는 글도 아닙니다. 설사 그랬다 하더라도 여러분의 감상은 전혀 다를 수도 있지요. 모두의 이야기가 아니더라도 누군가의 이야기이길 바랍니다.

함께해 주셔서 다시 한번 감사드립니다. 또 어느 날 다시 뵐 수 있으면 좋겠습니다. 항상 건강하시고 늘 행복하시길 마음 깊이 기원합니다.

Girdap 배상